Promesses à Sutherland Farm

Troublante parenthèse

EMILIE ROSE

Promesses à Sutherland Farm

Traduction française de
FLORENCE MOREAU

PASSIONS

HARLEQUIN

Collection : PASSIONS

Titre original :
THE PRICE OF HONOR

Ce roman a déjà été publié en 2012.

HARPERCOLLINS FRANCE
83-85, boulevard Vincent-Auriol, 75646 PARIS CEDEX 13
Service Lectrices — Tél. : 01 45 82 47 47

www.harlequin.fr

ISBN 978-2-2804-3741-7 — ISSN 1950-2761

- 1 -

— Les tabloïds ont encore frappé !

Après cette déclaration à l'emporte-pièce, Megan Sutherland laissa tomber le journal sur la table de la cuisine, juste devant Xavier. Puis elle se pencha vers lui pour l'enlacer par-derrière, se délectant de la chaleur de son cou, de l'odeur subtile de son parfum personnalisé, de la fermeté de son torse, de sa chevelure brune et épaisse qui lui chatouillait la joue.

Comme toujours, cette intimité déclencha en elle un frisson de bonheur et d'anticipation. Un jour ou l'autre, les trois mots qu'elle luttait ardemment pour ne pas prononcer finiraient par lui échapper. Mais aujourd'hui encore, elle les refoula : Xavier n'était pas prêt à les entendre. Tout comme il ne l'était pas pour la nouvelle qu'elle avait à lui annoncer.

S'efforçant de penser à autre chose, elle se dirigea vers la cafetière pour se doper à la caféine en vue d'affronter la journée bien chargée qui l'attendait.

— Donnez quelques millions de dollars à un homme, plus un empire dans le monde de la parfumerie, et vous pouvez être sûr que les tabloïds déborderont de créativité. C'est incroyable, tu ne trouves pas ? fit-elle en le regardant par-dessus son épaule.

Il ne répliqua pas par le rire joyeux qui ne manquait jamais de la troubler : la cuisine demeura curieusement silencieuse tandis qu'elle remplissait sa tasse de café.

Surprise, elle se retourna.

— Tu n'as pas entendu ce que je viens de te dire ?

— Si, répondit-il d'une voix tendue.

La façon dont il fixait la page dépliée devant lui l'inquiéta un peu. Soudain, il leva la tête et leurs regards se croisèrent. Elle sentit son estomac se nouer en apercevant la dureté de ses yeux verts.

— Ce sont des mensonges, n'est-ce pas, Xavier ? demanda-t-elle, gorge serrée.

— Non.

Elle fut prise d'un vertige. Sa main trembla, elle agrippa sa tasse. Trop tard. Elle venait de renverser du café sur le sol. Posant la tasse sur le comptoir, elle prit une éponge et se pencha pour essuyer les éclaboussures et se donner le temps de retrouver une contenance. De toute façon, elle n'aurait pas dû boire de café, mais comme le docteur n'avait encore rien confirmé…

Elle ne devait pas se mentir à elle-même ! Elle savait sans l'ombre d'un doute qu'elle portait l'enfant de Xavier.

Lentement, elle se redressa, les jambes en coton.

— Mais l'article prétend que cette blonde est ta fiancée et que tu vas l'épouser dans un an, articula-t-elle.

— C'est exact.

Elle se figea, tétanisée. Il lui fallut quelques secondes pour reprendre sa respiration.

— Et nous ? finit-elle par demander.

— Tout cela n'a rien à voir avec notre relation, Megan. Ce mariage est arrangé depuis des années.

Cette fois, son sang se glaça.

— Des années ? s'écria-t-elle. Tu es fiancé depuis des années… et tu ne m'as rien dit ?

— Je n'en ai pas vu l'utilité. Notre relation n'était pas censée durer éternellement. C'était juste une liaison. Et tu le sais depuis le début.

Une liaison ?

Il aurait été moins douloureux pour elle d'être piétinée

par un cheval que de l'entendre prononcer des paroles aussi cruelles.

— Je sais qu'au début nous avions dit que c'était une relation sans attache, mais…

Il se trouvait qu'à un moment donné, au cours des six mois qui venaient de s'écouler, elle était tombée amoureuse de Xavier Alexandre. Elle avait succombé à son charme unique, son raffinement mondain et ses prouesses exceptionnelles au lit. Désormais, elle désirait qu'il soit bien plus pour lui qu'une liaison dont elle se souviendrait avec tendresse. Elle le voulait pour toujours… Et elle avait cru qu'il partageait ce désir, puisqu'il passait tout son temps libre avec elle.

— Il n'y a pas de « mais » qui tienne, reprit-il. Il est de mon devoir d'épouser Cecille.

Cecille. Ce prénom fut comme une gifle.

— Est-ce que tu l'aimes ? trouva-t-elle la force de demander.

Elle redoutait tellement la réponse qu'elle sentit son estomac se contracter.

— En l'occurrence, mes sentiments n'ont aucune importance, répondit-il.

— A mes yeux, si !

— Il s'agit d'une transaction, Megan. Rien de plus.

Une transaction ? Comment l'homme le plus passionné qu'il lui ait été donné de rencontrer pouvait-il se montrer aussi froid et calculateur vis-à-vis d'un sujet aussi important et intime que le mariage ?

— Est-ce que tu couches avec elle ?

— Cela ne doit pas te préoccuper, Megan !

— Pardon ? Je te rappelle que nous dormons ensemble presque toutes les nuits depuis six mois, ce qui me donne tout de même le droit de savoir si je te partage avec une autre. Est-ce que tu couches avec elle ? répéta-t-elle.

— Il n'y a pas eu d'autre femme depuis toi, lui

répondit-il. Est-ce que cela te satisfait, ma cavalière préférée ?

Il avait insisté sur ces mots, mais cette fois, cela ne la fit pas sourire. Pas plus que le fait de savoir qu'il n'était pas passé de son lit à celui d'une autre ne la calma !

— Tu as donc l'intention de maintenir le mariage ? De l'épouser ?

— C'est une question d'honneur.

— Ah bon ? Et tu peux me dire où était ton honneur quand tu me faisais croire que nous avions un avenir ensemble, au-delà de nos ébats et des chevaux ?

Il fronça les sourcils.

— Est-ce que je t'ai déjà fait des promesses que je n'ai pas tenues ? s'enquit-il.

— Non, mais je pensais que…

Elle tordit l'éponge qu'elle tenait encore à la main.

— Du moins, poursuivit-elle, j'espérais que nous finirions par nous marier. Et fonder une famille…

— Est-ce que je ne t'ai pas dit, dès le départ, que je ne pourrais jamais t'épouser ?

La douleur était si intense qu'incapable de prononcer un mot elle se contenta de hocher la tête.

— Et que je n'aurais jamais d'enfant illégitime ! C'est pour cette raison que nous utilisons toujours des préservatifs.

Elle ne pouvait pas prendre la pilule, car elle ne la supportait pas. Or, les préservatifs n'étaient pas toujours infaillibles, ainsi qu'elle venait de l'apprendre ! Elle résista à l'envie de poser ses mains sur son ventre, comme pour protéger le bébé qui y grandissait…

Elle avait toujours eu un cycle irrégulier mais, la veille, elle avait fini par se demander vraiment si elle n'était pas enceinte. Elle avait alors acheté un test de grossesse, qu'elle avait fait ce matin, avant son jogging quotidien. Elle avait l'intention de l'annoncer à Xavier le soir même, au cours d'un dîner romantique en tête à tête. Elle aurait eu d'ici là le temps de trouver la formulation adaptée.

Mais à présent, tout avait changé, et aucune formulation ne pourrait rattraper la situation, s'il était résolu à en épouser une autre.

Atteinte dans sa fierté, elle répliqua avec colère :

— J'ai pourtant eu l'impression que tu avais changé d'avis quand tu as acheté cette maison en bordure de ta propriété et que tu m'as demandé de m'y installer. D'autant que tu m'accompagnais dans chaque ville où je courais les Grands Prix pour pouvoir coucher avec moi.

— Et aussi pour te voir chevaucher mes pur-sang. Ce sont trois investissements forts onéreux. J'ai adoré le temps que nous avons passé ensemble, Megan, et je continuerai d'en apprécier chaque moment que nous partagerons, jusqu'au dernier.

— Jusqu'à ce que tu me quittes pour elle, compléta-t-elle, indignée. Ta fiancée doit avoir son mot à dire dans cette histoire, non ?

— Ma vie privée avant le mariage ne la regarde absolument pas. Comme je te l'ai dit, c'est une union arrangée. Ni Cecille ni moi ne nous faisons la moindre illusion sur un sentiment aussi éphémère que l'amour.

L'amour qu'elle nourrissait pour lui était tout sauf « éphémère », pensa-t-elle alors. Il occupait une place immense dans son cœur, et elle ne pourrait jamais l'en déloger.

Xavier plia scrupuleusement sa serviette, puis il se leva et s'approcha d'elle. Elle avait du mal à regarder en face son beau visage aristocratique. L'absence de chaleur et de tendresse dans ses superbes yeux couleur émeraude, quand ils s'étaient posés sur elle, était insupportable. A cet instant, il avait vraiment l'air de l'homme d'affaires impitoyable que décrivaient les médias, et absolument pas de l'homme qu'elle croyait, de toute évidence à tort, amoureux d'elle. De l'homme qui la traitait comme un bijou précieux et magnifique et qui l'acceptait comme elle était, lui qui venait d'un monde bien plus sophistiqué que le sien.

Un costume italien d'une facture impeccable soulignait sa silhouette élancée, ainsi que les muscles puissants qu'il entretenait en sa compagnie, dans la salle de gymnastique qu'il avait fait installer à son intention. Il était prêt pour prendre l'hélicoptère qui l'emmènerait au siège des Parfums Alexandre, à Nice, tandis qu'elle se rendrait aux écuries de sa propriété.

Seulement, cette fois, quand il serait parti, elle ne passerait pas son temps à compter les heures, impatiente qu'il revienne, pas plus qu'elle ne rêverait à leurs étreintes passionnées, mais elle se rongerait les sangs en se demandant s'il était avec elle, la femme qu'il avait l'intention d'épouser, et qui n'était ni éphémère, ni temporaire.

Qu'allait-elle devenir ?

Agacé, Xavier poussa un lourd soupir.

— Megan, inutile de verser dans le mélodrame. Notre relation reste inchangée. Nous avons encore douze longs mois devant nous.

— Et tu crois que je vais continuer à coucher avec toi alors que tu es fiancée à une autre ? fit-elle.

L'idée était tout bonnement inconcevable.

— Et après, qu'est-ce qui se passera ? poursuivit-elle. Tu l'épouseras et tu m'oublieras, comme si je n'avais jamais existé ? Mais tout ce que nous avons partagé, Xavier, qu'en feras-tu ? Tu en détruiras le souvenir, comme on jette un costume démodé ?

— Jamais je ne t'oublierai, ma belle amante américaine, dit-il alors en la fixant d'un regard intense.

Puis il effleura sa joue…

Ce délicat contact la fit frissonner. Mécontente de sa réaction, elle recula d'un pas et s'efforça de respirer aussi calmement que possible. Elle ne parvenait pas à comprendre comment il pouvait la troubler à ce point après ce qu'il venait de lui annoncer ! Elle devait à tout prix se ressaisir.

— Et si je te demandais de choisir entre elle et moi ? demanda-t-elle à brûle-pourpoint.

— Tu ne peux pas faire une chose pareille !

Son ton inflexible anéantit tout espoir en elle. L'idée que l'homme qu'elle aimait passionnément ait pu lui faire l'amour tout en projetant de lier son destin à une autre lui donnait envie de hurler ou de tout casser. Pourtant, elle n'était pas le genre de femme à piquer des colères.

Elle ne serait pas sa maîtresse, c'était exclu ! Elle ne se contenterait pas des miettes que sa future épouse voudrait bien lui laisser.

Et le bébé qu'elle portait ? se demanda-t-elle brusquement. Et sa carrière ? Et sa maison ?

Toute sa vie se trouvait bouleversée par ce mariage inattendu. La panique la saisit... Pourtant, elle ne devait pas y céder, mais s'efforcer au contraire de réfléchir, de trouver une solution pour sortir du guêpier, ce dont elle était incapable tant que Xavier la regardait.

Elle reposa l'éponge sur l'évier.

— Je vais à l'écurie, déclara-t-elle.

— Megan...

— Non, je ne veux plus parler de ça maintenant. Les chevaux et les clients m'attendent.

— A ce soir, alors, dit-il.

Elle retint une repartie sarcastique. Pensait-il vraiment la retrouver ce soir à la maison, partager tranquillement son dîner avec elle, puis lui faire l'amour, comme d'habitude, alors qu'elle serait obsédée par la pensée de cette autre à qui il allait unir sa vie ? Il n'en était pas question !

Sans un mot, elle regagna sa chambre pour se changer. Il ne chercha pas à la suivre, ce qui en disait long sur son état d'esprit. Elle troqua ses vêtements de jogging contre une tenue d'équitation. Ses cheveux étaient humides de transpiration, mais cela lui était égal. Elle n'avait de toute façon pas le temps de prendre une douche, calcula-t-elle en enfilant ses bottes.

Elle remarqua alors que son téléphone portable clignotait, ce qui signifiait qu'elle avait reçu un nouveau message vocal. Incapable de l'écouter dans l'état d'agitation qui était le sien, elle fourra l'appareil dans la poche de sa veste, sans même vérifier qui l'avait appelée.

Elle se précipita ensuite hors de ce qui, ce matin encore, représentait pour elle un paradis, un cottage enchanteur qui faisait partie de la vie féerique qu'elle et Xavier s'étaient créée. Au loin, elle entendit les pales de l'hélicoptère. Xavier était déjà parti comme si cette journée — celle où il avait fracassé ses rêves et détruit sa vie — était pour lui parfaitement identique aux autres.

Elle parcourut la moitié du chemin qui menait à l'écurie, courant à perdre haleine, avant de s'arrêter pour reprendre sa respiration près d'un arbre, s'assurant que son feuillage la mettait à l'abri de l'hélicoptère. Elle s'adossa contre le tronc rugueux et essuya du revers de sa manche son visage mouillé : c'étaient des larmes, et non de la sueur… C'était aussi la première fois qu'elle pleurait depuis l'annonce de l'accident d'avion qui avait coûté la vie à sa famille.

Elle prit plusieurs longues respirations, sans parvenir à endiguer le flot de ses larmes. Elle était enceinte, et le seul homme qu'elle s'était autorisée à aimer, le père de son bébé, allait en épouser une autre…

En d'autres termes, cela signifiait qu'il ne voulait pas de cet enfant.

Et elle, le désirait-elle toujours ?

Etant donné les circonstances — les nouvelles circonstances — elle ne savait plus…

Une partie d'elle avait envie de tenir dans ses bras la preuve de son amour pour Xavier. Mais sa partie rationnelle lui disait que les enfants et les Grands Prix ne formaient pas une combinaison gagnante. Seules quelques rares femmes jockeys parvenaient à articuler avec succès maternité et compétition, et elles y arrivaient grâce au concours de nourrices et de partenaires compréhensifs. Serait-ce envisageable, sans l'aide de Xavier ?

Elle effectuait de longues journées et travaillait parfois sept jours sur sept, sans compter les déplacements éreintants. Quel genre de mère serait-elle, avec un emploi du temps aussi infernal ? Son enfant en pâtirait forcément, puisqu'il n'aurait pas de père pour combler ses absences. Etre mère célibataire n'aurait rien de drôle et ne ressemblerait en rien à la joyeuse vie de bohême qu'elle avait menée avec ses parents et son frère, avant le crash de l'avion.

Continuer cette grossesse serait une incroyable gageure. Comment pourrait-elle lui cacher son état si elle restait en France ? Elle était enceinte de deux mois et son ventre se verrait d'ici peu.

Essaierait-il de la convaincre d'avorter, ou bien se battrait-il pour obtenir, par principe, la garde de l'enfant ? Après tout, c'était aussi son bébé, et ce qui lui appartenait, il ne le cédait pas à autrui. Eprouverait-il un sentiment de possession envers un enfant de l'amour non programmé ?

Peu importait. Elle ne prendrait pas le risque de voir son bébé élevé par sa femme, une personne qui ne l'aurait pas désiré et risquait fort de ne pas l'aimer, ni le chérir, voire d'éprouver du ressentiment envers lui.

Cela, elle l'avait vécu dans sa chair. Après la mort de sa famille, son enfance n'avait rien eu d'idyllique. Même si son oncle l'avait accueillie chez lui, il ne s'était pas privé de lui faire comprendre qu'elle était un fardeau et, surtout, l'enfant d'une femme qu'il n'avait jamais appréciée.

Et qu'adviendrait-il du cottage, la maison que Xavier avait achetée pour elle ? Même s'il le lui laissait, elle ne pourrait pas continuer à y habiter s'il en épousait une autre. D'autant que du cottage, elle jouissait d'une vue bien dégagée sur l'allée de la propriété de Xavier. Elle ne supporterait pas d'apercevoir, tous les jours, les allées et venues de sa femme : ce spectacle finirait de l'anéantir.

Elle se pencha en avant, plaquant ses mains sur ses genoux. Qu'allait-elle faire ?

Elle sentit sa gorge se serrer. Elle devait impérativement se concentrer sur le présent, au lieu de s'inquiéter de ce qui risquait de se passer dans quelques mois. A chaque jour suffisait sa peine.

Cette grossesse non désirée, survenue à la suite d'un problème de contraception ne pouvait plus mal tomber. Elle était sur le point de réaliser son rêve, c'est-à-dire devenir un jockey et un entraîneur de première catégorie en Europe. Non seulement ses chevaux accumulaient les prix, mais elle signait de plus en plus de contrats exclusifs. Elle entraînait une douzaine de bêtes par an. Elle avait la réputation d'être une femme sur qui on pouvait compter quand un cavalier se blessait et avait besoin d'être remplacé au pied levé.

Elle ne pourrait plus exercer son métier quand elle serait enceinte. Or, se retirer de la compétition le temps d'une grossesse signifiait perdre des classements et de l'argent sur les chevaux que lui confiaient d'autres propriétaires. Pourrait-elle les reconquérir, après cette parenthèse ?

Se redressant avec lenteur, elle croisa les bras sur son ventre. Avorter serait la solution la plus simple, pensa-t-elle, le cœur lourd. Mais le pouvait-elle ? Elle n'en savait rien… Ses pensées se résumaient à un fouillis de rêves brisés.

Toutefois, qu'elle garde ou non le bébé relevait de sa propre décision. N'était-elle pas celle qui avait le plus à perdre ? Quant à Xavier… ce qu'il ignorait ne pourrait le blesser.

Tant qu'elle n'avait pas fait de choix, elle ne pouvait pas courir le risque que Xavier découvre sa grossesse. Par ailleurs, elle devait s'éloigner de son influence. Mais où aller ? Où se cacher ?

Avant de fuir pour panser ses blessures et réorganiser sa vie, elle devait régler la question des chevaux, ceux qu'elle possédait et ceux qu'elle entraînait pour d'autres propriétaires. Même si elle n'avait pas du tout prévu ce qui venait de lui arriver, elle restait avant tout professionnelle et souhaitait retrouver sa carrière après… après ce qui se passerait, en fonction de ses choix.

Elle sortit son téléphone, déterminée à régler les questions professionnelles afin de pouvoir se concentrer sur ses problèmes actuels. Le numéro d'Hannah s'afficha alors comme l'appel en absence qu'elle avait reçu tout à l'heure. Elle n'en fut pas surprise. Entre sa cousine et elle, il existait une sorte de télépathie : Hannah sentait toujours quand Megan avait besoin d'elle et elle la soutiendrait quelle que soit sa décision. Elle lui offrirait un refuge pendant qu'elle réfléchirait à son avenir.

Voilà qui résolvait le problème du logement, se dit-elle. Il était temps de quitter l'Europe et de rentrer à la maison, en Caroline du Nord — l'Etat qu'elle avait fui une dizaine d'années auparavant — pour mettre autant de distance que possible entre elle et Xavier Alexandre.

Trois semaines venaient de s'écouler, et le silence de Xavier pesait lourdement sur Megan. Il ne lui avait pas donné la moindre nouvelle depuis qu'elle l'avait informé, par courrier électronique, de son retour aux Etats-Unis.

Elle avait pourtant attendu désespérément un signe de sa part. Ce qu'elle avait pu être naïve ! Elle avait cru qu'elle lui manquerait tellement qu'il viendrait la retrouver pour lui demander pardon… et lui demander sa main. Xavier était un battant, pas le genre d'homme à baisser les bras. Sa société était un des leaders internationaux du marché du parfum, ce qui témoignait de son ambition et de sa ténacité.

Il lui était difficile d'accepter que l'histoire d'amour la plus excitante qu'elle n'ait jamais vécue, avec un homme qu'elle avait cru parfait, appartienne au passé. Et puis, les circonstances de la rupture l'avaient profondément blessée ! Jamais elle n'aurait cru possible de souffrir à ce point.

Mais la vie réclamait son dû, et ce matin, c'était Hannah — et non Xavier — qui l'avait accompagnée à son premier rendez-vous prénatal, un moment doux-amer, où le bonheur se mêlait étroitement à la tristesse.

Elle n'avait jamais envisagé d'avoir des enfants. Mais ses plans avaient changé quelque part au-dessus de l'Atlantique, quand elle s'était rappelé la phrase préférée de la mère d'Hannah : « La fin d'une chose est toujours le début d'une autre. »

Enfant, ces paroles n'avaient pas grand sens pour elle, mais aujourd'hui, elles étaient tout à fait adaptées à sa situation. Le bébé marquait le début d'une nouvelle vie. A défaut d'avoir Xavier, elle aurait malgré tout sa propre famille.

Peu concentrée sur la jeune cavalière qu'elle entraînait, elle remercia la Providence de lui avoir donné une cousine comme Hannah. Non seulement celle-ci l'avait accueillie et lui avait donné un toit, mais, par ses relations, elle l'avait aidée à trouver des cavaliers expérimentés pour que ses chevaux demeurés en France continuent à s'entraîner et restent en bonnes conditions physiques. Elle lui avait tout de suite trouvé en emploi d'entraîneur et de coach à Sutherland Farm. Ce n'était pas aussi excitant que monter, mais cela lui permettait de régler les factures.

C'était surtout quand elle se retrouvait seule, le soir, dans le cottage que sa cousine avait mis à sa disposition qu'elle pensait à la vie qu'elle aurait pu avoir si Xavier ne l'avait pas abandonnée… Mais le bébé et elle survivraient sans lui !

En entendant tomber une barre, elle reporta son attention sur la jeune cavalière. Elle lui avait demandé de la rejoindre à la porte de l'enclos. C'était sa dernière leçon de la journée. Elle était habituée à s'évaluer elle-même, à détecter ses propres faiblesses. Il n'était pas toujours aisé d'alerter un autre de façon constructive sur ses éventuels défauts. Mais elle s'efforcerait de devenir une bonne pédagogue.

— Sais-tu pourquoi la barre supérieure est tombée, Terri ? demanda-t-elle en flattant l'encolure brillante de l'impressionnant alezan.

Le cheval avait beaucoup de talent, ce qui n'était pas forcément le cas de sa cavalière…

Celle-ci fit une petite grimace.

— J'allais trop vite, j'ai pris mon élan trop tôt.

— Tout à fait. Et cela a désorienté le cheval. Sinon, tu as effectué un bon parcours. Il faudrait que tu te penches un peu plus en avant quand tu approches de l'obstacle. Penses-y, lors de la prochaine leçon.

— Entendu. A la semaine prochaine, Megan. Et merci.

Terri lui fit un petit signe de la main et s'éloigna.

Megan sentit alors la fatigue l'envahir. Les longues heures d'insomnie et les effets de la grossesse se faisaient sentir. Elle aurait dû restructurer le parcours pour les cours du lendemain qui accueillaient des élèves plus avancés, mais elle n'en avait pas la force. Pour l'instant, tout ce qu'elle voulait, c'était profiter tranquillement de la soirée.

Tournant le dos aux écuries, elle s'adossa à la porte de l'enclos pour savourer le spectacle du soleil couchant. Ses couleurs acidulées, après avoir illuminé le ciel, disparaissaient doucement derrière les immenses pins. Les douces odeurs du chèvrefeuille et des gardénias embaumaient l'air humide. Il régnait un calme absolu dans le manège juste avant le crépuscule, une tranquillité qui donnait l'impression qu'on était seul au monde, avec son cheval…

Comme cela lui manquait de ne pouvoir monter !

Elle montait depuis que son père lui avait offert son premier poney, à l'occasion de son quatrième anniversaire. Elle avait toujours adoré le manège, elle y excellait, et puis ce lieu la rattachait à son père, qui était lui aussi un formidable cavalier. Mais elle ne mettrait pas en péril le bébé qui grandissait en elle.

— C'est ton heure préférée de la journée. Pourquoi est-ce que tu ne montes pas ?

Xavier.

Elle sursauta en entendant sa voix profonde, ourlée d'un léger accent, et se retourna brusquement. La joie, l'espoir et l'appréhension la submergèrent dans un tourbillon d'émotions… Il était finalement venu jusqu'à elle… Elle eut une envie irrépressible de se jeter dans ses bras. Cependant, tant qu'elle ne connaissait pas ses intentions, un tel abandon était impossible.

La brise vespérale ramenait ses cheveux en arrière et son regard pénétrant la cloua littéralement sur place. L'ombre de sa barbe naissante, associée à sa chemise blanche et à son jean délavé, lui donnait des faux airs de pirate des temps modernes. Un pirate qui lui avait volé le cœur et l'avait jeté par-dessus bord, comme une épave, se rappela-t-elle bien vite.

— Qu'est-ce que tu fais ici ? demanda-t-elle.

— Je suis venu pour te ramener à la maison.

Son port altier et son ton autoritaire lui étaient si familiers, si chers… Elle adorait son assurance, son air un rien bravache.

Seulement…

— Tu as annulé ton mariage ?

Il sourcilla.

— Non.
— Tu comptes le faire ?
— Je ne peux pas.
Elle pensait avoir le cœur complètement brisé, au point de ne pouvoir souffrir davantage. Elle s'était trompée. Ces paroles la terrassèrent, ravivant toutes ses souffrances.
— Dans ces conditions, nous n'avons plus rien à nous dire, Xavier. Tu es promis à une autre femme. Tu as perdu ton temps en venant ici. Remonte dans ton jet et rentre en France. Quelqu'un viendra chercher le reste de mes affaires.
— Si tu veux les récupérer, tu viendras les chercher toi-même, s'écria-t-il.
C'était tout lui !
— Je ne peux pas, je travaille ici, maintenant, argua-t-elle.
— Tu donnes des leçons, c'est bien ça ? fit-il d'un ton condescendant.
— Le rôle de mentor me plaît, rétorqua-t-elle, en espérant qu'un jour ce serait le cas.
— Mais ce que tu préfères, c'est monter. Tes affaires seront toujours là à ton retour, personne n'est autorisé à entrer chez toi.
— Chez toi, rectifia-t-elle. C'est ton nom qui figure sur le contrat de vente.
— Un nom peut facilement se modifier.
— Et que se passera-t-il quand tu te marieras, Xavier ? Tu penses vraiment que ta femme acceptera que ton ex-maîtresse soit sa voisine ? Ou bien as-tu l'intention que nous restions amants, après la cérémonie ?
— Contrairement à ma mère, j'honorerai mes vœux. Tu peux garder le cottage. Nous sommes des adultes. Cecille n'a pas besoin de connaître notre passé.
— Tout le monde connaît notre histoire. Nous avons été inséparables pendant des mois. Envoie-moi mes

affaires ou bien donne-les. Je m'en fiche. Je ne viendrai pas les récupérer.

Heureusement qu'elle avait eu la présence d'esprit de prendre le plus important quand elle avait fait ses bagages dans la précipitation. De toute façon, elle n'aurait plus besoin des superbes robes qu'il lui avait achetées, puisqu'elle ne l'accompagnerait plus à des cocktails ou des soirées mondaines. Et puis, bientôt, ces tenues ne lui iraient plus. Elle commençait déjà à être serrée dans ses vêtements…

Elle pensa à sa grossesse, à tout ce gâchis… Elle aurait aimé lui hurler sa souffrance et sa frustration. Ne voyait-il donc pas qu'il était en train de commettre une suprême erreur ? Toutefois, tant qu'il ne renoncerait pas à son mariage, elle ne reviendrait pas dans une maison où elle avait été si heureuse avec lui — ce cottage où elle avait cru avoir trouvé un foyer pour toujours. Le lieu était bien trop chargé de souvenirs, elle ne pourrait pas s'en tenir à ses résolutions. Et puis, revenir là-bas chercher ses affaires, c'était aussi prendre le risque qu'il découvre son secret et réclame la garde du bébé.

Il se rapprocha d'elle. La barrière l'empêcha de reculer. Malgré elle, un léger frisson la parcourut. Levant la main, il prit son visage dans sa paume chaude.

— Comment peux-tu fuir ce que nous avons partagé, Megan ?

Comme il était tentant de s'abandonner à sa caresse…

— Je pourrais te poser la même question, répliqua-t-elle en s'efforçant de lui résister.

— Mais moi, je n'ai pas fui.

Elle se dégagea et recula de quelques pas.

— Si ! Tu as promis d'en épouser une autre, et tu sais bien que je n'accepterai pas la deuxième place. Je me bats en permanence pour être la première, sur les champs de course et en dehors. Et c'est d'ailleurs ce qui t'a séduit en moi, si j'en crois tes aveux.

— Beaucoup de choses me séduisent, chez toi, Megan, y compris ton ambition et ton indépendance. Mais ce n'est pas la peine de faire un caprice, parce que les événements ne se déroulent pas comme tu le souhaites.

Elle crut s'étrangler de colère.

— Un caprice ? Tu estimes que je fais un caprice ? haleta-t-elle.

— De quoi d'autre s'agit-il ? Je t'ai couverte de cadeaux, je t'ai donné une maison. Je m'assurerai que tu ne manques de rien une fois que notre liaison sera terminée. Si tu souhaites retourner à Grasse, je paierai ton installation.

— Ce n'est pas ton argent, ni ton domaine, ni tes voitures de course, ni tes jets qui m'intéressent, mais toi, Xavier, exclusivement toi, se récria-t-elle, révoltée.

— Tu m'as en exclusivité.

— Jusqu'à ton mariage, oui. Mais moi, un jour, je voudrais aussi un mari et… des enfants. Quelqu'un qui vieillira à mes côtés, un ami et un amant. Tu as les mêmes objectifs que moi, seulement tu veux les réaliser avec une autre. Alors fais-nous une faveur, Xavier : va-t'en !

Elle se retourna avec raideur, comme si son corps obéissait avec réticence, et fournit un véritable effort pour s'éloigner de celui qui avait été le meilleur et le pire qui lui soit advenu.

Le gravier crissa derrière elle. Ainsi qu'elle s'en doutait, Xavier l'avait suivie. En quelques enjambées déterminées, il la rejoignit. Elle s'efforça de ne pas le regarder.

— Je n'ai rien de plus à te dire, marmonna-t-elle. Au revoir.

— Tu te souviens que ma détermination était l'une des qualités que tu appréciais le plus chez moi ? N'espère pas que je jette l'éponge, alors que ce que nous partageons est si merveilleux. Je me bats toujours pour obtenir ce que je veux, et en l'occurrence, c'est toi que je veux, ma belle amante américaine.

— « Etait si merveilleux », le corrigea-t-elle. C'est l'imparfait qu'il faut employer.

Elle repensa soudain à leur rencontre : elle aurait mieux fait de se fier à son intuition et de fuir quand il lui avait proposé de monter ses chevaux…

Après la première compétition, il l'avait invitée à sortir alors qu'elle était encore dans l'ivresse du triomphe. Elle avait d'abord refusé, mais il l'avait poursuivie de ses assiduités, et elle avait fini par transgresser l'un de ses principes cardinaux : ne jamais devenir la maîtresse d'un de ses clients.

On ne l'y reprendrait plus. Mais ce qui était d'actualité, c'était de se débarrasser de Xavier, le problème étant de trouver comment.

Elle leva les yeux vers lui.

— Arrête de me suivre ! lança-t-elle. Je n'ai pas envie de jouer au chat et à la souris avec toi. Et je n'ai pas l'intention de te divertir en attendant que ta future femme se décide à réchauffer tes draps. Trouve-toi une autre maîtresse, Xavier. De mon côté, je vais chercher un autre partenaire.

C'était un mensonge, bien sûr, mais il n'avait pas besoin de le savoir.

Elle vit son nez aristocratique frémir, et les flammes de la jalousie s'allumer dans ses prunelles. Puis, avant qu'elle ait le temps de protester, il plaqua une main possessive derrière sa nuque, la rendant captive de sa bouche impérieuse.

Il lui sembla que son cœur avait cessé de battre avant de s'emballer tout à coup, dopé par la passion revenue au grand galop… Elle avait honte de l'admettre, mais ce baiser qu'il lui donnait sous l'effet de la colère l'excitait profondément… Rien ne pouvait décidément entamer leur complicité sensuelle.

Les lèvres de Xavier se firent soudain plus douces, et il se mit à jouer avec sa bouche comme au premier jour, anéantissant toute résistance en elle. Il dessina de sa langue le contour de ses lèvres.

Elle avait conscience qu'il la manipulait, et elle était affligée de constater son incapacité à résister, mais sa consternation n'éteignait pas pour autant son désir…

Un dernier baiser, pensa-t-elle, et ensuite ils se quitteraient pour de bon.

Elle entrouvrit la bouche et leurs langues se mêlèrent. Son goût familier l'envahit, et elle ne put s'empêcher de presser plus étroitement son corps contre le sien. Alors il l'enlaça de ses bras musclés, et sa chaleur se communiqua à elle. Pour la première fois depuis son départ de France, la sensation de froid qui l'habitait s'estompa.

Elle noua elle aussi ses bras autour de sa taille, caressant son dos ferme. Il était si bon d'être avec lui, c'était comme rentrer à la maison.

Elle sentit l'amour jaillir en elle, comme une bouffée de vie. Comment pouvait-il ne pas le percevoir et s'entêter à ne voir qu'une relation sexuelle dans le lien qui les unissait ?

Il resserra ses doigts emmêlés dans sa chevelure, tandis que, de l'autre main, il plaquait une main sur ses reins pour la presser contre son érection et lui prouver à quel point il la désirait. Lentement, il baissa les yeux et, quand elle croisa son regard brûlant, elle eut la sensation que tout son être s'embrasait…

— Tu es délicieuse, dit-il, et son souffle lui fit l'effet d'une caresse sublime. Plus enivrante que le plus exquis des vins. Tu m'as terriblement manquée, ma belle amante. Rentre à la maison pour que nous partagions de nouveau le même lit.

Sa voix rauque attestait de sa sincérité. Peut-être que si elle lui rappelait à quel point leurs corps s'accordaient, il reconsidérerait son choix désastreux et laisserait tomber sa fiancée.

L'entreprise était risquée.

Mais la passion était l'arme la plus puissante qu'elle possédait, et si elle pouvait le faire changer d'avis, elle aurait tout ce qu'elle ignorait désirer avant Xavier, c'est-à-dire un foyer à elle, un homme qui l'aimait et une famille.

— Je vais te montrer mon nouveau cottage, lui murmura-t-elle.

Elle mêla ses doigts aux siens et l'entraîna vers l'allée qui menait chez elle. Le cottage n'était distant que d'une centaine de mètres, mais sur le chemin, une petite voix intérieure ne cessait de lui répéter qu'elle commettait sans doute une grossière erreur. Elle décida de l'ignorer.

Si elle voulait reconquérir Xavier, elle ne devait pas avoir peur de jouer avec le feu.

- 2 -

Xavier comprit qu'il avait gagné au moment où les lèvres de Megan devinrent dociles sous les siennes… Il l'autorisa alors à lui prendre la main et à l'entraîner dans son repère. Il pouvait se permettre d'être magnanime dans la victoire.

L'intérieur du petit cottage confirma ce qu'il pensait : elle l'avait quitté pour lui montrer son mécontentement, mais pas de manière définitive, dans la mesure où, aussi charmant que soit son logement temporaire, elle ne l'avait pas aménagé à sa façon, comme la maison qu'il lui avait achetée.

Si elle avait eu l'intention de rester aux Etats-Unis, elle aurait agencé le séjour ou la chambre à coucher selon ses goûts. En l'occurrence, la seule trace d'elle dans le cottage était dans l'air. Dans la chambre en effet flottaient son odeur et celle de sa lotion hydratante à la rose dont elle s'enduisait chaque soir le corps. Il adorait assister à ce rituel, et parfois, y participer, en appliquant lui-même le produit.

Il lui avait proposé de lui confectionner un parfum sur mesure, mais elle avait décliné son offre, estimant sans doute que l'essence qu'elle portait devait relever de son propre choix.

Il considéra la hauteur de plafond, le grand lit double de merisier et le mobilier d'époque fort élégant, dans une déclinaison de bordeaux et de doré. Un ventilateur était accroché à l'une des poutres apparentes et brassait lentement l'air. L'ensemble dégageait une indéniable impression de luxe.

Cependant, il n'y avait nulle part trace de la lingerie féminine dont Megan raffolait. Pour le reste du monde, elle était une concurrente acharnée et une cavalière entièrement dédiée à son travail, dotée d'un extraordinaire sens des affaires et d'une éthique irréprochable. Lui, en revanche, était le seul à connaître la féminité qu'elle cachait sous ses vêtements fonctionnels et son attitude pragmatique.

Son cœur se mit à cogner plus vite à la pensée que, dans quelques secondes, il allait lui retirer sa chemise et son jean pour découvrir les sous-vêtements français raffinés qu'elle portait. Il adorait lui acheter de la lingerie sexy autant que la lui retirer pour caresser sa peau douce et souple…

S'arrêtant près du lit, Megan pencha légèrement la tête en arrière et le regarda. Ses paupières lourdes de désir abritaient des yeux couleur azur aux pupilles dilatées. Ses joues étaient roses et ses lèvres entrouvertes. Sa main tremblait dans la sienne, trahissant une impatience qui faisait écho à la sienne.

Comme ces trois semaines frustrantes où il avait attendu que son caprice passe lui avaient paru longues ! L'idée qu'elle avait gaspillé un peu du temps précieux qui leur restait l'irritait. Maintenant qu'elle avait recouvré ses esprits, ils allaient rattraper le temps perdu. Bientôt, elle le supplierait pour qu'ils reprennent leur vie d'avant et tout rentrerait dans l'ordre.

Plantant son regard dans le sien, elle entreprit de déboutonner sa chemise, puis elle défit son ceinturon. Submergé par le désir, il eut du mal à respirer, mais réussit à contrôler son impulsion.

Quand elle posa ses mains toutes chaudes sur son torse nu, il eut envie de la renverser sur le lit et de se repaître enfin d'elle, mais il avait décidé de la laisser agir à son rythme. Pour l'instant. Plus tard, lorsqu'elle l'implorerait, haletante, de la prendre, ce serait de nouveau lui qui mènerait la danse.

Elle traçait à présent avec sa langue de brûlants sillons sur son torse. Le désir zébra son corps. Elle était la seule à avoir cet effet incendiaire sur lui, et il n'était pas prêt à renoncer à elle. Pas encore. Comme il était soulagé qu'elle ait surmonté sa jalousie ridicule ! Il ignorait ce qui l'avait fait changer d'avis, mais cela n'avait aucune importance. Il avait gagné, comme toujours.

Les ongles de Megan labouraient son dos. Quand ses mains adroites se concentrèrent sur la fermeture Eclair de son jean, son érection devint presque douloureuse. Puis elle le prit dans sa paume, et il serra les dents pour se maîtriser.

Il l'enlaça et captura sa bouche. Elle avait un goût divin, comme un champagne qui montait directement à la tête. Sucré, subtil… Ses lèvres étaient suaves, sa langue prompte et avide quand elle s'enroula autour de la sienne.

Il entendait son pouls battre dans ses oreilles, et il comprit qu'il ne pourrait pas attendre aussi longtemps qu'il le prévoyait. Alors, cédant à ses instincts, il lui retira rapidement sa chemise… pour découvrir un soutien-gorge en coton blanc, tout simple.

— Qu'est-ce que c'est que ça ? demanda-t-il, surpris.

— Euh… Un soutien-gorge de sport.

Cela ne lui plaisait pas du tout. Il préférait la dentelle qui d'ordinaire laissait entrevoir ses seins. Néanmoins, ce soutien-gorge soulignait la rondeur de sa poitrine, aussi avait-il peut-être quelque mérite. Il se pencha pour embrasser un sein, puis l'autre. Elle enfouit ses doigts dans ses cheveux, puis plaqua son corps contre le sien.

Megan avait un buste extrêmement sensible, et il en

tirerait parti pour obtenir d'elle qu'elle reste à ses côtés le plus longtemps possible, se promit-il.

Il s'assit sur le rebord du lit et l'attira entre ses jambes. Sa subtile odeur emplissait ses poumons et la saveur de sa peau titillait sa langue, l'incitant à plonger en elle au plus vite. Prenant ses seins en coupe, il se mit à les caresser à travers le coton. Voir leur pointe se dresser le ravit.

Elle poussa un petit gémissement.

— Tu m'as manqué, Xavier. Terriblement manqué, murmura-t-elle.

— Toi aussi, tu m'as manquée, ma belle, répondit-il.

Il dégrafa son soutien-gorge peu sexy et le laissa tomber par terre, avide de toucher sa peau, de sentir le parfum capiteux dont elle déposait toujours quelques gouttes entre ses seins. Des seins qu'il trouva plus ronds et plus lourds que d'habitude. Elle devait être dans la seconde partie de son cycle. Tout en capturant leurs pointes dures, il déboutonna son jean qu'il fit glisser le long de ses cuisses. Il avait besoin de sentir sa moiteur.

De nouveau, elle laissa échapper un léger cri quand, de ses doigts, il effleura les plis de son sexe. Elle était prête pour lui, comprit-il immédiatement. D'ailleurs, elle se mit à onduler doucement sous sa main, comme pour l'encourager.

Un désir irrépressible le saisit. Il n'avait qu'une obsession : s'introduire en elle et se noyer enfin dans le plaisir qu'elle lui avait refusé pendant trois longues semaines. Mais il devait d'abord veiller à celui de Megan…

Prenant une longue inspiration, il retira alors sa main pour se concentrer de nouveau sur ses seins.

Elle murmura son prénom, agrippa plus fortement ses cheveux, puis se cambra, s'offrant à lui. Une odeur de sexe emplissait la chambre, et il luttait pour résister à la tentation, mais la volonté de la rendre folle de désir était plus grande encore…

Par prudence, il se leva pour prendre un préservatif

dans la poche de son jean. Quand il tourna de nouveau les yeux vers elle, il fut saisi par le contraste magnifique de ses courbes ivoire sur les draps bordeaux. Megan possédait un corps souple et musclé, et tous les attributs féminins sur lesquels chaque homme fantasmait. Ce qu'elle pouvait être excitante !

— Tu es belle, lui dit-il.

— C'est toi qui me rends belle. Viens, répondit-elle.

Elle tendit la main vers lui, l'invitant à la rejoindre.

Bien décidé désormais à contrôler la situation, il s'assit sur le bord du lit et prit dans sa main un de ses pieds. Elle poussa un petit cri, anticipant sans doute les caresses à venir.

Pour communiquer avec les chevaux, Megan se servait de son corps : ses pieds, ses mains et ses jambes. Au fil du temps, ils étaient devenus sensibles à la moindre nuance. Il porta son pied à sa bouche, embrassa le gros orteil, puis le cou-de-pied. Il frotta ensuite son menton mal rasé contre sa peau, avant de glisser sa langue sur la cambrure de son pied. Elle frissonna, comme il s'y attendait.

Il sourit et remonta alors vers sa cheville, tout en tâtant ses cuisses. Il entendit sa respiration s'accélérer. Il savourait sa peau satinée et ferme, ses muscles tendus, tandis qu'elle se tortillait d'impatience. Son odeur le rendait littéralement fou. De sa langue, il effleura ses cuisses.

Elle se raidit. Il savait qu'intérieurement, elle le suppliait de la satisfaire, mais il ne prêta aucune attention à sa requête silencieuse et plongea la tête entre ses jambes.

— Oh ! Xavier, c'est si bon… ! murmura-t-elle alors.

Il continuait à l'exciter de ses caresses, sachant qu'elle était tout proche de l'orgasme. Brusquement, il releva la tête. Elle poussa une petite exclamation déçue.

— Tu es pressée, chérie ? fit-il.

— Oui ! Cela fait si longtemps. S'il te plaît !

— S'il me plaît quoi ? dit-il d'un ton mi-amusé, mi-hautain.

Elle s'empara alors d'un oreiller qu'elle lui lança au visage. Son espièglerie entre les draps était aussi une des raisons pour lesquelles il ne pouvait renoncer à elle. Du moins pas encore. Megan était tout à la fois sa maîtresse et sa compagne de jeux, et les jours où le travail l'avait rendu fou, elle ne manquait jamais de lui redonner le sourire.

Il leva les yeux vers elle. Son regard passionné reflétait le désir ardent qui l'animait et demandait à être comblé. Le temps du jeu était terminé.

— J'ai besoin de te sentir en moi. Maintenant, dit-elle. Je t'en prie…

Il aimait quand elle le suppliait. Cela l'excitait au plus haut point.

— Regarde-moi dans les yeux, Megan, lui ordonna-t-il. Regarde-moi quand je te prends.

N'y tenant plus, il s'enfouit dans ses profondeurs accueillantes, et eut la sensation que sa vue se brouillait. Avec une lenteur calculée, il se mit à aller et venir en elle, sentant ses ongles plantés dans sa chair, sa langue sur le lobe de ses oreilles. Puis sa respiration s'accéléra, se fit haletante, puis elle cria son prénom, et le plaisir la submergea. Chaque vague venait ricocher sur lui et il finit par céder à son tour à l'assaut de la volupté.

Quelques minutes plus tard, il s'effondrait sur les coudes avant de rouler sur le dos. Le ventilateur tournait toujours, séchant sa peau humide.

Sous aucun prétexte, il ne renoncerait aux mois qui leur restaient avant son mariage arrangé, pensa-t-il.

A cet instant, elle lui prit la main et la posa sur son ventre. Il lui jeta un regard en biais, la vit ouvrir, puis refermer la bouche. Finalement, elle garda le silence.

Il comprenait qu'elle reste sans voix. Lui aussi l'était après les ébats qu'ils venaient de vivre.

— Rentre avec moi en France, Megan.

— Je rentrerai dès que tu auras rompu avec ta fiancée.

Ces paroles assombrirent tout de suite son humeur.

— Je t'ai déjà dit que ce n'était pas possible, répondit-il.

Il la vit pâlir. Elle repoussa alors sa main et remonta le drap sur elle. Son regard, jusque-là doux et satisfait, se fit soudain blessé et trahi.

— Ce ne sera jamais aussi bien avec elle, affirma-t-elle.

— Je sais, ma belle amante.

Ses lèvres tremblèrent légèrement, mais aucune larme ne coula sur sa joue. Elle était bien trop fière pour pleurer — une autre qualité qu'il admirait en elle. A la différence de la plupart des femmes de sa connaissance, elle ne recourait pas aux sanglots mélodramatiques pour obtenir gain de cause.

— Tu crois vraiment que tu peux renoncer à tout ce qui existe entre nous aussi facilement ? Que les sentiments disparaîtront sur commande ? le questionna-t-elle.

Il poussa un soupir frustré. A l'évidence et contrairement à ce qu'il pensait, ils n'avaient pas progressé d'un pouce.

— Je peux t'assurer que ça ne va pas être facile, mais c'est ainsi, et je n'y peux rien.

Elle se leva alors d'un bond du lit et sortit de la chambre.

Quand elle revint, elle portait un peignoir de soie étroitement serré autour de son corps. Et le feu qui brillait dans ses yeux n'avait plus rien à voir avec la passion qu'ils venaient de partager.

— C'est là que tu te trompes, dit-elle. Je veux être plus qu'une liaison, Xavier, je mérite mieux que ça. Et si c'est tout ce que tu as à m'offrir, alors tu peux sortir de ma vie. Va-t-en. Rentre chez toi !

Voilà qu'elle lui faisait un nouveau caprice ! Cela ne lui ressemblait guère. Pourquoi agissait-elle de la sorte ?

— Tu dis toi-même que tu ne connaîtras jamais la même passion avec un autre homme, observa-t-il.

Elle croisa les bras.

— Tu crois ? fit-elle.

Et, tandis qu'il se sentait submergé par la jalousie, elle pivota sur ses talons et claqua la porte derrière elle. Le cliquetis de la poignée résonna dans la chambre silencieuse.

Il entendit l'eau de la douche couler et il poussa un juron. Elle lui demandait l'impossible ! Il ne pouvait pas annuler son mariage, quels que soient les jeux auxquels il se livrait avec Megan. Même si l'union ne lui avait pas permis de regagner la propriété qui avait autrefois appartenu aux Alexandre, il n'aurait pas pu déshonorer le nom de sa famille comme son père l'avait fait quand il avait cédé aux sirènes de l'amour au lieu d'accomplir son devoir. Le mariage « d'amour » qui avait suivi avait échoué, ce qui avait été infiniment préjudiciable à la famille Alexandre.

Se levant à son tour, il rassembla ses vêtements.

Il n'avait nulle intention de répéter les erreurs de son père. Il trouverait un autre moyen pour persuader Megan de passer les onze mois qui leur restaient dans son lit.

Il voulait bien être damné s'il lui permettait de prendre un autre amant ! Elle lui appartenait jusqu'à ce qu'il en décide autrement.

— Tu ne devrais pas porter cela toute seule. Pas dans ton état, la réprimanda Hannah quand elle rejoignit Megan au manège.

La bague de fiançailles que sa cousine arborait au doigt captura les rayons du soleil, et le diamant brilla de tous ses feux quand elle s'empara de l'autre extrémité de la barre supérieure de l'oxer pour la remettre sur son support.

— Je suis prudente, répondit-elle. Et tu as entendu ce que le médecin a dit. Je peux continuer mes activités habituelles, à part monter. Et puis, il y a Tim, sur qui je peux compter. Il prépare les parcours et entraîne les chevaux, c'est ainsi qu'il paie ses leçons.

Hanna remit un piquet à sa place et se frotta les mains pour en enlever la poussière.

— C'est généreux de ta part d'avoir passé ce contrat avec lui, observa-t-elle. Tu pourrais, si tu le voulais, n'accepter que des clients fortunés. Avec tes références, tu peux te permettre de choisir tes élèves.

— Je sais, concéda Megan. Merci encore d'avoir tout organisé pour moi… J'aide Tim parce qu'il est doué et qu'il aime les chevaux. Il me rappelle un peu moi, à mes débuts. Je ne voudrais pas qu'il passe à côté de sa chance parce que son père a perdu son travail.

Elle se rendit à l'obstacle suivant, Hannah sur ses talons.

— Nous avons un nouveau voisin, lui annonça-t-elle.

— Ah bon ? Qui ?

— Je n'en ai aucune idée. Wyatt m'a dit qu'un type l'avait appelé pour lui demander s'il connaissait des fermes pour chevaux dans la région.

Le visage d'Hannah s'illuminait chaque fois qu'elle mentionnait le nom de son fiancé, ce qui arrivait très souvent. C'était à la fois touchant, et un peu pénible aussi : cela renvoyait Megan à ce qu'elle n'avait plus.

— Wyatt lui a indiqué que la propriété au bout du chemin qui mène à la nôtre était à louer. Tu ne le sais sûrement pas, mais M. Haithcock est mort, il y a deux ans. Ses héritiers n'arrivent pas à s'accorder sur le sort à réserver à la propriété, alors elle est restée vide depuis. Bref, Wyatt a communiqué à son correspondant les coordonnées de la personne à contacter, et l'un des héritiers l'a appelé pour le remercier. Le type a loué la ferme.

— Je suis passée devant, la semaine dernière, en allant en ville. Elle est en mauvais état, souligna Megan.

L'appréhension lui noua la gorge. Xavier n'avait quand même pas…

Hannah hocha la tête.

— M. Haithcock était malade et ne pouvait pas entretenir la ferme. De nombreuses clôtures se sont effondrées et les bâtiments ont besoin d'un bon coup de peinture. Les pâturages aussi doivent être fauchés, sans compter l'allée qui est jonchée de débris à cause des orages. Je vais peut-être demander à mon équipe d'entretien d'aller mettre un peu d'ordre là-bas pour éviter la propagation des rongeurs.

Non, ce ne pouvait pas être Xavier, conclut-elle. L'endroit n'était pas du tout adapté à son train de vie. Elle n'avait pas entendu parler de lui depuis qu'elle l'avait mis à la porte, cinq jours plus tôt. Toutefois, elle se sentit déstabilisée par cette information était préoccupante, car Xavier n'était pas homme à renoncer.

Elle posa une main sur son ventre.

— Quand est-ce que cela s'est passé ?

— Euh… Le type a appelé en début de semaine et le neveu de M. Haithcock hier soir. Ces derniers jours, j'ai remarqué beaucoup d'activités à la ferme. J'ai aussi croisé un camion de chevaux. Je peux te garantir que les nouveaux occupants ont de l'argent !

La panique saisit Megan. Elle s'agrippa à la colonne de l'oxer pour ne pas vaciller. C'était sans doute juste une coïncidence !

— Megan, tout va bien ? s'enquit Hannah. Tu as trop travaillé, tu as l'air épuisée.

D'une main tremblante, elle repoussa ses cheveux en arrière et s'efforça de sourire. Ce ne pouvait pas être Xavier. Le ranch à l'abandon était bien trop rustique pour un homme comme lui qui appréciait autant le caviar et le champagne.

— J'ai tendance à voir tout en noir, bredouilla-t-elle.

— Cela ne te ressemble pas, observa Hannah. Tu peux être plus explicite ?

Elle soupira. Elle savait que sa cousine ne la lâcherait pas tant qu'elle ne lui aurait pas livré quelques éclaircissements.

— L'idée m'a traversé l'esprit que c'était peut-être Xavier qui avait loué la ferme, pour m'assiéger en quelque sorte, mais c'est impossible. Il est forcément retourné en France. Je lui refuse ce qu'il veut, et il a un mariage à préparer, là-bas, ainsi qu'une société à gérer. Donc aucune raison de rester aux Etats-Unis.

— Comme je m'en veux de ne pas avoir été là quand il est venu à Sutherland Farm. Je ne me serais pas gênée pour lui dire ma façon de penser.

Elle n'était pas surprise par le côté protecteur de sa cousine. Toutes deux avaient été aussi proches que des sœurs quand Megan avait emménagé à la ferme, après la mort de ses parents et de son frère. Si son oncle n'avait pas été impossible à vivre, elle n'en serait d'ailleurs jamais partie …

Maintenant que Luthor avait pris sa retraite et déménagé, Sutherland Farm n'était plus une zone de guerre. Le haras appartenait désormais à Hannah et à Wyatt, et tous deux l'y avaient accueillie avec une convivialité touchante. Toutefois, s'ils fondaient une famille, elle aurait une fois de plus la sensation d'être l'outsider…

Elle repoussa ses pensées déplaisantes pour se concentrer sur son actuelle préoccupation.

— Tu sais, Hannah, j'ai vraiment failli tout lui dire, pour le bébé… Nous avons fait l'amour, et tout me semblait parfait, je me sentais si proche de lui. Je pensais réellement qu'il avait laissé tomber sa fiancée. J'ai pris sa main, je l'ai posée sur mon ventre, et puis… je n'ai pas pu trouver les mots.

— Heureusement !

— Tu as raison, ç'aurait été un désastre.

Hannah sortit soudain son portable de sa poche.

— Je vais appeler Wyatt pour savoir si le neveu de Haithcock n'a pas, par hasard, mentionné le nom du nouvel occupant.

— C'est inutile, je suis un peu parano, c'est tout. Ce n'est pas une guerre féodale. Et puis tu imagines ? Organiser le transport de tous ces chevaux à travers la moitié du globe ? Non, ce n'est pas possible. Il n'aurait pas obtenu l'autorisation en si peu de temps.

— Autant en avoir le cœur net, répliqua Hannah en souriant.

Mais son sourire disparut bien vite pour laisser place à la déception : l'homme dont elle avait envie d'entendre la voix tant aimée n'avait pas décroché.

— Il est sur messagerie, annonça-t-elle. J'ai oublié qu'il avait une réunion, cet après-midi. Je lui demanderai ce soir.

— Ce n'est pas la peine, Hannah, vraiment.

Pourtant, elle doutait de trouver le sommeil tant qu'elle ne serait pas certaine que le nouveau locataire n'était pas Xavier. Il ne lui restait qu'une solution : aller en personne saluer le nouveau voisin, et croiser les doigts pour que ce ne soit pas Xavier qui l'accueille.

Megan eut un mauvais pressentiment en engageant le pick-up entre les clôtures fraîchement réparées et repeintes de Haithcock Farm. Les graviers récemment étalés crissèrent sous ses roues.

Puis elle aperçut la remorque à chevaux et déglutit avec peine… C'était le genre de modèle dernier cri que seul un millionnaire pouvait se permettre. Cela ne présageait rien de bon.

Elle gara son pick-up près du luxueux véhicule et en descendit. L'air humide du soir sentait la peinture et l'herbe fraîchement coupée. Quand elle vit l'alezan guidé par un palefrenier sortir de la rampe de la remorque, elle sentit une sueur froide lui couler dans la nuque…

Elle connaissait ce cheval comme le sien. Ses atouts, ses faiblesses, ses mauvaises habitudes. Et son propriétaire.

Xavier.

Elle eut un haut-le-cœur, mais elle serra les dents et la nausée passa. Il aurait été bien futile de fuir, pensa-t-elle encore. Xavier ne venait-il pas de prouver qu'il était capable de la suivre au bout du monde ? Qui plus était, avec sa monture favorite.

Elle balaya du regard la propriété rénovée en un temps record. Seul Xavier pouvait opérer un tel miracle, grâce à sa fortune et à ses relations.

Un curieux mélange d'espoir, de peur et d'excitation la saisit. Se serait-il donné tant de mal s'il ne ressentait rien pour elle ? S'il ne voulait pas qu'elle revienne, et qu'il n'y ait qu'elle, et elle seule ? Peut-être s'était-il rendu compte à quel point son mariage arrangé était stupide et anachronique…

L'alezan perçut son odeur. Ses oreilles frémirent, et il remua la queue en signe de reconnaissance. Elle se dirigea vers lui et caressa son long cou luisant.

— Bonjour, Apollo, dit-elle avant de se tourner vers le palefrenier :

— Pouvez-vous me dire où se trouve M. Alexandre ?

Le jeune homme désigna l'écurie.

— A l'intérieur.

— Merci.

Son cœur battait plus fort à mesure qu'elle approchait des écuries. Une Maserati quatre portes noire, identique à la voiture de luxe que Xavier conduisait en France, était garée non loin. Elle entendit sa voix avant de le voir et, soudain, il apparut sur le seuil, son portable à l'oreille.

Son estomac se contracta violemment.

Xavier laissa glisser sur elle ses yeux couleur de jade, puis mit fin à sa communication.

— Bonsoir, Megan, dit-il d'un ton posé.

Elle le regarda, attendant qu'il lui dise qu'il avait commis une erreur et qu'il voulait qu'elle revienne, mais le silence s'installa entre eux, qu'elle brisa au bout de quelques instants.

— Qu'est-ce que tu fais ici, Xavier ?

Il haussa les épaules.

— Si le cavalier ne vient pas au cheval, le cheval vient à lui, décréta-t-il.

— J'avais trouvé quelqu'un sur place pour me remplacer, objecta-t-elle.

— La personne ne convenait pas.

— Elle est classée parmi les dix premiers dans les Grands Prix.

— C'est toi qu'Apollo préfère.

— Tu as eu tort de lui faire traverser l'Atlantique. Je ne le monterai pas.

— Lui et les autres montures patienteront jusqu'à ce que tu sois redevenue toi-même.

Elle n'en crut pas ses oreilles.

— Tu as aussi transporté les deux autres ?

Il acquiesça.

— Pourquoi ? continua-t-elle. Tu leur fais perdre de la valeur en les retirant à mi-saison de la compétition.

— Tu as fait la même chose en les abandonnant à une entraîneuse moins expérimentée que toi. Ils n'étaient pas aussi performants avec elle qu'avec toi.

— Il fallait leur laisser le temps de s'habituer à un nouveau style, répliqua-t-elle, même si une part d'elle se réjouissait que les chevaux aient été meilleurs avec elle.

— De toute façon, ils sont là, à présent.

Quand Xavier Alexandre avait pris une décision, il ne revenait pas dessus. Elle avait simplement espéré que pour son mariage, il ferait une exception.

— Combien de temps vas-tu poursuivre ce petit jeu, Xavier ?

— J'ai signé un bail d'un an.

Elle poussa un soupir. Elle devait trouver le plus rapidement possible un moyen de le convaincre de repartir en France. Elle pourrait encore cacher pendant un petit mois son état sous des vêtements amples, mais pas plus, et dans six mois, elle donnerait naissance à leur enfant.

— Comment vas-tu gérer les Parfums Alexandre, d'ici ? Sans compter que tu dois t'occuper de ton mariage. C'est dans moins d'un an, n'est-ce pas ?

— Cecille peut s'occuper des préparatifs sans moi, et je travaillerai par vidéoconférence. Et puis, mon jet me permettra de faire de rapides allers-retours.

— La maison des Haithcock ne correspond pas à tes critères de luxe, poursuivit-elle, avançant son dernier argument. Ce n'est pas un hôtel cinq étoiles.

— Elle a du charme, et j'y ai fait livrer des meubles qui me conviennent.

— Tu perds ton temps, Xavier.

— Tu m'as dit vouloir courir des Grands Prix sur les champs de course américains. Je t'ai apporté les chevaux, il ne te reste plus qu'à te mettre au travail. Je comprends que tu aies besoin de te faire un nom ici, même si ton oncle s'est retiré des affaires et qu'il ne viendra pas te voir courir.

Elle n'aurait pas dû être surprise qu'il ait pris des renseignements sur elle.

— Je n'ai rien à prouver à mon oncle, et ce n'est pas pour cette raison que je suis revenue, répondit-elle.

— Alors quel est le problème ? Qu'est-ce qui te retient ici ?

Pourquoi s'entêtait-il à faire la sourde oreille ?

— Elle ! rétorqua-t-elle alors.

— Je te répète une fois de plus que Cecille n'est pas un problème. Je ne rentrerai pas en France tant que tu n'accepteras pas de revenir à la maison.

— Je reviendrai à une seule condition, annonça-t-elle alors.

Il leva un sourcil et elle sentit ses paumes devenir toutes moites.

— Que tu annules ton mariage, continua-t-elle.

Son visage s'assombrit.

— Tu exiges la seule concession que je ne peux t'accorder.

Ses paroles tuèrent définitivement le peu d'espoir qu'elle nourrissait encore. S'il l'avait aimée, il ne l'aurait pas blessée de cette façon. Bien sûr, il n'avait jamais formulé les trois mots magiques qu'elle attendait, il ne lui avait jamais dit qu'il l'aimait, mais ils avaient passé tellement de temps ensemble, avaient partagé une telle intimité qu'elle en était arrivée à la conclusion qu'elle comptait véritablement pour lui. Il s'était montré à elle sous un jour que tous les autres ignoraient, un visage empreint de bonté et d'attention. Tout ce qu'ils avaient vécu ensemble ne signifiait-il donc rien à ses yeux ?

— Que dit ta fiancée de tes « vacances » prolongées en Amérique ? demanda-t-elle.

— Je ne lui ai pas demandé son avis.

Elle réprima un petit cri.

— Puisque, manifestement, tu as eu de mauvais modèle en la matière, laisse-moi t'expliquer ce qu'est le mariage : il s'agit d'un partenariat, tu vois ? Cela signifie qu'il faut toujours considérer les sentiments de l'autre avant de prendre des décisions susceptibles de le concerner. Tromper sa future femme avec une maîtresse — même outre-Atlantique — n'est pas vraiment le meilleur moyen de gagner sa confiance, ni le gage d'une relation durable.

— Parce que toi, tu estimes être experte en relation durable ? A part ta cousine et tes chevaux, je ne te connais pas d'attache, lui asséna-t-il brutalement.

Fronçant les sourcils, il poursuivit sur le même ton dur :

— Puisque tu aimes tant la compétition, Megan, pourquoi est-ce que tu n'es pas sur les champs de course ?

Elle devait trouver une réponse plausible.

— Cela fait dix ans que je cours les Grands Prix, j'avais besoin de faire une pause. Et puis ma cousine me manquait, j'avais envie de la revoir. Qui plus est, je veux l'aider à préparer son mariage. Comme mon oncle n'habite plus à Sutherland Farm, je n'ai plus aucune raison d'éviter cet endroit. Je quitte les hippodromes européens pour de bon, Xavier, et je ne reviendrai jamais en France. Ni pour toi, ni pour les chevaux. Pas si tu l'épouses.

En prononçant ces paroles, elle comprit que sa décision était prise. Elle ne rentrerait pas en Europe s'il s'entêtait à contracter une union arrangée. Elle ne pourrait supporter l'idée de le croiser en compagnie de sa femme.

Sa vie en Europe était derrière elle, et les amis qu'elle s'était faits là-bas appartenaient désormais au passé. Pour difficile qu'elle soit à accepter, cette réalité était désormais la sienne. En partant sur un coup de tête, elle avait cru que c'était du provisoire. Mais ce n'était pas le cas… Elle sentit soudain que ses yeux la brûlaient. Elle puisa dans son courage. Elle ne pouvait s'offrir le luxe de pleurer devant lui. Comme il lui était difficile, ces derniers temps, de contrôler ses émotions ! Elle était à fleur de peau.

Serrant les dents, elle tourna les talons et s'éloigna.

— Pourquoi est-ce que tu veux changer les règles du jeu ? s'écria-t-il en la rattrapant.

Elle s'arrêta et fit volte-face, réellement déconcertée par le fait qu'un homme aussi brillant que lui puisse être à ce point obtus.

— Ce n'est pas moi, mais toi qui les as changées ! lui asséna-t-elle.

— C'est faux !

— Est-ce que tu m'aimes, Xavier ? demanda-t-elle tout à trac.

Elle vit son visage se crisper.

— L'amour n'a jamais fait partie de notre contrat, répliqua-t-il froidement.

— « Notre contrat » ? répéta-t-elle. Tu parles de notre relation comme d'un accord commercial scellé par une poignée de main !

— Est-ce que tu es en train de me dire que tu m'aimes ?

L'idée ne paraissait pas le ravir. D'ailleurs, le fait qu'il élude sa question était déjà en soi une réponse. Elle sentit le poids de la désillusion s'abattre sur ses épaules comme une chape de plomb.

— Je pensais que oui, répondit-elle. Mais j'ai l'impression que je me suis trompée. Tu n'es pas celui pour qui je te prenais, parce que cet homme-là n'aurait jamais couru le risque d'infliger à sa femme, à ses enfants et à sa maîtresse l'humiliation des commérages qui doivent aller bon train sur les champs de course.

Elle reprit son souffle et ajouta :

— Il se peut que tu te fiches éperdument de ce qu'on dira derrière le dos de ta future femme ou du mien, Xavier, mais moi, je ne veux pas la placer dans une situation embarrassante ni avoir l'impression de me déprécier. Je te le répète une dernière fois, en espérant que tu comprennes : rentre chez toi ! Tant que tu prévois de l'épouser, il n'y a rien pour toi ici.

- 3 -

Megan regardait l'image floue sur l'écran, bien trop bouleversée pour parler. Ce cœur qui battait, ces petits pieds, ces minuscules doigts, ces yeux, cette bouche appartenaient à son bébé. Le sien et celui de Xavier.

Comme si elle ressentait l'émotion qui l'envahissait, Hannah lui serra la main…

L'obstétricienne appuya alors sur un bouton de l'appareil d'échographie et une imprimante se mit en marche. Avec une serviette en papier, elle lui essuya le ventre, puis l'aida à s'asseoir.

— Tout est parfaitement normal, lui dit-elle. Vous en êtes à votre douzième semaine de grossesse. Selon mes estimations, votre enfant naîtra la première semaine de janvier. Un nouveau bébé pour commencer la nouvelle année, n'est-ce pas fabuleux ?

Une nouvelle année, une nouvelle vie, seule avec son bébé… Elle devait s'habituer à l'idée de mener son existence sans Xavier.

— Est-ce que vous pouvez déjà voir si c'est un garçon ou une fille ? demanda Hannah au docteur.

Megan était heureuse que sa cousine l'ait accompagnée. Elle lui était d'un grand soutien, dans la mesure où son propre cerveau semblait dans l'incapacité de réfléchir et de poser les questions appropriées.

— Pas encore. Mais comme nous ne savons pas exactement à quand remontent vos dernières règles, nous referons une échographie dans huit semaines pour confirmer les dates. Nous pourrons sans doute voir alors le sexe de l'enfant. D'autres questions ?

Megan secoua la tête, et le médecin lui tendit la photo de l'échographie, lui souhaita une bonne continuation et sortit de la petite salle.

Elle regarda l'échographie, submergée par des vagues d'émotions : excitation, joie, tristesse, peur… Elle allait être responsable de cette petite personne, de sa santé, de son bonheur, de son bien-être. Elle, et elle seule. Et si elle n'était pas à la hauteur ?

— Tout va bien, Megan ? s'enquit Hannah.

Elle se laissa glisser de la table et rajusta ses vêtements.

— Xavier aurait dû être à mes côtés aujourd'hui, dit-elle.

— C'est tant pis pour lui, Meg.

Est-ce qu'un seul parent était suffisant ? Elle se demandait qui s'occuperait du bébé s'il lui arrivait quelque chose.

— Je devrais peut-être lui dire…

— Tu crois que si tu lui disais, il la laisserait tomber et t'épouserait ?

— C'est la question à cent mille dollars ! Je me la suis posée des millions de fois, tu sais. Je ne sais pas… D'un côté, quand Xavier s'engage dans une voie, il n'en dévie jamais. D'un autre côté, ce qui est à lui, est à lui. Il n'y renonce pas facilement.

— Si tu lui dis et qu'il l'abandonne pour t'épouser, tu ne crois pas que tu passeras ta vie à te demander s'il ne l'a pas fait uniquement pour le bébé ?

Hannah avait l'art de poser les bonnes questions.

— Tu as raison, admit-elle. Ce que j'aimerais, c'est qu'il se réveille un beau matin en se rendant compte à quel point notre relation était — est — précieuse. Bien trop pour y renoncer.

— Alors, attends encore un peu avant de lui dire quoi

que ce soit. Evidemment, s'il reste dans les parages, tu ne pourras pas le lui cacher longtemps. Mais peut-être que cela suffira pour qu'il reprenne ses esprits.

— Entendu, pour l'instant, je ne change rien au *statu quo*.

Elle restait donc seule, comme elle l'avait toujours été depuis la mort de ses parents et de son frère.

Après la scène avec Megan, trois jours plus tôt, Xavier avait failli tout envoyer promener et rentrer en France avec ses chevaux, la laissant seule et désespérée, puisqu'elle ne voulait pas entendre raison. Il lui aurait été si facile de la remplacer.

Le problème, c'était qu'il ne voulait pas d'une autre maîtresse.

Il était littéralement dépendant de Megan. Elle agissait sur lui comme une drogue. Il devait lui faire comprendre que ce qu'ils partageaient — leurs ébats ardents, leur respect mutuel et leurs intérêts communs — n'avaient rien à voir avec son mariage. Cette union relevait des affaires, alors qu'eux deux partageaient du pur plaisir. Et il était bien décidé à en prendre autant qu'il le pourrait. Après son mariage, il devrait remplir ses devoirs et ses obligations, comme lui intimait son sens de l'honneur. Bien sûr, Cecille ne lui déplaisait pas physiquement, mais ce n'était pas Megan…

A défaut de pouvoir convaincre directement celle-ci, il devrait employer des chemins détournés pour parvenir à ses fins. Dans son viseur, il y avait Wyatt Jacobs, le P.-D.G. de Triple Crown Distillery et le copropriétaire de Sutherland Farm où résidait Megan : c'était la seule stratégie qui lui restait. Il avait besoin de savoir si son départ brutal résultait de la simple jalousie ou était motivé par une autre raison. Il commençait à pencher en faveur de la dernière hypothèse.

Megan avait toujours été forte, déterminée, et rationnelle. C'était d'ailleurs ce qu'il admirait en elle. Or, désormais, elle semblait faire preuve d'une sorte de rigidité, qui n'avait rien à voir avec la détermination. Par ailleurs, sa décision d'abandonner une carrière qu'elle aimait plus que tout était parfaitement illogique et ne correspondait pas à son caractère.

Il serra la main de Wyatt Jacobs.

— Merci de m'avoir aidé à dénicher la ferme et de m'accorder un rendez-vous, lui dit-il.

— Je ne pouvais pas refuser votre offre concernant le sponsoring des Grands Prix. Il y a longtemps que j'y pense, mais je n'avais pas encore eu le temps de me pencher sur la question.

— On m'a informé que vous prévoyiez le lancement d'un whisky haut de gamme. Je n'ai jamais vu votre nom associé à des événements équestres. Il faut rattraper le temps perdu, et vos nouveaux liens avec Sutherland Farm constituent l'opportunité rêvée.

— Exact. Les informations publicitaires que vous m'avez fait parvenir arrivent à point nommé.

Jacobs l'escorta dans son bureau, puis lui indiqua un siège avant de prendre place lui-même derrière sa table de travail.

— Maintenant que j'ai commencé à suivre les retransmissions télévisées des Grands Prix avec ma fiancée, je me rends compte de la renommée des Parfums Alexandre, continua Jacobs.

— Notre couverture publicitaire est, en effet, importante, de sorte que le retour sur investissements s'en ressent. Notre publicité cible une niche précise qui a les moyens de s'offrir nos produits. Vous pourriez obtenir des résultats similaires, lui assura-t-il.

— Le public des Grands Prix correspond en effet à notre cœur de cible. Je souhaite également faire une surprise à Hannah en apportant un soutien financier à son association caritative en faveur des animaux. Je ne lui en parlerai pas tant que nous n'aurons pas signé le contrat, aussi vous serait-il possible de ne pas divulguer l'information ?

— Vous pouvez compter sur moi, répondit-il.

Il se félicita de nouveau de s'être intéressé de près à Sutherland Farm et, notamment, aux programmes dédiés à la sauvegarde des chevaux en détresse et à la thérapie par l'équitation.

— Un Centre pour tous est une cause fort louable. Le public équestre doit être à la fois sympathique et généreux.

Jacobs s'adossa à sa chaise et plissa légèrement les yeux .

— Qu'attendez-vous de moi en retour de ce partage de connaissances ? demanda-t-il.

Xavier appréciait les personnes qui avaient l'intelligence de comprendre que rien ne s'obtenait gratuitement et qui ne craignaient pas d'aller droit au but.

— J'ai transféré trois de mes chevaux à Haithcock Farm. J'ai besoin d'experts pour les faire travailler et les présenter sur les champs de course, mais j'ai peu de relations aux Etats-Unis.

— C'est le domaine d'Hannah, dit-il, mais comme je doute qu'elle vous aide de son plein gré, je vous adresserai au personnel qui s'occupe des écuries, et il vous apportera l'assistance nécessaire.

— J'aurais préféré que ce soit Megan.

— Ah, Megan… ! Le réel motif de votre visite, n'est-ce pas ? Désolé de vous décevoir, mais elle ne travaille pas pour moi. Je ne peux pas lui demander de monter vos chevaux. Il faudra l'en convaincre par vous-même.

Il ravala sa frustration.

— Je comprends, dit-il.

Tandis qu'il écoutait son hôte, il gardait une oreille attentive aux bruits alentour, dans l'espoir de capter un signe de la présence de Megan : sa voix, son pas, son rire. Un des palefreniers lui avait en effet indiqué qu'elle se trouvait chez sa cousine. Soudain, il entendit des pas dans l'escalier et se raidit. Visiblement, sa réaction n'échappa pas à la perspicacité de son hôte.

— Si c'est Megan que vous guettez, dit-il, autant vous prévenir qu'elle n'est pas à la maison. Elle est partie faire des courses avec Hannah. Ce qui est sans doute préférable, car vous n'êtes pas dans ses petits papiers en ce moment. Je m'expose sans doute à des représailles pour vous avoir reçu ! Mais leurs sentiments sont d'ordre personnel, alors que notre discussion est professionnelle.

Xavier s'efforça de cacher sa déception. Il espérait tellement la voir !

— Megan et moi…, commença-t-il.

Wyatt leva une main pour l'arrêter.

— Ce qui existe entre Megan et vous ne me regarde pas, tant que ce n'est pas illégal.

— Non, ça ne l'est pas, fit-il.

Jacobs se leva et se dirigea vers le bar.

— Voulez-vous goûter un des nouveaux produits de Triple Crown ? Mon beau-père avait commencé l'élaboration de ce whisky unique avant le début de son Alzheimer. Je tiens à le commercialiser tant qu'il peut encore s'en rendre compte.

Si partager un verre avec Jacobs pouvait lui assurer sa coopération, il était prêt à avaler n'importe quelle piquette.

— Certainement.

Son hôte versa un liquide couleur acajou dans deux verres à whisky et lui en tendit un.

— A votre santé, dit-il en le prenant.

Puis il porta le verre à ses lèvres et garda un moment le whisky en bouche pour en apprécier toute la rondeur. Ce n'était décidément pas de la piquette !

— Il est très moelleux, avec des soupçons de fumée, de caramel et de chocolat, dit-il.

— Vous avez un palais éduqué et vous savez faire des affaires, monsieur Alexandre, mais permettez-moi de vous prévenir : faire du mal à Megan équivaut à blesser Hannah. Et je ne tolérerai pas que quiconque blesse ma fiancée.

Xavier hocha la tête.

— Message compris, dit-il.

Il avait un allié en Jacobs, même si c'était un allié sur ses gardes.

Megan sentit son cœur s'emballer quand elle repéra la longue silhouette contre la barrière blanche. Elle aurait reconnu ses imposantes épaules n'importe où.

— Arrête-toi, dit-elle à Hannah.

Celle-ci freina sans hésitation.

— Pourquoi ?

— Xavier est là-bas.

Elle désigna le manège.

— Je vais appeler le personnel de sécurité pour l'expulser *illico* de ma propriété, fit Hannah.

Ce fut alors qu'un cheval et son cavalier se profilèrent et franchirent l'oxer qu'elle avait préparé pour les cours de l'après-midi.

— Attends… C'est Apollo. Et c'est Tim qui le monte.

— C'est l'étalon que tu montais pour Xavier ?

— Oui. Je me demande bien ce que mijote encore Xavier…

— Si tu veux mon avis, il essaie d'attirer ton attention, voilà tout.

— Dans ce cas, c'est peine perdue ! Je ne suis pas prête à une nouvelle confrontation. Est-ce que tu veux bien me déposer au cottage ?

— Oui, mais je veux d'abord savoir ce que fait cet

individu sur ma propriété. Quelqu'un lui a forcément donné la permission. Et je parierais que c'est Wyatt. Je savais bien que ne pas lui signaler ta grossesse était une erreur.

Hannah redémarra et fit demi-tour.

— Mieux le secret sera gardé, et moins il y aura de risque que Xavier ne le découvre avant qu'il se lasse de me poursuivre et retourne en France.

— S'il reste, il le découvrira forcément ! rétorqua Hannah.

— Je sais, mais je suis persuadée qu'il rentrera chez lui dès que je l'aurai convaincu que je ne vais pas le suivre en France comme une enfant perdue.

Hannah se gara devant la maison. Megan descendit du véhicule et emboîta le pas à sa cousine qui fonça vers le bureau de Wyatt. Celui-ci était assis derrière sa grande table de travail. Comme tout était différent aujourd'hui ! Elle pouvait entrer dans la maison sans craindre de contrarier le père d'Hannah et de se faire réprimander.

Wyatt se leva immédiatement et traversa la pièce pour prendre Hannah dans ses bras. Megan tourna la tête : l'amour que ces deux êtres éprouvaient l'un pour l'autre était presque douloureux à son cœur meurtri.

— Est-ce que tu sais que Xavier Alexandre est sur notre propriété ? demanda Hannah.

— Oui, je lui ai donné l'autorisation de discuter avec nos cavaliers.

Megan se sentit gagnée par la peur. Elle ne pouvait pas prendre le risque de le croiser à chaque instant sur le domaine de sa cousine.

— Pardon ? s'écria Hannah d'une voix stridente, en se dégageant vivement de l'étreinte de son fiancé.

— Xavier m'a donné des conseils pour la publicité dans les Grands Prix. En retour, je l'autorise à s'entretenir avec nos cavaliers pour qu'il puisse en sélectionner un ou deux pour s'occuper de ses chevaux. Il m'a dit que Megan ne voulait pas l'aider.

— Il est tout à fait normal qu'elle ait refusé !

— Hannah, ma chérie, doucement, s'il te plaît ! Il s'agit d'affaires. Votre querelle est personnelle.

— Mais comment peux-tu le laisser se promener librement chez nous après la façon dont il a traité Megan ?

Megan grimaça. En aucun cas, elle ne voulait être la cause d'une dispute entre les deux tourtereaux.

— Eh, les enfants, inutile de se disputer ! leur dit-elle d'un ton apaisant.

— Votre relation est terminée, dit Wyatt en se tournant vers elle. Pourquoi est-ce que vous ne pouvez pas gérer la situation en adultes ?

Megan s'apprêta à répondre, puis se ravisa. Elle avait soudain la sensation d'avoir la gorge extrêmement sèche.

— C'est un peu plus compliqué que cela, finit-elle par dire.

— Ah bon ? Que s'est-il passé ? Il t'a maltraitée, je veux dire, physiquement ?

— Non.

— Il t'a menacée ?

Elle poussa un lent soupir résigné. Les hommes allaient se soutenir entre eux.

— Non, concéda-t-elle.

— Wyatt, ce n'est pas la question ! intervint Hannah. Megan est enceinte, et il ne doit pas l'apprendre.

— Hannah ! s'écria Megan, consternée.

Sa cousine fit la grimace.

— Désolée, Megan, mais Wyatt a besoin de comprendre pourquoi tu as refusé de monter les chevaux de Xavier et pourquoi on ne peut pas l'autoriser à se promener librement sur la propriété.

De nouveau, Wyatt considéra Megan d'un regard pénétrant, et celle-ci eut envie de s'enfuir dans son cottage.

— Le bébé est de lui ? demanda-t-il d'un ton dur.

— Oui.

— Et tu ne lui as pas dit ?

— Non. Etant donné qu'il est fiancé à une autre, je ne veux pas prendre le risque d'une bataille liée à la garde de l'enfant. Je ne pourrais ni me la permettre financièrement, ni prendre le risque de la perdre.

Le visage de Wyatt s'adoucit un tout petit peu.

— Megan, il a le droit de savoir qu'il va devenir père. A sa place, je voudrais savoir.

Hannah protesta.

— C'est typiquement masculin de prendre le parti de l'infidèle.

— Je n'approuve pas ses actes, mais il a des obligations financières envers Megan et leur enfant.

— Non !

Megan avait crié. Elle s'efforça de se ressaisir.

— Wyatt, expliqua-t-elle, je sais que tu es bien intentionné, mais tu n'as pas la moindre idée de ce que c'est d'être élevé par une personne par devoir, et d'avoir toujours l'impression d'être un fardeau. Moi si ! Xavier m'a dit clairement qu'il ne voulait pas d'enfant avec moi. Or, je ne veux pas que mon bébé ait la sensation de ne pas avoir été désiré. Je m'en sortirai sans lui, même financièrement.

Le regard pensif de Wyatt passa de Megan à Hannah.

— Il doit être mis au courant, déclara-t-il au bout de quelques instants.

Ce n'étaient pas les paroles qu'elle aurait aimé entendre.

— Tu ne comprends donc pas ! s'exclama-t-elle. Xavier ne perd jamais.

— Tu préfères vivre toute ta vie dans la peur qu'il découvre un jour l'existence de cet enfant ? Tu as envie de passer ton existence sur le qui-vive, à regarder pardessus ton épaule et à attendre d'être prise en flagrant délit, surtout si tu restes dans le domaine hippique ? Il faut faire face, Megan. C'est une bataille que tu vas devoir livrer, et il vaut mieux que ce soit toi qui dictes tes conditions. Je t'aiderai à trouver le meilleur avocat spécialisé dans la garde d'enfants.

Hannah passa un bras autour des épaules de sa cousine.

— Je crains fort que Wyatt ait raison.

— Ce n'est pas ce que tu affirmais tout à l'heure, protesta Megan.

— Je n'avais pas envisagé le problème sous cet angle. Si tu participes de nouveau à des Grands Prix, quelqu'un va finir par s'apercevoir que tu as un enfant, et fera le rapprochement. Et d'ailleurs, même si tu décides de ne plus courir les Grands Prix, Sutherland Farm a une clientèle internationale. Il vaut mieux que tu dises la vérité à Xavier maintenant, au lieu qu'il la découvre par lui-même quand il sera marié et qu'il aura d'autres enfants.

Megan sentit son estomac se nouer… Elle venait de perdre tous ses alliés. Si elle n'était pas vigilante, elle finirait aussi par perdre son enfant.

Xavier frappa pour la deuxième fois à la porte du cottage. Comme Megan ne répondait pas, il scruta la cour. Il savait qu'elle était ici. Il l'avait vu revenir de son jogging matinal, alors qu'il se trouvait sur le patio de Wyatt Jacobs.

Il regarda sa montre. Plus de dix minutes s'étaient écoulées depuis qu'elle était rentrée chez elle. C'était le temps qu'il lui avait fallu pour conclure son second entretien avec Jacobs et venir jusqu'ici.

Il sentit l'agacement le gagner. Essayait-elle encore de l'éviter ? Ce comportement puéril ne lui ressemblait pas, mais il était vrai qu'elle avait réagi curieusement depuis que la nouvelle de son mariage avait été annoncée dans les journaux. Cecille aurait dû l'avertir qu'elle avait prévenu la presse, de la sorte, il aurait pu préparer Megan à la nouvelle…

Les répercussions de l'affaire lui avaient appris au moins une chose : Megan l'aimait. Elle avait beau le nier, il ne la croyait pas. Aussi n'y avait-il aucune raison pour qu'ils ne profitent pas pleinement des onze mois qui leur restaient ! Onze mois qui passeraient si vite… Le remords l'envahit soudain, mais il s'efforça de le chasser bien vite. Son mariage était arrangé depuis des années, et il honorerait son engagement.

Fatigué d'attendre, il tourna la poignée.

Comme il s'y était attendu, Megan n'avait pas pris la peine de fermer à clé. Elle était d'une nature si confiante. Il entra dans le cottage, les oreilles à l'affût… Un bruit d'eau attira immédiatement son attention, et il comprit alors pourquoi elle ne lui avait pas répondu. Elle prenait toujours une douche après son jogging matinal et elle ne l'avait pas entendu frapper.

L'image de son corps nu et mouillé, de sa peau couleur ivoire et de ses courbes subtiles s'imposa à lui. Il sentit son pouls s'accélérer et le désir le tenailler.

Comme il était regrettable que l'arrangement ait été passé des années avant qu'il rencontre Megan ! Il pouvait tout lui donner, tout sauf le mariage et des enfants. Tout sauf l'amour. Il n'avait jamais eu l'intention de succomber à cet état qui faisait perdre la tête et le sens du devoir à un homme, l'empêchant d'honorer ses devoirs et ses obligations.

Il allait tirer profit de son absence momentanée pour préparer la surprise qu'il lui avait apportée. Il se dirigea vers la cuisine et posa la boîte de viennoiseries sur la table, avant de chercher tranquillement des assiettes dans les placards, afin de dresser la table. Il avisa alors la cafetière vide et se figea… Pour Megan, le café du matin était sacré. La voir porter son mug à ses lèvres, savourer le liquide chaud en bouche, puis l'avaler avec une expression de pur plaisir, avait toujours été un spectacle très excitant pour lui. Son expression lui rappelait alors celle qu'elle avait quand elle passait sa langue sur…

Il coupa court au souvenir torturant et se mit en quête des filtres et du café, notant au passage que ce n'était pas sa marque habituelle de premier choix. Il était certain qu'elle apprécierait un bon café avec les croissants aux amandes qu'il avait achetés ce matin même dans sa pâtisserie préférée.

Jusqu'à ce qu'elle accepte de rentrer en France avec lui, il lui rappellerait à chaque instant l'existence qu'elle avait laissée derrière elle, une existence qu'elle pouvait à tout moment retrouver si elle cessait de s'entêter à vouloir plus que ce dont ils étaient convenus ensemble depuis le début.

Après avoir disposé les viennoiseries dans les assiettes, il s'assit sur une chaise qui lui permettait d'observer le couloir sur lequel donnait la salle de bains, dont la porte, d'ailleurs, était entrouverte… De la vapeur en sortait, qui portait l'odeur familière de son shampoing. Il était si impatient de la voir, de la savourer, de s'abandonner en elle qu'il ne parvint à résister qu'à grand-peine à la tentation de la rejoindre sous la douche…

Il s'imagina retirer ses vêtements, entrer dans la douche et poser ses mains sur ses seins mouillés aux pointes durcies. Il l'aurait alors excitée jusqu'à ce qu'elle le supplie de la prendre…

Il sentit une goutte de sueur couler sur son front et s'efforça de respirer calmement. Il regarda sa montre. Décidément, elle prenait son temps ! Soudain, il se rendit compte qu'elle ne chantonnait pas, comme elle en avait l'habitude sous la douche. Sauf s'il était avec elle. Là, ce n'était plus une mélodie, mais des gémissements qui sortaient de sa bouche…

De nouveau, un désir intense l'étreignit… Il chercha

une position plus confortable. Quand l'eau s'arrêta de couler, tous ses muscles se tendirent, dans l'attente…

Le bras de Megan se dessina alors dans son champ de vision, pour attraper la serviette accrochée à la patère de la porte. Puis ce fut une longue jambe lisse, comme dans un numéro de strip-tease. Décidément, elle jouait avec ses nerfs. Enfin, le reste de son corps brillant se profila. Elle lui tournait le dos. Il voyait les gouttes d'eau ruisseler sur ses reins et ses fesses. Quel spectacle sensuel ! Son cœur cogna dans sa poitrine quand elle leva les bras pour sécher ses cheveux. Megan avait un corps de sportive, mais elle était également très féminine.

Il regrettait de ne pas avoir vu ses seins qu'elle pressait à présent sous la serviette. Puis elle fit plusieurs fois glisser le drap de bain sur ses épaules, comme un archet sur un violon, avant de le descendre le long de son dos. Elle se pencha ensuite en avant pour sécher ses jambes.

Comme il aurait aimé la voir de face ! Mais il était préférable de ne pas interrompre ce formidable spectacle. Il se contenta d'enfoncer ses ongles dans le bois de la chaise, un substitut bien fade, comparée à la peau soyeuse de sa belle amante.

Soudain, elle posa la serviette sur le lavabo et prit ses seins dans ses mains, comme si elle les soupesait. Son pouls s'accéléra devant ce geste hautement sensuel, et il se sentit légèrement coupable de l'observer ainsi à la dérobée, comme un voyeur. Puis elle posa ses mains sur son ventre… et il comprit.

C'était le geste universel de toute mère envers son enfant à naître.

L'idée qui s'imposait ainsi à lui le terrifia.

Megan ne pouvait pas être enceinte !

Il essaya de se rassurer en se disant qu'elle avait peut-être tout simplement pris un peu de poids, ce qui aurait expliqué que ses seins soient plus pleins et son ventre un peu moins plat.

Mais elle ne montait plus à cheval, et sa cafetière était vide… Et puis, en le quittant, elle avait prononcé des paroles insensées sur le désir d'enfant…

La conclusion s'imposait. Son cœur battait à tout rompre dans sa poitrine. Par pitié ! Ce n'était pas possible…

Comme si elle avait soudain perçu son désarroi, elle se retourna. Il perçut alors son regard horrifié. D'un geste prompt, elle saisit la serviette et s'enroula dedans.

— Qu'est-ce que tu fais chez moi ? Tu n'as aucun droit d'être ici ! Sors !

— Tu es enceinte.

Elle poussa un petit cri et pâlit.

— C'est pour cela que tu m'as quitté et que tu ne montes plus à cheval, poursuivit-il sur un ton accusateur.

Il se mit debout et sentit ses jambes trembler. La fureur et la jalousie se disputaient violemment en lui.

— C'est l'enfant de qui ? Ce ne peut pas être le mien. Nous avons toujours utilisé des préservatifs. Toujours !

— C'est vrai. Toujours, répéta-t-elle.

Puis elle disparut dans la salle de bains pour en resurgir quelques secondes plus tard, vêtue d'un peignoir à la ceinture bien nouée sur son ventre. Ce ventre où grandissait l'enfant d'un autre…

Comment avait-elle pu ?

Il n'arrivait pas à croire qu'elle ait pris un amant. Pas après la passion qu'ils avaient partagée, la façon dont il l'avait gâtée. Pas après qu'elle ait affirmé l'aimer.

Pourtant, il avait devant lui la preuve du contraire. La colère et le ressentiment lui brûlaient l'estomac et la gorge comme de l'acide.

— De qui est-il ? demanda-t-il une nouvelle fois.

— J'ai du mal à croire que tu aies l'audace de poser une telle question.

— Comment est-ce que tu as trouvé le temps de voir un autre homme ? Tu passais toutes tes journées avec les chevaux et tes soirées avec moi !

— Quelle importance ? répondit-elle d'un ton évasif.

Megan était une personne honnête, et son refus de lui répondre était encore plus éloquent que des mots. Qui cherchait-elle à protéger ?

— Tu m'as trahi ! dit-il d'un ton rageur.

Une lueur furieuse s'alluma alors dans ses yeux, et elle s'avança vers lui d'un pas décidé.

— Ce n'est pas moi la traîtresse, dans cette affaire, Xavier. Au contraire, c'est moi qui ai été trahie. Pas toi. Chaque fois que nous faisions l'amour, tu planifiais ton mariage avec une autre, et tu n'as même pas eu la décence de me l'avouer.

Pour la première fois, il se sentit saisi de remords, qu'il chassa bien vite : il n'avait aucune raison d'éprouver de la honte.

— J'ai toujours été honnête sur mes intentions, depuis le début. C'est toi qui n'as pas respecté le contrat. Il s'agissait d'une relation sans attache, une liaison temporaire et sans complication !

Il désigna son ventre.

— Et ceci est une complication !

Elle lui lança un regard curieux, presque embarrassée, et se dirigea vers le réfrigérateur d'où elle ne sortit rien. Son comportement était décidément bien singulier. Il se rappela alors un vague cliché en noir et blanc sur la porte, auquel il n'avait pas accordé grande attention en sortant le lait. L'attrapant par les épaules, il la força à se décaler.

— Arrête ! s'écria-t-elle. Tu ne peux pas…

Il fut plus rapide qu'elle et s'empara du cliché.

— Donne-moi ça, Xavier !

— C'est ton bébé ! s'exclama-t-il, l'échographie en main.

Elle voulut la lui reprendre, mais il la leva pour l'empêcher de l'attraper.

— Oui ! Rends-moi cette photo !

Sans l'écouter, il lut, inscrite en noir sur le rebord blanc, la date à laquelle l'échographie avait été réalisée ainsi qu'une autre information : 12 semaines.

— Tu es enceinte de trois mois, dit-il.

— Et alors ? fit-elle en croisant les bras.

Elle avait relevé le menton comme pour le défier, et pourtant, c'était bien de la peur qu'il lisait dans ses yeux. Jamais il n'avait provoqué un tel sentiment chez elle. Une seule raison avait pu le faire naître…

Un étrange calme s'abattit sur lui : si l'enfant avait été celui d'un autre, elle n'aurait eu aucune raison d'être aussi inquiète. C'était donc bien le sien.

— Tu m'aimes, et tu n'as pas eu de relations intimes avec un autre homme, conclut-il.

Il vit ses épaules s'affaisser lentement.

— Tu as raison, j'aurais été incapable de te tromper.

— Cet enfant, c'est le mien.

— Uniquement si tu en as envie.

— Que veux-tu dire, au juste ?

— Cela signifie que tu peux tout à fait sortir de chez moi et ne jamais revenir. Nous oublions cette conversation, et tu te maries, comme si de rien n'était.

De nouveau, ce n'était pas la réponse qu'il avait attendue d'elle.

— Est-ce que tu as « provoqué » l'accident pour me forcer à t'épouser ? lui demanda-t-il de but en blanc.

Elle sourcilla.

— Si c'était le cas, tu ne crois pas que je te l'aurais tout de suite dit ? A quoi sert un moyen de pression si on ne l'utilise pas ?

— Tu attendais peut-être que le bébé soit né pour réclamer le mariage, et il se peut que l'annonce de mes fiançailles ait contrarié tes plans.

— Tu penses vraiment que j'aurais été capable d'une telle bassesse ? Tu as donc si peu confiance en moi ?

Pour autant qu'il le sache, Megan ne lui avait jamais menti. Sans épiloguer, il changea de sujet.

— Comment… quand est-ce que c'est arrivé ? demanda-t-il.

Elle soupira, repoussant une mèche rebelle qui était retombée sur son front.

— Je ne suis pas sûre… J'imagine que c'était à Madrid. Tu te rappelles ? On n'avait plus de préservatif et tu es allé en acheter dans une baraque, près de l'hippodrome.

Son corps frémit à ce souvenir.

— Nous étions à court de préservatifs parce que tu étais insatiable ! lui reprocha-t-il alors.

Ces paroles la firent rougir.

— C'est l'effet que me procure le triomphe, et c'était vraiment un formidable week-end pour moi et mes chevaux. Mais on aurait tout à fait pu attendre de rentrer à l'hôtel, c'est toi qui n'as pas voulu.

Elle disait vrai. Il était allé acheter les préservatifs dans cette échoppe qui ne payait pas de mine. La boîte était recouverte de poussière, mais il n'y avait pas prêté attention, si pressé qu'il était de la rejoindre dans les vestiaires pour une étreinte passionnelle.

— Depuis quand sais-tu que tu es enceinte ?

Elle resserra le col de son peignoir.

— Je l'ai appris une heure avant que tu m'annonces ton futur mariage.

Ce qui expliquait la scène qu'elle lui avait faite et son brusque départ…

— Pourquoi ne m'as-tu rien dit ?

— Parce que tu venais d'affirmer que tu ne voulais pas d'enfant avec moi ! Que notre relation était passagère.

— C'était bien notre contrat, non ?

— Nous étions aussi d'accord sur le fait que chacun de nous pouvait à tout moment rompre sans que l'autre n'en prenne ombrage. Eh bien, c'est ce que j'ai fait. J'ai mis un terme à notre relation. C'est toi qui n'as rien respecté en me poursuivant jusqu'ici. Mais maintenant, tu peux retourner tranquillement en France auprès de ta future femme. Tu auras des héritiers avec elle, et moi…

Sa voix se brisa, puis elle ferma les yeux, tentant visiblement de retrouver une contenance.

— Moi, j'aurai mon bébé, et nous nous en sortirons sans toi, compléta-t-elle.

Il s'efforça de repousser la frustration qui sourdait en lui.

Après plus de dix ans, il était sur le point de reconquérir les terres de ses ancêtres et de redonner au nom des Alexandre la fierté que les frasques de son père lui avaient coûtée.

La grossesse de Megan compromettait tout. Elle portait son enfant et le plaçait de fait dans la même position précaire et idiote que celle de son père, trente-cinq ans plus tôt.

Certes, il ne pouvait s'en prendre qu'à lui-même pour ne pas avoir enfanté avec la femme qui lui était destinée. Mais il ne répéterait pas les fautes de son père qui avait abandonné, lui, celle qu'il devait mener à l'autel. Il ne renoncerait pas aux bénéfices extraordinaires que ce mariage lui procurait.

Toutefois, contrairement à sa mère, il n'abandonnerait jamais son enfant.

Il regarda le cliché un peu flou qu'il tenait entre les mains. On y reconnaissait à peine un être humain, et pourtant il y avait des bras, des jambes, des mains, des doigts… C'était son enfant. Son fils ou sa fille. Son héritier. Le poids des générations d'Alexandre venait de s'abattre sur ses épaules.

Il devait trouver une solution à ce dilemme, ou ce bébé lui coûterait tout ce à quoi il tenait.

- 4 -

— Comment est-il possible que tu n'aies pas été au courant de ta grossesse plus tôt ? Nous aurions alors pu agir de manière appropriée.

La réaction de Xavier lui fit l'effet d'un coup de poing en plein cœur.

— En d'autres termes, tu aurais fait pression sur moi que je subisse une IVG, s'écria-t-elle.

— Je n'ai pas dit cela.

— Mais tu l'as pensé très fort ! Tu ne veux pas que j'aie un enfant de toi.

En prononçant ces mots, elle se rendit compte que son rêve qu'il lui déclare son amour, l'épouse et fonde une famille avec elle venait de voler en éclats.

— Ce bébé est une complication, déclara-t-il.

Cette phrase se planta cruellement dans son cœur, et elle croisa les bras sur son ventre, pour tenter d'alléger sa douleur.

— Réponds à ma question, Megan ! insista-t-il. Comment se fait-il que tu ne t'en sois pas doutée plus tôt ?

— Je n'ai jamais eu des cycles réguliers. Et quand je suis stressée, il arrive que je n'aie pas mes règles…

Elle se mordit la langue, regrettant ses explications. Elle se sentait gênée d'aborder ces questions avec lui.

— Tu n'as donc pas pensé aux conséquences sur ta carrière, sur ton classement ?

— Je n'arrête pas d'y penser, mais j'assume ces conséquences.

— Ta détermination à atteindre tes objectifs est ce que j'admirais le plus en toi. C'est aussi un trait de caractère que je pensais partager avec toi. Et tu m'annonces maintenant que tu renonces à toutes ces années de sacrifice pour un bébé non programmé ?

Incapable d'en supporter plus, elle détourna les yeux. Son regard tomba alors sur la cafetière, et l'arôme du café lui rappela que tous ses sens ne demandaient qu'à vivre… Ne sentait-elle pas aussi une odeur de beurre et d'amandes ?

Elle promena son regard tout autour de la cuisine et remarqua l'assiette remplie de viennoiseries qui trônait au milieu de la table. L'eau lui vint tout de suite à la bouche.

— Qu'est-ce que c'est ? demanda-t-elle d'un ton innocent.

Xavier jeta un coup d'œil par-dessus son épaule, comme s'il avait oublié les pâtisseries qu'il lui avait apportées.

— Tu dis toujours que tu te damnerais pour un croissant aux amandes, dit-il alors.

Megan posa sa main sur son cœur, touchée. C'était aussi pour ces attentions romantiques, qui frisaient parfois le ridicule, qu'elle était tombée amoureuse de lui.

— J'exagérais. Enfin, à peine.

En dépit de toutes ses contrariétés, la faim la taraudait. Elle aurait pu dévorer toute l'assiette de viennoiseries. Depuis deux semaines, son appétit était insatiable. Si Xavier avait vu tout ce qu'elle mangeait, il en aurait été effrayé.

Raison de plus pour se débarrasser de lui avant qu'il voie la gloutonne qu'elle était devenue !

— Xavier, j'apprécie ton attention, mais je vais te demander de partir, car je dois me préparer pour aller travailler.

Il sourcilla, mais demeura parfaitement immobile.

— Je veux élever cet enfant, déclara-t-il alors.

Elle eut un vif mouvement de recul.

— Pas question ! s'écria-t-elle.

— C'est la seule façon pour toi de revenir dans la compétition.

— J'y reviendrai en temps voulu.

— Auras-tu seulement les moyens de te payer une nourrice ?

— Je ferai en sorte que oui.

— Je suis disposé à t'offrir un million de dollars contre cet enfant.

La brutalité de ses propos lui coupa le souffle. Haletante, elle répondit entre ses dents :

— Comment peux-tu me dire des choses aussi offensantes, Xavier ? Je me fiche de ton argent, il ne m'a jamais intéressé.

— Prends au moins en compte l'intérêt de l'enfant ! Je pourrai lui fournir une vie plus stable que toi, qui es toujours par monts et par vaux.

Une vie plus stable, peut-être, mais pas une existence remplie d'amour, de rires et de joie, comme celle qu'elle avait menée avec ses parents et son frère. Ils formaient une équipe formidable, unie comme les doigts de la main. Sa mère, son frère et elle encourageaient toujours son père des gradins… jusqu'à cet accident fatal. Elle aussi aurait dû se trouver dans l'avion, mais elle avait eu la varicelle et avait dû garder la chambre.

— Je doute que ta femme apprécie que tu ramènes un bébé à la maison.

— Cecille fera ce que je lui dis de faire, affirma-t-il.

— Avec un tel état d'esprit, ton futur mariage court droit à l'échec, répliqua-t-elle.

— Je n'échoue jamais, lui assura-t-il.

En cela, il disait vrai, et c'était précisément ce qui l'inquiétait. S'ils en venaient à se battre pour la garde du bébé, elle avait peu de chance de l'emporter, même si Wyatt lui avait promis le meilleur avocat.

— Xavier, commença-t-elle, je ne t'ai jamais rien demandé, mais maintenant, j'ai une véritable requête à formuler : oublie-moi. Oublie notre histoire.

Les mains toujours posées sur son ventre, elle ajouta :

— Rentre en France, auprès de ta fiancée, épouse-la et fondez une famille parfaite. Et oublie-moi pour toujours.

Il fronça vivement les sourcils.

— C'est impossible, déclara-t-il. Tu portes mon héritier. Je te laisse réfléchir à mon offre. Tu finiras par comprendre qu'il est préférable pour l'enfant de vivre avec moi.

Comment pouvait-il croire qu'elle allait lui abandonner son bébé contre de l'argent ? Quel genre d'homme était-il donc ?

Elle s'assit à la table de la cuisine et approcha d'elle l'assiette de viennoiseries, mais elle se rendit alors compte qu'elle n'avait plus faim. Xavier lui avait coupé l'appétit. Elle considéra les croissants aux amandes. Ils avaient pourtant l'air succulents, craquants. Tout de même, il était vraiment dommage de…

— Tu veux de l'aide ?

Elle sursauta et se retourna. Hannah venait d'entrer sans un bruit.

— Oui, je crois qu'il faut que quelqu'un vienne à ma rescousse avant que je ne cède à la tentation et que j'avale tout !

— Ce sont ces fameux croissants aux amandes dont tu raffoles depuis ton séjour en France ?

Elle acquiesça.

— Et combien en as-tu déjà mangés ? demanda sa cousine l'air de rien.

— Pas un seul, encore. C'est Xavier qui me les apportés.

— Quelle délicate attention ! Pourquoi est-ce que tu fais des manières ? Tu es enceinte, tu n'as pas besoin de te mettre au régime.

— En fait, c'était une façon de me soudoyer. Il veut que je continue à être sa maîtresse jusqu'à son mariage, avoua-t-elle à contrecœur, car elle n'avait aucune envie d'assombrir l'humeur de sa cousine qui, avec ses noces en perspective, nageait dans le bonheur.

— Quoi ? s'écria celle-ci. Jusqu'à son… Mais comment peut-on être égoïste à ce point ?

— Oh ça, c'est le moindre de mes soucis !

Levant les yeux vers sa cousine, elle précisa alors :

— Hannah, il sait pour le bébé…

Cette dernière écarquilla les yeux.

— Tu lui as dit ?

— Non, mais il est entré dans la maison alors que j'étais sous la douche, et…

— Et quoi ? Ne me laisse pas mariner !

— Il m'a d'abord accusé d'avoir un amant.

— Mais quel ignoble personnage !

— Ensuite, il a compris que je ne pouvais pas l'avoir trompé et a dit qu'il voulait l'enfant. Pas moi…

Sa gorge se noua brusquement. Formuler la réalité à haute voix était encore plus douloureux qu'elle ne l'aurait cru.

— Oh ! Megan, je suis désolée !

— Il m'a proposé d'acheter le bébé.

— C'est proprement abject ! se révolta sa cousine. Qu'est-ce que tu vas faire ?

— Je ne vais pas lui vendre mon bébé, je crois qu'il ne se rend pas compte de ce qu'il dit, pas plus que je ne serai sa maîtresse jusqu'à son mariage ! Mais au-delà, je ne sais pas… Je vais attendre pour voir ce qu'il fait.

— Cette passivité ne te ressemble pas. Pardonne-moi

de jouer les avocats du diable, mais est-ce que tu l'aimes encore ? Bien que je ne voie pas comment ce pourrait être possible, après ce que ce sale type t'a fait.

Elle se mordit la langue pour ne pas bondir et prendre la défense de Xavier. Force était d'admettre qu'Hannah avait raison : il venait de se comporter comme un « sale type ». Et pourtant…

— Oui, répondit-elle d'un air accablé, je l'aime encore. Mais ça va passer… Comment est-ce que je pourrais continuer à l'aimer après ce qu'il vient de me proposer ? C'est incroyable…

Elle lut de la sympathie sur le visage de sa cousine.

— J'aimerais pouvoir t'assurer que tu vas te mettre à le détester, mais je ne suis certaine de rien.

— Je crois que je ne tourne pas rond. Je ne devrais avoir aucun problème à détester un homme qui veut acheter mon enfant et qui se sert de moi pour tromper sa fiancée !

Hannah passa son bras autour de ses épaules.

— Megan, n'oublie pas que tu es une battante, qui va toujours de l'avant et ne renonce jamais. Ta capacité à évaluer les faiblesses des autres pour mieux les battre m'a toujours fascinée, et je dois même avouer que je te l'envie. Et cette fois, tu capitulerais sans combattre ? Je n'arrive pas à le croire.

— Mais je n'ai jamais dit que je capitulais !

— Je remarque simplement que tu n'as pas l'attention d'affronter Xavier avec la férocité que tu montres sur un champ de courses. Pourquoi ?

Le constat d'Hannah lui fit l'effet d'une douche froide. Pourquoi ne pouvait-elle pas en effet faire preuve de plus de détermination ? A part tenter de le séduire pour qu'il comprenne enfin l'alchimie qui existait entre eux, elle n'avait pas prévu de plan B, encore moins de plan C, alors que, d'ordinaire, elle réagissait toujours de la sorte.

— J'imagine que c'est parce que, sur les champs

de courses, ce n'est jamais aussi personnel. Mais là, il s'agit de mon bébé. Peut-être est-ce mon unique chance d'être mère.

— Cela, tu n'en sais rien. Tu n'as que vingt-huit ans, répliqua sa cousine.

— Je n'avais jamais prévu d'avoir des enfants. Pas avec le métier que j'exerce. Et je n'avais jamais été amoureuse avant de rencontrer Xavier. Je n'arrive pas à croire que je me sois laissé piéger. D'autant que je savais qu'il n'était pas sérieux ! Sa réputation de séducteur est bien connue. Mais quand il était avec moi, il ne regardait jamais les autres femmes. J'avais l'impression d'être vraiment spéciale, à ses yeux.

Elle soupira et passa une main fébrile dans ses cheveux.

— Je pensais que nous formions un couple parfait.

— Meg, tout n'est peut-être pas perdu, reprit Hannah. Je ne t'ai jamais entendu aussi heureuse que quand tu parlais de lui. Ne te méprends pas sur mes propos : il a besoin, bien sûr, de changer radicalement de comportement. Mais n'oublie pas non plus qu'il a traversé l'Atlantique pour toi.

Megan haussa les épaules.

— Ce n'est pas un grand sacrifice, tu sais. Il possède un jet privé et a un pilote à disposition.

— Sans doute, mais il a pris la peine de transférer ses chevaux. Et il a payé une année de location d'avance pour une ferme qui ne correspond pas à ses standards habituels.

Les paroles de sa cousine ravivaient en elle un fol espoir qu'elle s'efforçait parallèlement d'étouffer, et cela la contrariait.

— Il a tellement d'argent qu'il ne voit pas la différence. Où veux-tu en venir exactement, Hannah ?

— Tout ce que je veux dire, c'est qu'il doit forcément éprouver des sentiments pour toi. Des sentiments assez forts pour qu'au lieu de penser à te remplacer il se batte pour te garder. Regardons les choses en face : il est riche, beau gosse, et d'après ce que tu me dis, au lit, c'est un Dieu. Il n'aurait aucun problème à trouver une autre femme pour réchauffer ses draps. Mais c'est toi qu'il veut. Si tu l'aimes encore, pourquoi est-ce que tu ne te bats pas pour le reconquérir ?

— Peut-être qu'il déteste être celui qu'on plaque, et qu'il préfère être celui qui plaque.

— Peut-être. Mais il est aussi possible qu'il ne supporte pas l'idée de te laisser partir.

— Je te rappelle, Hannah, qu'il est fiancé !

— Fiancé, mais pas encore marié. Et selon l'article que tu m'as montré, il connaît sa fiancée depuis des années. Ce qui veut dire qu'il n'a pas été très pressé, jusque-là, de consacrer leur union. D'autant que tu sembles croire qu'il n'a pas non plus couché avec elle.

— Oui, j'en suis certaine, dit-elle, se rappelant la sincérité dans les yeux de Xavier, quand elle lui avait posé la question.

Elle se mordit la lèvre et réfléchit à ce que sa cousine venait de dire. Au fond, ce n'était pas insensé. Mais elle était tellement perdue qu'elle n'arrivait pas à penser.

— Je comprends ce que tu veux dire, mais…

— Bon, laisse-moi m'exprimer d'une autre façon, même si je me rends compte que je suis en train de prendre la défense de cet ignoble individu, mais bref : qu'est-ce que tu as à perdre en te battant un peu plus âprement ?

— Mon bébé, c'est-à-dire une partie de moi-même.

— Et en quoi ne pas te battre changera quoi que ce soit ?

Hannah avait frappé juste !

— Bien vu, concéda-t-elle. Ah, je déteste quand tu as raison !

— Ce que tu dois faire, c'est lui montrer tout ce

que tu peux lui donner et que ne pourra pas lui offrir la fameuse Mlle Debussey.

Elle sentit l'espoir renaître dans son cœur. Un doigt sur les lèvres, elle se mit à arpenter la cuisine.

Le raisonnement d'Hannah était tout à fait logique. Pourquoi ne pas essayer de reconquérir Xavier ? Naturellement, elle devrait être vigilante, car plus haut était l'obstacle, plus dure était la chute. Et plus elle croirait que son plan insensé aurait des chances d'aboutir, plus ce serait douloureux si elle échouait.

— Il va vraiment me falloir un plan infaillible, déclara-t-elle alors, une lueur dans le regard.

Megan porta une cuillère de glace à sa bouche et recula de quelques pas pour considérer les trois colonnes de notes qu'elle venait de coller sur la porte de son réfrigérateur.

Une carte visuelle de sa stratégie l'aidait toujours à clarifier ses pensées. Jusque-là, elle n'avait appliqué cette méthode qu'à ses concurrents, mais elle pouvait tout à fait s'en servir dans sa tentative pour reconquérir Xavier.

Elle prit une nouvelle cuillère de crème glacée au caramel, les yeux rivés sur son plan A. Les Post-it roses avaient de loin sa préférence. Si ce plan-là réussissait, tout rentrerait dans l'ordre, et elle retrouverait sa relation romantique.

Sur le premier Post-it, elle avait écrit :

« Faire en sorte que Xavier me choisisse ».

Sur le deuxième :

« Le convaincre de laisser tomber sa fiancée en lui montrant les points faibles de C et à quel point tous deux sont différents ».

Sur le troisième, elle avait griffonné :

« Montrer à X que nous nous accordons parfaitement, aussi bien au lit qu'en dehors, que je suis vraiment un atout pour lui, sa moitié ».

Sur le quatrième :

« Lui présenter de nouvelles relations utiles ».

Enfin, sur le dernier, elle avait noté :

« Anticiper et satisfaire des besoins non sexuels ».

Elle reprit une cuillerée de glace, prit le temps de savourer le beurre de cacahuète et le caramel moelleux qui se mariaient si bien, puis se demanda à voix haute :

— La question étant : comment ?

Que pouvait-elle entreprendre qu'elle n'ait déjà tenté ? Elle remit la cuillère dans le pot et le posa sur la table. Il était inutile de se morfondre, ce n'était pas le but du jeu. Elle passa à la deuxième colonne, celle que formaient les Post-it bleus. Il y en avait cinq, qui définissaient le plan B. Elle souhaitait vivement ne pas avoir à y recourir. Ce plan était plus risqué et la rendait plus vulnérable. Attristée par cette pensée, elle reprit un peu de glace — si réconfortante — avant de relire les papiers, constatant au passage que même son écriture était plus rigide.

« X croit que notre relation est juste fondée sur le sexe. Lui prouver qu'il a tort. Pour ce faire :

-- se limiter au sexe uniquement ;

-- refuser tout échange intellectuel non sexuel ;

-- proscrire tout câlin, petit déjeuner au lit ou autre activité tendre que visiblement il estimait acquise ;

-- s'abstenir de le toucher ou de lui donner la main. »

La dernière résolution serait difficile à tenir, mais si c'était l'unique façon de gagner la guerre…

Sentant l'agitation grandir en elle, elle reprit une double ration de glace pour se calmer et se donner du courage pour lire la dernière colonne jaune. Le plan C était le pire des scénarios, et d'ailleurs il ne comportait qu'un Post-it, sur lequel elle avait écrit d'une main tremblante :

« Elever seule le bébé ».

C'était le plan le plus humiliant, le plus douloureux, et il supposait un tel gâchis…

On frappa alors à la porte, qui s'ouvrit avant qu'elle ait eu le temps de répondre. Son visiteur ne pouvait être qu'Hannah… ou Xavier.

— Megan !

Xavier.

Sa voix eut le même effet que le signal de démarrage d'une course. Elle sentit les battements de son cœur s'accélérer. Il ne devait absolument pas voir ses plans de bataille ! Laissant tomber la glace et son stylo, elle se précipita hors de la cuisine et s'arrêta tout net en le voyant.

— Qu'est-ce que tu fais ici ? demanda-t-elle froidement.

Il plissa les yeux.

— Quelque chose ne va pas ?

— Pas du tout, pourquoi ?

— Tu es tout essoufflée et… tu as l'air coupable.

Il s'avança d'un pas, mais elle ne bougea pas, lui barrant résolument l'accès dans la cuisine. Il était si proche d'elle qu'elle sentait son après-rasage et que sa chaleur irradiait son corps. Elle se sentit rougir…

— Coupable ? Et de quoi ? Il est presque 22 heures, je suis chez moi, je n'ai rien à me reprocher.

Elle distingua une lueur malicieuse dans ses yeux, une étincelle sexuelle qui alluma aussitôt un désir déraisonnable en elle. Puis le regard de Xavier glissa sur sa bouche, et elle cessa de respirer… Allait-il l'embrasser ? Et surtout, pourrait-elle résister ? Soudain, il toucha le coin de sa bouche avec son pouce, ce qui la troubla un peu plus…

— Coupable d'avoir satisfait ta belle bouche, dit-il.

Il lécha son doigt. Un sourire éclaira son visage comme il ajoutait :

— Avec de la glace au caramel.

— Oui, et alors ? fit-elle d'un ton impassible.

— Tu donnes des cours, ce week-end ? demanda-t-il.

Elle cilla. Pourquoi avait-il si vite changé de sujet ?

— Des cours ? répéta-t-elle. Non. La plupart de mes élèves assistent à une course et je les accompagne.

— Parfait, dit-il.

Il tourna alors les talons, s'apprêtant à repartir.

— Pourquoi ?

— On se voit demain, ma belle amante. Bonne nuit.

— Mais pourquoi…

La porte venait de se refermer.

Frustrée, elle hésita à s'élancer derrière lui, mais se ravisa. Elle devait mettre au point sa stratégie avant de passer du temps avec lui, surtout que sa seule présence suffisait à l'exciter.

— C'est incroyable, marmonna-t-elle.

Elle verrouilla la porte d'entrée et regagna la cuisine. Il fallait vraiment qu'elle peaufine son plan avant de revoir Xavier. Mais tout d'abord, elle devait prendre une douche froide. Son état s'expliquait sans doute par le trop-plein d'hormones lié à la grossesse.

Xavier ne pouvait se permettre d'avoir un enfant naturel. Cela compromettrait tous les efforts qu'il avait déployés pour restaurer l'honneur perdu des Alexandre. Il avait passé son enfance à composer avec les murmures, les regards furtifs, les doigts pointés. Même si les temps avaient changé et que le fait d'être parent célibataire était bien mieux accepté aujourd'hui, il ne voulait pas que son enfant connaisse les mêmes souffrances que lui.

Méditant là-dessus, il regagna les étables de la ferme qu'il avait louée. Comme Megan l'avait souligné, elle ne correspondait pas à ses exigences habituelles, mais maintenant que les travaux étaient terminés, la demeure où il logeait lui semblait tout à fait confortable.

Par ailleurs, comme la propriété était relativement petite, il n'avait pas besoin de beaucoup de personnel, ce qui lui éviterait de convoquer de nombreux candidats et lui permettrait de gagner du temps. Une équipe de quatre personnes lui suffirait.

Autre avantage, le domaine était tout près de Sutherland Farm. Tout près de Megan. Malheureusement, les hauts pins qui bordaient les pâturages l'empêchaient d'avoir une vue sur le haras des Sutherland, mais c'était là le seul inconvénient. Pour voir Megan, il devait se déplacer, au lieu de simplement regarder par la fenêtre.

Megan… Pourquoi s'entêtait-elle un peu plus chaque jour ? Néanmoins, le responsable des écuries lui avait annoncé qu'elle viendrait lui rendre visite, ce matin. C'était un progrès.

Donner de l'argent à Megan pour qu'elle élève l'enfant tandis que lui retournerait en France ainsi qu'elle le lui demandait équivalait à recouvrir le problème de sable et à croiser les doigts pour qu'un vent violent ne se lève pas. Par ailleurs, même si elle acceptait qu'il élève l'enfant avec Cecille, il ne pouvait pas courir le risque qu'elle change d'avis des années plus tard et vienne réclamer leur enfant, comme sa propre mère l'avait fait avec lui. Celle-ci avait en effet surgi dans sa vie quand il avait douze ans, déclarant qu'elle avait commis une grave erreur et qu'elle voulait désormais remplir son rôle de mère auprès de son fils unique.

Il lui avait fallu dix ans pour réagir ! En l'occurrence, l'amour maternel s'était réveillé en elle après que son amant l'avait plaquée pour une femme plus jeune, et que le père de Xavier avait remis sur pied les finances familiales. Son père était prêt à l'autoriser à revenir dans leur vie, mais il l'avait convaincu du contraire : sa mère les avait abandonnés une fois, qu'est-ce qui l'empêcherait de recommencer ? Son père, la mort dans l'âme, s'était laissé convaincre et avait renvoyé son amour de jeunesse.

Xavier n'avait pas d'autre choix que de reconnaître l'enfant pour éviter le scandale et le retour de Megan dans leur vie. Il devait trouver un moyen pour qu'elle renonce à ses droits maternels.

Chacun avait un prix, pensa-t-il alors. Quel était celui de Megan ? Dans le passé, il avait voulu lui offrir des bijoux, des chevaux, mais elle avait décliné tous ses présents. Elle avait juste accepté des cadeaux sans importance, des vêtements pour les soirées mondaines auxquelles il l'emmenait et des meubles pour le cottage qu'elle partageait avec lui.

Il essaya de se rappeler leurs conversations passées et se rendit compte que leur principal sujet de conversation était le monde des courses. Ils n'avaient pas besoin de mots pour partager les ébats passionnés qui les poussaient l'un vers l'autre.

Il savait très peu de chose de son enfance, si ce n'est qu'elle avait perdu les siens à l'âge de treize ans. La maison familiale avait été vendue, et elle était allée vivre chez son oncle qui ne l'avait pas accueillie à bras ouverts.

Il inspecta les pâturages qui avaient survécu à des années de négligence, puis porta son regard vers le cèdre et la maison en pierre.

Peut-être qu'une maison la tenterait…

Il l'aperçut soudain sur le manège, et son pouls s'accéléra, comme chaque fois qu'il la voyait. Il ne comprenait pas pourquoi elle exerçait un tel ascendant sur lui. Mais cela passerait, il le fallait.

Il n'accorda qu'un bref regard au cavalier qui montait

Apollo. Il avait certes du talent, mais il ne pouvait rivaliser avec le niveau de Megan. De nouveau, son attention se reporta sur la mère de son futur enfant. Comment avait-il pu ne pas remarquer la nouvelle rondeur — très attrayante — de sa poitrine, le léger renflement de son ventre et l'éclat particulier de sa peau ?

La grossesse lui allait bien.

Il n'était plus question de la convaincre de rentrer en France. Comme elle lui avait fait remarquer, s'il paradait au vu et au su de tous avec sa maîtresse, cela ne pourrait qu'irriter sa fiancée, qui en aurait forcément vent. La subite disparition de Megan avait suffisamment attisé les commérages ! Il devrait rester aux Etats-Unis jusqu'à ce qu'il la convainque de lui abandonner la garde de son héritier.

Une légère brise ramena les cheveux de Megan en arrière, ce qui lui évoqua une cascade au clair de lune et fit surgir en lui le souvenir de sa somptueuse chevelure étalée voluptueusement sur l'oreiller, après l'amour…

Puis il remarqua des reflets acajou dans ses cheveux. Elle avait dû passer beaucoup de temps au soleil, pendant les entraînements, car il ne l'imaginait pas un instant dans un salon de coiffure. Son côté nature était très excitant.

— Bonjour, chérie. Qu'est-ce qui t'amène dans mes écuries de si bon matin ?

— Bonjour, répondit-elle.

Le sourire lumineux dont elle le gratifia allégea son humeur.

— Je suis venu aider Tim à s'occuper d'Apollo.

Son haut bleu vif sans manches renforçait l'éclat de ses yeux, et sa poitrine pleine en tendait le tissu, dévoilant en transparence son soutien-gorge blanc en coton. Devant un tel spectacle, il avait des difficultés à se concentrer.

Il fallait absolument qu'elle redevienne sa maîtresse. Il ne doutait pas ensuite de parvenir à la convaincre de tous les avantages dont elle bénéficierait en lui confiant leur enfant.

— Timothy n'a pas ton talent avec les chevaux, déclara-t-il.

— Il ne s'agit pas de talent, mais d'expérience, répondit-elle. Tout ce dont il a besoin, c'est de temps.

— Je ne suis pas de cet avis. Te regarder monter, c'est comme écouter un bon orchestre. Tu es en harmonie avec ta monture, on voit que tu épouses ses moindres mouvements.

Comme au lit, avec lui : elle magnifiait toujours leurs étreintes par un léger déplacement de son corps, une caresse subtile…

Pendant quelques instants, elle soutint son regard avec la même tendresse qu'avant la lecture de l'article fatal. Puis elle se mordit la lèvre et reporta son regard vers le manège. Comme son regard d'adoration lui avait manqué, pensa-t-il alors. Son amour aussi… Pourquoi n'avait-il pas su lire les sentiments pourtant écrits si clairement sur son visage ?

Parce qu'il ne le voulait pas !

Il la vit repousser d'une main nerveuse une mèche derrière son oreille.

— Tim est l'un des meilleurs cavaliers de Sutherland, poursuivit-elle. Mais tu peux toujours faire appel à une autre écurie ou revenir en France.

— Non, je reste ici, puisque c'est ici que tu es.

Elle poussa un léger soupir.

— Je peux aider Tim à entraîner les chevaux si tu veux. Et je parie même qu'on sera en mesure de remporter des courses avant la fin de la saison.

Qu'elle travaille pour lui était un réel atout, se dit-il, et il n'allait pas s'y opposer.

— Tu es la bienvenue chez moi, Megan, déclara-t-il avant d'enchaîner : Je peux ?

Et, sans attendre sa permission, il posa sa main sur son ventre. Elle se figea.

— Qu'est-ce que tu fais ? demanda-t-elle, stupéfaite.

Le tremblement qu'il entendit dans sa voix lui rappela leurs nuits d'amour, quand elle criait son prénom, au bord de l'extase. Il sentit de la sueur lui couler dans le dos…

Cette faim ne s'assouvirait-elle donc jamais ? Il mourait d'envie de glisser sa main dans son pantalon et de sentir le renflement de son ventre sous sa paume, puis de glisser sa main entre ses cuisses… Rien que d'y penser, l'eau lui venait à la bouche.

Comme si elle lisait dans ses pensées, elle changea légèrement de position sur sa monture.

— Comme tout bon père, je veux participer à la grossesse et voir ton corps s'épanouir, déclara-t-il.

— Et les Parfums Alexandre ? Qui va s'occuper de ta société pendant que tu seras ici ?

— Je t'ai déjà dit que je travaillerais par vidéoconférence.

Caressant son ventre par-dessus son jean, il ajouta :

— Pourquoi est-ce que tu ne veux pas t'installer chez moi ? Comme ça, nous pourrions partager ce petit miracle.

Il vit l'ombre de la tentation passer dans ses yeux, puis ses joues s'empourprèrent.

— Je veux bien que tu t'impliques dans cette grossesse, mais je ne viendrai pas vivre avec toi, répondit-elle.

— Pourquoi est-ce que tu nous refuses le plaisir et le réconfort que nous pourrions trouver dans les bras l'un de l'autre ? Ta peau me manque, Megan, tout comme ton corps chaud et sucré…

Il vit sa bouche s'entrouvrir et ses paupières devenir plus lourdes. Il pensa qu'elle allait céder, mais elle secoua la tête et repoussa sa main toujours plaquée sur son ventre.

— Il faut que je m'habitue à vivre sans toi, déclara-t-elle d'une voix sourde.

Ses paroles le tétanisèrent et pourtant, elle avait raison. Un jour viendrait où ils devraient se séparer. Mais c'était dans de longs mois…

— Je vais prendre contact avec les propriétaires pour savoir s'ils veulent me vendre Haithcock Farm, déclara-t-il alors.

Elle plissa les yeux.

— Pourquoi est-ce que tu veux acheter une deuxième propriété alors que tu en possèdes déjà une en France ?

— Parce que je te léguerai Haithcock Farm, une fois que tu auras signé un papier me conférant les droits de garde sur l'enfant. Ce sera commode, pour toi, d'habiter tout près de chez ta cousine.

Un éclat meurtri traversa le regard de Megan.

— Quel intérêt d'avoir une maison sans famille pour la partager ? Combien de fois devrais-je te répéter que je n'abandonnerai pas mon enfant ? Tu ne pourras pas me soudoyer avec une maison ou de l'argent.

— Je t'offre plus qu'une maison. Je t'offre la sécurité et l'occasion de revenir sur les champs de courses qui sont toute ta vie sans avoir la charge d'un enfant.

— La compétition n'est plus aujourd'hui le plus important dans ma vie. Ce qui compte maintenant, c'est mon enfant. Si tu insistes, tu pourras toujours venir lui rendre visite.

— Mon héritier doit comprendre dès son plus jeune âge ce que sont les affaires, afin d'être prêt, le moment venu, à reprendre l'empire des Alexandre.

— Pour être endoctriné dès le berceau sur ce qu'est le devoir et l'honneur, tu veux dire ? Regarde à quel point ça t'a réussi ! Tu vas épouser une femme pour qui tu n'as aucun sentiment afin de sauver les Parfums Alexandre. C'est absurde.

— Ce mariage n'a rien à voir avec l'argent ! se défendit-il.

— Dans ces conditions, pourquoi épouses-tu une femme que tu ne connais pas, et qui de son côté est assez docile pour accepter un mariage arrangé ?

Son attaque le surprit.

— Cela ne te ressemble pas d'être mesquine, Megan, fit-il.

— C'est vrai. Mais j'ai l'habitude d'étudier mes rivaux et de repérer leurs forces et leurs faiblesses. Et rien de ce que j'ai entendu sur Cecille m'indique qu'elle sera une bonne épouse pour toi, ni une belle-mère convenable. Qui plus est, c'est une fille qui aime sortir, et toi, les sorties, ce n'est pas du tout ta tasse de thé.

Elle reprit son souffle avant de poursuivre :

— Tu es un homme qui aborde les fêtes comme une campagne militaire. Tu vas parler aux gens que tu estimes importants pour tes affaires et ensuite tu t'en vas. Pas du genre à t'amuser, alors que Cecille adore ça, à ce que j'en ai lu dans les tabloïds.

— Cecille se conduira décemment après le mariage, tout comme moi.

— Tu en es certain ? Tu savais qu'elle était une grande fan de tennis et qu'elle assistait à tous les tournois internationaux ? Toi qui détestes le tennis… !

— Ce sont des détails, ce n'est pas grave.

— Elle a vingt-cinq ans et n'a jamais travaillé.

— Ma femme n'a pas besoin de travailler.

— Non, mais il faudrait tout de même qu'elle ait d'autres intérêts que la mode et le tennis pour retenir ton attention.

— Tu as fini ton portrait assassin ?

— Je suis désolée, je ne veux insulter personne, mais tu n'as pas l'air de te rendre compte qu'à part le fait que vos deux pères fabriquent du parfum vous n'avez rien en commun.

Elle commençait sérieusement à l'agacer, en ne soulignant que les aspects négatifs de son mariage. Il était bien conscient de la pauvreté des liens qui l'unissaient à Cecille, mais il n'avait pas le choix. Il s'était juré, sur la tombe de son père, de réparer tous les torts que ce dernier avait causés aux Alexandre, et notamment de récupérer le domaine familial. La seule façon d'y parvenir, c'était d'épouser Cecille, son père ayant refusé toutes les offres d'achat qu'il lui avait faites.

Mais maintenant que Megan avait semé le doute dans son esprit, Xavier se demandait pourquoi, de son côté, M. Debussey avait accepté et Cecille aussi.

— J'ai tout à fait conscience de la situation, répondit-il. Mais le mariage n'est pas pour tout de suite. Parlons de choses concrètes et immédiates : j'ai inscrit les chevaux pour une course à Lexington, ce week-end.

— C'est donc pour cela que tu m'as demandé si j'étais occupée, ce week-end ?

— Oui.

— Tu ne veux pas commencer par une course locale ? Tim n'est pas prêt pour une compétition de ce niveau.

— Si on lui promet une coquette somme d'argent, il pourra fournir l'effort nécessaire. Nous assisterons tous les deux à la course.

Elle hésita.

— Je ne pense pas que ce soit une bonne idée que l'on nous voie ensemble alors que ton mariage vient d'être annoncé. Il y aura des photographes à une course de cette importance.

— Des paparazzi ? Non, je ne crois pas.

— Non, je ne parle pas de paparazzi, mais la course de Lexington est suffisamment importante pour que l'on en fasse des comptes rendus, photos à l'appui, dans les journaux nationaux.

— Personne aux Etats-Unis ne s'intéresse à mes affaires privées.

— Tu plaisantes ? Le P.-D.G. de l'une des plus grandes entreprises de parfums fiancé à la fille de son plus féroce rival, c'est une information de choix ! Tu es un homme recherché, car tu fais vendre du papier !

— Si tu ne viens pas à la course pour moi, fais-le pour Timothy. Il aura besoin de tes conseils.

— Tu lui as demandé son avis ?

— Il est impatient de faire ses preuves dans un milieu plus compétitif.

Elle lança un regard au cheval et à son cavalier, au loin, puis soupira. Il comprit qu'il avait gagné la partie.

— Je veux ma propre chambre d'hôtel, l'avertit-elle.

— Tu ne te souviens plus de nos nuits torrides ?

— Je n'ai rien oublié, mais je veux ma chambre.

— A ta guise…

Il s'inclina légèrement.

Il voulait bien lui concéder sa chambre, mais cela ne l'empêcherait pas d'essayer de la faire changer d'avis et de la ramener dans son lit. Plus encore : il comptait sur ce week-end pour lui faire comprendre que sa place était sur les champs de courses. Elle prendrait alors conscience que sa vie était incompatible avec celle d'un enfant.

- 5 -

Megan emboîta le pas au groom qui l'escortait jusqu'à sa chambre. Xavier sur ses talons, elle se dit alors que tout n'était peut-être pas comme elle l'avait exigé…

L'homme en livrée ouvrit la porte, et elle examina l'endroit. C'était un salon fort élégant, duquel on apercevait deux chambres dont les portes étaient ouvertes.

— C'est une suite ! déclara-t-elle d'un ton sec. J'avais demandé à avoir ma propre chambre.

— Ce sera le cas, répliqua Xavier.

Il congédia l'employé de l'hôtel avec un pourboire. Il indiqua ensuite à Megan la chambre de gauche.

— Ce sera ta chambre, dit-il.

— Ce n'est pas ce que je voulais dire, et tu le sais très bien ! Tu aurais dû me prendre une chambre dans le même hôtel que Tim.

— Tim loge avec le reste de l'équipe dans un petit hôtel près de l'hippodrome. Mais tu n'as rien à craindre de moi, Megan.

Le problème, c'était qu'il n'avait jamais eu à recourir à la force pour quoi que ce soit, avec elle ! Face à lui, toute volonté l'abandonnait…

Elle le vit vérifier sa montre.

— Nous n'avons pas beaucoup de temps devant nous, avant notre première obligation du week-end, lui annonça-t-il. Comme tu as laissé toute ta garde-robe à Grasse, j'ai fait en sorte que tu aies ce qu'il faut pour le cocktail de ce soir. Nous devons être prêts dans une demi-heure.

Sur ces paroles, il entra dans la chambre qui se trouvait sur la droite et, sans fermer la porte, retira son manteau et sa cravate, les jetant sur le lit. Megan détourna son regard. Il ne servirait à rien de se disputer pendant tout le week-end, songea-t-elle.

Quelques instants plus tard, elle entendit la douche couler. Immédiatement, une onde de désir se propagea en elle, et le souvenir de douches brûlantes à deux lui revint à l'esprit.

Mais cela, c'était le plan B. Elle devait d'abord donner une chance au plan A.

Elle entra à son tour dans sa chambre. Après en avoir verrouillé la porte, elle se dirigea vers le placard dans lequel elle découvrit un sac de vêtements portant la griffe de son créateur français préféré. Elle aperçut aussi une boîte de chaussures et un autre sac, plus petit.

Une excitation qu'elle n'aurait pas dû ressentir la gagna alors. Xavier ne lui avait pas annoncé les détails du programme, elle savait juste qu'ils assisteraient à deux soirées.

Devait-elle encore accepter des cadeaux onéreux de sa part ? songea-t-elle. Mais elle n'avait rien rapporté de France, et la robe qu'elle avait empruntée à Hannah ne correspondrait pas aux standings des événements hippiques auxquels Xavier assistait.

Il semblait toujours prendre plaisir à lui offrir les plus beaux vêtements pour ces occasions. A ses côtés, elle était comme un poisson dans l'eau parmi les personnalités habillées par les plus grands couturiers. Visiblement, la soirée de ce soir était du même standing, et si elle voulait lui démontrer qu'elle était pour lui la compagne idéale, elle se devait de porter la robe qu'il lui avait achetée.

Elle ouvrit d'abord le petit sac qui contenait des dessous de soie violette. Quand elle se pencha sur le plus grand, elle retint son souffle… La robe couleur bleu nuit était taillée dans un tissu moiré. Elle en caressa l'étoffe brillante, puis la posa sur le lit. Elle ouvrit ensuite la boîte contenant les chaussures. Les escarpins étaient tout bonnement divins ! Leurs brides transparentes s'entrecroisaient sur la cheville, et les talons étaient vertigineux.

Elle se déshabilla et passa la lingerie qu'il lui avait offerte. Sa transparence était particulièrement évocatrice, et elle regretta presque que Xavier ne puisse la voir, avant de se rappeler que cela faisait partie du plan B.

Elle enfila ensuite la robe bleu nuit, puis les chaussures, avant de se planter devant le miroir. Elle se tourna d'un côté, puis de l'autre, et trouva sa tenue fantastique. Le tissu moiré passait du bleu au violet selon la lumière ; ses nuances s'harmonisaient à merveille avec la couleur de ses yeux et mettaient en valeur son teint lumineux.

Le décolleté était plongeant, plus audacieux que ce qu'elle portait habituellement, mais il était vrai qu'avec sa grossesse, elle avait plus à montrer. Xavier en avait sans doute tenu compte dans le choix de la robe. D'ailleurs, tout comme le soutien-gorge, elle correspondait à sa nouvelle taille. Le bas de la robe avait une forme évasée et s'arrêtait à mi-cuisses, soulignant ses jambes tout en dissimulant la légère rondeur de son ventre. Personne n'aurait pu deviner son secret, dans cette robe extraordinaire sortie tout droit d'un conte de fées.

Xavier savait décidément comment l'habiller !

Elle sourit. Sans le vouloir, il avait fait avancer le plan A, mais aussi le B. Cette robe lui donnait des armes pour ses deux stratégies. Dans ce contexte, le plan C — élever seule son enfant — semblait pouvoir être écarté.

Ce week-end hippique allait lui permettre de briller et lui donnerait l'occasion de prouver à Xavier qu'ils formaient un couple idéal, que l'avoir à ses côtés était pour lui le gage d'une vie meilleure et plus facile.

Dès qu'il lui avait annoncé qu'ils participeraient à la course de Lexington, elle avait recherché sur internet des renseignements sur les acteurs majeurs de l'événement : les sponsors, les propriétaires, les exposants et les chevaux.

Si tout se passait selon ses calculs, avant même le dimanche soir, Xavier ne pourrait plus nier qu'elle était un atout à garder impérativement.

L'argent, pensa-t-elle, avait décidément la même couleur sur tous les continents, et elle nageait en plein dedans, ce soir-là, à l'hippodrome.

Elle sentait l'adrénaline courir dans ses veines en avançant prudemment sur ses hauts talons, Xavier juste derrière elle. Des têtes se retournèrent sur leur passage. La silhouette imposante et athlétique de Xavier attirait toujours l'attention, et elle ne pouvait retenir un sentiment de fierté à l'idée de se montrer en compagnie d'un homme que beaucoup de femmes lui enviaient. Elle avait conscience aussi de faire forte impression dans sa robe magnifique.

Cependant, à dire vrai, même si elle avait été élevée dans l'atmosphère des Grands Prix et que son père avait été un cavalier de première catégorie, elle était plus à l'aise avec les palefreniers, les parieurs et les revendeurs.

— Tu es bien calme, ce soir, observa Xavier, interrompant le cours de ses pensées.

— Je me rappelle juste l'époque où mon frère et moi passions la plupart de notre temps avec les marchands. C'était comme une deuxième famille pour nous, puisqu'on retrouvait toujours les mêmes sur les champs de course. Je t'ai déjà dit que mon premier travail avait été de tresser les crinières et les queues des chevaux ?

— Non, mais tu m'en as dit si peu sur ta famille.

— Papa était cavalier, maman faisait les bagages, et

nous le suivions sur les champs de courses. Nous n'étions pas des vagabonds, juste une famille unie.

— Ton père ne peut pas être le seul à t'avoir appris comment traiter avec les sponsors s'il est mort quand tu étais tout juste une adolescente.

— Je peux t'assurer, en tout cas, que ce n'est pas mon oncle qui a pris le relais ! J'ai appris sur le tas. La compétition revient chère, et je n'ai jamais été fortunée. J'ai su très vite me fondre dans la foule, aux cocktails, et aborder les sponsors. Mais j'ai toujours été posée.

— Cela, je n'en doute pas. Je ne t'ai jamais connue autrement.

Des voiturettes de golf passaient près d'eux, se dirigeant vers le chapiteau principal qui regroupait les stands les plus divers, où l'on pouvait acheter tout qui était possible et imaginable, des bijoux aux biscuits gourmets pour chiens.

— Quand j'étais enfant, je trouvais que les hippodromes avaient un côté *Mille et Une Nuits*, chaque écurie possédant ses propres drapeaux et ses propres tentes. Mais je ne rêvais jamais du chevalier que je pourrais y rencontrer, toujours du cheval idéal !

Xavier, qui lui tenait la main, lui adressa un tendre sourire. Elle sentit son pouls s'emballer, et elle posa sa joue sur son épaule comme elle l'avait fait des milliers de fois. Se rappelant tout à coup qu'ils n'étaient plus dans les meilleurs termes, elle se redressa et voulut retirer sa main de la sienne. A cet instant, une voiturette passa tout près d'eux.

— Attention, chérie ! s'écria-t-il.

Il aurait été si facile de renouer avec leurs anciennes habitudes, dans ses bras et dans son lit. Mais cela, c'était le plan B.

— Je vais essayer de trouver Tim, annonça-t-elle. C'est sa première course, et il doit être extrêmement nerveux.

— Tim est pris en charge par une équipe hippique

tout à fait fiable, répondit-il. Quant à toi, n'oublie pas que tu es ici à titre de propriétaire, et non d'exposant ! Donc, tu restes avec moi.

— Si je suis ici en tant que propriétaire, c'est parce que tu as payé des droits d'entrée exorbitants pour mes chevaux.

— Comme tu l'as dit toi-même, on ne peut prendre le risque de déprécier les chevaux en les retirant des compétitions.

— Tout de même ! Trois mille dollars par cheval, c'est…

— C'est fait, n'en parlons plus ! Nous y sommes. Profitons de la fête.

Il s'immobilisa devant une tente à rayures blanche et bleu cobalt. L'entrée formait un véritable jardin orné d'une fontaine et de lumières scintillantes. Un violoniste accueillait les visiteurs au soin de mélodies agréables.

— Souris, ma belle amante. Aucune femme n'est plus belle que toi, ce soir, lui souffla Xavier d'une voix de velours.

A ces paroles, et sous son regard de braise, elle se sentit fondre et en oublia presque ses stratégies.

— Merci, dit-elle.

Il retira une invitation de sa poche et la montra au gardien qui vérifia sa liste, puis les laissa entrer. Scrutant la foule, Megan repéra quatre stars du cinéma, un candidat à la présidentielle, et le journaliste vedette qu'elle avait regardé à la télévision la nuit précédente, alors qu'elle n'arrivait pas à trouver le sommeil.

Leur hôtesse, une beauté blonde qui avait récemment hérité d'une joaillerie renommée, vint les saluer.

— Xavier, mon chéri, c'est si bon de te revoir aux Etats-Unis ! s'exclama-t-elle. Je suis ravie que tu aies pu venir à ma petite sauterie.

Sur ces mots, elle l'embrassa sur la bouche, avant de tenter d'enlever les traces de rouge à lèvres qu'elle y avait laissées. Xavier manœuvra habilement pour lui échapper.

Le regard de la femme devint plus froid quand il se posa sur Megan.

— J'ai entendu que les félicitations étaient à l'ordre du jour. C'est ta fiancée ?

Megan se glaça.

Imperceptiblement, Xavier se raidit.

— Non, Renee, dit-il. Je te présente Megan Sutherland. Elle monte mes chevaux et les siens sur les hippodromes européens. Avec beaucoup de succès, je dois dire.

La femme la toisa de nouveau.

— Vous courez demain ? demanda-t-elle d'un ton pincé et hautain.

— Non, je ne participe pas à la saison, cette année ; j'aide ma cousine à préparer son mariage, expliqua Megan. En revanche, l'un de nos cavaliers concourra à ma place.

A cet instant, elle sentit la main de Xavier se plaquer sur ses reins.

— Megan a généreusement accepté de lui servir d'entraîneuse et de l'assister.

— Comme c'est gentil à vous ! s'exclama Renee, hypocrite. Il était manifeste qu'elle n'en avait strictement rien à faire. Où est ta future femme, chéri ? Je meurs d'envie de rencontrer celle qui a mis Xavier Alexandre à genoux.

L'amertume que Megan perçut dans la voix de leur hôtesse la poussa à se demander si elle n'avait pas eu une liaison avec Xavier. Que le monde hippique était petit ! pensa-t-elle alors. Qu'importait le continent où elle concourrait à l'avenir, elle ne pourrait pas échapper aux nouvelles de Xavier, de sa femme et de leurs enfants, s'ils en avaient. Il fallait que son plan A réussisse, car le B était un peu trop risqué.

Se félicitant des recherches qu'elle avait effectuées

sur sa rivale française, elle s'efforça d'adresser un grand sourire à leur hôtesse.

— Le tournoi de Roland-Garros a lieu cette semaine, et Cecille est une grande amatrice de tennis, déclara-t-elle. Je parierai mon meilleur cheval qu'elle a une place de choix dans les gradins.

— Exact, confirma Xavier légèrement surpris.

Dans le passé, Megan avait déjà concouru alors qu'elle était malade et s'était déjà blessée sur les champs de courses. Se battre pour l'homme qu'elle aimait à un cocktail n'aurait pas dû être si douloureux ! Entre Cecille et elle, dans son esprit, c'était l'épreuve finale, comme à une course hippique, même si cette dernière était de l'autre côté de l'océan. Elle entendait l'horloge égrener les minutes. Elle devait réaliser un sans-faute.

Et il n'y avait pas meilleure façon de prouver à Xavier qu'elle était la femme qu'il lui fallait en jouant sur leur passion commune des chevaux et sur le fait que c'était elle, et non sa fiancée, qui était à ses côtés.

La crainte et le besoin d'anticiper déclenchaient des symptômes similaires, se dit-elle en suivant Xavier : un pouls accéléré, un souffle irrégulier, des paumes moites…

Xavier qui traversait le couloir de leur palace d'une démarche assurée, comme si le monde entier lui appartenait. Elle avait redouté cet instant depuis le début de la soirée.

Xavier essaierait-il de l'embrasser ? L'inviterait-il dans sa chambre ? Si c'était le cas, elle se demandait si elle s'en tiendrait à son plan A, le plus sûr stratégiquement, qui prouverait à Xavier combien ils avaient à gagner à ne pas s'en tenir uniquement à une liaison physique.

Ou bien choisirait-elle le plan B, bien plus risqué et plus compliqué ?

D'un côté, elle sentait que ses hormones, hyperactives

en raison de sa grossesse, étaient à cran. Chacun des regards qu'il lui avait adressés, ce soir, lui avait coupé le souffle, et le moindre contact furtif lui avait fait l'effet d'une décharge électrique. Passer le reste de la nuit dans ses bras serait un délice charnel.

Mais le plan B, qui consistait à le rendre fou par leurs ébats pour qu'il se rende compte qu'il ne pouvait se passer d'elle, puis à redevenir un véritable glaçon après, exigeait une grande maîtrise de soi. Ce plan supposait qu'elle mette ses sentiments de côté, pendant qu'ils faisaient l'amour, pour se concentrer uniquement sur l'aspect physique.

Le plan A, celui de la passion, était une stratégie vieille comme le monde, mais elle n'avait pas oublié la douche froide qui avait suivi, au cottage, après leur nuit d'amour. Elle n'était pas certaine de vouloir réitérer la douloureuse expérience, même si ce plan d'attaque était le meilleur.

Elle suivit Xavier dans la suite, puis sur le seuil de sa chambre, se balança d'un pied sur l'autre. Elle attendait qu'il tente quelque chose, mais il ne semblait pas vouloir essayer de la suivre dans sa chambre. Parfait ! pensa-t-elle. Voilà qui simplifiait les choses.

— Bien… Bonne nuit, dit-elle alors. Je tombe de sommeil. Demain sera un grand jour.

— La course de Tim n'a lieu qu'à 11 heures. Nous aurons tout le temps de prendre tranquillement notre petit déjeuner avant de nous rendre à l'hippodrome.

Dans le passé, ils se levaient ensemble, se douchaient ensemble, et il leur arrivait aussi de refaire l'amour avant qu'elle coure. Sa peau et ses muscles étaient encore chauds et détendus quand elle montait à cheval…

A cette pensée, une vague de chaleur la submergea.

— Je pensais rejoindre Tim et lui donner des conseils pour la course, dit-elle.

— Tu lui en as suffisamment donné ! Il ne faut pas l'angoisser juste avant le départ.

— Mais…

— Le petit déjeuner est servi à 8 heures, trancha-t-il.

Puis il regagna sa chambre, estimant le débat clos.

Elle entra dans la sienne et referma la porte derrière elle. Etait-elle déçue que Xavier n'ait pas fait la moindre tentative pour s'immiscer dans son lit ? Force était de reconnaître que oui… Elle avait envie de faire l'amour avec lui, de le tenir dans ses bras. Mais elle voulait aussi que tout redevienne comme avant, quand elle avait encore l'espoir que leur liaison se transforme en une relation romantique…

Dans un ultime effort, elle passa dans la salle de bains, prit une douche puis enfila un pyjama raffiné qu'il lui avait offert, autrefois.

Mais elle était bien trop agitée pour dormir ! Elle décida d'allumer la télévision et commença à zapper pour combler le silence.

Ce fut alors qu'elle sentit son estomac gronder sourdement. En dépit des somptueux buffets à l'hippodrome, elle n'avait pas pris le temps de manger. C'était toujours ainsi, elle trouvait que le contexte ne s'y prêtait pas. Elle allait appeler le service d'étage. Elle saisit le combiné, puis regarda l'heure. Il était un peu plus de minuit… Peu importait, Xavier était un client prestigieux, et l'hôtel s'empresserait de combler ses désirs.

Un coup à sa porte la fit soudain sursauter. Mais était-ce bien à sa porte ? Ce pouvait tout à fait être un groom, précisément, appelé par Xavier. Elle éteignit la télévision, et entendit un deuxième coup. Son cœur se mit à cogner dans sa poitrine. C'était Xavier qui l'appelait.

Elle se précipita dans la salle de bains pour se draper dans un peignoir épais qu'elle ferma étroitement.

Prenant sa respiration, elle alla ouvrir.

Ses cheveux étaient humides, lui aussi avait pris une

douche. Mais il n'était pas en pyjama, il portait un jean et un T-shirt. Que lui voulait-il ?

Il laissa glisser ses yeux sur elle — des yeux de convoitise — et elle sentit de nouveau le désir enflammer tout son corps. Combien de fois avaient-ils fait l'amour après des soirées comme celles-ci ? Comme elle regrettait de ne pouvoir dormir dans ses bras et entendre le bruit rassurant des battements de son cœur. La berceuse d'un amant, en somme…

— Tu as besoin de quelque chose, Xavier ? demanda-t-elle en se ressaisissant.

— Le dîner est servi, annonça-t-il.

Puis il lui désigna la table du salon, recouverte de plats coiffés de cloches en argent.

— Le dîner ? répéta-t-elle, la gorge sèche.

— Je suis certain que tu es affamée. Tu l'es toujours après un tel événement. Je me trompe ?

— Non, avoua-t-elle.

Traversant la pièce, il souleva la première cloche. Des tacos ! Quelle surprise ! Elle s'était attendue à du champagne et du foie gras. Elle éclata de rire.

— Ce n'est pas ce que tu commandes habituellement.

Un sourire amusé se dessina sur les lèvres de Xavier.

— Aux Etats-Unis, cela m'amuse toujours d'être dans un hôtel cinq étoiles et de commander de la *junk food*, répondit-il.

Il souleva les autres cloches.

— Je n'ai commandé que de la nourriture typiquement américaine : des beignets de saucisse, de la viande cuite au barbecue, des oignons frits, et un gâteau au fromage avec des cerises fraîches. Est-ce que j'ai fait le tour de tes fantasmes culinaires, ma belle amante ?

En cet instant, elle se sentit un peu plus amoureuse de lui. Elle regarda tour à tour le buffet et l'homme qu'elle désirait le plus au monde. L'espoir rejaillit dans son cœur.

— Oui, fut tout ce qu'elle put articuler.

Xavier était toujours attentif aux détails et, qu'il en soit conscient ou non, il venait de lui prouver qu'elle occupait une belle place dans cœur : il avait en effet commandé tous les plats dont elle rêvait à haute voix, lors de leurs premiers rendez-vous. Elle était alors si nerveuse qu'elle ne pouvait s'empêcher de dire tout ce qui passait par la tête à son bel amant français.

Elle n'allait pas renoncer à lui sans lutter. Et cette fois, tous les coups seraient permis !

Xavier eut l'impression qu'un changement imperceptible s'était produit. Il n'aurait su dire exactement quoi, mais cela lui plut.

Megan semblait plus détendue et, quand leurs regards se croisaient, elle ne détournait pas tout de suite les yeux, comme elle le faisait depuis qu'il l'avait rejointe aux Etats-Unis.

Cette nouvelle décontraction ne pouvait être attribuée à la consommation d'alcool, puisqu'en raison de la grossesse de Megan, il s'était abstenu de demander au sommelier quel vin convenait le mieux à un repas typiquement américain. C'était sans doute l'alcool de contrebande, comme lui avait dit un jour une connaissance possédant un établissement viticole dans la campagne géorgienne.

C'était ce confrère qui lui avait aussi présenté Renee, neuf ans plus tôt.

Xavier ne regrettait pas sa liaison avec Renee, puisqu'elle l'avait introduit dans le milieu hippique et les compétitions qu'il appréciait tellement aujourd'hui. Cet intérêt l'avait amené à rencontrer Megan. Le ton amer de Renee, ce soir, lui avait cependant rappelé pourquoi il avait rapidement mis fin à sa liaison avec la riche héritière.

— Hum, fit Megan en se frottant le ventre, je suis rassasiée.

Elle s'adossa à son siège, un sourire satisfait aux lèvres. La regarder suffit à chasser de son esprit le souvenir de son ancienne liaison avec Renee, avec qui il n'avait nullement l'intention de renouer, même si celle-ci avait glissé une carte dans sa poche et laissé un message à l'hôtel.

— Merci, Xavier, dit-elle. C'était merveilleux.

Pour lui aussi, ça l'avait été. Regarder Megan manger était une expérience purement sensuelle. Comme de délicieux préliminaires…

— Je suis ravi que le dîner t'ait plu, répondit-il.

— Je ne devrais sans doute pas manger autant, mais je suis insatiable, en ce moment, dit-elle.

Ce n'était pas nouveau, pensa-t-il, en prêtant à ses propos une signification purement sexuelle.

Il repoussa son assiette qu'il avait à peine touchée. Son appétit était aiguisé pour d'autres nourritures…

— Ces moments de tranquillité avec toi m'ont manqué, dit-il alors.

Il vit à la fois de la méfiance et du désir traverser les yeux de Megan.

— A moi aussi, répondit-elle. Et l'idée de ne plus passer de nuits avec toi…

Elle baissa la tête et ses cheveux tombèrent comme un rideau devant son beau visage. Un sentiment de regret l'étreignit. Il détestait la faire souffrir. Mais quel autre choix avait-il ?

Se levant, il vint se placer derrière sa chaise, et ramena gentiment ses cheveux sur le côté. Ses mèches brunes glissèrent sous ses doigts comme du satin lourd. Il repoussa légèrement le col de son peignoir et passa ses ongles à l'endroit qu'elle aimait. Comme il s'y attendait, des frissons parcoururent sa belle peau ivoire…

— J'ai envie de toi, Megan, murmura-t-il. Je veux coucher avec toi et m'endormir en te tenant dans mes bras. Je veux l'odeur de ta peau sur la mienne.

Elle inclina alors la tête, comme une invitation des plus tentantes. Sans attendre, il enfouit son visage dans sa nuque, humant son odeur si particulière, et la gravant à jamais dans son cerveau. Il déposa alors un collier de petits baisers dans son cou et sur ses épaules.

De nouveau, il la sentit frémir…

— Pourquoi moi ? demanda-t-elle.

Elle lui avait déjà posé cette question le premier soir où il l'avait invitée à dîner.

— Parce que nous partageons une passion que ni l'un ni l'autre ne peut ignorer.

Il en avait reconnu la force dès l'instant où il avait croisé son regard, à une fête hippique, tout comme il avait su qu'elle serait sienne dès qu'il avait découvert qu'elle était aussi carriériste que lui. Mais ce qu'il n'avait pas prévu, c'était que la soif qu'elle lui inspirait serait inextinguible ! Il faudrait pourtant bien qu'elle cesse un jour. Mais il avait encore quelques mois devant lui…

Il tira la chaise sur laquelle elle était assise. Elle hésita un instant, puis se leva et lui fit face. Il dénoua alors la ceinture de son peignoir qu'il fit glisser sur ses épaules. Elle frémit quand celui-ci tomba à terre. Ses seins tendaient son caraco en dentelle violette, et un désir violent s'empara de lui. Du pouce, il caressa les pointes durcies de sa poitrine.

Un éclair de passion passa sur le visage de Megan.

Elle se cambra, l'encourageant à poursuivre. Il commença alors à caresser à travers la soie qui le recouvrait son corps chaud, parfumé et tellement désiré. Puis, le besoin du contact de sa peau sur la sienne devenant trop intense, il lui retira d'un geste son caraco .

— Ta robe, ce soir, était extrêmement seyante. Tout le monde n'avait d'yeux que pour elle, lui dit-il d'une voix rauque.

Il en avait d'ailleurs conçu de la jalousie. Megan, c'était son territoire ! Il n'avait pas vraiment prêté attention aux personnes qu'elle lui avait présentées, obsédé qu'il était par sa robe et par l'idée de la lui retirer, pour toucher sa peau magnifiée par la grossesse.

Il plongea le visage entre ses seins, et s'enivra encore une fois de son parfum… Il rêvait de pouvoir recréer cette odeur qui lui était propre. Alors il deviendrait encore plus riche que son père dans ses rêves les plus fous.

Il sentit les doigts de Megan se glisser dans ses cheveux et captura un de ses seins dans sa bouche, le titillant au rythme des petits gémissements qu'elle laissait échapper… Puis il releva la tête, pour dominer le désir trop puissant qui l'envahissait.

Sur une impulsion, il la prit dans ses bras et l'emporta dans sa chambre où il la déposa sur le lit, redoutant qu'elle proteste. A son grand étonnement, elle n'en fit rien. Il se moquait bien de savoir pourquoi elle avait changé d'avis, mais il s'en réjouissait énormément.

Lascive, elle tendit les bras au-dessus de sa tête, le regardant et l'attendant, bouche entrouverte, ses seins magnifiques se soulevant et s'abaissant à chaque respiration. Il se déshabilla promptement, sans lâcher son regard, totalement fasciné par le spectacle qu'elle lui offrait.

Puis, son désir reprenant ses droits, il se coucha sur elle. Au contact de son corps, il sentit un feu le traverser. Désormais, il devrait savourer chaque moment avec elle comme si c'était le dernier. Il entendait les battements rapides du cœur de Megan, et cela redoublait son désir, tout comme ses mains qu'elle faisait adroitement glisser sur son corps, ses jambes qui caressaient les siennes…

Elle n'avait jamais été timide au lit, mais ce soir, elle se permettait toutes les audaces. Il devrait fournir de sacrés efforts cette nuit pour garder un semblant de raison…

Il se rappela tout à coup qu'elle portait son enfant et qu'il devrait peut-être refréner un peu ses ardeurs.

Maintenant de ses mains ses bras au-dessus de sa

tête, il versa une pluie de baisers sur son visage avant de descendre vers sa gorge… Elle remua légèrement sous lui, mais il était résolu à ne pas accélérer le processus, alors que le compte à rebours de leur nuit venait de commencer.

Gardant toujours ses mains prisonnières des siennes, il s'agenouilla entre ses cuisses et, y enfouissant la tête, savoura son délicieux nectar. Un premier cri lui échappa, et elle se cambra, ardente.

— Patience, ma belle, lui murmura-t-il.

Son désir était tel qu'il n'avait qu'une envie, plonger en elle. Mais il voulait avant tout l'amener à l'orgasme avec sa langue… ce qui ne tarda pas, et les ondulations de son corps sous sa bouche fouettèrent ses sens.

Remontant le long de son corps, il se plaça au-dessus d'elle. Ce fut alors qu'il se rappela que les préservatifs étaient dans la salle de bains. Mais à quoi bon maintenant ? Ils étaient tous les deux en bonne santé et elle portait déjà son enfant…

Jamais encore ils n'avaient eu de rapport non protégé, et partager une telle intimité avec Megan lui semblait tout à fait naturel. Et terriblement excitant.

Avant de changer d'avis, il la pénétra. Elle ouvrit de grands yeux, comprenant elle aussi qu'ils étaient en train de vivre quelque chose d'inédit. Cette intimité absolue, sans barrière aucune, était des plus érotiques. Il se mit à aller et venir en elle avec une ardeur, incapable de contrôler son rythme pour finalement atteindre un orgasme d'une intensité inégalée.

Quand il redressa la tête, il découvrit sur le visage de Megan un sourire sensuel et satisfait, comme si elle avait deviné ce qui s'était passé en lui. Comme si elle avait compris tout l'ascendant qu'elle exerçait sur lui ! Alors, le regardant bien droit dans les yeux, elle enfonça ses ongles dans ses épaules, ce qui raviva immédiatement son désir et l'instinct animal qui sommeillait en lui. Il replongea en elle, et pour la première fois de sa vie, il sentit qu'il était incapable de se contrôler, que la passion était la plus forte, et qu'elle l'aveuglait… En quelques secondes, il atteignait de nouveau l'orgasme.

Epuisé, il roula ensuite à ses côtés.

Jamais il ne s'était senti aussi proche d'une femme, l'intimité des fluides partagés l'avait totalement galvanisé…

Repu, il s'efforçait de retrouver son souffle, sa raison, dans un état de relaxation totale. C'était l'expérience la plus merveilleuse qu'il ait jamais connue.

Ce fut alors que Megan troubla son euphorie en se penchant sur lui.

— Bonne nuit, Xavier, dit-elle.

Elle lui donna un baiser, et il sentit le matelas bouger, tandis qu'un vide se creusait à l'endroit que son corps avait occupé. Il ouvrit les yeux et la vit disparaître dans le couloir.

Il se redressa vivement sur un coude.

— Où vas-tu ? demanda-t-il d'une voix rauque.

— Dans ma chambre. Dors bien, répondit-elle.

Il l'entendit refermer la porte de sa chambre derrière elle. Le cliquetis l'arracha définitivement à son brouillard merveilleux. Il se redressa dans le lit, interloqué.

En général, ce n'étaient pas ses conquêtes qui quittaient son lit, mais lui qui partait. Aujourd'hui, les choses s'étaient inversées, ce qui n'était pas à son goût.

- 6 -

Bien décidée à utiliser à meilleur escient ses relations américaines, Megan entra dans la tente où l'on servait le petit déjeuner. De nombreux sponsors et propriétaires s'y étaient rassemblés. Si elle devait finalement opter pour le plan C, il lui faudrait trouver des soutiens financiers aux Etats-Unis. Et même si ce plan restait un ultime recours, elle ne devait rien exclure et ne manquer aucune occasion d'assurer ses arrières.

Toutefois, si elle était venue sous ce chapiteau, c'était avant tout pour éviter un nouveau repas en tête à tête avec Xavier. Après la nuit qu'ils avaient passée, elle avait l'impression d'évoluer sur un terrain mouvant, instable et elle éprouvait le besoin de se retrouver.

Le plancher qui avait été installé sous la tente craqua sous ses bottes tandis qu'elle se dirigeait vers les tables recouvertes de nappes en lin. Elle salua d'un signe de tête quelques visages connus.

Au passage, elle prit le jus d'orange que lui tendait un serveur, puis se dirigea vers le buffet, souhaitant commander une omelette et s'installer à la place avantageuse qu'elle venait de localiser.

Elle repéra alors une star du rock en compagnie de sa fille, un couple d'actrices et leurs enfants vêtus de jodhpurs, et enfin un potentiel sponsor qui faisait depuis longtemps des affaires avec Sutherland Farm.

Alors qu'elle s'apprêtait à commander son omelette, une voix familière — et bien peu opportune — s'écria :

— Megan !

Elle hésita un instant, luttant contre l'envie de faire comme si elle n'avait rien entendu et de partir dans la direction opposée. Mais elle se ravisa et, arborant un sourire, se retourna pour saluer quelqu'un qu'elle n'appréciait absolument pas.

— Bonjour, Priscilla, dit-elle d'un ton détaché.

Cela faisait des années que cette femme à la langue bien acérée la poursuivait sur les hippodromes. Le fait qu'elle ait toujours battu Prissy James aux épreuves finales renforçait l'antagonisme qui existait entre elles, sa concurrente étant une piètre perdante.

— Alors, tu es revenue parmi nous ? fit Prissy. On se demandait tous où tu allais te cacher après l'annonce, dans les journaux, du prochain mariage de Xavier.

Elle se hérissa. Pour exacte que soit l'information, elle n'avait pas forcément envie de l'entendre, tout comme il lui déplaisait fortement de comprendre qu'elle avait donné lieu à de nombreux commérages. Une fois que la nouvelle de sa grossesse serait connue, ce serait bien pire.

— Je ne me cache pas, répondit-elle. Je travaille comme coach à Sutherland Farm, ce qui était prévu depuis longtemps.

C'était sa version, et elle n'en démordrait pas.

— Curieux que cela arrive au moment de l'annonce du mariage.

— Ce sont les coïncidences de la vie. Je devais rentrer car ma cousine se marie et je souhaite l'aider dans ses préparatifs.

— Ta cousine ? fit Priscilla d'un air sceptique.

— Oui, Hannah Sutherland ! Je suis sûre que tu l'as déjà rencontrée, elle est éleveuse, et c'est ma seule famille.

— Avec ton oncle, précisa son interlocutrice. Mais

vous ne vous entendez pas très bien, tous les deux, je crois ?

Cette femme était décidément une véritable peste ! Elle aurait mérité qu'elle lui jette le contenu de son verre au visage, mais elle n'était pas du genre à laisser un concurrent la pousser à bout.

— Nous avons chacun notre part de responsabilités dans les dissensions qui nous opposent, mais maintenant il est à la retraite et ne vit plus au haras, répondit-elle.

— En tout cas, tu ne pourras pas dire que je ne t'avais pas prévenue sur les relations éphémères que Xavier entretient avec les femmes. Son record, c'était quatre mois. Et vous, vous êtes restés combien de temps, ensemble ?

Elle préféra éluder la question.

— Qu'est-ce qui t'amène à Lexington ? Je suis sûre que ce n'est pas pour prendre de mes nouvelles que tu as traversé l'Atlantique.

Priscilla afficha une petite moue.

— Tu n'es pas au courant ? Je suis venue vendre mon cheval. Il n'est plus à la hauteur, pour la compétition.

Pour avoir souvent vu Priscilla et son cheval courir, elle savait que la bête n'était pas le cœur du problème.

— Non, je l'ignorais.

— Je cherche une nouvelle monture, qui ait les qualités requises pour remporter des championnats.

Ses propos ne l'étonnèrent guère. Prissy était le genre de femme à blâmer le cheval au lieu de se remettre en question. Mais ce n'était pas à elle de le lui dire.

— Je te souhaite bonne chance dans tes recherches.

— Quel cheval montes-tu aujourd'hui ? demanda Prissy.

— Je ne concours pas personnellement, répondit-elle.

Prissy laissa alors glisser sur elle son regard de lynx.

— Ah bon ? Et pour quelles raisons ? s'enquit-elle d'un ton presque suspect.

— J'avais envie de faire un break. Après dix ans de courses, je pense mériter des petites vacances, et puis les préparatifs du mariage me prennent beaucoup de temps. Je ne sais pas si tu te rappelles, mais Hannah n'a plus sa mère pour l'aider.

— Est-ce que tu as reparlé à Xavier depuis votre rupture ? Je sais qu'il a quitté la France.

Comment mettre fin à cette conversation insensée ? Cela ne menait à rien. Qui plus est, quelqu'un avait pris la place qu'elle convoitait à côté d'un sponsor potentiel.

— Je suis venue aux courses avec Xavier, déclara-t-elle. Il a loué une ferme dans la région, et j'entraîne ses chevaux.

— Ah bon ? Il t'a installée de ce côté-ci de l'Atlantique et il garde sa femme en France ?

Maintenant que Prissy avait sa version de l'affaire, elle allait la raconter à qui voulait l'entendre ! Elle devait absolument la convaincre du contraire.

— Ne sois pas ridicule ! s'écria-t-elle. J'entraîne juste ses chevaux pendant qu'il teste les hippodromes américains et qu'il repère les cavaliers prometteurs. L'un des jeunes gens que j'entraîne concourt à la fois pour ses chevaux et les miens.

De nouveau, elle sentit les yeux inquisiteurs de Priscilla sur elle.

— Mais toi, alors, tu ne cours pas du tout ? Tu es blessée… ou tu as quelque chose ?

Si son adversaire découvrait son secret, celui-ci serait imprimé dans tous les journaux dès le lendemain !

— Pas du tout, je vais très bien, j'ai juste envie de me la couler douce, pendant quelque temps.

— Vraiment ?

Cette fois, ce fut la goutte d'eau qui fit déborder le vase.

— Ecoute, Prissy, commença-t-elle, comme nous ne sommes plus concurrentes, laisse-moi te dire une bonne chose : chaque fois que tu as perdu, c'était de ta faute, pas de celle de ta monture. Et tu auras beau acheter un nouveau cheval, tu obtiendras les mêmes résultats si tu ne changes pas de méthode. Tu cours bien lors des compétitions, mais pour les épreuves finales, tu gâches tout, car tu es trop tendue. C'est comme si, inconsciemment, tu soufflais à Jezebel de ralentir entre chaque obstacle. C'est pour cela que tu fais tomber des barres. Ce n'est pas ton cheval qui commet des erreurs, mais toi qui l'influences mal ! Et maintenant, si tu veux bien m'excuser, je vais aller déjeuner avant de regagner le terrain d'entraînement.

Sur ces mots, elle tourna les talons et se dirigea vers le buffet, non sans avoir remarqué les joues empourprées de Priscilla. Elle était bien résolue à faire ce qu'elle avait prévu, c'est-à-dire déjeuner en cherchant à nouer des contacts avec des sponsors. Elle avait manqué une occasion avec l'un d'eux à cause de Prissy, mais elle en trouverait d'autres.

Le chef cuisinier remplit son assiette d'asperges grillées, de prosciutto et d'une omelette au fromage, ainsi que de deux saucisses épicées. Des mets qui l'auraient encore fait saliver quelques minutes plus tôt, mais son appétit s'était envolé quand elle s'était rendu compte qu'elle était l'objet de commérages, et que tout se savait des deux côtés de l'Atlantique.

Le plan C était vraiment la pire option si elle voulait garder la tête haute dans le petit milieu des courses hippiques.

Le petit déjeuner n'améliora pas son humeur. Revoir d'anciennes connaissances lui avait donné matière à réflexion, et l'avait aussi conduite à la conclusion qu'elle était seule responsable de la situation fâcheuse dans laquelle elle se trouvait aujourd'hui.

Elle y pensait encore en regardant Tim tourner dans le

manège sur Rocky Start, son plus jeune cheval. Pendant des années, elle avait pensé être trop intelligente pour tomber amoureuse. Elle payait aujourd'hui pour son impudence.

Elle n'avait jamais recherché l'âme sœur, car elle n'avait pas pour projet de fonder une famille. Elle était concentrée sur sa carrière et ne voulait pas que quiconque l'en détourne ou lui vole son temps précieux. Sa vie, c'étaient les chevaux, un point c'est tout.

Avant Xavier, elle avait entretenu quelques relations sans importance, mais physiquement satisfaisantes, ce qui était l'objectif recherché.

Puis elle avait rencontré Xavier, et elle avait cru que leur relation s'inscrivait dans le même schéma, c'est-à-dire sous le signe du divertissement et de la passion, même si d'emblée, avec lui, tout avait été plus explosif, plus fort. Puis il lui avait acheté le cottage, et il avait fini par gagner son cœur, à force d'attentions. Sans compter leurs étreintes passionnées…

Quand ils s'étaient « installés » au cottage, c'était la première fois qu'elle avait une maison à elle, depuis la mort de ses parents et de son frère. Et c'était pour cette raison qu'elle s'était définitivement attachée à Xavier, car il lui avait donné ce qu'elle avait cru perdu à tout jamais…

Elle repensa à son plan B. Elle était stupide de penser qu'elle pourrait sortir Xavier de son cœur. La nuit précédente, elle avait tenté de faire preuve de détachement, mais elle avait vu toutes ses défenses s'effondrer quand il avait renoncé au préservatif, l'absence totale de barrière entre eux ayant renforcé leur intimité.

Elle s'efforça de se rappeler que, désormais, toute contraception était inutile puisqu'elle était enceinte et que c'était uniquement pour cette raison qu'il n'avait pas mis de préservatif…

Combien de temps lui faudrait-il pour se rendre compte

de l'alchimie fatale qui existait entre eux ? soupira-t-elle néanmoins en silence. Mais s'en rendrait-il seulement compte un jour ? Ne livrait-elle pas une bataille perdue d'avance ?

Ceux qui abdiquaient ne gagnaient jamais.

Comme sa cousine l'avait souligné, elle n'était pas de celles qui abandonnent. C'était cette force qui avait largement contribué à son succès. Elle devait appliquer la même détermination pour sauver sa relation avec Xavier.

Si ce dernier s'entêtait à croire que leur relation était uniquement charnelle, alors elle aussi resterait sur ce terrain-là, jusqu'à ce qu'il se rende compte qu'il veuille plus, quand bien même ce serait éprouvant pour elle. Quitter son lit la nuit dernière alors que son corps était encore tout chaud de leurs ébats avait relevé du tour de force ! Elle ne savait pas combien de temps elle pourrait tenir sans se détruire.

— Est-ce que tu as bien dormi, toute seule dans ton lit, ma chérie ?

Elle sursauta en entendant la voix de Xavier dans son dos. Mais elle ne lui confierait pas ses insomnies, et il ne devinerait pas ses cernes, sous le maquillage.

Elle se retourna vers lui avec le plus grand calme, arborant un large sourire pour mieux masquer son désarroi intérieur.

— Après l'amour, j'ai un sommeil de plomb, affirma-t-elle avec assurance. Et toi ?

— J'aurais préféré que tu restes à mes côtés.

Elle considéra l'aveu comme une petite victoire.

— Pourquoi est-ce que tu n'as pas pris le petit déjeuner à l'hôtel ? ajouta-t-il alors sur le ton du reproche.

— Je préférais prendre le petit déjeuner sur l'hippodrome, en compagnie de propriétaires. J'ai aussi aidé Tim à préparer les chevaux.

— C'est le travail du palefrenier, pas le tien.

— Encore faut-il pouvoir s'en payer un.

Il sourcilla.

— Les miens sont à ta disposition.

— Pour combien de temps, Xavier ? rétorqua-t-elle, soulignant que rien n'était plus comme avant. Tu m'accordais une faveur en partageant ton personnel avec moi. Il faut que je réapprenne à me débrouiller seule.

— Ce ne sera pas nécessaire, puisque je suis ici.

— Pour combien de temps, Xavier ? répéta-t-elle. Un jour ou l'autre, tu repartiras en Europe, et moi, je resterai ici.

Sauf si elle gagnait la bataille et qu'il lui donnait cette famille dont elle n'avait jamais rêvé mais qu'elle désirait maintenant désespérément.

Les haut-parleurs annoncèrent soudain la course à laquelle participait Tim, et Megan sentit l'adrénaline monter en elle. Normalement, c'était elle qui aurait dû briller sur la piste pour prouver au monde — et surtout à son oncle — qui elle était. Xavier lui aurait donné un ultime baiser porte chance, et elle se serait élancée…

Mais aujourd'hui, ce ne serait pas le cas ! Il n'y aurait ni baiser ni course ; elle se contenterait de donner des conseils et laisserait son cavalier remporter la victoire.

A l'idée que son existence puisse désormais se résumer à cela, elle sentit son cœur flancher. Courir, c'était toute sa vie… Elle ne possédait pas de diplôme universitaire qui lui aurait permis de rebondir. Sitôt son baccalauréat en poche, elle avait quitté la maison de son oncle.

Xavier s'approcha d'elle, et la chaleur de son corps, tout comme son odeur, la submergea comme une vague. Elle fut alors incapable de résister à l'envie de se blottir contre lui.

— Est-ce que tu vas aussi refuser de m'accompagner sur les sièges VIP que j'ai réservés pour nous deux ?

— Non, je vais venir.

Elle fit alors un signe de la main à Tim qui passait devant elle, sur Rocky. Il s'arrêta, et elle remarqua la tension qui tirait ses traits. Elle flatta l'encolure de sa monture, regrettant amèrement de ne pas être du bon côté de la barrière.

— Tim, tu n'as rien à perdre, souffla-t-elle. Si tu es bien classé, parfait, mais ce n'est pas grave si ce n'est pas le cas. Aujourd'hui, ton but est de faire de ton mieux. N'oublie pas ce que nous avons dit ce matin : garde toujours les yeux fixés sur la barre la plus haute, et tout ira bien.

Le jeune homme déglutit avec peine.

— Entendu, Megan. Je ne vous laisserai pas tomber.

— Il ne s'agit pas de moi. C'est toi qui dois prouver ce que tu sais faire. Tu as des capacités et une excellente monture. Tout ce qu'il te faut encore, c'est de l'entraînement. Personne n'attend de toi la perfection, et certainement pas moi.

Il hocha la tête et s'éloigna pour rejoindre les autres cavaliers. Elle les regarda, particulièrement envieuse.

— Lui confier cinq nouvelles montures sur un hippodrome de cette importance, c'est tout de même préjuger de ses qualités, commenta Xavier.

— Il apprendra.

Xavier lui prit le bras et la conduisit vers les gradins. Il se fraya aisément un chemin dans la foule des VIP. Elle se sentit soudain bien humble dans ses vêtements presque anodins, en comparaison des femmes qui s'exhibaient dans des vêtements de marque.

Xavier avait réservé les meilleures places, ce qui n'avait rien d'étonnant, puisqu'il avait horreur de la demi-mesure.

Elle s'assit sur son siège, s'efforçant de s'habituer à l'idée d'être dans les gradins, dans le rôle du spectateur, entourée par des milliers d'autres. Mais il lui était difficile de faire abstraction de son cœur qui battait à tout rompre, comme si elle était sur Rocky à la place de Tim.

Elle sentait l'odeur des gradins, celle des fleurs qui

décoraient les obstacles, et le chlore de l'eau qui remplissait les seaux destinés aux chevaux. Mais elle inhala aussi le parfum capiteux de la dame à sa gauche et l'haleine au bourbon de l'homme assis près de Xavier… Celui-ci prit soudain sa main dans la sienne et se mit à caresser sa paume avec son pouce, pour la calmer.

Le premier cavalier s'approchait du premier obstacle.

Elle se surprit à compter ses foulées et à se pencher machinalement en avant, comme si elle était en selle. Se rendant tout à coup compte de son geste, elle se redressa et lança un regard gêné à Xavier qui, au lieu de regarder le champ de courses, avait les yeux braqués sur elle.

— Je comprends que la compétition te manque, lui dit-il à voix basse.

Rien de tel que de souligner l'évidence ! Elle ne lui ferait pas le plaisir d'abonder dans son sens.

— C'est l'occasion rêvée pour observer les cavaliers et les chevaux que j'affronterai l'année prochaine, quand je serai de retour sur les hippodromes, répondit-elle.

A cet instant, une autre idée germa dans son esprit : elle ferait bien de repérer les cavalières qui avaient des enfants en bas âge, pour leur proposer une nourrice en garde partagée, quand elles seraient toutes sur les routes, pendant la saison.

Du lundi au mercredi, lorsqu'elle serait à la ferme, Nellie, la gouvernante de Sutherland Farm qui les avait élevées, elle et Hannah, après la mort de leurs mères, pourrait peut-être s'occuper de son bébé à temps partiel…

En tout état de cause, elle devrait mener son enquête discrètement. Elle n'était pas prête à assumer l'annonce publique de sa grossesse, surtout pas après sa conversation avec Prissy. Les gens feraient forcément le rapprochement entre Xavier et son enfant…

Elle devait coûte que coûte convaincre Xavier de rompre avec sa fiancée parfaite. Et ce, avant que celle-ci ne soit au courant de leur liaison et ne traverse l'Atlantique *illico presto* pour régler ses comptes et récupérer son fiancé.

Le bruit d'une barre qui tombait et la cuisse chaude de Xavier contre la sienne, sous leurs doigts mêlés, la ramenèrent à la réalité. Elle retira sa main de celle de Xavier et s'efforça de se concentrer sur la course.

Les noms de Tim et de Rocky Start furent alors annoncés dans le haut-parleur, et elle se sentit bien plus agitée que si elle avait été sur la piste. Tim aussi semblait nerveux, constata-t-elle. Il salua le jury d'un brusque mouvement de tête, attendant sa permission pour s'élancer. Sa monture semblait avoir du mal à tenir en place, comme si elle percevait la fébrilité de son cavalier. Megan sentit un nœud lui serrer la gorge.

Puis cavalier et cheval s'élancèrent. Xavier posa sa main sur son épaule et se pencha vers elle. Son souffle balaya son oreille et elle frémit…

— Si tu es raisonnable, tu pourras retrouver les courses l'année prochaine, murmura-t-il.

Elle tourna la tête vers lui… et ne vit pas Rocky s'approcher du premier oxer. Pourquoi fallait-il qu'il la persécute jusqu'ici, à tenter de la persuader qu'elle lui abandonne son enfant, sous-entendant qu'elle pourrait ainsi retrouver une vie « normale » ? Il aurait pourtant dû comprendre que la facilité ne l'intéressait pas.

Il ne manquait vraiment pas d'air ! D'ailleurs, s'il l'avait conviée dans cet hôtel de grand luxe, lui avait acheté une robe haute couture et lui avait fait livrer un repas typiquement américain, comme elle en rêvait depuis si longtemps, ce n'était pas parce qu'elle occupait une place particulière dans son cœur, mais parce qu'il essayait de la manipuler pour obtenir d'elle ce qu'il voulait à tout prix : son bébé.

Il devrait faire preuve de plus de subtilité s'il espérait arriver à ses fins. Avait-il oublié son esprit de compétition ?

Ce soir serait différent, se promit Megan en écartant sa chaise de la table. Comme la veille, ils avaient commandé à dîner, en rentrant de la fête qui avait suivi la course.

Ce soir, elle ne perdrait pas le contrôle d'elle-même et n'oublierait ses objectifs.

Ce soir, elle mettrait Xavier à genoux sexuellement, mais elle saurait garder ses distances émotionnelles.

Elle se leva et fit lentement glisser la fermeture Eclair de la robe fourreau couleur rubis qu'il lui avait offerte pour la deuxième soirée. Le vêtement tomba à ses pieds, dévoilant son soutien-gorge rouge très sexy et sa culotte assortie. Elle portait toujours ses escarpins couleur bordeaux.

Sans la quitter des yeux, Xavier s'adossa à sa chaise et commença à desserrer sa cravate sans l'enlever. Elle le vit même faire un deuxième nœud. Curieux… Tout à coup, il se leva comme un tigre prêt à bondir sur sa proie.

Son cœur battait à tout rompre.

A quel jeu jouait-il ?

Une fois à sa hauteur, il lui prit la main et la fit tournoyer comme plus tôt sur la piste de danse. Tout à coup, elle sentit la soie glisser sur ses poignets… Il était en train de les lui attacher avec sa cravate ! L'adrénaline monta en elle.

— Xavier…

— Tu ne me fais pas confiance ?

— Si, mais je…

Sa bouche recouvrit la sienne et il lui donna un baiser profond, passionné tandis qu'il étreignait ses hanches, sa taille…

Elle essaya de libérer ses mains de la cravate, pour le caresser à son tour, mais c'était impossible. Plus elle tirait, plus le nœud se resserrait. Pour l'instant, c'était encore confortable, mais si elle continuait à se débattre, ce le serait bien moins.

Elle devait rester maîtresse de la situation !

Plantant son talon aiguille dans le tapis épais, elle essaya de les entraîner vers la chambre de Xavier, mais sans les mains, c'était difficile. Elle ne voulait surtout pas qu'ils aillent dans sa propre chambre pour ne pas avoir à dormir avec lui, car contrairement à elle, il ne quitterait pas le lit, après l'amour.

Elle sentit le sourire de Xavier contre sa bouche, puis il se pencha et la prit dans ses bras pour la conduire directement… dans sa chambre à elle.

Rien ne se passait comme prévu !

— Les préservatifs sont dans l'autre chambre, protesta-t-elle. Allons là-bas.

— Nous n'en avons pas besoin. J'aime quand il n'y a aucune barrière entre nous, comme hier soir.

Ces mots stimulèrent son désir…

— Détache-moi, j'ai envie de te toucher, dit-elle.

— Tout à l'heure.

Il fit alors glisser sa bouche sur sa joue, puis lui mordilla le lobe de l'oreille.

Elle poussa un petit cri quand il dégrafa son soutien-gorge et pressa ses seins l'un contre l'autre tout en en caressant la pointe. Puis, d'un geste adroit, il fit glisser sa culotte sur ses hanches et elle tomba par terre. Alors il se mit à palper son corps, à l'embrasser, à le caresser… Comme c'était érotique ! se dit-elle, avant de se rappeler qu'il ne s'agissait de rien d'autre.

Il finit par la faire basculer en douceur sur le lit. Elle rejeta ses bras en arrière, et il s'allongea sur elle. Encore tout habillé, il captura sa bouche pour lui donner un baiser ardent, avant de descendre le long de son corps jusqu'à la hauteur de ses seins, qu'il se mit à torturer délicieusement… En silence, elle le supplia d'accélérer, tout en s'efforçant de garder une distance avec ses caresses envoûtantes. Elle ferma les yeux et tenta de repenser à la course, aux obstacles, aux erreurs de Tim…

Soudain, un bruit l'arracha à son cinéma mental et

avant qu'elle comprenne ce qui se passait, elle sentit du froid sur son sein gauche. Elle ouvrit les yeux.

— Qu'est-ce… qu'est-ce qui se passe ?

Alors elle comprit. Avec un glaçon, Xavier traçait des cercles sur son aréole. Elle poussa un petit gémissement quand il captura son mamelon. Pourquoi fallait-il qu'il sache à ce point la surprendre, attiser son désir ? Comme elle aimait ce qu'il lui faisait…

Il recommença sur l'autre sein. Froid, chaud… C'était si merveilleux.

D'un coup, elle en oublia ses résolutions pour se concentrer sur les fabuleuses caresses qu'il lui prodiguait… Puis il effleura son sexe avec le glaçon. Elle se figea, mais bien vite la bouche de Xavier remplaça l'impression glacée… Elle s'agrippa aux draps, sentant le plaisir monter en elle. Peu à peu, elle se mit à ondoyer et à gémir sous lui, s'abandonnant aux spasmes incontrôlables de la volupté.

— Tu veux que j'arrête, ma belle amante ?

— Non, je veux te sentir en moi, répondit-elle haletante.

— Attends encore un peu, Megan, souffla-t-il, un large sourire aux lèvres.

Il saisit un autre glaçon, et elle comprit que sa stratégie de se maintenir à distance émotionnellement avait fondu plus vite que le premier glaçon. Elle réessaierait le lendemain, se promit-elle, car ce soir, il aurait été vain de bouder son plaisir.

Enfin, elle était de retour chez elle !

Elle laissa tomber son sac dans le vestibule et s'appuya contre la porte d'entrée. Ce week-end l'avait littéralement é-pui-sée.

Après deux nuits d'amour avec Xavier, et trois journées à mimer une indifférence qu'il ne lui inspirait absolument pas, tout ce qu'elle souhaitait, en ce dimanche soir, c'était se blottir sous sa couette et ne plus bouger.

La nuit précédente, c'était lui qui l'avait mise à genoux, elle qui l'avait supplié de la prendre. Puis il avait dormi dans son lit, détruisant ses intentions de rester seule.

Son estomac émit un grognement, elle avait faim. Il ne manquait plus que cela, étant donné qu'elle n'avait pas le courage de se préparer un repas. Pour le bébé, elle ferait néanmoins l'effort de manger une banane et d'avaler un verre de lait. Mais elle avait tellement hâte de prendre une douche bien chaude et de se mettre au lit !

Elle se dirigeait vers la salle de bains quand elle entendit un coup à sa porte. Devait-elle répondre ? Hélas, elle n'avait pas fermé la porte à clé. Si c'était Xavier, il allait entrer sans attendre. Mieux valait lui ouvrir. Ainsi, elle le laisserait sur le seuil de la porte, et il serait plus facile de le congédier.

Elle arbora son sourire à toute épreuve… Mais ce fut Hannah qu'elle trouva finalement sur le seuil, les bras bien chargés.

— Oh ! quel beau sourire ! ironisa sa cousine. Un peu figé, non ? Qu'est-ce qui ne va pas ?

Décidément, Hannah lisait en elle comme dans un livre ouvert. La plupart des gens ne voyaient rien au-delà de son fameux masque souriant.

— Rien, je suis juste fatiguée, dit-elle.

— Nellie a cuisiné ses fameux fettucini sauce cajun. Est-ce que le fait de t'apporter le dîner m'autorise à entrer ?

L'eau lui monta instantanément à la bouche, et elle se sentit comme revigorée. Pour la cuisine de Nellie, elle repousserait l'heure de sa douche.

— Quelle question ! Ferme la porte derrière toi.

— D'accord !

— Comment s'est passé votre week-end ? demanda Hannah, une fois entrée.

Megan posa le plat de Nellie sur la table, se félicitant d'avoir retiré ses Post-it du réfrigérateur.

— Aucun de nos chevaux n'a remporté de prix, mais Tim a réalisé une bonne performance, étant donné que c'était sa première compétition. Il a su résister à la pression, il n'a fait que huit fautes sur Apollo et…

— Je ne te parlais pas des chevaux, Meg.

Elle grimaça et sortit la tête du placard.

— Tu dînes avec moi ?

— Avec plaisir. Wyatt est en ville, et Nellie à son club de lecture, ce soir.

Hannah ouvrit la boîte en plastique qui contenait les fettucini et leur odeur délicieuse se répandit dans la cuisine.

— Nellie s'est encore surpassée, déclara Hannah. Alors dis-moi, comment c'était, avec Xavier ?

— Tu essaies de me couper l'appétit ? Nellie ne sera pas contente s'il y a des restes.

Elle disposa les assiettes et les couverts sur la table.

— Elle n'en saura rien, renchérit Hannah. Bon alors, raconte !

Elle ne voulait pas inquiéter sa cousine, mais celle-ci était fort entêtée, et quand elle avait une idée en tête, il était difficile de l'en déloger.

— Puisque tu veux tout savoir, nous avons couché ensemble, annonça-t-elle.

— Et pourquoi est-ce que ça n'a pas l'air d'être une bonne nouvelle ? répliqua Hannah.

— Parce que ça ne l'est pas ! Il prétend que notre relation est uniquement fondée sur le sexe. Alors j'ai décidé de jouer le jeu, et de ne lui accorder ni câlin, ni petit déjeuner au lit, ni discussion autour d'un café, bref, rien de ce qui n'est pas directement lié au sexe.

Hannah sourcilla, l'air sombre.

— C'est une stratégie un peu inhabituelle, commença-t-elle. Je sais que je t'ai suggéré de lui donner ce que sa fiancée ne pouvait lui accorder, mais… Ecoute, Meg, je ne sais pas si tu as raison. Cela pourrait finir par se retourner contre toi.

Ainsi qu'elle l'avait appris à ses propres dépens ! compléta-t-elle en silence. Elle s'était sentie si vide, après leurs ébats…

— Je suis bien consciente des risques que je prends, mais je n'ai pas vraiment d'autres options. De toute façon, qu'est-ce que j'ai à perdre ?

Prenant la cuillère, elle servit Hannah, puis remplit son assiette.

— Assez parlé ! enchaîna-t-elle. Mangeons à présent. Ensuite, je veux prendre une douche bien chaude.

Hannah eut soudain l'air gêné.

— En fait, j'avais une faveur à te demander… Si tu en as encore la force, bien sûr.

Dire qu'elle avait tant envie de se retrouver seule ! Mais elle ne pouvait rien refuser à sa cousine.

— J'ai apporté la robe de mariée de ma mère, poursuivit cette dernière. Je comptais l'essayer devant toi pour que tu me donnes ton avis.

Elle sentit son cœur se serrer. Elle était évidemment ravie pour Hannah, mais cela lui rappelait qu'elle n'essaierait jamais de robe de mariée…

Refusant de se laisser aller à la tristesse, elle étreignit le bras de sa cousine.

— J'ai hâte de te voir dans cette robe, dit-elle.

Elles finirent rapidement de dîner, sans reparler de Xavier. Quand elles furent passées dans le salon, Hannah ouvrit le grand sac qu'elle avait apporté et en sortit une magnifique robe de dentelles.

Megan en eut le souffle coupé. D'un air rêveur, elle se mit à caresser la délicate étoffe.

— Les robes d'autrefois possédaient quelque chose de spécial que celles d'aujourd'hui n'ont plus, dit-elle. Sans doute parce qu'elles sont produites en masse.

— Entièrement d'accord avec toi, approuva Hannah, les yeux embués. Et je n'imagine pas en porter une autre.

Même si Xavier retrouvait la raison, elle n'aurait jamais de robe vintage, pensa Megan, tout simplement parce que sa mère n'en avait pas, le jour de son mariage. Ses grands-parents paternels ayant fortement désapprouvé la relation de leur fils cadet avec une serveuse, ses parents avaient dû s'enfuir pour se marier et ils étaient revenus chez eux une fois le mariage prononcé. La famille de son père, et notamment son oncle Luthor, ne leur avait jamais pardonné, estimant d'ailleurs que c'était sa mère la principale responsable.

La mère d'Hannah avait été la seule personne de la famille à ne pas considérer Megan et sa mère comme des parias. D'ailleurs, c'était sa tante qui avait insisté pour qu'elle assiste aux leçons d'équitation d'Hannah. Elle avait passé des heures à les entraîner toutes les deux.

Hannah lui prit subitement la main.

— Meg, dit-elle, je veux que tu sois ma demoiselle d'honneur.

Elle en fut tout émue.

— Tu es sûre ? Je veux dire, je vais peut-être être…

De la main, elle mima un énorme ventre.

— Evidemment que j'en suis sûre ! renchérit sa cousine. Rien n'interdit à une demoiselle d'honneur d'être enceinte.

— Dans ces conditions, j'accepte et j'en suis très honorée, répondit-elle en s'efforçant de retenir des larmes d'émotion. Allez, qu'attends-tu ? Passe ta robe. J'ai hâte de te voir dedans.

Hannah lui sourit, puis retira ses vêtements pour passer la robe. Megan l'aida à la soulever et enfiler la robe en lourde dentelle.

— Tourne-toi, je vais fermer les boutons, dit-elle.

Chacun était recouvert de satin. Elle les fit passer consciencieusement dans les petites boutonnières qui leur étaient destinées, regrettant que leurs mères ne soient plus de ce monde pour assister au bel événement.

— Voilà, c'est fait ! s'exclama-t-elle enfin.

Hannah lissa ses hanches, puis tournoya sur elle-même.

— Tu es magnifique, dit-elle à sa cousine. Tu as l'air d'une princesse.

— Tu trouves ? Je ne porterai sans doute pas le voile de maman car, comme nous nous marions dans le pavillon près de l'étang, j'aurais peur de glisser sur le ponton.

— Ah bon ? Vous vous mariez là-bas ? Mais c'est tout petit.

— Je sais, mais l'endroit a une signification précise pour moi.

— Parce que c'est toujours là que ta mère et toi vous rendiez pour célébrer la fin ou le début de quelque chose ?

Un mystérieux sourire éclaira le visage d'Hannah.

— Entre autres choses. C'est là où Wyatt et moi avons fait l'a…

Megan se boucha alors les oreilles en éclatant de rire.

— Non, non, non, je ne veux rien savoir !

Puis, redevenant sérieuse, elle regarda sa cousine qui rayonnait dans sa robe.

— C'est parfait. Elle n'a même pas besoin d'être retouchée.

— Tu es sûre ?

— Tout à fait !

— Wyatt et moi souhaitons une cérémonie intime. Il y aura juste mon père, Nellie, le beau-père de Wyatt et toi. Ensuite, nous donnerons une grande réception dans les jardins du domaine pour les employés et nos amis. Et s'il pleut, nous nous réfugierons dans le manège couvert.

— Tout cela me semble parfait.

— Et pour ta robe, quelle couleur…

Un coup frappé à la porte interrompit la conversation. Un coup déterminé qui fit violemment accélérer les battements de son cœur.

— Heureusement que tu as fermé la porte à clé, dit-elle à sa cousine.

— Tu crois que c'est Xavier ?

Megan acquiesça.

— Ma chérie, fit sa cousine, il faut lui répondre. Ma voiture est garée juste devant le cottage, et il voit bien qu'il y a de la lumière à l'intérieur ! De toute façon, il ne va pas s'attarder, puisque je suis là. Nous allons rapidement nous débarrasser de lui, ne t'en fais pas.

Cet homme ne la lâcherait donc jamais, se dit-elle, consternée. Elle n'était pas prête à l'affronter de nouveau, et surtout pas en compagnie d'une future mariée en train d'essayer sa robe !

Le week-end n'avait vraiment pas été satisfaisant, pensa Xavier en ressassant silencieusement sa colère devant la porte de Megan. Il avait espéré que, en renouant avec l'atmosphère des courses et des hippodromes, celle-ci se rendrait compte qu'elle ne pouvait pas à la fois garder son enfant et continuer les compétitions.

Mais au lieu de se plaindre parce qu'elle ne pouvait pas monter et concourir, elle avait passé son temps à discuter avec des cavalières ayant des enfants en bas âge. Elle n'avait mentionné sa grossesse à personne en sa présence, mais il était clair à ses yeux qu'elle avait enquêté pour trouver une nourrice.

Elle ne renoncerait pas aisément au bébé. En cela, il aurait dû l'admirer, car ce qu'il appréciait par-dessus tout chez elle, c'était son obstination. Seulement voilà, aujourd'hui, elle desservait ses intérêts.

Il frappa à sa porte. Comme elle ne répondit pas immédiatement, il tourna la poignée… pour constater que, ce soir, la porte était fermée à clé. Sa fureur était à son comble.

Tout à coup, il entendit des bruits de pas dans l'escalier,

puis la porte s'ouvrit enfin de quelques centimètres. Le visage de Megan apparut alors dans l'entrebâillement. Un visage qui semblait lui signifier qu'il n'était pas le bienvenu.

— Je suis occupée, Xavier, annonça-t-elle sèchement. Qu'est-ce que tu veux ?

Il ne s'était pas attendu à si peu de chaleur après la nuit extraordinaire qu'ils avaient passée. Mais il ne se laisserait pas renvoyer comme un enfant importun ! Plaquant sa main contre la porte, il pénétra chez elle. Il avait conscience d'être odieux, mais il n'appréciait guère les petits jeux de Megan. Qui plus était, elle voulait le forcer à un compromis, ce qu'il détestait.

— Tu es partie alors que j'étais au téléphone, commença-t-il.

— Je n'avais aucune raison de m'attarder, je voulais rentrer chez moi et prendre une douche.

— Pourquoi faire bande à part ? On aurait pu la prendre ensemble, cette douche. Tu sais que j'adore tes caresses quand je lave ton…

— Hum, hum…

Le son d'une voix féminine s'éclaircissant la gorge attira son attention vers le salon. La cousine de Megan se tenait sur le seuil de la pièce, en robe de mariée.

— Bonsoir, Xavier.

Son ton n'avait rien d'aimable.

— Bonsoir, Hannah, marmonna-t-il.

Puis il lança un regard interrogateur à Megan.

— Comme je te l'ai dit, je suis occupée, fit celle-ci.

— Je t'emmènerai dîner quand tu auras fini… ceci.

D'un geste de la main, il désigna la robe en dentelles.

— J'ai déjà dîné, l'informa-t-elle.

Si elle croyait qu'elle allait se débarrasser de lui aussi facilement, elle se trompait.

— Il faut qu'on parle, dit-il. J'attendrai.

Sans un mot de plus, il se dirigea vers le salon et se laissa tomber sur le canapé.

Megan resta plantée dans l'entrée, une main sur la poignée.

— Xavier…

— Ce n'est pas grave, Megan, intervint alors sa cousine sur un ton chantant qui ne présageait rien de bon. Xavier doit lui aussi préparer son mariage, et cela lui fera du bien d'assister à nos préparatifs. Les hommes n'ont aucune idée du travail que cela représente.

Les deux femmes échangèrent alors un long regard, qu'il ne parvint pas à déchiffrer. Puis d'un air contrarié, Megan referma la porte d'entrée.

— Si tu tiens tellement à rester, sache que cela va prendre un peu de temps.

Il haussa les épaules.

— Je n'ai rien d'autre à faire puisque j'avais prévu de passer la soirée avec toi.

Puis, se tournant vers la future mariée, il ajouta :

— S'il est tellement important que l'homme soit impliqué dans le processus des préparatifs, pourquoi votre fiancé n'est-il pas là ?

— Il ne doit pas me voir dans la robe de mariée, c'est Megan, Nellie et moi qui nous chargeons de ce genre de détails. Pour lui, ce qui compte avant tout, c'est que ce soient les bonnes personnes qui échangent les vœux.

Il ne répondit rien à la pique. Ce n'était pas la peine de s'attirer ses foudres, car elles étaient deux contre lui.

— C'est un homme avisé, se contenta-t-il de répliquer. Il faut laisser les femmes se concentrer sur les préparatifs.

Il se rendit compte de la maladresse de sa réponse, en voyant les joues d'Hannah s'empourprer. Il en déduisit qu'elle ne devait pas être étrangère au comportement singulier de sa cousine, ces derniers temps.

Hannah pointa alors un doigt menaçant vers lui.

— Pendant que vous vous amusez à des fêtes hippiques

aux Etats-Unis, votre fiancée doit se consacrer à une série de tâches comme choisir sa robe, réserver l'église, les traiteurs, les musiciens, le fleuriste, et j'en passe. Le moins que vous puissiez faire, ce serait de rentrer chez vous pour choisir le gâteau et le menu du repas.

Rien que l'idée lui était insupportable.

— Elle me contactera en cas de besoin, éluda-t-il.

Hannah le regarda droit dans les yeux, mais il soutint son regard, et elle finit par tourner la tête.

— Meg, tu peux m'aider à enlever cette robe ? demanda-t-elle à sa cousine.

Puis, ramassant une pile de vêtements, elle se dirigea vers la chambre de Megan dans un froufrou de tissu ivoire.

C'était donc elle la femme avec qui Megan avait passé sa jeunesse, celle qui était comme sa sœur ? Toutes les deux avaient les mêmes cheveux bruns et brillants, des yeux bleus identiques. Mais la ressemblance s'arrêtait là. Et il se réjouissait qu'elles aient des caractères si différents. Megan ne se comportait jamais de façon grossière, elle savait se maîtriser, ce qui était un atout indéniable dans le monde des Grands Prix : il fallait savoir ménager la susceptibilité d'autrui, faire preuve d'entregent pour arriver à ses fins.

Megan lui lança un regard irrité et, emboîtant le pas à sa cousine, referma la porte derrière elle.

Il prit son mal en patience tandis que les deux femmes s'affairaient dans la chambre. Il entendait le murmure de leurs voix, sans distinguer les mots. Dans son esprit, il voyait le lit, ce lit que Megan et lui avaient partagé, et où ils dormiraient encore ensemble s'il obtenait ce qu'il était venu chercher.

A cette pensée, le désir le submergea, et quand il se rappela leurs étreintes de la veille, il sentit l'adrénaline lui fouetter le sang. Le vendredi soir, Megan s'était retirée dans sa chambre alors que son corps était encore couvert de sueur. Le samedi soir, il avait fait en sorte qu'elle ne puisse pas le quitter. Si elle voulait transformer leur relation en une sorte de compétition, alors il gagnerait, comme elle avait pu s'en rendre compte : elle était si épuisée, si satisfaite la veille, après qu'ils avaient fait l'amour, qu'elle s'était endormie dans ses bras sans protester.

Il se leva et ajusta ses vêtements.

Quand elle s'était détachée de lui dans son sommeil, il s'était rendu compte que le drap qu'elle tenait d'une main était mouillé. Avait-elle pleuré ? L'idée lui était fort désagréable.

Il s'efforça de chasser cette pensée et se concentra sur le portrait au-dessus de la cheminée. La femme qui tenait les rênes du cheval ressemblait de façon troublante à Hannah. Il regarda alors avec attention les dizaines de photos accrochées au mur, représentant toutes un cavalier et sa monture, cherchant Megan… Mais il ne la trouva pas.

La réflexion d'Hannah sur les préparatifs auxquels devait se livrer Cecille l'avait réellement agacé. Il se fichait pas mal des décisions que prendrait cette dernière, ce qui importait étant le « pourquoi » du mariage.

Ce dernier réparerait les torts que son père avait commis des années plus tôt et permettrait la fusion des deux compagnies, pour offrir aux Parfums Alexandre un succès que son père n'aurait jamais imaginé. Comme M. Debussey ne tarderait pas à prendre sa retraite, ce serait lui, Xavier, qui deviendrait P.-D.G. du plus grand empire international dans ce domaine. Avec la puissance viendrait le prestige. Plus personne ne pourrait jamais le mépriser.

La porte de la chambre s'ouvrit enfin, et les deux femmes repassèrent dans le salon, Hannah portant sa robe de mariée à la main. Elle le gratifia d'un regard hostile. Megan semblait pour sa part résignée, une expression qu'il ne lui connaissait pas. En général, elle était toujours exaltée, nourrissait toujours une idée, un objectif, ainsi qu'une détermination à atteindre son but que rien ne pouvait entraver.

D'ailleurs, à une certaine époque, elle avait mis toute son énergie dans le désir qu'il suscitait chez elle. Mais depuis sa grossesse et son retour aux Etats-Unis, quelque chose avait changé. Elle prétendait que c'était à cause de son mariage, mais elle avait pourtant su qu'entre eux ce ne pouvait être que provisoire.

Physiquement, il pouvait toujours la contenter, comme il s'en était aperçu au cours du week-end, mais elle était différente. Et puis la façon dont elle s'était éclipsée de chez lui alors qu'il était au téléphone pour répondre à un appel professionnel urgent en disait long sur son impatience à le quitter.

L'idée qu'il ait pu détruire la tendresse qu'elle ressentait pour lui le contrariait, ce qui était parfaitement ridicule dans la mesure où il ne voulait pas d'attache émotionnelle. Ni avec elle, ni avec personne, d'ailleurs. Il le lui avait annoncé au tout début de leur relation, en des termes tout à fait clairs.

Hannah rangea la robe dans une housse, et Megan l'aida. Elle lui lança alors un regard mélancolique, qui lui transperça le cœur. Megan se marierait-elle un jour ? Et si oui, quel genre de mari choisirait-elle ?

L'imaginer coucher avec un autre homme, porter son enfant, le contraria fortement. Mais il ne pouvait tout de même pas lui demander d'arrêter de vivre parce que leurs chemins divergeaient.

Une fois la robe dans sa housse, Hannah brandit un grand sac en carton.

— Voici une foule d'idées pour les robes des demoiselles d'honneur, les faire-part, les menus… Enfin, entre autres choses, dit-elle.

Elle posa un premier album sur la table basse, puis un deuxième. Megan se tortilla légèrement, de toute évidence mal à l'aise. Elle jeta un coup d'œil à Xavier, puis leva la main.

— Je suis désolée… Est-ce qu'on peut voir ça une autre fois ?

Hannah fit une petite moue sympathique à sa cousine avant d'adresser un regard noir à Xavier.

— Je reviendrai quand tu n'auras pas d'invité importun, répondit celle-ci.

Elle rassembla ses affaires, puis Megan raccompagna sa cousine à la porte. Quand elle revint, elle poussa un soupir et posa ses mains sur ses hanches.

— Qu'est-ce que tu veux ? lui demanda-t-elle.

— Tu ne t'es pas amusée, aux courses, ce week-end, déclara-t-il.

— Pas vraiment, non. Il était bien trop tôt pour demander à Tim de concourir avec des chevaux et des cavaliers de ce calibre. Je ne sais pas s'il aura envie de réitérer l'expérience. Cependant, pour ma part, j'ai beaucoup appris.

— Tu as appris que tu n'aimais pas rester dans les gradins.

— Entre autres choses, dit-elle en croisant les bras, l'air têtu.

Elle n'était pas disposée à faire la moindre concession.

— J'ai trouvé la solution pour que tu aies tout ce que tu désires : une carrière et un enfant, l'informa-t-il alors.

Elle laissa retomber ses bras le long de son corps et une lueur d'espoir s'alluma dans ses yeux.

— Vraiment ?

— Je louerai les services d'une nourrice à l'année. Notre enfant résidera avec toi aux Etats-Unis en basse saison, et avec moi en France pendant le reste de l'année.

Après quoi, il la fixa longuement, espérant la voir accepter sa proposition généreuse avec gratitude. Mais l'expression qu'il lut alors de ses traits ne ressemblait absolument pas à de la reconnaissance !

- 7 -

— En d'autres termes, tu suggères la garde partagée ? reprit-elle, tout en se disant qu'il y avait du progrès par rapport à sa proposition précédente, qui consistait à « acheter » l'enfant ou à le lui retirer complètement.

— Oui. De cette façon, nous pourrons tous les deux passer du temps avec notre enfant.

La plupart des femmes auraient sans doute accepté avec joie. Mais la garde partagée ne la comblait absolument pas. Ce qu'elle voulait, c'était soit une famille unie, soit élever son enfant seule. Elle avait entendu trop d'histoires affreuses sur les enfants qui allaient voir leur parent à l'étranger et n'en revenaient jamais, pris dans un piège judiciaire. Elle ne pouvait pas courir le risque de laisser Xavier sortir leur enfant du territoire américain.

— Ce marché n'est pas juste. Cela voudrait dire que tu l'aurais la plupart du temps, et moi juste quelques mois dans l'année.

— Oui, c'est à peu près ça.

Elle secoua la tête.

— Ce qui veut dire que mon enfant ne me connaîtra pas. Et qu'il sera partagé entre deux parents, deux cultures, deux langues et deux continents. Je ne crois pas que cela serve ses intérêts.

— Au contraire ! C'est formidable pour un enfant d'avoir deux parents impliqués dans son éducation.

— Tu t'impliquerais vraiment dans son éducation,

Xavier ? Tu es le P.-D.G. d'une immense société. Tu travailles dix à douze heures par jour. Combien de temps te resterait-il pour te consacrer à ton rôle de père ? Les enfants ont besoin de parents présents, qui les aiment et qui ne les abandonnent pas à des nounous.

— Toi aussi, tu as l'intention de faire appel à une nourrice. Car comme tu as pu le voir ce week-end, on a peu de temps à consacrer à un enfant, sur un champ de courses.

— Ah ! Nous y voilà. C'était donc cela, ton plan ? Tu crois que je ne m'en suis pas rendu compte ?

Il parut soudain sur ses gardes.

— Pardon ?

— Je te connais trop bien pour que ce petit air innocent marche avec moi. Tu espérais me montrer tout ce que j'allais perdre, si je décidais de garder le bébé. La compétition, les fêtes parmi les riches et célèbres de ce monde, les tenues de couturier, les hôtels cinq étoiles… Mais tu sais quoi ? Ton plan a eu l'effet inverse.

Elle reprit son souffle, avant de poursuivre.

— J'ai rencontré de nombreux sponsors susceptibles de remplacer les Parfums Alexandre, quand je reprendrai la compétition. Et j'ai aussi discuté avec trois femmes désireuses de partager une nounou avec moi. Le bébé pourrait m'accompagner partout, et nous ne serions jamais séparés une seule nuit. Tu ne peux pas en dire autant.

— Tu oublies que ma future femme aura un rôle dans l'éducation de notre enfant.

— Je ne l'oublie pas. En revanche, c'est toi qui oublies Cecille. Est-ce que tu lui as parlé de la petite surprise que tu lui réservais ? Que lui inspire le fait d'avoir une famille clés en main et un bébé de quelques mois quand elle reviendra de son voyage de noces ?

Elle le vit serrer les lèvres, et elle comprit qu'il n'en avait pas encore parlé à sa future femme.

— Elle s'adaptera.

— Xavier, il ne s'agit plus uniquement de ce que toi tu veux. Il s'agit d'un petit garçon ou d'une petite fille qui va avoir besoin d'amour, un amour inconditionnel, un amour débordant. Et je ne suis pas certaine que tu sois capable d'un tel amour. Qui plus est, tu espères que Cecille sera heureuse d'être la mère d'un bâtard !

Le terme lui répugnait, mais elle voulait frapper fort pour lui faire comprendre que toutes les personnes concernées par la naissance du bébé n'allaient pas le considérer comme un heureux événement.

Il eut un mouvement de recul. Un éclat de fureur passa dans ses yeux. Avait-elle dépassé les bornes ?

Elle n'eut pas le temps de méditer sur la question car, de façon inattendue, il l'attira à lui et captura sa bouche sans ménagement, comme s'il cherchait à la punir. Avant qu'elle n'ait le temps de réagir à ce baiser un peu trop violent, il relâcha son étreinte et continua à l'embrasser plus doucement, de façon plus persuasive... Son corps la trahit alors, et elle accueillit avec plaisir sa langue qui, se mêlant à la sienne, aviva son désir. Son cœur se mit à battre plus fort et elle sentit sa peau devenir moite...

Que lui arrivait-il ? Pourquoi ne parvenait-elle pas à le repousser ? Elle ne pouvait constater qu'une chose : que le désir avait repris possession de tout son être. Elle avait cru que, ce week-end, elle lui ferait comprendre son point de vue, mais elle se rendait compte que c'était lui qui l'avait manipulée.

Xavier détacha lentement sa bouche de la sienne et posa son front contre le sien. Sa respiration était saccadée.

— Ne redis jamais que mon enfant est un bâtard, dit-il.

— Notre enfant, corrigea-t-elle.

— Oui, notre enfant, concéda-t-il.

Puis il lui caressa la joue, retraçant le contour de ses lèvres avec son pouce comme s'il s'excusait pour son baiser un peu trop vif. Elle avait une folle envie de se jeter dans ses bras, mais elle devait trouver en elle la force de le repousser, au risque de devenir l'une de ces femmes qui lui inspiraient de la pitié, ces maîtresses qui attendaient de l'autre côté de l'océan que leurs amants fortunés daignent leur accorder un peu de temps et d'attention.

— Nous sommes tous les deux épuisés, ma belle amante, reprit Xavier. Allons au lit.

Elle n'était pas dupe de sa proposition et savait qu'ils n'allaient pas s'endormir tout de suite s'ils partageaient le même lit. Elle avait senti son érection contre son ventre quand il l'avait attirée à elle. Il était vrai aussi qu'elle était tentée, tellement tentée… Mais après, elle se détesterait pour avoir cédé.

— Non ! dit-elle d'un ton catégorique. Au risque de passer pour une star capricieuse, j'ai envie d'être seule.

Il ne se rendait décidément pas compte des souffrances qu'il lui infligeait en soufflant le chaud et le froid. Sans doute en était-elle en partie responsable, car elle s'était jusque-là efforcée de les lui cacher.

— Nous pouvons être seuls tous les deux, comme nous l'avons déjà été à de nombreuses reprises, dit-il.

— Je suis sans doute trop polie avec toi, puisque tu ne comprends visiblement pas ce que j'éprouve. J'ai besoin de faire une pause, Xavier, de ne plus te voir pendant quelque temps…

— Qu'est-ce que tu racontes ? C'est à cause de ce qui s'est passé la nuit dernière ? Pourtant, apparemment, tu as apprécié que je t'attache.

Elle serra les dents, agacée qu'il ait raison.

— Pourquoi est-ce que tu as pleuré, hier soir ? reprit-il tout à trac.

Elle s'efforça de cacher sa surprise et sa gêne.

— Je n'ai pas pleuré.

— Le drap était mouillé.

— C'était de la sueur. Tu m'as épuisée, Xavier, c'est pour cela que je veux faire une pause. Je suis fatiguée.

Elle disait vrai. Elle était fatiguée de lui, fatiguée de lutter contre ses sentiments, de faire comme s'il ne lui avait pas brisé le cœur…

Il sourcilla.

— Tu joues à un jeu dangereux.

— Eh bien, j'en ai assez de jouer ! annonça-t-elle. Ce week-end, j'ai fait comme s'il n'y avait rien entre nous à part le sexe, parce que c'est ce que tu veux croire. Et je pensais pouvoir te faire comprendre que tu te trompais. Mais faire l'amour avec moi, alors que je m'efforçais de maintenir mon cœur en dehors de l'affaire, ne t'a rien appris. Moi, en revanche, j'ai compris la leçon : me lover dans tes bras alors que tu vas te marier avec une autre femme est bien trop douloureux pour que je continue ainsi. Je ne veux plus dormir avec toi, et mes chevaux et moi ne participerons plus à aucune course avec toi.

Elle s'arrêta un instant, poussa un soupir et reprit :

— Notre relation n'est pas uniquement physique, mais tant que tu ne l'admettras pas, je ne recoucherai pas avec toi, Xavier. J'apprécie ta tentative de compromis concernant l'enfant, mais je ne peux accepter d'être une mère si peu présente dans sa vie. Et maintenant, va-t'en !

Xavier écumait encore de rage quand il descendit de l'hélicoptère pour franchir la brève distance qui séparait le tarmac de Monaco de la limousine qui l'attendait. Il ne comprenait absolument pas l'attitude de Megan. Comme il le lui avait répété, son mariage ne changeait rien à leur relation. C'était elle qui avait modifié les règles du jeu, pas lui.

Il voulait que tout redevienne comme avant, qu'elle l'accueille à bras ouverts, quelle que soit l'heure de la nuit ou du jour à laquelle il arrivait, quels que soient son humeur, son état mental, ses intentions. Qu'elle joue son rôle de maîtresse exemplaire, en somme.

Ses sourires spontanés lui manquaient, tout comme leurs conversations à bâtons rompus et le délassement qu'il ressentait auprès d'elle. Il voulait revenir au temps où il lui achetait des cadeaux sans qu'elle lui lance des regards suspects.

Elle était une de ces rares femmes qui ne demandent jamais rien et qui n'estiment pas que tout leur est dû. Le genre de femmes qu'un homme adore gâter… Evidemment, pensa-t-il encore, elle avait eu raison de le questionner sur ses intentions à Levington, car il était vrai que la robe haute couture et les fêtes auxquelles ils avaient été conviés servaient un dessein précis.

Elle avait aussi raison sur un autre point : ce qui existait entre eux ne relevait pas de la seule passion physique. Même si ce n'était pas de l'amour.

L'amour, c'était le besoin désespéré d'être avec une autre personne au point d'abandonner tout le reste : les amis, le travail, les obligations, le toit au-dessus de sa tête. L'amour était aveugle à tous les défauts de l'autre. Le fait qu'il puisse dresser la liste de ceux de Megan prouvait bien qu'il n'était pas amoureux d'elle. Elle était par exemple très entêtée, avait un esprit de compétition extrêmement poussé, se nourrissait très mal. Et puis il y avait cette tendance chez elle à toujours trop analyser les choses et à oublier le temps qui passait quand elle était avec ses chevaux.

Amoureux, il ne l'était absolument pas. D'ailleurs, comme elle le lui avait reproché à juste titre, il ne voulait et ne pouvait aimer personne. Il refusait de devenir faible et soumis. Il traiterait convenablement leur enfant et s'assurerait qu'il ne manque de rien. Les enfants n'avaient pas besoin d'un amour complaisant. Il leur fallait de la discipline, de la nourriture et de la sécurité. L'amour pouvait être si facilement repris.

Megan avait affirmé l'aimer. Mais comment pouvait-il la croire, alors que sa propre mère ne l'avait pas aimé ?

Le désir qu'elle ressentait pour lui et la joie que lui procurait sa compagnie étaient incontestables. Tout ce qu'il avait à faire pour retrouver ses bonnes grâces, c'était de prononcer les fameux trois mots qu'elle attendait. En d'autres termes, lui mentir, ce dont il était incapable envers elle. L'honneur — l'honnêteté — était une valeur qu'il ne pouvait sacrifier.

Non, il ne mentirait pas à Megan pour la ramener dans son lit. Elle reviendrait bientôt à la raison et se rendrait compte qu'ils pouvaient encore passer de bons moments ensemble, pendant le temps qui leur restait. Ce temps limité renforcerait leur plaisir. Elle lui reviendrait bientôt, il en était sûr ! Peut-être même dès son retour aux Etats-Unis, une fois qu'il aurait réglé des affaires urgentes liées à la parfumerie.

Cependant, ce que Megan lui avait reproché la veille au soir avait retenu son attention, et c'était pour cette raison qu'il avait sans tarder appelé son pilote afin de revenir au plus vite à Monaco : il n'avait pas informé Cecille de sa future paternité. Or, comme elle était sa fiancée, il était préférable qu'elle l'apprenne de lui, plutôt que par les commérages. Elle n'hériterait pas simplement d'un mari, dans ce contrat de mariage, mais aussi d'un bébé. C'était le genre d'informations qui ne se communiquaient ni par téléphone, ni par courrier électronique et pas davantage par texto.

Cecille n'avait pas apprécié qu'il lui demande de modifier son emploi du temps la veille pour le lendemain, mais elle avait finalement accepté de le voir. Elle avait insisté pour qu'ils se donnent rendez-vous dans un café prestigieux, à Monte-Carlo, où leur brunch lui coûterait la modique somme de six cents euros ! Bien sûr, elle insisterait pour qu'ils s'installent en terrasse, à l'ombre pour ne pas abîmer sa peau, afin qu'elle puisse voir et être vue par les gens qu'il fallait. Au fond, il comprenait : l'image et les relations étaient déterminantes, dans sa vie.

Dans le cadre de ces mises en scène, elle se comportait comme une véritable enfant capricieuse de milliardaire. Debussey avait admis l'avoir trop gâtée. Il fallait dire qu'il l'avait eue très tard. C'était quand il avait renoncé à l'idée d'avoir un héritier que sa troisième femme était tombée enceinte. Des rumeurs couraient selon lesquelles Cecille n'était pas son enfant biologique, des rumeurs que le parfumeur avait catégoriquement démenties. En tout état de cause, Cecille était l'héritière de Debussey et la clé pour reconquérir le domaine des Alexandre.

Elle ferait une bonne épouse, pensa Xavier. Non seulement elle était d'une beauté exceptionnelle, mais elle parlait couramment quatre langues, possédait un diplôme universitaire et avait démontré, auprès de son père, ses qualités d'hôtesse. Elle réunissait tous les ingrédients requis pour être la femme d'un brillant P.-D.G.

Outre le fait qu'il s'interrogeait à présent sur la façon dont Cecille allait prendre la nouvelle, Megan avait semé un autre doute dans son esprit. Il savait ce qu'il tirait de cet accord, mais il ignorait ce qui poussait Cecille à épouser un homme de dix ans son aîné, un homme qui n'aimait pas faire la fête, qui détestait le tennis et qui ne l'aimait pas.

Il l'aperçut avant que la limousine s'arrête devant le café. Elle avait choisi une place stratégique. Elle avait ramené ses cheveux d'un côté de son visage, et ils retombaient en cascade sur son épaule nue. Elle avait légèrement déplacé sa chaise de sorte que ses longues jambes croisées attirent les regards.

Le tableau était tel qu'il l'avait prévu, et il ne put s'empêcher de sourire. Il le reconnaissait, Cecille était un peu vaine, mais elle méritait l'attention qu'elle suscitait. D'ailleurs, tous les passants se retournaient sur elle, et certains trébuchaient. Elle faisait de l'effet à la plupart des hommes, et pourtant, à ses yeux, elle n'était rien plus qu'un bel objet d'art. Entre elle et lui, il n'y avait rien de cette alchimie explosive qu'il partageait avec Megan.

Mais l'alchimie ne suffisait pas pour se marier, le feu finissant toujours pas s'éteindre, ainsi que sa mère le lui avait prouvé et que toutes les femmes qu'il avait rencontrées depuis sa première expérience sexuelle le lui avait confirmé.

Le chauffeur lui ouvrit la portière. Il descendit de la limousine en regardant sa montre.

— J'aurai fini dans une heure. Nous pourrons alors regagner l'hélistation.

Le chauffeur inclina légèrement la tête.

— Bien, Monsieur Alexandre.

Cecille l'aperçut à son tour et eut une belle moue amusée quand il s'avança vers elle. Il déposa un baiser sur sa joue, non parce qu'il voulait éviter sa bouche, mais pour épargner son rouge à lèvres, se dit-il pour se donner bonne conscience.

— Bonjour, Cecille.

— Bonjour, Xavier. Qu'est-ce qui ne pouvait donc pas attendre et m'a obligée à repousser mon rendez-vous chez le chocolatier ?

— Tu prends rendez-vous pour acheter du chocolat, maintenant ?

— C'est une commande spéciale pour notre dîner de mariage. Chacun aura une figurine unique en chocolat.

C'était l'un de ces « détails » que la cousine de Megan estimait si importants. Il ne voulait pas perdre de temps avec de telles vétilles qui seraient oubliées sitôt consommées ou bien ne seraient pas mangées du tout parce que l'invité surveillait sa ligne.

Le serveur leur tendit la carte des menus, mais elle la repoussa. Xavier nota alors qu'elle avait commandé de l'eau pétillante.

— Tu ne veux pas commander ?

— Non, je dois perdre du poids avant le mariage.

Elle était déjà fort mince. A sa place, Megan aurait longuement étudié le menu pour tester des plats qu'elle ne connaissait pas.

— Est-ce que tu prends du plaisir à préparer notre mariage ? interrogea-t-il.

Un sourire parfait éclaira le visage de Cecille, et une lumière s'alluma dans ses yeux impeccablement maquillés.

— Quelle personne ne s'amuserait pas à préparer une fête exceptionnelle dont elle sera la star ?

Lui, par exemple, pensa-t-il, sans livrer bien sûr le fond de sa pensée. Elle se mit à parler des préparatifs, geste à l'appui. Le diamant de sa bague de fiançailles captait la lumière ou la réfractait en fonction des mouvements gracieux de ses poignets. Elle avait les doigts fins, les ongles longs et parfaitement manucurés, la peau pâle…

Des doigts si différents de ceux de Megan.

Ses ongles à elle étaient courts, en général propres, mais jamais vernis. Elle avait aussi de minuscules cicatrices sur le dos des mains et à l'intérieur des doigts, en raison du temps passé à tenir les brides des chevaux. Ses mains étaient assez fortes pour contrôler les montures puissantes et cependant bien douces. Elles s'y entendaient pour le rendre fou de désir…

Il s'efforça de reprendre le cours de ses pensées.

Megan aurait détesté la bague que Cecille avait choisie, un diamant blanc cinq carats taillé comme une émeraude, et cerclé de diamants jaunes. Si elle se mariait un jour, son mari pourrait s'estimer heureux s'il parvenait à lui faire accepter un simple anneau. Elle prétendait que les bijoux la gênaient et elle portait rarement autre chose que de petites boucles d'oreilles et une montre. C'était à ses dépens qu'il avait appris que les bijoux ne lui plaisaient pas quand, croyant lui faire plaisir, il lui en avait offert. Elle n'avait pas voulu les accepter, affirmant qu'il y avait de fortes chances pour qu'elle les égare ou les abîme et qu'elle s'en serait énormément voulu.

Le soleil tournant, l'endroit où ils étaient ne fut bientôt plus à l'ombre. Cecille recula sa chaise pour ne pas être exposée aux rayons du soleil. Megan, elle, ne le craignait pas, songea-t-il. Elle s'enduisait de crème solaire — quand elle y pensait — et profitait ainsi du beau temps pour chevaucher librement dans la nature, risquant quelques éclats de boue.

Cecille était élégante et distinguée, Megan agile et sportive. Elle préférait écouter plutôt que parler, et comprenait les gens mieux que des psychiatres. Les deux femmes avaient confiance en elles, mais chez Megan, cela s'expliquait par le fait qu'elle pouvait faire front à tous les aléas de la vie. Elle avait l'habitude de prendre soin d'elle-même sans compter sur un père ou une tierce personne pour la tirer d'un mauvais pas. Elle avait même du mal à accepter qu'on l'aide, car elle se sentait alors redevable.

Cecille, elle, était assurée de la fortune de son père pour régler toutes les difficultés de la vie. Si elle avait le moindre problème, elle appelait Debussey. Bientôt, d'ailleurs, ce serait à lui qu'elle s'adresserait.

Megan prenait les problèmes à bras-le-corps et…

— Xavier, fit Cecille, l'interrompant dans ses pensées, je te demande si tu es d'accord !

Il cilla, se rendant compte qu'il n'écoutait plus ce qu'elle lui disait sur les préparatifs du mariage.

— Pardon ? D'accord avec quoi ?

Il vit la colère passer furtivement sur son visage, impulsion qu'elle masqua rapidement sous un beau sourire artificiel.

— Je te disais que j'avais choisi des cygnes entrelacés pour décorer notre gâteau de mariage. La même forme sera aussi sculptée dans de la glace pour la réception. Tu ne trouves pas que c'est beau ?

— Je suis certain que tous tes choix seront appropriés et formidables, Cecille, lui assura-t-il, même s'il était sceptique pour les cygnes. Mais comme tu l'as dit, tous les yeux seront braqués sur la mariée.

Elle rougit et lui adressa un sourire éclatant, comme il s'y attendait. Il savait aussi qu'à sa place Megan lui aurait vivement rappelé qu'il n'avait pas répondu à la question. Mais il n'était pas avec Megan. Il était avec sa fiancée. La femme qu'il devait épouser dans moins d'un an.

— Dis-moi, Cecille, pourquoi as-tu accepté de te marier avec moi ? demanda-t-il tout à coup. Toi et moi savons que ce n'est pas un mariage d'amour.

Elle entrouvrit les lèvres, visiblement surprise par la question.

— Papa ne t'a pas dit ? Il m'a promis que je serais l'image de son nouveau parfum si je t'épousais.

Non, Debussey ne l'en avait pas informé. Peu importait, Cecille ferait une excellente ambassadrice et son visage une admirable publicité.

— Tu veux devenir mannequin ? demanda-t-il.

— C'est mon rêve le plus cher. Si j'ai fait des études, c'est parce que papa menaçait de me déshériter si je n'avais pas de diplômes universitaires.

Il en savait décidément bien peu sur la femme qu'il avait l'intention d'épouser. Même s'ils se connaissaient depuis cinq ans, ils avaient passé très peu de temps en tête à tête. En général, ils se rencontraient à des fêtes mondaines, ou bien son père était présent quand ils se voyaient et, dans les deux cas, les conversations personnelles étaient réduites à leur plus simple expression.

— Il y a des moyens plus traditionnels que le mariage pour atteindre des objectifs professionnels, dit-il alors.

Elle détourna le regard.

— J'ai déjà essayé de percer dans le domaine des top

models, dit-elle. J'ai un portfolio et tout ce qu'il faut. Mais je n'ai pas eu de chance.

Avec sa silhouette extraordinaire et les relations de son père, il devait y avoir une raison à son échec. Peut-être n'avait-elle pas la volonté requise. Pour en avoir fréquenté plusieurs, il savait que les mannequins devaient faire preuve d'une détermination de fer pour percer. La même que celle de Megan sur les hippodromes.

— Est-ce pour cela que tu voulais me parler de toute urgence ? questionna-t-elle tout à trac. Pour me demander pourquoi je t'épousais ?

— Non.

Alors, comme il ne pouvait pas esquiver la question, il enchaîna :

— Je voulais te voir parce que j'ai appris récemment que ma maîtresse était enceinte. Je préfère t'en informer moi-même pour éviter que tu l'apprennes par un tiers.

Son sourire vacilla, l'espace de quelques secondes, mais elle recouvra vite une contenance.

— Elle compte s'en débarrasser ?

— Non.

— Tu es certain que l'enfant est de toi ?

— Tout à fait.

Il s'était plutôt attendu à ce qu'elle lui demande s'il comptait garder sa maîtresse après leur mariage, mais il était vrai que, dans les sphères qu'ils fréquentaient, beaucoup d'homme avaient à la fois une famille et des maîtresses.

— Dans la mesure où ma décision de demander la garde de l'enfant te concernera aussi, il est légitime que tu sois au courant, ajouta-t-il.

Cette fois, elle cilla plusieurs fois, et il eut le temps d'admirer ses cils lourdement enduits de mascara. Il la vit plisser la bouche.

— C'est ce que tu souhaites ?

— Oui.

— Xavier, commença-t-elle alors, les enfants, ce n'est pas vraiment ma tasse de thé. Tu dois absolument me promettre que tu emploieras quelqu'un pour s'occuper de lui. Une bonne d'enfants ou une nourrice, jusqu'à ce qu'il soit en âge d'aller au pensionnat.

Le pensionnat ? Il ne s'était pas projeté aussi loin. Enfant, il avait rêvé qu'on l'envoie en pension et qu'on l'arrache à l'école de garçons qu'il fréquentait et où tout le monde se moquait de lui parce que sa mère l'avait abandonné. Mais l'idée d'envoyer son enfant et celui de Megan en pension ne lui plaisait pas du tout.

— Je vais prendre contact avec une agence pour qu'elle se mette en quête d'une nourrice, mais pour le pensionnat, je ne peux rien te promettre, dit-il. J'aimerais connaître mon enfant et le familiariser très tôt avec l'univers des Parfums Alexandre pour qu'il soit un jour en mesure d'assurer ma succession.

Cecille se mit à jouer nerveusement avec sa cuillère en argent, ce qu'une jeune femme de son rang ne se permettait que rarement.

— Je suis heureuse que tu abordes ce sujet, Xavier, dit-elle, parce que moi aussi j'ai quelque chose à te dire. Voilà, je ne souhaite pas avoir d'enfant.

— Jamais ?

— Je n'ai aucune envie de porter un enfant. Je pense qu'il me manque cette fameuse fibre maternelle dont on parle tant. Et je ne suis pas du tout le genre à préparer des cookies pour ma descendance. D'ailleurs, je ne cuisine jamais. L'idée de moucher des nez ou de changer des couches me répugne. Peut-être que quand je serai plus âgée, vers trente-cinq ans ou plus, je reconsidérerai la question. Si tu insistes, bien sûr. Il faut dire que les hommes ne changent pas de silhouette quand ils deviennent pères. Et ce ne sont pas eux qui prennent en charge les corvées du quotidien, ou les enfants qui pleurent. Donc, je préférerais ne pas avoir d'enfant du tout, sauf si on en adopte un et que l'on a du personnel à plein temps, comme les stars américaines.

Il sourcilla devant ce discours exalté. Encore une fois, il ne put s'empêcher de la comparer à Megan. Celle-ci ne se serait jamais plainte de l'ingratitude liée à la maternité, et elle adorait cuisiner. Il se la représentait aisément dans la cuisine, avec un enfant recouvert de farine…

Bien vite, il repoussa l'image.

— J'ai trente-cinq ans, dit-il. Tu me trouves vieux ?

Son hésitation la trahit.

— Pas vraiment. Enfin, je veux dire que tu es en bonne condition physique… Seulement, tu n'aimes pas sortir et t'amuser, mais tu ne seras pas obligé de m'accompagner.

— Mon épouse ne sortira pas dans les clubs comme une célibataire ! la prévint-il.

— Je ne resterai pas tous les soirs à la maison à jouer les femmes au foyer, répliqua-t-elle sèchement.

De toute évidence, Cecille ne possédait pas l'instinct maternel qui poussait Megan à se battre comme une lionne pour garder son bébé. Ce qui signifiait aussi que cet enfant serait son seul héritier.

Il devait impérativement en obtenir la garde.

Megan se réveilla brusquement. Elle tendit l'oreille. Le silence complet régnait dans le cottage, et elle n'avait pas oublié de fermer les portes à clé. Elle regarda son réveil. Il était 4 heures.

Soudain, elle sentit une curieuse palpitation dans son ventre. Qu'est-ce que… ?

Le bébé.

Une montée d'adrénaline étouffa toute trace de sommeil en elle. Elle plaqua sa paume sur son ventre, retint son souffle et attendit qu'il se mette de nouveau à bouger. Et tout à coup, il se manifesta… Elle sentit en elle comme le doux effleurement d'un papillon, et elle en fut si excitée qu'elle en éprouva presque un vertige…

Quand le bébé se calma, elle tendit précipitamment la main vers son téléphone portable, sur la table de nuit… avant de s'arrêter dans son geste. Hannah dormait, à cette heure-ci. Il fallait pourtant qu'elle fasse part de son expérience à quelqu'un.

A qui pouvait-elle le dire, à part à Xavier ?

Son pouls se mit à battre plus fort, et elle sentit de nouveau le bébé bouger en elle. C'était un trop grand événement pour ne pas le partager. Se saisissant du téléphone, elle sélectionna son nom et son numéro se composa automatiquement.

— Allô ?

Comme toujours, le son de sa voix accéléra les battements de son cœur. Puis elle se rendit compte qu'il ne l'avait pas saluée par un de ses surnoms qu'il affectionnait, alors que son nom s'était forcément affiché sur son téléphone.

— Xavier… Le bébé. Tu ne devineras jamais ce qui est arrivé.

L'excitation se mêlait à la confusion dans son esprit, rendant ses propos peu clairs. Elle ne savait pas comment décrire la sensation grisante qu'elle avait ressentie.

— Le bébé ? Megan, qu'est-ce qui se passe ?

— Megan ? C'est elle, c'est ta maîtresse ? fit alors une voix féminine en français, à l'arrière-plan.

Son euphorie s'évanouit en une seconde.

— Tu es avec elle ? Avec ta fiancée ? questionna-t-elle à son tour.

Un long silence suivit.

— Oui, finit-il par dire.

Un accès de jalousie lui transperça le cœur. La voix de la fiancée l'avait tout de suite ramenée à la réalité : peut-être ne gagnerait-elle pas la bataille liée à la garde de son enfant.

— Désolée de t'avoir dérangé, marmonna-t-elle alors, je t'ai appelé pour rien.

Sur ces mots, elle raccrocha, se recroquevillant en chien de fusil dans son lit.

Xavier était avec elle.

Cette femme qui avait toutes les qualités requises pour être son épouse. Et la dernière chose dont il voulait entendre parler, c'était bien de ce bébé qu'il avait fait sans le vouloir avec elle, sa maîtresse. Le bébé dont il lui aurait vivement conseillé de se débarrasser s'il avait su plus tôt qu'elle était enceinte.

- 8 -

Avec l'appréhension d'un boxeur montant sur le ring, Xavier frappa à la porte de Megan. Le cottage plongé dans l'obscurité, et l'entrée vide n'auguraient rien de bon, et amplifiaient l'inquiétude qu'il avait ressentie en entendant le son étrange de sa voix au téléphone et, ensuite, en ne réussissant pas à la joindre.

Soudain, le vestibule s'alluma et la porte s'ouvrit. Megan apparut dans l'entrebâillement de la porte. Il la détailla de la tête aux pieds, cherchant ce qui n'allait pas.

— Est-ce que toi et le bébé allez bien ?

Elle avait l'air endormi, et était décoiffée, mais semblait sinon en parfaite santé. Elle repoussa ses cheveux en arrière.

— Bien sûr ! Pourquoi ça n'irait pas ?

La peur reflua en lui, laissant place à de la colère.

— Tu n'as répondu à aucun de mes appels, et j'ai essayé au moins une dizaine de fois de te joindre.

Elle lui lança un regard de défi.

— Je t'ai dit que ce n'était pas important.

— Tu avais l'air bouleversé.

— Je n'étais pas bouleversée, juste excitée.

— Pourquoi ?

— Xavier, il est tard, et je n'ai pas envie de me disputer avec toi ce soir. Cette discussion ne peut-elle pas attendre demain ?

— J'ai quitté brusquement ma fiancée dans un café

de Monaco et j'ai annulé plusieurs rendez-vous urgents avec mon personnel de direction pour monter dans mon jet et traverser l'Atlantique afin de m'assurer que toi et le bébé vous portiez bien ! s'écria-t-il alors.

En prononçant ses mots, il prit conscience de ce qu'il avait fait : il avait abandonné son travail et sa future femme pour Megan.

Néanmoins, l'angoisse qui l'avait tourmenté pendant tout le vol parce qu'il n'arrivait pas à la joindre ne signifiait nullement qu'il nourrissait à son égard des sentiments amoureux. C'était pour l'enfant qu'il s'inquiétait, pour l'héritier des Parfums Alexandre.

— Personne ne t'a demandé de te précipiter à mon chevet.

Il serra les poings, frustré par ses réponses évasives.

— Je ne partirai pas d'ici tant que tu ne m'auras pas dit pourquoi tu m'as téléphoné, puis raccroché immédiatement.

Elle fronça les sourcils. Il remarqua alors des cernes qu'il ne lui connaissait pas et s'en alarma.

— Tu es certaine que tout va bien, Megan ? Tu as vraiment l'air fatiguée.

Elle posa une main sur sa poitrine.

— Merci. Tes paroles flatteuses me vont droit au cœur, répondit-elle, sarcastique. Une femme adore s'entendre dire ce genre de choses. Sache que si j'ai l'air fatiguée, Xavier, c'est parce que je suis réveillée depuis 4 heures du matin.

Il calcula le décalage horaire…

— C'est l'heure à laquelle tu m'as appelé.

— Je ne savais pas qui appeler d'autre, mais ne t'inquiète pas, ça ne se reproduira plus, et je ne vous dérangerai plus jamais, ta fiancée et toi.

Elle voulut refermer la porte, qu'il s'empressa de bloquer en plaçant son pied dans l'entrebâillement.

Sa stratégie d'évitement commençait sérieusement à lui porter sur les nerfs.

— Megan…

Elle leva la main pour l'intimer au silence et soupira.

— Bon, entre, mais juste quelques instants.

Sans prêter attention à ses paroles peu accueillantes, il pénétra chez elle. Dans le salon, elle ramassa une couverture et la plia, puis remit à leur place les coussins désordonnés et rangea les magazines. C'étaient des revues sur les bébés et la grossesse.

Elle se pencha ensuite pour prendre un pot de beurre de cacahuète et une peau d'une banane. Il l'attrapa par les épaules pour qu'elle cesse de s'activer. Immédiatement, il eut envie de l'attirer à lui… Il attribua son impulsion au fait qu'il était soulagé de se rendre compte qu'elle allait bien. Toutefois, cela n'expliquait pas pourquoi, alors qu'il était parti depuis à peine vingt-quatre heures, il avait le sentiment agréable de rentrer chez lui…

Dans le passé, Megan l'aurait accueilli en nouant ses bras autour de son cou. Elle aurait pressé son corps contre le sien l'aurait embrassé jusqu'à ce qu'ils soient tous deux à bout de souffle. Mais pas ce soir. Ce soir, il avait l'impression qu'elle n'attendait qu'une chose : qu'il s'en aille. Ce qui renforçait sa colère.

— Pourquoi est-ce que tu m'as téléphoné à 4 heures du matin, Megan ?

Son expression se fit encore plus butée, de sorte qu'il fut étonné quand, après avoir essayé de se dégager, elle répondit enfin :

— J'ai senti le bébé bouger pour la première fois.

Sa réponse l'émut profondément, et il laissa glisser son regard sur son ventre avant d'y poser la main avec douceur. Elle voulut la repousser, mais il la retenait captive de sa main droite, la gauche placée sur le doux renflement. Il avait l'impression que la chaleur de son corps passait dans sa paume et se communiquait à tout son être.

Elle repoussa son bras.

— De l'extérieur, tu ne pourras pas le sentir avant des semaines. Déjà, moi, je le sens à peine.

— Et quel effet cela fait-il ?

— Comme quelque chose qui palpite à l'intérieur. Comme un poisson dont la queue s'agite au-dessus d'un étang. Dans les magazines que j'ai lus, on prétend que les bébés sont plus actifs la nuit, quand la mère est allongée et calme. C'est pour ça que j'étais étendue sur le canapé quand tu es arrivé. J'attendais que le bébé recommence à bouger. J'imagine que j'ai dû m'endormir.

Il eut alors une envie presque douloureuse de partager ses expériences et de voir son corps s'épanouir avec la croissance de l'enfant. Son enfant à lui. Jamais il n'avait eu ce type de pensées auparavant.

— Je me fiche de ce que disent les magazines, moi, j'ai envie de le sentir bouger.

— Xavier…

— Dix minutes. Etends-toi dix minutes et ensuite, je te laisse dormir pour que tu sois fraîche et dispose. Non, que tu en aies besoin. Tu es toujours ravissante, tu sais. Surtout en ce moment. La grossesse te donne un teint particulièrement lumineux.

Elle poussa un soupir exaspéré.

— Je te préviens, ne crois pas que…

— Je veux juste sentir notre bébé bouger, coupa-t-il. Partager au moins cette expérience avec toi.

Il vit ses épaules s'affaisser.

— C'est bon, viens, mais sois sage.

Il la suivit dans la chambre, s'efforçant de réprimer ses pulsions. Il n'était pas ici pour le sexe, même s'il ne refuserait pas si elle s'offrait à lui. D'ailleurs, il était quasiment certain que, s'il avait insisté un peu, elle aurait cédé, mais cela faisait presque quarante heures qu'il n'avait pas dormi… Il était préférable pour eux deux d'attendre qu'il se soit reposé.

Elle s'allongea sur la couette bordeaux et or. Il retira ses chaussures et se glissa à côté d'elle. La chambre étant plongée dans l'obscurité, elle alluma la lumière, mais la lampe Tiffany de verre coloré chassait à peine les ombres.

Il roula sur le côté, puis plaça une main sur son ventre. Elle posa la sienne dessus, et la déplaça légèrement vers le bas, là où il aurait dû sentir l'élastique de sa culotte. Mais visiblement, il n'y avait rien, ce qui voulait dire qu'elle était nue sous son pyjama. Il sentit sa température intérieure monter et son pouls s'accélérer…

Elle ne retira pas sa main, mais la laissa sur la sienne. Son odeur l'enveloppa, et il se dit qu'il n'attendrait peut-être pas de s'être reposé pour lui faire l'amour… Mais il se rappela que toute tentative lui vaudrait une reconduite immédiate à la porte d'entrée.

— Est-ce qu'il bouge ? s'enquit-il alors.

— Non, pas encore. C'est ce qui m'a réveillé ce matin. C'était merveilleux, comme sensation. Je ne m'y attendais pas, et il était bien trop tôt pour appeler Hannah. Mais il fallait absolument que je le dise à quelqu'un, et je ne savais pas qui appeler, à part toi… Je suis désolée.

— Pourquoi est-ce que tu es désolée ? Au contraire, je suis ravi que tu m'aies téléphoné.

Elle tourna la tête vers lui.

— Même si j'ai interrompu un tête-à-tête avec ta future femme ?

— Oui. Si je suis rentré à Monaco, c'était pour tout raconter à Cecille à propos du bébé.

— Ah bon ? Et comment l'a-t-elle pris ?

Elle n'allait pas être rassurée par la réaction de Cecille, mais il ne pouvait pas lui mentir.

— Elle m'a dit qu'elle ne voulait pas avoir d'enfant, et que ton bébé — notre bébé — serait mon unique enfant.

Elle remua légèrement et fixa le plafond.

— Ce sera aussi mon unique enfant, déclara-t-elle. Comme tu l'as dit, les enfants et les Grands Prix ne font pas bon ménage. Et le jour où je serai trop âgée pour concourir, je serai aussi trop âgée pour avoir d'autres enfants.

Ses paroles n'auraient pas dû le soulager, mais c'était pourtant le cas, même si cela revenait à dénier à Megan le droit à une autre maternité.

— Dis-moi quand il bougera, fit-il.

— Entendu. Mais je t'assure qu'il est trop tôt pour que toi aussi tu le sentes.

— Préviens-moi quand même, on verra bien.

Ils restèrent un bon moment l'un à côté de l'autre, lui avec sa main sur son ventre. Il se rendit compte à quel point cela lui manquait de la tenir dans ses bras, de s'endormir près d'elle… Il entendit son souffle ralentir progressivement et il sut l'exact moment où elle sombra dans le sommeil. Il se rappela alors l'avoir souvent écoutée s'endormir. Il ne se souvenait pas avoir vécu cette expérience avec une autre femme.

Il sentit sa main s'alourdir sur la sienne et vit ses traits se détendre. Il jeta un coup d'œil vers le réveil, sur la table de chevet. Les dix minutes s'étaient écoulées. Cependant, s'il se levait, il allait la réveiller, et elle avait tellement besoin de repos. Il ferma les yeux quelques minutes, savourant sa compagnie. Quand elle dormirait plus profondément, il s'en irait. Mais pour l'instant, il était exactement là où il voulait être. Dans les prochains mois, il resterait aussi proche de Megan qu'elle le lui permettrait, jusqu'au dernier moment. Jusqu'à ce qu'il doive rentrer pour se marier.

Avec son fils ou sa fille.

Megan feuilletait distraitement un magazine, tandis que le soleil empourprait le ciel, derrière la fenêtre. Elle s'efforçait de ne pas penser à l'homme qui dormait dans son lit. Ni au tumulte d'émotions qu'il avait encore une fois déclenchées en elle.

Quand Xavier avait frappé à sa porte, la nuit dernière, elle l'avait détesté. Elle avait réellement senti l'animosité monter en elle.

Elle lui en voulait de l'avoir abandonnée pour rejoindre sa fiancée, de faire passer ses affaires et sa fortune avant leur enfant, et aussi d'être parvenu à la dominer, après les courses de Lexington.

Elle lui en voulait surtout parce qu'il ne l'aimait pas.

Mais quand elle avait ouvert la porte, la nuit dernière, et qu'elle avait vu son visage rongé par l'angoisse, le mur de protection qui entourait son cœur s'était un peu craquelé. Lorsqu'il lui avait avoué qu'il avait tout laissé tomber, sa fiancée et ses rendez-vous, pour sauter dans son jet, l'espoir avait rejailli en elle.

Et puis, il avait paru si impatient de sentir le bébé bouger ! Elle avait senti ses défenses se fissurer un peu plus.

Quand il l'avait tenue dans ses bras, sans arrière-pensée, sa volonté de lui résister s'était complètement évanouie, et pour la première fois depuis qu'il lui avait annoncé son mariage, elle avait passé une excellente nuit dans les bras rassurants de l'homme qu'elle aimait.

Mais ce n'était pas parce qu'elle était reposée qu'elle allait craquer et lui céder. Le bien-être de son bébé passait en premier.

Un couple d'oiseaux gazouilleurs attira tout à coup son attention, de l'autre côté de la vitre, et elle leva les yeux de son magazine, sur lequel elle avait été de toute façon incapable de se concentrer. Elle avait lu trois fois le même paragraphe sur la manière d'éviter les crampes dans les jambes, mais elle ne se rappelait pas un mot de l'article.

Les oiseaux, rivalisant de malice et cherchant à déjouer les plans de l'autre, s'élançaient dans l'air puis se précipitaient vers un lys en fleur pour en déguster le nectar. Leur bataille lui parut symboliser celle qui l'opposait à Xavier concernant le bébé.

Toutefois, les deux oiseaux pourraient avoir leur part s'ils apprenaient à partager. Et, même si cela lui coûtait de l'admettre, c'était probablement la seule solution pour résoudre son problème à elle.

L'inquiétude de Xavier, puis son envie de sentir le bébé bouger lui avaient prouvé qu'il voulait s'impliquer dans sa future paternité. Par ailleurs, son enfant avait besoin de ses deux parents, car parfois, hélas, la tragédie frappait. Hannah et elle en étaient les preuves vivantes. Deux parents, c'était plus rassurant, et par conséquent bien mieux. Les probabilités de perdre ses deux parents à la fois, comme elle, étaient très faibles.

Hannah avait pu compter sur son père après la mort accidentelle de sa mère. Mais elle, elle n'avait eu que son oncle qui la tolérait sans l'aimer. Heureusement, avec Hannah et Nellie dans sa vie, elle avait su ce que c'était d'être aimée…

Aussi, pour le bien du bébé, elle ne pouvait exclure Xavier de sa vie, même s'il épousait l'« *autre* femme », sa riche et belle fiancée bardée de diplômes qui incarnait tout ce qu'elle n'était pas.

Cependant, quand il lui avait avoué que sa future femme ne voulait pas d'enfant, ses craintes que son bébé soit élevé dans un environnement froid et sans amour s'étaient accrues. Pour sa part, cette épreuve n'avait duré que cinq ans, de treize à dix-huit ans. Elle ne pouvait imaginer toute une vie ainsi. Mais il ne fallait pas se voiler la face : si Cecille ne voulait pas d'enfant, elle n'aurait aucune envie de s'embarrasser de celui d'une autre.

Personne n'y gagnerait.

Dès lors, pour que Xavier reste dans la vie de son enfant, elle devrait transiger. Or, elle détestait les compromis, synonymes pour elle de renoncement. C'était accepter le moins au lieu de se battre pour le meilleur.

Il fallait absolument qu'elle trouve une solution acceptable pour que son enfant ne soit pas élevé dans un environnement hostile, et pour qu'il n'y ait aucun risque de voir le parent étranger ne pas honorer l'accord de garde partagée.

Elle avait eu beau se creuser les méninges pendant toute la demi-heure précédente, elle n'était parvenue qu'à une solution qui ne la satisfaisait pas, parce cela supposait vivre dans l'ombre de la femme parfaite de Xavier et supporter les commérages qui les suivraient partout, elle et son bébé, sur les Grands Prix. Evidemment, un jour ou l'autre, les mauvaises langues finiraient bien par se fatiguer…

Un bruit la fit soudain sursauter, et elle découvrit Xavier pieds nus dans le salon. Avec sa barbe de trois jours, ses vêtements froissés, ses cheveux ébouriffés et ses paupières lourdes, il était aussi attirant et sexy que le péché.

— Bonjour, dit-il d'une voix rauque qui lui alla droit au cœur et la replongea dans l'époque dorée où elle ignorait tout de son mariage. Je me suis endormi.

— Tu dormais profondément. Tu ne m'as pas entendue quand je me suis réveillée à 2 heures pour aller aux toilettes, ni à 6 heures lorsque je me suis levée pour de bon.

— Tu aurais dû me réveiller.

— Tu avais besoin de dormir !

— Je suis désolé, dit-il, je t'avais dit que je m'en irais.

Ses excuses inattendues la déstabilisèrent. Xavier ne cultivait pas les regrets. Mais il était vrai qu'il ne commettait jamais de faux pas — à l'exception, bien sûr, de ce stupide mariage.

Elle repoussa son magazine et se leva. Bien déterminée à lui faire part de sa décision, elle se planta devant lui.

— J'ai décidé que tu ferais partie de la vie de notre enfant. Je vais rentrer en France après mon accouchement. D'ici là, je remplirai mes obligations auprès d'Hannah et des élèves. Mais je te préviens, je n'habiterai pas dans notre cottage, je ne veux pas voir ta femme aller et venir sous mes fenêtres.

— Tu pourras y habiter, c'est nous qui déménagerons.

— Ah bon ? fit-elle, surprise. Où irez-vous ?

— Nous nous installerons sur le domaine des Alexandre.

— Tu possèdes une autre propriété ?

— Oui. Celle que mon père a dû vendre quand il a rencontré des difficultés financières.

— Et tu vas la racheter ?

— En quelque sorte.

Quelque chose lui échappait… Pourquoi ne l'avait-il pas prévenue plus tôt ? Il fallait dire qu'on pouvait compter sur lui pour les effets d'annonce !

— Peu importe que tu déménages, pour ma part, je ne veux pas rester dans le cottage que nous avons décoré ensemble. Je veux trouver un autre endroit, une autre écurie, un autre sponsor. Seulement, si je reviens, c'est à une condition.

Elle le vit se raidir.

— Laquelle ?

— Je veux la garde exclusive de l'enfant. Tu pourras lui rendre visite aussi souvent que tu le voudras, et ces visites auront lieu chez moi. Je ne veux pas que notre enfant aille sur ta propriété.

Son expression s'assombrit d'un coup.

— Cette condition n'est pas raisonnable, lança-t-il.

— Ta fiancée ne veut pas d'enfant. Tu crois qu'elle va accepter l'enfant de ta maîtresse chez elle ?

— J'emploierai une nourrice.

— Nous emploierons une nourrice, et c'est moi qui la choisirais. Mais une nounou, ce n'est pas une mère. J'ai passé des années à tenter d'obtenir l'attention de mon oncle. Mais j'avais beau faire, il demeurait indifférent. Ma présence l'irritait. Alors, comme la situation devenait intolérable, j'ai quitté les Etats-Unis dès que cela a été légalement possible. Je refuse que mon enfant grandisse dans l'idée qu'il est imparfait et pas digne d'amour.

Elle grimaça, se rendant compte qu'elle venait de révéler beaucoup d'elle-même. Elle s'était laissé emporter par ses propres paroles.

— Tu es digne d'amour, Megan, s'écria-t-il.

— Es-tu en train de me dire que tu m'aimes ?

Elle vit ses yeux se remplir de regrets, lui fournissant la réponse avant qu'il n'ouvre la bouche.

— Si je pouvais aimer quelqu'un, ce serait toi, dit-il enfin.

Son aveu l'affecta profondément.

— Cela signifie que tu ne seras pas capable d'aimer notre enfant, conclut-elle d'une voix tremblante.

Il serra les lèvres.

— L'enfant ne manquera de rien, lui assura-t-il.

— Sur le plan matériel…

— Ce que tu proposes est inacceptable, renchérit-il.

— C'est le seul compromis auquel je sois prête.

— Tout juge m'accordera au moins la garde partagée.

— Tout juge français, peut-être. Mais cet enfant sera citoyen américain, né sur le sol américain. Et aucun juge américain ne t'accordera la garde partagée s'il sait que ton mariage est une union arrangée, un mariage d'affaires, et que tu comptes emmener mon enfant hors des Etats-Unis !

— L'enfant aura aussi la nationalité française.

— Je ne renoncerai pas à la garde exclusive sans me battre, le prévint-elle alors.

Passant une main nerveuse dans ses cheveux, il se tourna vers la fenêtre.

— Je dois épouser Cecille, opposa-t-il.

— Pourquoi ? Est-ce qu'elle aussi est enceinte ?

Il fit volte-face et lui jeta un regard désapprobateur.

— Je t'ai déjà dit que je n'avais pas couché avec elle, ni avec aucune autre femme depuis que je t'ai rencontrée.

— Alors pourquoi l'épouses-tu ? As-tu des difficultés financières ?

— Bien sûr que non !

Elle vit un muscle tressaillir sur sa joue.

— J'ai promis sur la tombe de mon père que je réparerai ses fautes, ajouta-t-il. Et je les ai toutes réparées, sauf une : récupérer la propriété des Alexandre.

Elle sourcilla sans comprendre.

— En quoi Cecille est-elle liée à cette propriété ?

— C'est son père qui la possède.

— Rachète-la-lui.

— M. Debussey refuse de me la vendre. La seule façon pour moi de la reconquérir, c'est d'épouser sa fille. Alors il mettra la propriété à mon nom.

— C'est insensé ! s'exclama-t-elle.

— Sans doute, mais c'est un vieil homme qui a des problèmes de santé. Il veut que son unique enfant et ses affaires soient entre de bonnes mains avant de mourir.

— Parce que tu te retrouveras aussi à la tête de l'empire des Parfums Debussey ?

— Oui, je deviendrai le P.-D.G. des deux entreprises.

Sa cupidité la stupéfia.

— Tu épouses donc une femme que tu n'aimes pas et tu troques ton bonheur, ton avenir et celui de ton enfant pour un bout de terrain et une promotion ? Et Cecille, alors ? N'a-t-elle pas le droit de trouver l'homme qui l'aimera pour elle-même ?

— Arrête de me parler d'amour, Megan. L'amour ne dure pas. L'honneur et la sécurité, si.

Comme tout cela était triste ! Non seulement Xavier ne l'aimait pas, mais il ne croyait pas du tout en l'amour.

— Et en quoi est-ce honorable de se marier pour l'appât du gain ?

— Ecoute, Megan, je ne peux plus me permettre d'avoir des états d'âme. L'annonce a été faite, les préparatifs sont en cours. Je ne peux pas humilier Cecille en la repoussant au dernier moment, comme mon père l'a fait avec sa fiancée.

— Ton père a rompu ses fiançailles ? Cela remonte à trente ans et des poussières, si je compte bien. Et toi, après tout ce temps, tu estimes devoir réparer son erreur ?

— Il a jeté l'opprobre sur notre famille, ce qui nous a coûté le domaine familial.

— J'ai soudain l'impression de me retrouver au beau milieu d'une mauvaise série télé. Je ne vois pas le lien entre le passé… et la catastrophe en cours.

— Avant ma naissance, les Parfums Alexandre ont connu des difficultés financières. Mon père avait passé un pacte avec un investisseur : il épousait sa fille et, en retour, celui-ci lui accordait un prêt pour remettre la société à flots.

— Attends une minute… Tu es en train de me dire que ton père s'est lui aussi marié par intérêt ?

— C'est qui aurait dû se passer. Mais il a quitté sa fiancée au moment de la mener à l'autel pour s'enfuir avec ma mère — la domestique de la famille — qu'il prétendait aimer et dont il attendait un enfant. Une semaine plus tard, sa fiancée éconduite s'est tuée dans un accident de voiture, en percutant un arbre. Beaucoup affirment qu'elle n'a pas pu assumer la honte du rejet.

— C'est tragique, effectivement, mais ton père a choisi de faire passer l'amour avant l'argent, et de t'inclure dans sa vie. C'est un comportement admirable, je ne vois pas en quoi il peut être stigmatisé.

— Le prétendu amour de mon père n'a pas fait long

feu. Lorsque, sous la pression des difficultés financières, mon père a été contraint de vendre le domaine, qu'ils ont dû habiter un appartement plus modeste et réduire leur train de vie, ma mère n'a subitement plus été amoureuse. Elle est partie avec le meilleur ami de mon père, bien plus fortuné.

Abasourdie, Megan secoua la tête.

— Quel âge avais-tu ?

— Deux ans, mais là n'est pas la question. Je veux restaurer l'honneur perdu des Alexandre.

— Mais on n'est plus au Moyen Age, Xavier ! Tu n'es pas responsable du choix de tes parents. Tout comme ton père ne l'était pas du sort de sa fiancée.

— C'est à cause de lui qu'elle s'est suicidée.

— Non. Elle est morte parce qu'elle a pris une mauvaise décision.

— Tu ne comprends pas ce que c'est que de grandir dans l'ombre d'un tel scandale.

— Tu as sans doute raison, je ne comprends pas. Mais je sais ce qu'est l'honneur. Ton père a choisi de ne pas placer son mariage sous le signe de l'hypocrisie. Toi, au contraire, tu as l'intention d'aller à l'église et de promettre devant Dieu d'aimer et de respecter Cecille. Or, tu ne connais pas la signification de ces mots.

Elle le vit tressaillir.

— En France, on n'est pas obligé de se marier religieusement.

— Soit ! Tu ne mentiras pas à une instance suprême, mais tu proféreras néanmoins un mensonge. Je ne vois pas où est l'honneur, dans tout ça. S'il te plaît, Xavier, pour notre enfant, pour moi, n'épouse pas Cecille !

— Je ne peux pas revenir sur ma promesse.

— Même si je te dis que je t'aime ?

Son silence fut éloquent.

La mort dans l'âme, elle se dirigea vers la porte et l'ouvrit en grand.

— Dans ces conditions, mets tes chaussures et va-t'en. Et oublie ma proposition de déménager en France. Je pensais que tu pourrais avoir une influence positive sur la vie de mon enfant. Mais je me suis trompée ! Tu sais ce que tu fais, Xavier ? Tu te prostitues pour les affaires. Et je ne veux pas qu'on transmette ce genre de « valeurs » à mon enfant. Je demande la garde exclusive.

- 9 -

Le cœur lourd, Megan regardait l'avocat que Wyatt lui avait recommandé, tout en priant pour avoir mal entendu.

— Comment une demande de garde exclusive peut-elle coûter si cher ?

— Il n'est jamais simple de refuser à un parent tout accès à son enfant. Et comme l'enfant sera le seul héritier de M. Alexandre et que son mariage arrangé, même s'il n'est pas glorieux, n'en est pas moins légal, vous devez vous attendre à ce qu'il fasse appel jusqu'à ce qu'il trouve un juge sympathique et qu'il finisse par gagner. Alors ce sera vous qui ferez appel. Les batailles autour de la garde d'un enfant sont plus féroces que les divorces. Un enfant fait surgir le meilleur et le pire chez les gens. Ce procès vous coûtera sans doute une somme à six chiffres, et il durera des années. Il vous prendra aussi toute votre énergie, d'autant que votre adversaire dispose des meilleurs avocats.

— On m'a dit que vous étiez le meilleur !

M. Stein lui adressa un sourire de requin qui découvrait toutes ses dents.

— Et je le suis ! Je trouve toujours le meilleur arrangement pour mes clients. C'est pourquoi je vous recommande vivement d'accepter la proposition de M. Alexandre sur la garde partagée.

Elle sentit un frisson la parcourir, tout comme l'écho d'une trahison résonner en elle.

— En d'autres termes, vous me conseillez de renoncer à me battre ?

— Ecoutez, la proposition de M. Alexandre est fort avantageuse pour vous. Il vous verse une pension mensuelle, prend en charge tous les frais liés à l'enfant, paie le salaire de la nourrice, les écoles, bref, nous avons déjà passé la liste en revue. Vous vouliez le meilleur arrangement possible, mademoiselle Sutherland. Vous l'avez sous les yeux.

Il tapota l'épais rapport qui se trouvait sur son bureau.

— Il a été très généreux, je vous assure, ajouta-t-il.

— Mais je ne verrai mon enfant que quelques mois par an ! s'écria-t-elle. Le meilleur arrangement pour moi, c'est la garde exclusive. Et je me battrai pour l'obtenir.

— Vous avez peu de chance de l'emporter, la prévint-il.

— Je croyais que vous n'aviez jamais perdu d'affaire !

— C'est exact.

— Ce que vous êtes en train de me dire, c'est que vous vous arrangez toujours pour ne pas perdre, n'est-ce pas ?

Son visage durcit et son sourire de prédateur s'évanouit.

— Comme je vous l'ai dit, mademoiselle Sutherland, j'obtiens toujours le meilleur arrangement pour mes clients. Et parfois, cela signifie accepter des compromis au lieu, par fierté, de dépenser des sommes extravagantes et d'obtenir moins que ce qu'on souhaitait initialement.

Quel sale individu ! pensa-t-elle, outrée par sa condescendance. Comme s'il s'agissait de fierté ! Elle reprenait sa respiration en vue de lui dire sa façon de penser, quand le téléphone sonna.

Il appuya sur un bouton.

— Oui, Elisabeth ?

— M. Alexandre et ses avocats sont arrivés.

Il regarda sa montre.

— Ils sont à l'heure. Faites-les entrer.

L'avocat dirigea alors son regard vers elle.

— J'ai besoin de votre autorisation pour accepter cette proposition.

Le cœur battant à tout rompre, elle pesa une nouvelle fois les avantages et les inconvénients… Mais elle avait beau envisager la proposition sous toutes les coutures, elle ne pouvait accepter que son enfant soit élevé dans l'environnement que Xavier et la femme qu'il achetait lui procureraient.

— Je ne peux pas vous la donner, répondit-elle. Car je veux la garde exclusive de mon enfant.

— En avez-vous les moyens, mademoiselle Sutherland ? demanda-t-il d'un ton paternaliste, qui lui donna envie de le gifler.

Défier Xavier lui coûterait peut-être une fortune, mais pour éviter que son enfant se sente rejeté ou mal aimé, cela en valait la peine.

— Oui, répondit-elle. Et n'essayez pas de me trahir de nouveau ou je change d'avocat. C'est clair ?

Il parut d'abord surpris, mais finit par répondre sur un ton respectueux :

— Entendu, mademoiselle Sutherland.

La porte s'ouvrit. Xavier en franchit le seuil avec l'assurance d'un gagnant, dans son costume coupé sur mesure.

Elle sentit son cœur flancher. En dépit de tout ce qu'il lui avait infligé, il lui avait manqué, ces deux dernières semaines. Pis : elle l'aimait encore…

Son regard vert croisa le sien. Un regard dur et inflexible, qu'elle lui rendit sans ciller. Soudain, elle crut voir passer l'ombre d'un regret dans ses prunelles, mais il se tourna pour tirer une chaise sur laquelle il prit place, et elle n'eut pas le loisir de vérifier. Ses trois avocats s'assirent sur les sièges restants, eux aussi vêtus de costumes parfaitement taillés.

M. Stein croisa les mains au-dessus du dossier.

— Messieurs, monsieur Alexandre, merci d'être

venus aujourd'hui. J'ai le regret de vous informer que Mlle Sutherland a décidé de décliner votre offre.

Un silence stupéfait s'abattit sur la salle, puis Xavier chercha de nouveau son regard.

— Je souhaiterais m'entretenir en tête à tête avec Megan, dit-il.

— Monsieur, je ne vous conseille pas..., commença l'un de ses avocats.

D'un bref coup d'œil, il lui intima le silence.

M. Stein lui adressa un regard interrogateur. Elle hocha la tête en signe d'acquiescement. L'avocat se leva.

— Messieurs, par ici, s'il vous plaît, dit-il.

Dès que la porte se fut refermée sur eux, Xavier bondit sur ses pieds et se planta devant la baie qui surplombait la rue, de son cinquantième étage. Mains sur les hanches, il se retourna enfin.

— Tu ne peux pas te permettre une telle bataille, déclara-t-il sans ambages.

Elle resta assise derrière la table de conférence qui formait comme une barrière de protection.

— Je ne peux pas me permettre de ne pas me battre, rectifia-t-elle. Je veux le meilleur pour mon enfant, et je l'obtiendrai, même si je dois vendre tout ce que je possède, y compris mes chevaux. Chacun d'eux vaut deux millions de dollars.

Il fut visiblement choqué par ses propos. Sceptique, aussi.

— Mais les courses, c'est toute ta vie !

— Je pourrai toujours monter les chevaux des autres.

Il sourcilla.

— Commander's Belle est la dernière née de l'étalon de ton père. Tu l'as élevée depuis sa naissance. Elle est ton gagne-pain et ton ticket gagnant dans le monde hippique.

Il se souvenait de Belle... Elle sentit alors les larmes lui piquer les yeux. Quelle idiote elle faisait ! Une nouvelle fois, elle maudit ses fichues hormones.

— Exact, c'est une descendante directe de l'étalon de mon père, et je suis extrêmement attachée à elle, confirma-t-elle. Mais cet enfant est aussi le descendant direct de mon père et je lutterai pour lui jusqu'à mon dernier souffle.

— Même si cela te conduit à la ruine ?

— Je crois que tu ne saisis pas très bien, Xavier. L'argent n'est pas le plus important dans la vie. Ce qui compte avant tout, c'est d'avoir une famille et quelqu'un à aimer.

— L'amour ne dure pas, Megan.

— Puisses-tu avoir raison ! Comme ça, un jour, je ne t'aimerai plus.

Il tressaillit comme si elle venait de le gifler.

— Je ne te comprends pas, Megan Sutherland, murmura-t-il.

Puis il tourna les talons et sortit par la même porte que les avocats. Un autre morceau de son cœur venait de se briser. Mais elle ne pouvait plus se permettre aucune faiblesse. Elle venait d'entamer la bataille de sa vie.

Minuit.

Xavier s'adossa contre son fauteuil et se frotta les yeux, tout en écoutant le silence qui régnait dans les bureaux des Parfums Alexandre. Puis il fit rouler les muscles de ses épaules. Les employés étaient rentrés chez eux depuis longtemps.

Bien qu'il soit revenu en France depuis un mois, il reprenait à peine la routine. Il avait eu de nombreux projets en attente à traiter, y compris les documents relatifs à la fusion des sociétés Alexandre et Debussey. Il avait aussi dû vérifier la liste des invités.

En outre, rien ne le poussait à rentrer chez lui.

Megan avait raison. Ils avaient partagé plus qu'une relation sexuelle. Il ne s'était pas rendu compte à quel point elle était devenue une partie de sa vie, jusqu'à ce qu'il rentre en France seul.

Aujourd'hui, au cottage, il recherchait désespérément des traces d'elle. Des cheveux, des barrettes. Un des nombreux livres qu'elle avait lus. Une bouteille de lotion à la rose. Une chaussette. Ce matin, il avait retrouvé des collants en dentelle blanche dans la poche d'un de ses costumes. Les souvenirs qui y étaient liés avaient resurgi comme la lave d'un volcan et l'avaient anéanti…

Et puis il y avait ses tortues, des figurines de toutes les formes, tailles, couleurs et matériaux possibles qu'elle avait collectionnées au cours de tous ses voyages.

Une fois, il lui avait demandé ce qui la fascinait tellement chez ce reptile, et elle avait éludé la question en retirant discrètement sa culotte — ils étaient tout de même dans un grand restaurant — pour la glisser dans la poche de son costume. Il avait été alors si distrait qu'il en avait oublié sa question. Quel secret intime était donc rattaché aux tortues, si intime qu'elle prenait le risque d'une humiliation publique pour ne pas avoir à le lui révéler ?

Pourquoi en prenait-il conscience simplement maintenant ? Sans doute avait-elle refusé à maintes reprises de lui livrer des choses personnelles sur elle, mais il ne s'en était pas rendu compte. Pourquoi cela le contrariait-il tellement aujourd'hui ? Quelle importance, au fond ?

Il recula son fauteuil jusqu'à la fenêtre.

La ville était plongée dans l'obscurité, que trouait seulement la lumière des lampadaires. Il s'était efforcé de renouer avec son ancienne vie, mais quelque chose lui manquait. Il avait emmené Cecille trois fois au restaurant et avait même consenti à assister à un match de tennis pour lui faire plaisir. Cuire en plein soleil pendant que des hommes tapaient avec un rythme de métronome dans une balle jaune n'avait pas été une expérience des plus agréables.

Après le tournoi, l'un des joueurs avait ouvertement flirté avec sa future femme, et le petit jeu l'avait laissé de marbre. Si un imbécile s'était comporté de la sorte avec Megan sous ses yeux, il aurait immédiatement réagi. Le fait que Cecille ait répondu aux avances de ce joueur ne l'avait pas davantage ébranlé.

C'était ainsi que se profilait sa vie, songea-t-il encore. Lui et Cecille mèneraient des existences parallèles. Il tolérerait un match occasionnel de tennis. Elle accepterait d'assister à quelques courses hippiques. Le soir, il travaillerait et elle… ferait ce qu'elle voudrait.

Oui, à la réflexion, Megan et lui avaient partagé bien plus qu'une relation sexuelle.

Elle était maintenant enceinte de cinq mois. Elle ne pouvait sans doute plus cacher son ventre. Ce qu'il avait envie de la voir ! C'était devenu un besoin vital. Il voulait poser sa main sur sa chair chaude et sentir son enfant bouger.

Mais simplement parce que c'était son héritier.

Agité, Xavier se dirigea vers le minibar et se servit un whisky, qu'il laissa finalement sur le comptoir. C'était d'une autre liqueur dont il avait envie…

Assis sur le canapé où ils avaient si souvent fait l'amour, Megan et lui, il remarqua un journal hippique qui traînait sur la table basse et se mit distraitement à le feuilleter. Mais Megan hantait ses pensées…

Elle finirait par recouvrer ses esprits. Que pouvait-elle espérer d'autre ? Son offre était plus que généreuse, d'ailleurs ses avocats avaient tenté en vain d'en modifier les termes.

Megan était un redoutable stratège, nul doute qu'elle

était en train de négocier d'autres concessions. Toutefois, elle devrait finalement accepter sa proposition. Il savait bien qu'elle ne vendrait jamais ses chevaux, elle les aimait trop. C'était sa famille.

Ce fut alors qu'une photo retint son attention, dans le journal. Sa main se crispa sur la page glacée.

« *Commander's Belle, A Vendre.* »

Il eut l'impression de manquer d'air. Megan n'avait pas bluffé. Sans l'ombre d'une hésitation, il sortit son portable de sa poche et l'appela.

— Allô ?

Sa voix se détachait sur un arrière-fond très bruyant, mais l'entendre le troubla profondément. Où était-elle donc pour écouter de la musique en plein après-midi ?

— Tu as mis Belle en vente ?

— Je t'avais prévenu.

— Et Rocky Start ?

— Il est déjà vendu.

Il sentit comme un étau lui enserrer le cœur.

— A qui ?

— Xavier, je suis occupée. Pourquoi est-ce que tu m'appelles, au juste ?

Occupée ? A quoi ? Elle n'était tout de même pas dans une discothèque, avec un homme ! Cette idée le bouleversa, tout comme son ton distant l'agaçait. Il déglutit.

— Quel est le prix de Belle ? demanda-t-il.

— Qu'est-ce que ça peut te faire ?

— Je veux l'acheter. Ton prix sera le mien.

Puis il n'entendit plus rien. Il regarda le téléphone. Avait-elle raccroché ? Il attendit, au cas où la communication aurait été coupée. Mais elle ne chercha pas à rappeler.

Il s'aperçut que son cœur battait à tout rompre. Megan vendait ce qu'elle avait de plus cher au monde pour son enfant.

Elle n'allait pas renoncer, quel que soit le prix à payer.

Reprenant son téléphone, il appela le responsable de ses écuries. Une voix ensommeillée lui répondit.

— Megan a vendu Rocky Start. Il faut retrouver la personne qui l'a acheté.

— Mais, Monsieur, c'est le milieu de la nuit…

Xavier grimaça, frustré de ne pouvoir obtenir de réponses sur-le-champ.

— Faites en sorte que son nom soit sur mon bureau demain à la première heure. Et rachetez-le. Achetez aussi Commander's Belle. Peu importe le prix.

— Entendu, Monsieur.

Il raccrocha, et secoua la tête devant l'ironie de la situation. En achetant la jument, il fournissait à Megan les moyens financiers de se battre pour obtenir la garde de l'enfant. Son dessein était de la lui rendre, tout comme Rocky Start, à la condition expresse qu'elle ne les remette pas en vente.

Il venait de comprendre ce qu'elle voulait dire quand elle avait affirmé qu'il ne s'agissait pas uniquement d'argent.

Megan sourit à Hannah et remit son téléphone dans sa poche.

Cette dernière s'approcha alors d'elle afin de mieux l'entendre, car l'orchestre qui devait jouer à son mariage était en train d'auditionner.

— Pourquoi ce sourire ? Qu'est-ce qui se passe ?

— Rien.

Sa cousine lui adressa un regard sceptique et demanda à l'orchestre d'arrêter de jouer.

— Je vous remercie. Je vous rappellerai dès que j'aurai discuté avec mon fiancé.

Puis elle se tourna vers Megan.

— Allons-y ! Pas question que tu rentres dans ta carapace et que tu me fasses des secrets.

Elles sortirent du studio, et elle s'efforça de trouver une échappatoire pour ne pas gâcher leur superbe journée qui avait consisté à goûter des gâteaux, choisir des fleurs, et écouter des musiciens. Mais elle ne trouva rien.

La chaleur s'abattit sur elles dès qu'elles furent à l'extérieur. Elle s'arrêta pour contempler le ciel noir, à l'horizon.

— Regarde, dit-elle à sa cousine. Un mauvais orage se prépare.

Mais cette dernière se fichait bien de la météo.

— Que voulait Xavier ? s'enquit-elle à peine furent-elles montées dans la voiture.

Megan soupira. Elle ne voulait pas accabler sa cousine avec ses problèmes, elle avait déjà tant à faire pour son mariage. Mais elle ne pouvait pas non plus lui mentir…

— Il m'a proposé d'acheter Belle.

— Quoi ? Il veut donc tout te prendre ?

— On dirait… Mais ne t'inquiète pas, je lui ai raccroché au nez. Et je ne lui vendrai pas Belle, quelle que soit son offre.

Hannah n'avait toujours pas démarré.

— C'est la première fois que tu entends parler de lui depuis la réunion chez ton avocat, le mois dernier ?

— Oui.

Quatre semaines de silence. Aucune contre-proposition, aucune rétraction, comme son avocat l'avait prédit.

— Et maintenant, est-ce que tu le détestes ?

— Je déteste cette partie de lui et ce qu'il est en train de me faire.

Mais il lui manquait terriblement.

Que se passerait-il si elle vendait ses chevaux, dépensait tout son argent et perdait quand même la bataille de la garde ?

Mais elle ne devait pas nourrir de pensées si négatives, ce n'était pas avec cet état d'esprit qu'elle l'emporterait.

— Tu l'aimes encore ? insista Hannah.

Elle hocha la tête.

— J'aime la relation que nous avons eue. Et j'aimerais la retrouver. Tu me trouves vraiment folle à lier, n'est-ce pas ?

Hannah lui saisit le bras.

— Non, Meg, tu es simplement folle amoureuse. Cela arrive aux meilleures d'entre nous. Moi aussi, je suis passée par là.

— La différence, c'est que pour toi, tout s'est bien terminé. Moi, je ne connaîtrai pas de happy end.

Hannah posa sa main sur le ventre de Megan.

— Le voici, ton happy end. Tu vas être mère, et la meilleure mère de la planète. Et nous n'allons pas le laisser te voler ton trésor. Quel qu'en soit le prix à payer. Et moi, je vais être la tante la plus remarquable que l'on n'ait jamais vue.

Un sourire éclaira le visage de Megan, mais son cœur restait bien triste. Arriverait-elle jamais à oublier Xavier ?

Xavier pénétra dans l'écurie, aux côtés du responsable.

— Ce n'est plus le cheval que l'on connaissait, Monsieur. Il a perdu de son énergie.

La description du cheval correspondait tout à fait à la sienne, pensa-t-il.

Il se dirigea vers Rocky Start, qui poussa un hennissement quand il le reconnut. Il entra dans son box et caressa son encolure luisante.

— Elle te manque, mon garçon ?

« A moi aussi », ajouta-t-il en silence.

Il voulait qu'elle revienne. Pas seulement à cause du bébé. Il avait la nostalgie de sa compagnie. La façon dont elle le taquinait lui manquait, comme son regard quand elle lui prédisait qu'il allait conquérir le monde. Il regrettait aussi leurs matinées tranquilles au cottage, ainsi que les courses où il allait l'admirer et où il était si fier de celle qu'il considérait comme sa femme.

La façon dont elle l'aimait lui manquait, songea-t-il encore, même s'il lui était difficile de l'admettre. C'était un aveu de faiblesse qui le mettait mal à l'aise.

Il se tourna vers l'employé.

— Vous me dites qu'elle a refusé de vendre Belle ?

— Oui, à vous, précisément.

— Vous lui avez proposé le prix demandé ?

— Oui. Plus même. Mais elle a refusé.

— Je veux cette jument.

— Est-ce que je peux vous demander pourquoi ? Belle est une belle bête, mais elle n'est plus très jeune, et elle est en fin de carrière. A mon avis, son prix est trop élevé.

Megan et Belle, c'était comme un merveilleux ballet, et il était impossible que ce conte-là finisse… Soudain, il comprit qu'à travers les chevaux de Megan c'était à elle qu'il tenait. Cette pensée le déstabilisa.

Il donna une friandise à Rocky Start.

— Faites acheter Belle par un agent anonyme, déclara-t-il. Mais il me la faut.

Il sortit de l'écurie. Les pensées se bousculant dans sa tête, il se dirigea vers le manège, notant vaguement le soleil qui se couchait derrière les chênes. Le crépuscule s'annonçait, l'heure préférée de Megan. Mais le manège était vide, et aucun cavalier ne trottait dans la pénombre.

Non, Megan n'était pas là, ce soir.

Soudain, il prit conscience qu'il la désirait bien plus que le domaine des Alexandre. Ce désir-là était plus fort que celui de posséder la plus grande entreprise de parfumerie du monde. Plus impérieux que de prouver qu'il était un homme plus respectable et intelligent que son père.

Il voulait qu'elle revienne, car son départ avait creusé un vide incommensurable dans son cœur, un vide que nulle autre ne pourrait jamais combler.

Il s'appuya contre la barrière et laissa le poids de ces lourdes pensées l'envahir…

Il voulait qu'elle revienne parce qu'il l'aimait.

Apparemment, ce qu'il pensait impossible venait de lui arriver…

Seulement, pour que Megan fasse de nouveau partie de sa vie, il devrait renoncer à tout ce pour quoi il se battait depuis quinze ans. Il ne pourrait pas honorer sa promesse de récupérer le domaine des Alexandre et commettrait la même faute que son père en rejetant celle qu'il aurait dû épouser…

Cependant, comme Megan l'avait souligné, épouser Cecille pour assurer son avenir matériel, ce n'était pas très honnête. En revanche, la libérer du contrat qu'il avait passé avec son père l'était.

Megan avait eu le courage de sacrifier ses chevaux et sa carrière pour leur enfant, et c'était-là un comportement honorable. Comment cet enfant pourrait-il le respecter s'il ne faisait preuve d'aucune vaillance ?

Il espérait qu'il n'était pas trop tard pour se racheter.

Il devait s'entretenir de toute urgence avec ses avocats, puis avec Cecille et M. Debussey. Ensuite, il pourrait revenir vers Megan en homme libre.

Son homme.

Si elle voulait encore de lui.

Xavier se tenait dans le grand salon du manoir Alexandre, à côté de M. Debussey. Il était en train de dire au revoir à son rêve de redevenir propriétaire de la magnifique demeure.

Mais aussi belle fût-elle, elle ne serait jamais un foyer sans Megan et leur enfant.

— Nous sommes donc d'accord sur les termes ? demanda-t-il à Debussey.

— Tout à fait. Je vous vends les Parfums Debussey et, en retour, vous acceptez que Cecille soit l'ambassadrice de notre nouveau parfum.

— Mais elle devra se comporter en professionnelle et accepter le coach que je lui imposerai. Sans quoi, je ne pourrai la garder.

— Je comprends, fit le vieil homme. Il faut qu'elle apprenne à survivre sans moi. Le meilleur moyen est de lui donner la liberté de réussir, ou d'échouer.

— Ce secteur est très compétitif, elle doit apprendre à travailler pour obtenir ce qu'elle veut.

— Bien sûr. J'espère par ailleurs que vous n'aurez rien contre une visite de ma part, de temps à autre.

— Vous serez toujours le bienvenu aux Parfums Alexandre-Debussey, s'empressa-t-il de répondre.

Ils se serrèrent la main.

Il sentait que son cœur battait très fort. Ce n'était pas tant l'idée de devenir P.-D.G. d'un immense empire qui l'excitait que celle de retrouver Megan dans quelques heures.

En espérant qu'elle accepterait de le reprendre.

— Arrête-toi ! ordonna Megan à Hannah.

Elle venait de reconnaître une ombre familière sous sa véranda.

Hannah freina brusquement.

— Qu'est-ce qui se passe ?

— Xavier est là, répondit Megan, le cœur battant à tout rompre.

— Quel culot ! s'exclama sa cousine.

Cette dernière voulut descendre de la voiture, le visage déterminé, mais elle la retint par le bras.

— Je m'en occupe, dit-elle.

— Non, Megan. Il faut enfin que quelqu'un lui dise son fait et qu'il te laisse tranquille une bonne fois pour toutes. Et après cette dispute avec mon organisatrice de mariage, je t'assure que je me sens à la hauteur de la tâche.

— Hannah, je te suis reconnaissante de vouloir me protéger, mais je vais moi-même me charger de Xavier. Nous allons avoir un enfant ensemble, il faut que nous nous comportions correctement l'un envers l'autre.

Sa cousine ayant toujours le même air buté, elle ajouta :

— Qui sait ? Il est peut-être venu m'annoncer que j'ai gagné.

Elle n'en pensait pas un mot, mais elle tenait à rassurer Hannah, d'autant qu'elle l'avait vue loucher vers les tests de grossesse, à la pharmacie…

— Très bien, je patienterai dans la voiture.

— Non, rentre chez toi. Wyatt t'attend. Tu as oublié votre dîner en tête à tête ?

Hannah se mordit la lèvre, hésitante.

— Je t'assure que je vais me débrouiller, insista-elle.

— Très bien. Mais appelle-moi dès qu'il sera parti, trancha Hannah.

— Entendu, dit-elle.

Elle descendit de voiture, tandis qu'un violent souffle d'émotions soulevait tout son être.

Xavier se leva du rocking-chair et s'avança vers elle. Il paraissait fatigué et avait perdu un peu de poids. Mais il était toujours aussi beau dans son jean et son T-shirt noirs. Les couleurs d'un pirate… Il n'avait sans doute pas de meilleur dessein.

Son regard glissa immédiatement vers son ventre.

Elle s'arrêta à bonne distance de lui.

— Mon avocat m'a dit que je ne suis pas censée discuter avec toi.

— Et tu vas suivre son avis ?

Elle hésita…

— Qu'est-ce que tu veux ? demanda-t-elle finalement.

— Tu as refusé de me rendre Belle.

— Si tu crois que je n'ai pas reconnu tes agents derrière le prétendu anonymat ! Franchement, la somme qu'ils offraient était si exorbitante qu'ils ne pouvaient travailler que pour toi.

— Rocky s'ennuie sans elle.

— Rocky ? Je l'ai vendu à un champion junior.

— Qui a été ravi de me le revendre et de réaliser un sacré profit.

Elle crut défaillir. Xavier ne désarmait jamais.

— Tu veux donc tout me prendre ? demanda-t-elle.

— Non, je te le redonne. A condition que tu ne le revendes pas.

Ces propos la plongèrent dans la confusion la plus totale.

— Pardon ? Tu as acheté Rocky pour me le redonner ? Je ne comprends pas…

— Tu avais raison, l'argent, ce n'est pas la chose la plus importante.

Décidément, elle ne savait plus que penser…

— Est-ce que tu sens encore mon fils ou ma fille bouger ? demanda-t-il en fixant son ventre.

— Chaque jour.

— Je peux ?

Elle recula immédiatement, sur la défensive. Elle était à cran et ne voulait pas qu'il la touche.

— Xavier, que fais-tu ici ?

— Je suis venu t'annoncer que j'avais renoncé à la garde de l'enfant.

Sidérée, elle s'arrêta un instant de respirer… avant que les questions ne déboulent en avalanche dans sa tête.

— Pourquoi mon avocat ne m'a-t-il rien dit ?

— J'ai tous les documents, déclara-t-il en lui tendant une liasse de papiers.

Elle les prit, trop abasourdie pour y jeter un coup d'œil.

— Pourquoi ? Tu ne renonces jamais à ce à quoi tu tiens.

— Je tiens à ce bébé, crois-moi.

Elle retint son souffle.

— Que veux-tu dire, au juste ?

— Que mon enfant aura beaucoup de chance d'avoir une mère comme toi. Tu étais sur le point de tout sacrifier pour lui, et c'est à ton honneur. Je sais que notre enfant ne manquera jamais d'amour. Je vais t'acheter une ferme de chevaux, ici ou en France, à toi de choisir. J'assurerai la charge financière liée au bébé, et tu auras la meilleure nourrice quand tu te remettras à courir.

Que cachaient toutes ces promesses, tous ces rêves qu'il allait, tel un magicien, concrétiser pour elle ?

— Où est l'entourloupe ? demanda-t-elle d'un ton sec.

— Il n'y en a pas. Tu avais raison. Ce n'est pas l'argent, ni le pouvoir, ni le prestige qui compte, mais les personnes. Je regrette de ne pas m'être réconcilié avec mon père avant sa mort. Ce n'était pas lui, mais moi qui avais tort. Il a suivi la voix de son cœur, et non celui de la cupidité. Il a épousé ma mère et m'a donné son nom. Je ne peux plus m'excuser auprès de lui, mais je peux encore le faire avec toi. Je suis tellement désolée du désarroi que je t'ai causé.

— C'est un changement radical, Xavier.

Cela lui ressemblait si peu. Elle ne savait comment réagir…

— J'étais… je me suis trompé. J'ai besoin que tu fasses partie de ma vie.

Une bouffée d'émotion la saisit à la gorge.

— Tu sais que la seule condition, c'est de rompre tes fiançailles et…

— C'est fait ! coupa-t-il. Je ne vais pas épouser Cecille.

Une joie immense la saisit.

— Elle le sait ? demanda-t-elle aussitôt.

— Bien sûr. Son père et moi avons passé un nouveau

contrat. Elle sera l'ambassadrice du nouveau parfum Alexandre-Debussey, et elle n'aura pas à m'épouser pour cela.

— Alexandre-Debussey ?

— J'ai racheté la société, comme prévu.

— Et le domaine des Alexandre ?

— C'est toi qui m'as dit qu'un foyer ne sert à rien si on n'a pas de famille. Le domaine aurait été juste une autre acquisition, alors que pour Debussey il a une signification sentimentale. Il y a vécu heureux avec la mère de Cecille.

Un sentiment de pur bonheur l'envahit soudain, et elle sentit alors le bébé lui donner un léger coup de pied.

— Je pense que le petit approuve, dit-elle.

Alors, pour la première fois, Xavier sentit l'enfant bouger. Il en éprouva une profonde émotion.

— C'est un battant, murmura-t-il.

— Comme ses parents, dit-elle à voix basse en écho.

Elle recula soudain de quelques pas, s'efforçant de ressembler ses pensées. Elle allait jouer le tout pour le tout…

— Xavier, je ne peux accepter ton offre, même si elle est généreuse, déclara-t-elle.

— Pardon ? Je ne comprends pas…

— Je ne peux accepter de vivre sans amour. Tout ce qui m'intéresse, c'est ton amour.

Il blêmit.

— Mes actions ne prouvent-elles pas que tu comptes pour moi ?

Compter n'était pas aimer. Comme tout cela était douloureux ! Elle voulut s'éloigner encore, mais il lui saisit le bras avec fermeté.

— Megan… Tout ce que je t'offre, c'est sans condition. Même si tu ne veux pas que je fasse partie de ta vie et de celle de l'enfant. Ce que je désire, c'est ton bonheur. Evidemment, je ne peux pas te mentir, ma belle amante, ce que j'aimerais le plus au monde, c'est rester auprès de toi pour le restant de mes jours, vieillir avec toi. Et j'espère qu'au fond de ton cœur, tu auras la force de mon pardonner mon comportement de ces derniers mois.

Elle sentit ses lèvres trembler, et les cacha derrière son poing… C'était trop beau pour être vrai. Elle redoutait de ne pouvoir survivre à une nouvelle déception.

— Xavier, que veux-tu de moi au juste ?

— Je veux que tu m'aimes comme avant.

Il prit alors son visage dans ses mains :

— Que tu m'aimes comme je t'aime.

Elle laissa échapper un petit cri et ses yeux se brouillèrent de larmes. Il venait de prononcer les mots qu'elle attendait depuis si longtemps. Seulement…

— C'est à cause du bébé, n'est-ce pas ?

— Non, c'est parce que je suis perdu sans toi. Je mange, je travaille, je dors, enfin très mal, mais mes jours sont vides. Rentre avec moi, Megan. Tu me manques tellement.

Les inflexions de sa voix étaient d'une authenticité incontestable.

Il l'aimait !

— Je n'ai jamais cessé de t'aimer, Xavier, déclara-t-elle alors. J'ai pourtant essayé, mais sans y parvenir.

Un sourire éclaira le visage de Xavier.

— Je me réjouis de cet échec… Megan, j'ai une ultime requête.

— Je t'écoute, fit-elle, curieuse.

Il porta alors la main à sa poche pour en sortir quelque chose de brillant. Une bague. Elle était ornée d'une tortue sculptée en bas-relief.

— C'est une bague en platine, indestructible comme me l'a assuré le bijoutier. Grâce à ses rebords arrondis, elle ne te gênera pas. Epouse-moi, Megan, et passons le reste de nos vies à nous chérir.

Elle fut saisie d'un léger vertige. Xavier lui offrait

son rêve : une maison, une famille. Et elle savait qu'il l'accompagnerait sur tous les hippodromes, comme sa mère l'avait fait avec son père.

— Moi aussi, je t'aime, je veux vieillir à tes côtés et élever nos enfants. Oui, Xavier, je veux t'épouser.

Xavier poussa un profond soupir.

— Merci, mon amour…

Il l'enlaça très fort, et leurs cœurs battirent l'un contre l'autre. Alors, s'écartant légèrement d'elle, il lui donna un tendre baiser. Quand il releva la tête, elle vit le bonheur et l'amour briller dans ses yeux.

Elle lui sourit.

— Cette bague est parfaite. Et merci pour les tortues.

— Tu peux me dire ce qu'elles représentent pour toi ?

— Quand je suis venue vivre à Sutherland Farm, après le décès de mes parents, j'avais l'habitude de me retirer très souvent dans ma chambre. Hannah disait que je rentrais dans ma coquille comme une tortue.

— Ce qui veut dire que cette bague te rappelle de mauvais souvenirs ? Je suis désolé, je…

— Pas du tout. Les tortues me fascinent. Elles savent se protéger quand c'est nécessaire. Et lorsque la menace est passée, elles ressortent et continuent à vivre. Elles sont fortes et résistantes, mais tendres à l'intérieur.

Il passa la main dans ses longs cheveux.

— Comme toi, en somme… Megan, je te promets que je ne te donnerai plus aucune raison de disparaître sous ta carapace.

Il l'embrassa de nouveau. Ce fut un baiser différent de tous ceux qu'ils avaient échangés, un baiser qui débordait d'amour.

Epilogue

Elle s'intima de ne pas pleurer.

Elle cilla.

Elle n'aurait jamais cru se marier un jour, dans une cathédrale, et son cœur était prêt à éclater.

— Arrête, ton maquillage va couler ! la gronda gentiment Hannah en rajustant une épingle à cheveux dans la couronne de perles qui maintenait son voile.

— Tu peux parler, Hannah ! fit Nellie qui se tenait à sa gauche. Il n'y a pas si longtemps que ça, tu pleurais à ton propre mariage. Ce sont des larmes de joie, et c'est une façon pour le corps de faire de la place pour les bonheurs à venir.

Megan tamponna doucement ses yeux, puis regarda les deux femmes qui formaient sa famille.

— Merci à vous. Merci pour tout.

Nellie lui serra gentiment le bras.

— Hannah et toi êtes comme mes filles, dit-elle. Et je suis tellement touchée que tu portes ma robe de mariage. Elle te va à ravir.

Megan n'aurait jamais cru avoir une robe vintage pour son mariage, mais quand Nellie lui avait proposé la sienne, elle avait tout de suite eu les larmes aux yeux.

Nellie toucha le ventre de Megan :

— Et un jour, ce sera cette petite fille qui la portera.

Ils savaient depuis la veille que ce serait une fille, qui naîtrait en début d'année.

— Tu es magnifique, Megan, renchérit Hannah. Avec cette taille empire, personne ne pourra deviner que tu es enceinte de sept mois. Quant à ton décolleté, je crois qu'il va ravir Xavier.

Megan sentit ses joues s'empourprer. Elle lissa sa robe en lourd satin d'un bel ivoire.

— J'ai l'impression d'être une princesse, dit-elle.

— Je n'arrive pas à croire que Xavier ait pu organiser tout cela en si peu de temps, observa Hannah, dont le ventre s'arrondissait aussi.

— Quand une chose lui tient à cœur, il peut accomplir des miracles…

— Et il ne fait pas les choses à moitié. Une cathédrale, une calèche, un manoir pour la réception… Quel homme romantique !

— J'en déduis que tu ne le détestes plus ?

Hannah secoua la tête.

— Comment serait-ce possible ? Il a acheté Haithcock Farm et m'a donné tous les pâturages pour les chevaux que je recueille. Il a aussi versé un don considérable à ma fondation. Mais au-delà, comment pourrais-je détester un homme qui te rend si heureuse ?

Megan éclata de rire. On frappa soudain à la porte de l'antichambre. C'était Wyatt.

— C'est l'heure, mesdames. Le rideau va se lever.

Il offrit son bras à Nellie.

— Dès que j'ai installé la plus belle femme de la cérémonie à sa place, je reviens chercher la mariée et sa demoiselle d'honneur. Allez, vite, mesdames, le marié est impatient.

Nellie rougit.

— On peut dire que vous avez trouvé de beaux flatteurs, les filles. Mais Wyatt a raison. Que la fête commence !

CHARLENE SANDS

Troublante parenthèse

Traduction française de
AGNÈS JAUBERT

PASSIONS

HARLEQUIN

Titre original :
WORTH THE RISK

Ce roman a déjà été publié en 2013.

- 1 -

Jackson Worth ouvrit un œil et esquissa un sourire satisfait. Par terre, à côté du lit, il reconnut les bottes cavalières en cuir souple, couleur chocolat, ornées d'un élégant motif féminin.

Le corps engourdi de sommeil, il s'étira sans un bruit. Il ne voulait pas réveiller sa compagne endormie. Un frisson de volupté le secoua. Un flot d'images affluait à sa mémoire. Comme elle était sexy, hier soir, avec ses bottes ! Comment aurait-il pu résister à cette vision enchanteresse ? A l'excitation intense qui l'avait poussé à les faire glisser le long de ses jambes interminables ? Et, si sa mémoire ne lui jouait pas de tours, elle n'avait pas opposé beaucoup de résistance quand il lui avait retiré sa jupe courte et son haut à col bateau.

Ce n'était pourtant pas la première fois qu'il rencontrait Sammie Gold, la meilleure amie de sa belle-sœur. Mais, hier soir, en la voyant, avec sa taille de guêpe et son adorable sourire, s'avancer vers lui dans le vestibule de l'hôtel d'une démarche chaloupée, chaussée de ces bottes étonnantes, il avait été submergé par une vague de désir implacable.

Sans aucune explication.

Un soleil éblouissant filtrait à travers les rideaux. Jackson ferma les yeux, essayant de chasser le mal de tête dont il sentait monter l'emprise. La jeune femme qui reposait à son côté dans l'immense lit s'agita dans des effluves de jasmin qui mirent tout son corps en émoi.

Il étouffa un soupir accablé. C'était bien la première fois qu'il se laissait aller à mélanger business et plaisir, mais il s'était surpassé. Avoir séduit cette femme n'était pas franchement malin. Et il allait le payer cher. Non seulement il allait avoir droit à un sermon de la part de ses frères, Tagg et Clay, mais il ne couperait pas non plus à la fureur de sa belle-sœur, Callie. Pour sûr, elle allait lui arracher les yeux et menacerait de le renier.

Sammie se retourna dans un murmure ensommeillé ; il sentit son bras s'appuyer sur son torse, ses doigts se poser en éventail sur sa peau, à la fois doux et possessifs. Ses cheveux courts, parsemés d'épis, châtains avec des reflets d'ambre et de caramel, évoquaient une pierre précieuse. Certes, c'était un joli brin de fille, mais au fond pas du tout son genre. Il se maudit intérieurement.

Il ne s'était pas contenté de *sortir* avec elle, il avait *couché* avec elle.

Ah, oui, il pouvait s'attendre aux foudres de Callie : il était censé lui rendre service, pas profiter de la situation ! « Sammie sort d'une période difficile, lui avait-elle avoué. Elle a perdu son père, et sa société a fait faillite. Prends-la sous ton aile, Jackson. Aide-la. Je t'en prie. C'est très important pour moi. »

La femme de Tagg lui avait fait confiance, et il n'avait rien trouvé de mieux que de trahir cette confiance.

Sammie semblait émerger à présent. Lentement, elle souleva la tête de son oreiller et, l'air un peu perdu, elle le fixa de son regard brun, empreint de gravité.

— Jackson ?

— Bonjour, ma belle.

Manifestement désorientée, elle balaya la pièce et sa décoration raffinée de regards perplexes, battit des paupières, puis secoua la tête comme pour s'éclaircir les idées. Soudain, elle pâlit et ses yeux se firent aussi ronds que des jetons de poker. Elle se redressa, le drap glissa sur son corps nu, dévoilant ses adorables petits seins fermes. Jackson étouffa un râle. Avec n'importe quelle autre femme, il serait de nouveau au septième ciel ce matin.

Elle poussa un petit cri d'effroi avant d'agripper le tissu pour se couvrir.

— Oh, non ! s'exclama-t-elle en lui lançant un regard effaré. Ne me dis pas que…

Interdit, il la dévisagea. Ses conquêtes ne l'avaient pas habitué à ce genre de réaction au réveil d'une nuit de sexe torride.

— J'ai bien peur que si.

Elle laissa échapper un grognement pas très féminin et parcourut la chambre d'un regard éperdu, comme pour se raccrocher à quelque chose de familier.

— Où sommes-nous ?

— A Paris.

Elle inspira profondément et demanda d'une voix blanche :

— En France ?

Amusé, il haussa un sourcil sceptique. C'était encore pire que ce qu'il pensait.

— Las Vegas, fit-il, laconique.

Elle s'écroula de nouveau dans le lit, sa tête plongeant sur l'oreiller en plumes d'oie. Les yeux rivés au plafond, la main toujours agrippée au drap remonté jusqu'au menton, elle murmura :

— Comment est-ce arrivé ?

C'était une question purement rhétorique, bien entendu. Mais Jackson se devait d'y répondre. Il prit appui sur un coude et, le menton calé sur sa paume, il fixa ses yeux brûlant de curiosité. Il opta pour la seule explication plausible.

— Les bottes.

Le cerveau embrumé de Sammie commençait à s'éclaircir. Elle était venue à Las Vegas pour assister à un congrès de la chaussure. Callie Worth, sa meilleure amie, lui avait fait savoir que son beau-frère, Jackson, se trouvait aussi dans la plus grande ville du Nevada. Ils s'étaient déjà rencontrés à son mariage, lui avait-elle rappelé, insistant pour qu'ils se revoient. Jackson, excellent homme d'affaires, saurait lui donner des conseils avisés pour l'aider à sortir de sa dramatique situation financière. En effet, son ex, un comptable véreux, non content de lui briser le cœur, l'avait dépouillée de toute sa fortune.

Comme elle s'en était voulu d'avoir été aussi stupide et crédule ! Elle s'était sentie tellement nulle. Et ce qui venait de se passer avec Jackson Worth ne risquait pas de l'aider à retrouver confiance en elle.

Certes, depuis la mort de son père, quelques mois auparavant, elle avait commis bien des erreurs. Mais c'était la première fois qu'elle faisait preuve d'une telle bêtise. Qu'est-ce qui avait bien pu la pousser à coucher avec le beau-frère de sa meilleure amie ?

Elle aperçut alors ses vêtements par terre, témoins de l'attirance foudroyante qui les avait poussés vers le lit. Son chemisier, sa jupe, son soutien-gorge, son string étaient égrenés là, comme séchant sur un fil imaginaire. Un gémissement de panique monta de sa gorge.

— Combien de coupes de champagne ai-je bues hier soir ?

De plus en plus mortifiée, elle le regarda, attendant sa réponse. Il semblait compter mentalement.

— Pas tant que ça. Deux, peut-être.

Un instant stupéfaite, elle répondit.

— D'habitude, je ne bois pas. L'alcool me monte vite à la tête. Ça me rend …

Il lui jeta un regard entendu.

— Passionnée, sexy ?

— Oh, non ! Alors c'est moi qui vous ai séduit ?

Il esquissa un petit sourire.

— Nous y avons tous deux mis du nôtre, Sammie. Tu as oublié ?

Elle se rappelait au moins une chose : sa prévenance. Ils avaient passé la moitié de la nuit à discuter au bar. D'affaires sérieuses, bien sûr, mais ils avaient aussi beaucoup ri. Puis il avait commandé du champagne. Si la première coupe ne l'avait pas grisée, elle n'aurait jamais dû, en revanche, en boire une seconde. Avec sa sensibilité à l'alcool et sa constitution chétive, elle aurait dû se méfier.

Quelques mois auparavant, elle était venue de Boston pour assister au mariage de Callie et de Tagg. C'était à cette occasion que, pour la première fois, elle avait rencontré Jackson Worth. Bien sûr, le physique de rêve du beau cow-boy blond ne lui avait pas échappé. Le nouveau beau-frère de Callie était tout simplement sublime. Le genre d'homme qui ne regardait même pas les filles banales comme elle. Ils avaient discuté et avaient sympathisé. Jamais elle n'aurait pu imaginer autre chose entre eux.

Et pourtant… Jackson était là, tout près d'elle, probablement nu comme un ver sous les draps de soie de leur luxueuse chambre d'hôtel. Elle avait beau essayer de reconstituer la soirée de la veille…, elle perdait le fil quelque part entre le moment où ils avaient pris l'ascenseur pour gagner sa suite et celui où Jackson lui avait retiré ses bottes…

— Non, franchement, je ne me rappelle pas grand-chose. Je n'aurais jamais dû boire cette seconde coupe de champagne, ajouta-t-elle dans un soupir accablé.

Jackson caressa son bras, traça du doigt de petits cercles juste au creux de son coude. A son contact, un frisson la traversa et, l'espace d'une seconde, ses pensées confuses s'éclaircirent. Elle se rappelait… quelque chose : oui, c'était cela, ce tourbillon de sensations divines, elle l'avait déjà ressenti quand les mains vigoureuses de Jackson avaient vogué sur son corps.

— Il est un peu tard pour cet aveu, fit-il remarquer.

Il avait raison. Que de chemin parcouru depuis leur première rencontre ! Hier soir, au bar, elle avait envoyé valser sa prudence habituelle, si lasse de se comporter toujours en petite fille modèle, d'être toujours la demoiselle d'honneur mais jamais la mariée, fatiguée de nier que Jackson Worth était l'homme le plus sexy de la planète. Alors, cessant de se censurer, sous le coup d'une véritable impulsion, elle s'était plaquée contre lui sur la piste de danse et l'avait embrassé. A revoir la scène, la honte la submergea. Il avait dû la croire terriblement en manque pour agir ainsi, la trouver pitoyable.

— C'est… c'est tout moi, bredouilla-t-elle. J'ai toujours un train de retard.

— Sammie, soyons bien d'accord. Tu voulais monter dans ce train.

Sa voix rauque, vibrante de désir, lui fit comprendre ce qu'elle ratait en refoulant le souvenir de la nuit passée ensemble.

— Euh, hum… Je sais.

Quelle femme normalement constituée aurait refusé d'embarquer avec lui ?

Elle ferma les yeux. Et laissa de nouveau s'exprimer la voix de la raison : elle aurait dû se montrer plus prudente. Comment avait-elle pu se conduire ainsi ? Elle ne voyait qu'une explication : elle avait eu besoin de réconfort. N'avait-elle pas tout perdu en l'espace de peu de temps ? Son père, son affaire ? D'un autre côté, si elle voulait voir la réalité en face, elle devait accepter la vérité. Hier soir, elle avait aussi eu besoin de flatter son ego. Et Jackson Worth, Adonis à la carrure athlétique, aux yeux bleu indigo, aux cheveux couleur paille, était l'homme qui tombait à pic pour la sortir de son marasme. Non seulement il était d'une beauté à couper le souffle, mais il s'était montré gentil, attentionné : une combinaison irrésistible.

Et si, bien sûr, avoir couché avec lui était idiot, en avoir perdu le souvenir était carrément stupide. A quoi bon cette culpabilité si elle n'avait même pas un détail piquant, coquin, pour l'alimenter ? Ainsi, elle ne conserverait même pas la mémoire de cette sensation unique, toutes les fibres de son corps vibrant au creux des bras de ce dieu vivant. Une chance comme la nuit dernière ne se représenterait pas de sitôt…

Dire qu'elle était venue au congrès annuel de la chaussure dans l'espoir de susciter un peu d'intérêt pour son affaire en faillite ! Mais, sur un marché en berne, seules les entreprises prospères avaient une chance de survivre et, malgré son originalité, sa petite affaire n'intéressait personne.

Personne, à l'exception de Jackson Worth.

Soudain, l'évidence la frappa. Sous le choc, prise d'un vertige, elle écarquilla les yeux.

— Mon Dieu, Jackson ! Nous sommes… associés.

Une lueur taquine dans le regard, Jackson répondit d'un ton ironique :

— C'est exact. Avant de trinquer, nous avons conclu un marché, ma belle. Et tu as signé en bas de la feuille. Boot Barrage m'appartient, désormais.

De la salle de bains lui parvinrent le grincement du robinet puis le bruit du jet d'eau. Toujours allongée, Sammie n'avait pas besoin d'imaginer à quoi ressemblait Jackson Worth en costume d'Adam. Il venait de bondir du lit pour gagner la salle de douche d'un pas nonchalant.

— Tu es sûre de ne pas vouloir y aller la première ? avait-il demandé.

Feignant d'ignorer le frisson d'excitation au creux de son ventre à la vue de son hâle parfait et de ses fesses musclées, elle s'enfonça plus loin sous les draps en secouant la tête.

— Non, non, vas-y d'abord. Je préfère attendre.

Son pouls battant à ses tempes, elle tendait l'oreille. Pour une fille qui voulait prendre un nouveau départ, c'était une réussite !

Le corps secoué de petites convulsions, elle prit la pleine mesure de son coup de folie. Les nerfs tendus comme des cordes, elle essaya d'inspirer longuement. En vain. Elle semblait incapable de calmer son souffle saccadé.

Elle se rappela soudain ses cours de yoga. Cela l'avait beaucoup aidée quand cette ordure d'Allen l'avait quittée, emportant avec lui la totalité de l'argent qu'elle avait gagné à la sueur de son front. Lentement, elle se redressa dans son lit et pivota pour poser les pieds sur le sol. Elle se leva, forma un cercle de ses bras au-dessus de sa tête, s'étirant jusqu'à ce que les extrémités de ses doigts se touchent, et inhala lentement, emplissant ses poumons d'oxygène. Puis, se pliant en deux pour frôler ses orteils, elle expira. Ça allait déjà beaucoup mieux. Sentant sa tension se relâcher, elle répéta le mouvement plusieurs fois. Ses idées s'éclaircirent un peu et les battements accélérés de son cœur s'apaisèrent.

Encore une fois, elle était bluffée par l'efficacité du yoga. Même si le répit était de courte durée, c'était déjà ça de gagné.

Bien sûr, elle n'avait pas d'illusions. Elle connaîtrait d'autres moments d'anxiété. Sa vie n'était-elle pas sur le point de basculer ? Maintenant que Jackson et elle étaient en affaires, elle allait devoir traverser les Etats-Unis pour redémarrer de zéro dans une ville inconnue. Sans compter qu'avoir passé la nuit avec son nouvel associé n'était pas le scénario idéal pour une fille qui sortait tout juste d'une histoire d'amour ratée.

Elle ferma les yeux et prit sa tête entre ses mains.

Sa nouvelle vie ne commençait pas vraiment sous les meilleurs auspices !

Le bruit de l'eau qui coulait se tut et la porte de la douche s'ouvrit. Elle se laissa retomber dans le lit et remonta les draps jusqu'à son menton. Au lieu de ramasser ses vêtements pour s'habiller, elle s'était concentrée sur son yoga. Dont le bénéfice fut, de fait, de courte durée : Jackson sortait de la salle de bains d'un pas décidé, vêtu d'un peignoir moelleux bleu marine, une couleur qui rehaussait l'éclat de son visage.

Avec la barbe de trois jours qui ombrait ses joues, ses cheveux blonds, mouillés, qui bouclaient sa nuque, on eût dit qu'il sortait d'un magazine de mode. D'accord, admit-elle en son for intérieur, ce n'était pas un scoop : Jackson Worth s'habillait avec élégance, il avait un sourire à faire fondre la banquise, et son charme faisait succomber toutes les femmes. Il était aussi sublime que dangereux. Elle poussa un soupir accablé. Hélas, la veille au soir, aucun de ses signaux d'alarme n'avait fonctionné.

Il lui lança un peignoir d'un blanc immaculé.

— Tu pourrais peut-être t'habiller, suggéra-t-il. Il faut qu'on parle.

Sans attendre sa réponse, il s'avança vers la fenêtre et tira les rideaux qui dévoilèrent la réplique de la Tour Eiffel. Elle lui jeta un coup d'œil surpris. Son assurance habituelle semblait légèrement ébranlée… Pourquoi ? Enfin, puisqu'il regardait dehors, elle en profita pour enfiler le peignoir. D'un geste preste, elle le noua autour de sa taille puis, ramassant ses vêtements au sol, elle se dirigea vers la salle de bains.

Elle se doucha rapidement. En d'autres circonstances, elle se serait prélassée dans l'immense baignoire en marbre, aurait pris tout son temps sous le jet puissant digne d'une cascade, aurait fait mousser sur son corps un gel aussi doux que la soie, aurait enduit sa peau de lotion au délicieux parfum d'agrumes. Mais Jackson attendait, et il avait raison : ils devaient avoir une conversation sérieuse.

Ses vêtements de la veille étaient un peu froissés. D'un geste rapide, elle disciplina ses épaisses boucles châtain foncé. Même quand rien n'allait plus, il était important d'avoir de beaux cheveux.

Quand elle sortit de la salle de bains, pieds nus, elle était prête à affronter Jackson. Toujours posté à la fenêtre, celui-ci tenait à la main une tasse de café. Le service d'étage avait dû passer pendant qu'elle prenait sa douche. Chez les riches, tout se faisait comme par magie, ce qui ne laissait pas de l'étonner. Sans parler du fait qu'ils considéraient cela comme tout à fait naturel. Un simple claquement de doigts et ils voyaient leurs souhaits exaucés.

Cela dit, elle n'allait pas se plaindre que Jackson soit riche. Lui au moins n'avait pas dédaigné ses sollicitations et avait accepté de devenir son associé. Pour autant, elle n'avait aucune illusion sur ses motivations car, pour un gros éleveur de bétail qui avait pour habitude d'investir dans des projets immobiliers de première importance et dans d'énormes actions en Bourse, elle n'était qu'une modeste marchande de bottes. Et s'il ne l'avait pas envoyée balader, c'était uniquement par égard pour Callie, elle le savait bien. Elle leva le menton d'un air résolu. Qu'à cela ne tienne ! Sa détermination à faire prospérer sa petite entreprise n'en était que décuplée. Non seulement elle ne voulait pas décevoir Callie, mais il était hors de question que les Worth aient l'impression de lui faire la charité.

Le couvert était mis pour deux sur une nappe en lin blanc, décorée d'un joyeux bouquet et couverte d'un copieux petit déjeuner. Si le fait de se réveiller à côté de Jackson lui avait coupé l'appétit, sa douche l'avait quelque peu revigorée et les muffins à la framboise et au chocolat blanc étaient à présent vraiment trop tentants…

Jackson fit enfin volte-face. Leurs yeux se croisèrent. Il caressa son corps du regard et l'ombre d'un sourire plana sur ses lèvres. Il s'empressa de boire une gorgée de café.

— Qu'y a-t-il ? demanda-t-elle.

Il hocha vivement la tête.

— Je préfère ne rien dire.

— Si, vas-y ! insista-t-elle.

Une fois de plus, elle sentit son regard glisser sur elle de la tête aux pieds, puis il haussa les épaules d'un air résigné.

— Tu es adorable.

— Adorable ?

Elle jeta un coup d'œil à la jupe plissée crème et marron dans laquelle elle avait glissé son chemisier ivoire. L'ensemble devait être complété par des bottes cavalières, choisies avec soin dans sa collection personnelle pour mieux prouver aux participants du congrès qu'avec les bottes adéquates vous aviez le monde à vos pieds.

Elle agita ses orteils nus. Son blazer était jeté sur une bergère dans un coin de la pièce et ses bottes gisaient sur le sol, à côté du lit. Sans elles, elle n'avait aucun pouvoir. Elle était juste « adorable ».

— Tu as faim ? demanda-t-il avec un coup d'œil en direction de la table.

— Oui. Très.

Il lui fit signe de s'asseoir la première. Elle traversa la pièce et s'installa. Toujours en peignoir, il prit place à côté d'elle, et remplit sa tasse de café. Elle but deux gorgées, se délectant de la perfection de la torréfaction et du goût du breuvage si réconfortant.

Un peu mal à l'aise, elle se tortilla sur son siège. Il l'observait avec intérêt.

— Qu'y a-t-il ? répéta-t-elle.

Jackson sourit de nouveau, de ce sourire ravageur et énigmatique.

— Cette fois, il vaut vraiment mieux que tu ne saches pas.

Elle avala son café si vite qu'il lui brûla la gorge et, malgré elle, ses yeux se posèrent sur le bas-ventre de Jackson…

Bien entendu, il avait surpris son coup d'œil.

— Ecoute,lâcha-t-il en se tournant sur sa chaise de façon à lui faire face, je ne suis pas du genre à me vanter de mes exploits. Tout particulièrement cette fois. Etant donné nos liens respectifs avec Callie, je pense qu'il vaut mieux oublier ce qui s'est passé la nuit dernière. C'était une erreur, j'en assume l'entière responsabilité.

Sammie dissimula sa grimace. Même si elle comprenait ce qu'il voulait dire, il n'était jamais facile d'entendre un homme vous dire qu'avoir couché avec vous était une erreur. Et quand l'homme était Jackson Worth, c'était vraiment une grande claque pour l'ego.

— Ce n'est pas entièrement ta faute, Jackson. J'ai ma part de responsabilité. Même si je ne me souviens pas de… de tout.

Les yeux brillant de ce qu'il était manifestement seul à savoir, il prit une profonde inspiration.

— C'est sans doute une bonne chose.

Elle fut surprise. Sa réponse était pour le moins sibylline. Que voulait-il dire par là ? Que leur nuit avait été extraordinaire ? Ou épouvantable ? Elle n'avait pas le cran de le lui demander.

Les femmes qui faisaient l'amour avec Jackson Worth, elle était prête à le parier, n'oubliaient en général rien de l'expérience. En tout cas, si son amnésie temporaire le vexait, il n'en laissait rien paraître. Comme elle regrettait de n'avoir aucun souvenir de ce qui, pour elle, était un rêve devenu réalité ! Mais elle se reprit. Inutile de se lamenter en vain. Il y avait plus important pour le moment.

— Je tiens plus que tout à prendre un nouveau

départ en Arizona, affirma-t-elle. L'amitié de Callie est importante pour moi. Nous allons nous voir souvent, je préférerais ne pas lui mentir. Mais ne rien dire, ce n'est pas vraiment mentir, n'est-ce pas ?

— Non. C'est exact. Ce sera notre petit secret. Personne n'a besoin de savoir ce qui s'est passé entre nous.

— D'accord, nous allons garder le secret. Je ne suis pas du genre à me vanter non plus. Après tout, ce n'était jamais qu'une nuit de sexe. N'est-ce pas ?

Après avoir acquiescé d'un hochement de tête, Jackson fit la moue.

— Je ne parlerai qu'en présence de mon avocat. Aucun homme sensé ne peut répondre à cette question.

Pour la première fois depuis qu'elle s'était réveillée, Sammie sourit.

— Tu es un homme avisé.

— Vraiment ?

Sous son regard brûlant, elle sentit toutes les parcelles de sa peau s'embraser.

— Tu me trouves adorable ? demanda-t-elle en reprenant ses mots.

— Ça peut être sexy d'être adorable, répondit-il, un lent sourire gourmand se dessinant sur ses lèvres.

— Manifestement.

Dissipant la sensualité de l'instant, il partit d'un petit rire.

Elle mordit dans un muffin à pleines dents. Leur explication l'avait rassérénée. Pour lui comme pour elle, ce qu'ils venaient de vivre était une aventure sans lendemain. C'était une première victoire. Il ne lui restait plus qu'à se rappeler à chaque instant que Jackson Worth était son associé en affaires, rien de plus. Même pas en rêve. Elle pouvait y arriver. Elle le devait. Elle n'avait pas le choix.

Son petit déjeuner fini, Jackson retourna dans la salle de bains et en ressortit vêtu d'un jean noir et d'une chemise western. Il avait proposé de l'emmener jusqu'au Motor Hotel pour qu'elle fasse sa valise, avant de la conduire à l'aéroport où elle devait prendre son avion pour Boston. En vrai Worth, il enfonça son Stetson sur sa tête et, bras croisés, debout devant le lit, il la regarda enfiler ses longues bottes.

Elle finit de tirer la fermeture Eclair, se leva de toute sa taille pour les ajuster, avant d'enfiler son blazer.

— Je suis prête, annonça-t-elle alors en rejetant ses cheveux courts en arrière.

Il jeta un coup d'œil à ses bottes et laissa son regard remonter le long de ses jambes. Une fraction de seconde, il arbora une expression étrange qui s'évanouit aussi vite. La prenant par la main, il l'entraîna vers la porte.

— Allons-y !

Ils avaient passé un pacte et le vieil adage se confirmait : « Ce qui se passe à Vegas reste à Vegas… »

Partager un secret avec Jackson Worth aurait pu être exaltant. Si seulement cela n'avait pas été par nécessité absolue.

- 2 -

A Boston, quand l'automne arrivait, les feuilles changeaient de couleur, drapant la ville d'un manteau flamboyant d'orange et de jaune. C'était, de loin, la saison préférée de Sammie. L'air vif chassait la moiteur de l'été, une brise fraîche faisait bruire les arbres. Mais, dans l'Arizona, les arbres ne frissonnaient pas. Pas aujourd'hui, du moins. Pas un souffle d'air ne venait agiter la maigre végétation qui parsemait la terre aride du désert.

Sa ville natale allait lui manquer, pour sûr, mais sa vie était ici désormais. Après avoir atterri à Sky Harbor Airport la veille, dès qu'elle avait posé un pied sur le sol de l'Arizona, elle avait ressenti une bouffée d'excitation, un enthousiasme qu'elle n'avait pas éprouvé depuis longtemps. Une nouvelle chance s'offrait à elle, son unique chance de prendre un nouveau départ. Désormais, c'était là qu'elle allait vivre et elle avait la ferme intention de regarder vers l'avenir.

Debout au milieu de la spacieuse boutique, elle promena son regard sur le parquet brillant, les murs propres, vierges de tout ornement. Une légère odeur de peinture fraîche vint lui chatouiller les narines. Elle leva les yeux vers les épaisses poutres de bois au plafond, qui conféraient à la pièce un charme rustique. Tout était parfait : c'était là la patte de Jackson Worth.

Il avait choisi un bel endroit, au cœur de Scottsdale, le quartier commerçant le plus chic de Phoenix.

Elle se dirigea vers la porte d'entrée, en faisant claquer les talons de ses bottes, un écho familier à sa solitude, qui lui rappelait tout ce qu'elle avait perdu et le vide qu'elle combattait depuis tant d'années. Mais, aujourd'hui, pas question : elle ne laisserait pas ses pensées dériver vers le vague à l'âme. Elle avait trop de raisons d'être joyeuse et reconnaissante, et Dieu sait qu'elle avait déjà versé assez de larmes pour une vie entière.

En jetant un coup d'œil au-dehors, elle remarqua à quelques pas de sa boutique un restaurant branché, à l'architecture arizonienne typique, puis, les uns à côté des autres, un magasin de tabac, une élégante boutique de puériculture, un petit café et ses tables en terrasse. Son cœur se gonfla d'allégresse.

— Je suis chez moi, désormais, murmura-t-elle.

La veille, Tagg et Callie avaient insisté pour venir la chercher à l'aéroport et la conduire à son nouvel appartement. Callie avait dû lui proposer une bonne douzaine de fois d'habiter chez eux, au ranch Worth, mais elle n'avait pas voulu en entendre parler. Elle ne voulait à aucun prix leur imposer sa présence. Son amie était enceinte de huit mois, son mari et elle devaient pouvoir profiter de leur intimité jusqu'à l'arrivée du bébé.

Grâce aux conseils de Jackson, elle avait trouvé, *via* internet, un meublé dans un immeuble de style hispanique, avec des arcs trilobés et un patio pavé de dalles rouges. Elle avait vendu tout ce qu'elle possédait à Boston. Un acte symbolique, marquant la rupture définitive avec son passé : la page était tournée pour de bon. Elle avait mis néanmoins certaines pièces de son maigre héritage au garde-meubles : des bibelots ayant appartenu à ses parents dont elle refusait de se séparer, le fauteuil préféré de son père, une horloge.

Une voix masculine interrompit le fil de ses pensées. Elle sursauta.

— Bienvenue dans l'Arizona, voisine.

Arborant fièrement un tablier de cuisinier, un homme approchait. Il venait du restaurant voisin. Son visage régulier à la peau mate était fendu d'un large sourire. Arrivé à sa hauteur, il lui tendit la main.

— Bonjour, je suis Sonny Estes, déclara-t-il avec un soupçon d'accent espagnol. Le propriétaire du café Sonny Side-Up.

— Bonjour. Sammie Gold. J'ai justement remarqué votre vitrine ce matin. Très jolie !

— Merci, répondit-il avec une poignée de main ferme. Vous allez ouvrir un magasin de chaussures ?

Surprise, elle répondit :

— C'est exact. Comment le savez-vous ?

— Jackson est un ami. Et mon propriétaire, accessoirement. Même s'il m'arrive de l'oublier…, par exemple quand je lui mets sa raclée sur le terrain.

Elle fronça les sourcils. A quoi pouvait bien ressembler son cow-boy d'associé en short blanc ?…

— Au tennis ?

— Non, au basket, répondit-il d'un air amusé.

— Ah, je vois…

— Il m'a prévenu que vous alliez passer voir la boutique. Qu'en pensez-vous ? demanda Sonny en jetant un coup d'œil par-dessus son épaule.

— C'est super ! Du moins, ça le sera quand j'aurai mes affaires. J'ai déjà ma petite idée sur la décoration.

— La localisation est incomparable, vous savez ? Nous avons les clients fidèles du quartier, mais nous faisons aussi de bonnes ventes auprès des touristes. Scottsdale, c'est tout simplement le Beverly Hills de l'Arizona.

Elle lui adressa un sourire entendu. Ce n'était pas la première fois qu'elle l'entendait dire.

— En voilà une bonne nouvelle. Tant mieux, alors !

— Je suis content que la famille Worth se soit enfin décidée à ouvrir une boutique ici. Ce n'est pas bon pour les affaires d'avoir des commerces vides dans l'avenue.

— Vous avez raison.

— Passez au restaurant un de ces jours, je vous inviterai. Je dois regagner ma cuisine, ajouta-t-il avec un clin d'œil, en reculant. En général, nous affichons complet pour le déjeuner.

Après lui avoir adressé un petit salut de la main en guise d'au revoir, elle rentra et se dirigea vers l'arrière-boutique, où elle avait l'intention d'installer son bureau. Une chaise d'enfant vert fluo y avait été abandonnée, relique de l'ancienne activité des lieux, qui avaient abrité une garderie. Selon Jackson, l'idée était bonne mais l'endroit mal choisi. Boot Barrage lui semblait bien plus prometteur.

Elle eut un petit sourire en coin. Jackson aimait les bottes sur les jambes des femmes. Mais à quoi bon se raconter des histoires : Jackson aimait les femmes, voilà tout ! Et elles le lui rendaient bien.

Songeuse, elle s'assit. Elle devait vraiment oublier leur aventure de Las Vegas. Plus elle y pensait, plus elle se félicitait de n'avoir gardé aucun souvenir précis de sa nuit passée avec lui. Ainsi, elle n'avait rien à regretter : cette amnésie tombait à pic, au fond.

Soudain, la porte de l'arrière-boutique grinça faiblement, elle tourna la tête. Jackson se tenait sur le seuil. Il s'avança, un sourire parfaitement détendu aux lèvres.

— Bonjour, Sammie.

— Oh ! Bonjour !

Elle tressaillit. Si seulement elle n'avait pas le souffle coupé chaque fois qu'elle le voyait ! Mais c'était plus fort qu'elle. Quelle que soit l'expression de son visage, les vêtements qu'il portait, il était d'une beauté époustouflante. Aujourd'hui, il était en jean, avec une chemise de coton blanc sous une veste noire et un Stetson sur ses magnifiques cheveux blond foncé. D'un regard malicieux qu'elle commençait à connaître, il fixait ses boots en cuir souple.

Couleur moka, elles étaient agrémentées de lanières et de clous argentés. Le bas de son jean était rentré à l'intérieur, lui donnant une allure de cow-girl plus que de bourgeoise de Boston.

— Pas mal ! lança-t-il en guise de compliment.

Soudain gênée, elle se leva et le fixa sans ciller.

— Merci, fit-elle, la voix hachée. Je suis une publicité ambulante pour mes bottes.

— Un régal pour les yeux ! fit-il remarquer en laissant sans pudeur son regard redescendre sur ses jambes avant de se poser sur ses seins pour, finalement, se planter dans le sien.

Troublée par son ton suggestif, elle bredouilla :

— Je ne m'attendais pas à te voir, ce matin.

— Il est presque midi.

Elle haussa les épaules. Le moment était mal choisi pour pinailler sur les mots avec lui.

— C'est vrai. J'étais occupée, je n'ai pas vu l'heure passer.

— Occupée ? A quoi ? s'étonna-t-il avec un regard à la ronde. La boutique est vide.

— Oui, c'est vrai, mais je réfléchissais à quoi elle ressemblerait quand elle ne le serait plus.

— Pourquoi ne pas coucher tes idées par écrit ?

— C'est déjà fait. J'ai laissé mes notes dans mon appartement.

— Tu me montreras ?

Elle eut un mouvement de recul.

— Mon appartement ?

— Je parlais de tes notes. Mais ton appartement aussi, j'aimerais bien le voir ! Sois sans crainte : je n'ai pas oublié notre pacte…

Feignant de ne pas remarquer son trouble, il reprit :

— Les ouvriers sont à ta disposition. Ils sont prêts à te construire des rayons, un comptoir, tes désirs seront des ordres. Mais, avant de lancer le chantier, j'aimerais bien savoir un peu ce que tu as en tête. Qu'est-ce que tu en penses, ça te convient ?

Elle hocha la tête. Il était grand temps de jouer le jeu. Même s'il la taquinait un peu, il était manifeste que d'être en face d'elle ne posait aucun problème à Jackson. Elle devait agir de même : prendre sur elle et s'astreindre à ne voir en lui qu'un associé brillant, doué pour les affaires.

— Oui, bien sûr, répondit-elle. Je pensais juste que tu n'aurais pas beaucoup de temps à consacrer à Boot Barrage, mais je me trompais.

D'un geste nonchalant, il repoussa son chapeau en arrière et répondit :

— Voir l'une de mes entreprises démarrer du bon pied est toujours une bonne affaire, Sammie. Je n'investis pas que mon argent, mais aussi mon temps, mes idées. Alors voici ce que je te propose : nous passons à ton appartement prendre tes brouillons et nous en discutons pendant le déjeuner.

Elle tressaillit. Jackson voulait déjeuner avec elle ? Elle allait avoir du mal à éviter de passer du temps en sa compagnie. D'un autre côté, cet homme était un symbole de réussite. S'il pouvait l'aider à lancer sa boutique à Scottsdale, elle ne pouvait que lui en être reconnaissante.

— Entendu, répondit-elle.

— Encore une chose, fit-il alors en lui prenant la main.

A son contact, elle sentit comme une décharge électriser tout son corps. Elle lui jeta un regard intrigué. Il l'entraîna par la porte arrière qui donnait sur le parking.

— C'est pour toi, annonça-t-il avec un sourire triomphant, des fossettes se creusant dans ses joues.

— C'est la première fois de ma vie que je conduis un 4x4.

Folle d'excitation, Sammie roulait dans les rues de Scottsdale au volant de la Lincoln Navigator. L'odeur du cuir neuf flottait dans l'habitacle et le tableau de bord scintillait dans le soleil de ce début d'après-midi. Elle savourait cette sensation de richesse et de luxe du monde auquel appartenait l'homme à son côté.

— Tu t'en sors très bien, Sammie, lança-t-il d'un ton détaché.

Il ne semblait pas inquiet du tout. Pourtant, jamais elle n'avait conduit une aussi grosse voiture que la Navigator.

— Tu avais besoin d'un véhicule avec un coffre volumineux pour les cartons et les échantillons, reprit-il. Mais j'ai pensé qu'un pick-up serait exagéré.

Elle lui jeta un coup d'œil de côté.

— Tu ne t'es pas trompé. J'aurais la frousse si je devais conduire un camion.

— Ce n'est pas si difficile que ça.

Toujours concentrée sur la route, elle répliqua :

— Tu n'arriveras pas à me convaincre. Toi, je parie que tu conduis le pick-up de ton père depuis que tu as quinze ans, mais moi…

Il répondit dans un petit rire :

— Treize ans, même. Mon père nous a appris les rudiments, puis il nous laissait nous entraîner au ranch.

— C'est une supervoiture, Jackson, fit-elle d'une voix un peu étranglée.

Depuis que Jackson lui avait annoncé que le 4x4 était pour elle, elle avait la gorge nouée par l'émotion. La première minute de stupéfaction passée, elle se sentait pleine de gratitude mais un peu gênée. Jackson ne devait pas offrir des voitures à ses associés tous les jours. Elle profitait vraiment de la promesse qu'il avait faite à Callie. Il se montrait d'une générosité qui lui allait droit au cœur. Si elle ne pouvait pas refuser son cadeau, cela renforçait sa détermination : elle ferait de son entreprise une réussite.

— Rassure-moi juste sur un point : cet achat passera en frais de société ?

— En effet, officiellement, c'est la voiture de société du Boot Barrage. Mais elle est à toi.

Un peu rassérénée par son explication, elle opina d'un signe de tête.

— D'accord. J'en prendrai le plus grand soin.

Ils firent une première halte à son appartement. Jackson insista pour le visiter. Son expression rassurante suffit à la persuader qu'il n'y avait aucun risque. S'il éprouvait une attirance irrésistible pour elle, il n'en donnait aucun signe. Tous deux contrôlaient la pulsion qui semblait les aimanter l'un vers l'autre, savaient se retenir de se toucher.

Après avoir inspecté les lieux, il déclara :

— C'est sympa. Même si c'est un peu étroit.

Debout, au milieu du living, les plans de la boutique à la main, elle regarda instinctivement son jean moulant. Il était bien étroit, lui aussi. Un frisson d'excitation inopportun naquit au creux de son ventre.

— Ça me suffit amplement, répondit-elle, faisant son possible pour dissimuler son trouble.

L'appartement lui convenait parfaitement : une salle de séjour, une cuisine fonctionnelle, deux chambres qu'elle n'avait aucune intention de lui montrer. Mais, sans attendre son invitation, il s'engagea dans le couloir et passa la tête par les portes entrebâillées.

— Il a du potentiel, déclara-t-il en revenant vers elle d'un pas nonchalant.

— C'est encore le bazar. J'ai fait venir quelques affaires de Boston, mais je compte presque tout racheter.

Il regarda les cartons de vêtements qui encombraient le sol à ses pieds, les cadres de photos et la pile d'assiettes posée à la hâte sur le comptoir de la cuisine.

— Tu as un lit ? s'enquit-il.

— Comment pourrais-je me passer d'un lit ?

— Tu as tout compris, fit-il en l'enveloppant d'un regard brûlant.

Ses yeux bleus s'étaient obscurcis d'un coup pour devenir presque noirs. Elle se rappela qu'elle avait affaire à un don Juan. Pour lui, faire du charme à une femme était aussi naturel que respirer. Il n'était pas un salaud pour autant. Il aimait vraiment la compagnie des femmes. Et elle ne pouvait le blâmer ni pour sa beauté ni pour son charme irrésistible.

Tant qu'elle n'oubliait pas qu'elle ne devait pas le prendre au sérieux, tout irait bien.

Il souleva un couvercle de carton.

— Tu as apporté tes bottes ? s'étonna-t-il.

Sans lui préciser qu'elle avait emballé trois cartons de bottes, elle répondit :

— Une autre chose dont je ne peux pas me passer.

— Espérons que les femmes de Scottsdale partageront ton avis, fit-il avec un sourire.

— J'y compte bien.

D'une main ferme posée sur sa chute de reins, il la poussa vers la porte. Avant de la refermer, Sammie jeta un dernier coup d'œil aux murs crépis et aux hautes portes en arrondi typiques des architectures de l'Arizona et du Nouveau-Mexique. Elle exhala un long soupir.

Tout était allé si vite, tout était si nouveau. Elle avait rendu son appartement de Boston, avait laissé son monde familier derrière elle. A cette pensée, des frissons d'appréhension lui parcouraient le dos. Elle avait l'impression de ne plus rien posséder. Elle était fille unique et, en l'espace de très peu de temps, voilà qu'elle s'était retrouvée orpheline et ruinée.

— Tu te sentiras chez toi avant même de t'en rendre compte, lui assura-t-il comme s'il lisait dans ses pensées.

Au lieu de la réconforter, sa sollicitude la fit paniquer : en aucun cas elle ne voulait que Jackson devine le blues qui la guettait. En aucun cas elle ne voulait se montrer faible devant lui. Elle était partie à cinq mille kilomètres de la mer, dans une ville qui lui était étrangère à bien des égards. Mais elle oubliait Callie, sa meilleure amie. Et les Worth. Ils étaient sa famille désormais, à commencer par Jackson. A cette pensée réconfortante, elle sentit le nœud dans son estomac se relâcher. S'armant de courage, elle s'admonesta mentalement. Elle allait y arriver, sa boutique serait une réussite, son pari allait marcher.

— Tu as raison, répondit-elle avec un sourire résolu.

Ils regagnèrent la voiture neuve. Un parfum de pêche flottait dans l'air. Or, Jackson ne l'ignorait pas, les pêchers ne poussaient pas sur le sol désertique de l'Arizona. Ce parfum exquis ne pouvait donc émaner que de Sammie.

— Tu sens délicieusement bon.

— C'est ma crème pour les mains, expliqua-t-elle. J'en ai mis un peu pendant que nous étions dans l'appartement, mais elle sent très fort. J'espère que cela ne te donne pas trop faim…

Il lui coula un regard en coin. Si, il mourait de faim, mais c'était de son corps qu'il était avide. Il regarda les bottes qui épousaient le galbe de ses mollets. Même sous le jean qui couvrait ses jambes, elles l'excitaient.

Quel dommage ! Il avait fait le pacte de ne plus la toucher. D'un ton faussement désinvolte, il répondit :

— Heureusement que c'est l'heure de déjeuner. Je prendrai une tarte aux pêches pour le dessert.

Heureusement aussi qu'il avait repris ses esprits. Il n'aurait jamais dû toucher Sammie. Il avait fait la liste des raisons qui l'y avaient poussé une bonne centaine de fois, pour arriver à la conclusion qu'il n'avait pas été séduit que par ses bottes.

Le soir où il attendait Sammie dans ce bar de Las Vegas, un ami lui avait appris le retour de Blair Caulfield à Red Ridge. Au prétexte de s'occuper de sa tante Muriel, qui était souffrante, la belle et sournoise Blair, la femme qu'il avait aimée jadis, s'apprêtait à revenir faire des ravages dans la ville qui l'avait vue naître.

Jackson s'était convaincu de l'avoir oubliée. Pourtant, à peine avait-il appris cette nouvelle qu'il était allé chercher du réconfort dans les bras de Sammie Gold.

Si seulement la délicieuse Sammie avait pu se douter combien, ce soir-là, il avait eu besoin d'oublier que Blair lui avait brisé le cœur. Alors quand, sur la piste de danse, elle avait noué ses bras autour de son cou et l'avait embrassé, il n'avait pas eu besoin d'encouragements. Faire l'amour avec elle l'avait apaisé. Elle était tombée à pic. Mais, le lendemain matin, étonné par le violent désir qu'elle lui inspirait, son bon sens revenu, il s'était empressé de dresser un mur entre elle et lui.

— Tu conduis, cette fois, lui enjoignit alors Sammie, le tirant de ses réflexions. Cela me permettra de repérer un peu le coin sans être obligée de me concentrer sur la route.

Sans lui laisser le temps de protester, elle s'installa sur le siège de droite et s'attacha.

Docile, Jackson prit place au volant. Sammie avait raison. Après tout ce qu'elle venait de traverser, elle faisait au mieux pour gérer les changements dans son quotidien. Comment lui reprocher son appréhension à l'idée de conduire une énorme voiture neuve dans une ville qu'elle ne connaissait pas ?

Il posa les plans sur ses genoux et mit le contact. Au moins, quand il conduisait, il était obligé de regarder droit devant lui. Quand elle était au volant, à l'aller, il en avait profité pour l'observer à son insu. C'était une jolie fille. Un corps mince, un joli minois avec quelques taches de rousseur sur le nez. Pourtant, elle n'avait rien des femmes par lesquelles il était attiré d'habitude. Alors que diable lui trouvait-il ?

— Tu aimes l'épicé, le corsé ? demanda-t-il à brûle-pourpoint.

— Je… euh… bégaya-t-elle en se tournant vers lui. Que veux-tu dire ?

Charmé par son innocence, il sourit. Encore une de ses qualités qui venait allonger une liste déjà longue.

— Je parlais juste de manger cajun. Je connais un superrestaurant à la sortie de la ville.

— Oh ! Ça me paraît très bien.

De la voir tellement soulagée lui donna envie de rire.

Comme il était rafraîchissant d'être avec une femme aussi candide ! Une femme dont l'expression trahissait la moindre de ses pensées. Il n'en avait pas l'habitude : en général, il tombait plutôt sur des timides ou des arrogantes.

Une heure plus tard, assis sur la banquette de cuir, à côté d'elle, Jackson étala les croquis sur la table vide du restaurant.

— Ce poulet m'a mis la bouche en feu, fit-elle en buvant une grande gorgée de thé.

— Je croyais que tu aimais manger cajun.

— Je n'avais jamais essayé, en fait, avoua-t-elle avec un regard penaud. En général, je n'aime pas trop ce qui est épicé.

Il repoussa ses pensées coquines.

— Ah bon ? Alors pourquoi as-tu accepté de venir ?

Elle le fixa sans ciller.

— Je me suis dit que c'était l'année de mes premières expériences.

Elle avait prononcé ces mots en laissant son regard

s'attarder sur sa bouche, assez longuement et fixement pour que Jackson sente son sexe se durcir. L'odeur sucrée de pêche qui se mêlait à un parfum acidulé d'agrumes s'insinua de nouveau dans ses narines.

— En général, je ne franchis pas les limites de ma zone de sécurité, reprit-elle.

— Vraiment ?

— Vraiment. Mes goûts ne sont pas très aventureux.

— Et tu te sens prête à en changer ?

Elle secoua la tête, dérangeant un bref instant ses mèches courtes.

— Il y a assez de changements dans ma vie en ce moment.

Jackson finit son thé et demanda :

— Nous parlons toujours gastronomie ?

Après une courte hésitation, Sammie leva un regard timide vers lui.

— En fait, que ce soit clair, je ne suis pas le genre de fille qui… fait des expériences… juste parce qu'elles se présentent.

Il comprit qu'il ne s'était pas trompé. Elle ne parlait plus de gastronomie.

— Je le savais déjà.

— Parfait, alors. Parce que je ne pense pas renouveler l'expérience des spécialités cajun. Même si je trouve la présentation très réussie.

Jackson dissimula son sourire. A mots couverts, elle était tout simplement en train de lui rappeler leur pacte de Las Vegas. Ils s'étaient mis d'accord pour ne plus jamais coucher ensemble mais, manifestement, elle avait besoin d'insister.

— D'accord, plus de nourriture cajun pour toi. Et, maintenant, voyons un peu tes dessins, dit-il en montrant les papiers sur la table.

Elle hocha la tête, et sourit, soulagée.

Les journées suivantes défilèrent à toute allure. Sammie n'avait jamais été aussi occupée de sa vie. Elle avait téléphoné à ses fournisseurs et négocié les prix, avait préparé un fichier Excel pour son inventaire, avait pris rendez-vous pour faire décorer ses vitrines, et avait organisé des entretiens pour recruter des vendeuses à mi-temps. Le soir, une fois rentrée chez elle, elle déballait ses cartons, faisait des lessives et se préparait une salade, avant d'aller se coucher.

Côté affaires, elle discutait avec Jackson tous les jours. Il ne la décevait pas. Il n'avait pas menti en lui disant qu'il allait se donner les moyens de lancer la boutique. Bien démarrer était crucial en la matière, et il connaissait les filons du métier. Il était passé même chez elle une fois pour s'assurer que les choses avançaient bien.

Ce matin-là, alors qu'elle se garait sur le petit parking derrière Boot Barrage, elle aperçut son énorme pick-up Ford. Il était arrivé avant elle.

Quand elle entra par la porte de derrière, elle l'aperçut en train de mesurer un mur à l'aide d'un gros mètre en chrome. Il lui tournait le dos.

— Bonjour, lança-t-il sans prendre la peine de la regarder. Les ouvriers seront là dans quelques minutes. Je voulais finaliser avec le chef de chantier.

Un instant, elle resta bouche bée. Puis elle finit par murmurer du bout des lèvres :

— Bonjour.

Furieuse, elle referma la porte derrière elle. Elle devait vraiment faire un effort pour ne pas rester béate à le regarder. Il portait un T-shirt en coton qui épousait ses épaules et un jean assez moulant pour que le souvenir de son corps nu lui revienne à la mémoire. A la taille, il avait en outre ce jour-là une ceinture à outils en cuir.

Elle réprima un soupir. Chaque fois qu'elle le voyait, elle se sentait un peu plus attirée par lui. Bien sûr, ce n'était dû qu'à son physique exceptionnel. Comment pouvait-on rester indifférente à un homme aussi canon ?

— C'est super. J'ai hâte qu'ils démarrent.

Après avoir acquiescé d'un signe de tête, Jackson recommença à noter des chiffres sur son bloc. Il lui avait fait livrer une table et une chaise de son propre bureau. Elle y avait installé son portable et y travaillait chaque fois qu'elle le pouvait.

— Tu viens dîner chez Callie et Tagg ? demanda-t-il, sans lever le nez de ses chiffres.

Elle poussa un soupir. Callie avait été d'une patience d'ange. Elle l'avait invitée tous les soirs de la semaine, mais, trop occupée, elle avait décliné chaque fois. Ce soir, elle lui avait promis de venir. Son amie lui manquait et elles avaient toutes les deux hâte de passer du temps ensemble. Ce qu'elle ignorait jusqu'alors, c'était que Jackson était invité aussi.

— Oui, répondit-elle.

— Inutile de prendre deux voitures, alors, dit-il en mesurant un autre mur. Je te conduirai à Red Ridge.

— Oh, non ! protesta-t-elle vivement. Ce n'est pas la peine…

Jackson se retourna vers elle et elle sentit de petites décharges électriques sur sa peau. Grand et blond, les épaules charpentées, des yeux d'un bleu perçant, avec sa ceinture à outils à la taille, il était l'incarnation même de l'homme idéal. Jusqu'à sa rencontre avec lui, elle s'était toujours félicitée de ne pas être une femme frivole. Mais Jackson Worth échappait à toutes les règles. D'un autre côté, elle s'était rappelé une bonne centaine de fois qu'elle ne voulait pas mélanger affaires et plaisir. Elle était bien la dernière à pouvoir se permettre une telle erreur.

Allen Marksom, son ordure d'ex, lui avait appris sa leçon.

— C'est Callie qui t'a demandé de m'accompagner ? reprit-elle, comprenant soudain.

— Le covoiturage, c'est bon pour l'environnement.

— Callie s'inquiète trop pour moi.

— C'est ton amie, fit-il remarquer.

— Mais je suis sûre que si tu n'y allais pas à cause de moi, tu ne …

— Deux choses, Sammie, répliqua-t-il d'un ton très sérieux. D'abord, j'aime passer du temps en famille. Ensuite, je ne contrarie jamais une femme enceinte. Autant que tu le saches !

— Je comprends, reconnut-elle avec un petit hochement de tête.

Ils furent interrompus par l'arrivée de l'équipe de Justin Cervantes, le chef de chantier. Les présentations faites, ils passèrent les plans en revue tous ensemble pour s'assurer qu'ils étaient bien sur la même longueur d'ondes. Pleine d'enthousiasme, Sammie comprit que sa vision de Boot Barrage allait enfin se concrétiser.

Elle allait faire de sa boutique un lieu unique, regorgeant de bottes d'une facture et d'une qualité incomparables, sans oublier sa touche personnelle et la garantie de suivi de toutes ses ventes. Elle était incollable sur ses produits et sur leur longévité.

Elle s'occuperait de ses clientes avec le même soin qu'elle mettait à gérer sa collection de bottes personnelle.

— Une fois que nous aurons démarré, vous ne pourrez plus entrer. Pour des raisons de sécurité, leur annonça Justin.

— Vous pensez en avoir pour combien de temps ? s'enquit-elle.

— Nous devons poser l'enduit sur les murs, construire les rayons, le comptoir, faire les peintures. Et M. Worth a insisté pour que ça aille vite. Si nous travaillons tout le week-end, je pense que nous pourrons avoir fini en milieu de semaine prochaine. Nous ne pourrons pas aller plus vite. Je vous tiendrai au courant au jour le jour.

— Ça me semble très bien, admit Jackson.

Son téléphone portable sonna. Il jeta un rapide coup d'œil à l'écran et s'excusa.

Après avoir remercié le chef de chantier, Sammie lui donna son propre numéro de portable. Elle était sur un petit nuage. Son projet prenait enfin vie : elle avait une nouvelle boutique dans laquelle avait été investie une somme suffisante pour lui permettre de partir du bon pied. C'était comme une seconde chance de réaliser son rêve. Non seulement elle avait trois fois plus d'espace qu'à Boston, mais ils allaient en faire un endroit luxueux et confortable. Elle avait l'intention d'y passer le plus clair de son temps. Venir travailler serait un plaisir.

Elle gagna l'arrière-boutique, qui ne tarderait pas à devenir un bureau et une salle de repos pour ses vendeuses. Jackson, qui l'y avait précédée, venait de raccrocher.

— Que se passe-t-il ? demanda-t-elle.

— C'était mon frère, Clay. Il nous invite à un petit spectacle qu'ils donnent à Penny's Song demain soir. Il a appris que nous allions dîner au ranch et suggérait que nous y passions le week-end.

Si Jackson, l'homme d'affaires de la famille, avait élu domicile dans la banlieue cossue de Phoenix, Tagg, l'éleveur de chevaux, et Clay, de bétail, se partageaient l'immense propriété familiale, qui comptait plusieurs bâtisses. Tagg et Callie habitaient le ranch d'origine, construit vers 1800, au pied de la chaîne des Ridge Mountains ; Clay et sa femme, un autre ranch plus éloigné dans les terres.

Penny's Song, un troisième ranch du domaine, avait été transformé par les trois frères en une fondation ayant pour mission d'aider les enfants convalescents à se réadapter à la société. Sammie l'avait visité lors du mariage de Callie et Tagg. En d'autres circonstances, elle se serait réjouie à la perspective d'être de nouveau témoin du bonheur des jeunes enfants.

Pourtant, en entendant la proposition de Jackson, elle sentit une appréhension inexplicable lui étreindre la poitrine. Saurait-elle s'en tenir à sa décision de garder autant de distance que possible avec lui ? Aurait-elle la détermination et la force suffisantes pour remporter cette bataille ?

A son anxiété venait s'ajouter de la culpabilité. Elle redoutait, elle devait bien le reconnaître, de se trouver en présence de Callie et de Jackson réunis. Bien sûr, elle n'avait pas menti à Callie au sujet de Las Vegas. Elle n'avait donné aucune précision, voilà tout. Quand elles en avaient parlé ensemble, elle avait préféré faire diversion. Néanmoins, c'était la première fois qu'elle cachait la vérité à son amie.

— Je suis sûr que tu as déjà des projets pour samedi soir, avança-t-elle, pleine d'espoir.

Jackson secoua la tête avec un haussement d'épaules nonchalant.

— En fait, non.

Se composant un visage de marbre, elle fit en sorte de ne rien laisser paraître de sa frustration. Pourquoi diable n'avait-il pas un rendez-vous, par exemple ?

La sonnerie de son portable vint interrompre ses sombres pensées. Sans avoir à regarder l'écran, elle devina que c'était Callie. Elle commençait à comprendre ce qu'était la vie dans une petite ville : les nouvelles allaient à la vitesse de l'éclair, surtout dans une famille soudée. Elle décrocha et, comme elle s'y était attendue, entendit la voix familière lui dire :

— Tu vas dormir à la maison. Jackson sera chez Clay et Trish.

— Callie, je t'aime beaucoup, mais je ne veux pas m'imposer, répondit-elle avec patience.

— Pas du tout. Un peu de compagnie féminine me

fera le plus grand bien. Allez ! s'il te plaît. Viens donc passer le week-end à la maison !

Oubliant sa réticence, elle accepta, de guerre lasse.

Il n'était pas question de décevoir sa meilleure amie. Il ne lui restait plus qu'à faire son possible pour supporter la proximité de Jackson pendant quarante-huit heures d'affilée.

C'était sans doute le plus grand défi qu'elle ait jamais eu à relever dans sa vie.

- 3 -

Sans même laisser à Sammie le temps de frapper, Callie ouvrit la porte d'entrée, sortit dans la véranda et l'enlaça tant bien que mal, son ventre proéminent les séparant d'un bon mètre.

— Je suis aux anges que tu sois là pour tout le week-end ! s'exclama-t-elle.

Elle avait le regard brillant, le visage radieux d'une femme sur le point d'être mère.

— Depuis quand dis-tu : « Je suis aux anges » ?

Le rire de Callie résonna à travers l'immensité du domaine.

— Tu sais, j'ai grandi à Red Ridge. A Boston, nous étions « trop contentes » mais, ici, nous sommes « aux anges ». Tu vas voir, tu ne vas pas tarder à parler notre jargon du Grand Ouest sauvage. Ce week-end, nous allons redevenir « colocs ». Tu m'as tellement manqué. Je n'ai qu'une hâte, m'asseoir et rattraper tout ce temps perdu.

Elle était ivre de joie. Sammie sentit des larmes lui picoter les paupières. Callie était comme une sœur pour elle. La chaleur de son accueil la touchait au plus profond de son cœur. Elle n'avait pas ressenti autant d'amour depuis la mort de son père, un homme que son veuvage précoce avait poussé à consacrer beaucoup de temps à sa fille. Si un instant plus tôt elle doutait encore d'avoir fait le bon choix en venant dans l'Arizona, c'était bien fini. Elle savait désormais qu'elle avait pris la bonne décision.

— Toi aussi, tu m'as manqué, affirma-t-elle.

— J'espère juste que votre visite ne perturbera pas votre emploi du temps. Je sais que Jackson et toi avez beaucoup de travail.

En entendant son nom associé à celui de Jackson, elle sentit les battements de son cœur s'accélérer, mais eut vite fait de se ressaisir. Elle ne voulait pas passer son temps à appréhender que leur secret soit découvert. Elle tenait à garder le silence, quitte à endurer les accès de culpabilité qui la rongeaient chaque fois qu'elle entendait prononcer son nom.

— Ne t'inquiète pas, nous sommes parfaitement au point, répondit-elle.

Elle était sincère. Son week-end au ranch ne l'empêcherait pas d'apporter les dernières touches à l'installation de son appartement quand elle rentrerait dimanche soir. Elle avait presque fini d'accrocher ses tableaux et de ranger sa cuisine. Quant à Boot Barrage, les travaux seraient terminés dans le courant de la semaine et elle n'attendait son stock que vendredi.

Elle jeta un coup d'œil à Tagg, qui avait rejoint Jackson devant le pick-up. Les deux frères étaient en grande conversation. Jackson sortit sa petite valise de l'arrière de la cabine et, en se retournant, il surprit son regard. La gorge sèche, elle fut comme transpercée d'une nouvelle flèche de désir brûlant.

Un instant, il fixa ses bottines noires. Rehaussées de talons de trois centimètres, elles étaient ornées de lanières qui se croisaient sur les mollets, à la grecque.

Il semblait fasciné. Lentement, ses yeux remontèrent sur sa robe à fleurs blanches et noires, pour s'arrêter sur la fine chaîne en argent qui tombait entre ses seins, et sur ses boucles d'oreilles assorties. Puis, sans ciller, il planta son beau regard indigo dans le sien.

Le temps se figea. Son corps, tendu comme une corde, semblait ignorer le serment qu'elle s'était fait de ne plus jamais se laisser émouvoir par ses regards insistants. Elle aurait sans doute à se le répéter des dizaines de fois avant la fin du week-end, mais elle devait à tout prix se ressaisir. Dire qu'elle allait devoir subir ces yeux brûlant de convoitise, veiller à masquer en permanence sa propre vulnérabilité, le tout en priant chaque seconde pour que Tagg et Callie ne découvrent pas la vérité !

La première, elle détourna la tête. Si elle ne savait pas encore comment elle allait s'y prendre, elle se promit de faire de son mieux pour surmonter les émotions contradictoires qu'il lui inspirait.

— Rentrons, l'invita Callie en la prenant par la main. Je veux te montrer la chambre du bébé. Tagg a tout aménagé selon nos souhaits à tous les deux.

Saisissant cette diversion bienvenue, elle s'empressa de répondre :

— Je te suis. Je brûle de curiosité.

A mesure qu'elles s'avançaient dans le couloir, elle sentait un léger parfum de talc pour bébé se rapprocher. Quand elle pénétra dans la chambre ensoleillée, à la suite de Callie, elle resta bouche bée d'admiration.

C'était un véritable royaume de bébé cow-boy. Les murs crème étaient décorés, d'un côté, d'une barrière blanche derrière laquelle s'ébattaient d'adorables agneaux, chevreaux et poussins, de l'autre, de taureaux et d'étalons bondissant dans une arène de rodéo. Au-dessus du berceau, l'artiste avait peint une boucle de ceinturon de cow-boy sur laquelle s'étalait le nom Rory Worth.

Une décoration d'un goût parfait, idéale pour un petit Worth.

— Callie, c'est magnifique ! s'exclama-t-elle. C'est la plus belle chambre de bébé du monde.

— Merci. J'avoue que nous sommes plutôt satisfaits du résultat, admit son amie dans un accès de fierté.

— Je n'ai jamais rien vu de tel. C'est toi qui as tout imaginé ?

— Oui, c'était mon idée. Tagg a donné son avis, bien sûr. Nous nous sommes beaucoup amusés à choisir les meubles. Et nous avons engagé un artiste peintre. Maintenant que tout est prêt, j'ai hâte que le bébé arrive.

Les yeux ébahis de joie, elle tapota son ventre et lui prit la main.

— Oh ! Sens mon ventre. Il vient de me donner un coup de pied.

Docile, Sammie posa une main sur le ventre rebondi.

— Waouh ! s'exclama-t-elle. Cet enfant est prêt pour le rodéo.

— Je sais. Il est très actif. Il me tient éveillée presque toute la nuit.

Une douce émotion envahit Sammie. Sentir la vie bouger à l'intérieur du corps de son amie l'émerveillait. Bien sûr, elle n'avait pas renoncé elle-même à l'idée d'avoir des enfants. Pourtant, plus le temps passait, plus elle se demandait si elle serait maman un jour. Refusant de se laisser aller à de vains regrets, elle préférait parfois se résigner, sous couvert de pragmatisme. Sa priorité n'était-elle pas de s'adapter à la vie en Arizona et de monter son affaire ? Les enfants viendraient plus tard. Ou jamais. A cette pensée, une infinie tristesse s'empara d'elle, qu'elle chassa bien vite avant de reprendre :

— Ton bébé est vigoureux. Il est en pleine forme, Callie.

— Oui, je crois. Je fais de mon mieux.

— Je n'en doute pas. Ton père a fait de toi une battante.

Le sourire éclatant de Callie disparut.

— En effet, répondit-elle, s'assombrissant.

Sammie comprit soudain sa gaffe. Quelle écervelée elle faisait ! Comment avait-elle pu oublier qu'avant de se marier son amie avait été déchirée entre son amour pour Tagg et son affection pour son père, Hawk Sullivan. Les deux hommes, rivaux en affaires, se détestaient.

— Oh, pardon ! Je suis navrée d'avoir réveillé un souvenir aussi douloureux.

— Ne t'inquiète pas ! lui assura son amie. Si les choses n'ont pas vraiment évolué avec papa, je pense toutefois qu'il commence à s'adoucir. J'espère qu'une fois le bébé né il comprendra ses erreurs et reprendra sa place dans notre vie de famille.

— Tagg est d'accord ?

— Je crois qu'il devient raisonnable. Il fait confiance à mon jugement en ce qui concerne papa, ce qui, pour moi, vaut tout l'or du monde. Mais, quoi qu'il arrive, notre bébé passe en priorité.

— Tant mieux, Callie ! Tagg et toi revenez de loin. Tu as une belle vie, ici !

— Je sais, répondit-elle dans un soupir. Après avoir surmonté nos difficultés, Tagg et moi avons réussi quelque chose d'exceptionnel.

Sammie fixa Callie sans ciller. Son amie l'enveloppait d'un regard plein de bonté. Leur complicité était telle que les mots devenaient inutiles. Son amie, elle le comprenait et la savait sincère, lui souhaitait tacitement de vivre un jour le même bonheur. Au bout de quelques instants chargés en émotion, Callie la prit par la main.

— Allons dans la cuisine. Je dois préparer le déjeuner. Tu pourras tout me raconter sur Boot Barrage. Je veux tout savoir. Ça va être nickel !

— Entendu. Mais à une condition : tu arrêtes d'utiliser ce genre d'expression : « Ça va être nickel. » Ça te ressemble tellement peu…

Bras dessus, bras dessous, elles sortirent de la future chambre du bébé en riant.

Jackson s'avança vers Callie, occupée à couper un concombre, et déposa un baiser sur sa joue.

— Comment va ton petit Rory Rodéo aujourd'hui ?

Sa belle-sœur se détourna du plan de travail avec une moue charmante.

— Arrête de l'appeler comme ça et il ira très bien.

— Je suis payé par Tagg pour l'appeler comme ça.

— Je te donnerai plus.

— Ah bon ? Tu proposes combien ? plaisanta-t-il.

Sammie, qui coupait les tomates, ne perdait pas une miette de leur badinage. Callie se tourna vers elle.

— Imagine un peu ! Ce sale type est en train de négocier sur le dos de son futur filleul.

Feignant un air consterné, Sammie secoua la tête et répondit :

— Franchement, ce n'est pas joli, joli. Jamais je ne ferais une chose pareille. Rory fera vite la part des choses entre sa marraine et son parrain.

Le coup d'œil surpris de Jackson ne lui échappa pas. Son sens de la repartie semblait l'étonner. Mais elle apprenait vite. Cela valait mieux pour elle si elle voulait rester en phase avec les Worth.

Il piqua une tranche de concombre, la porta à sa bouche et recula pour esquiver le coup de Callie.

— Hé, c'est ton mari le coupable. Pas moi.

Elle mit la laitue dans un saladier. Sammie ajouta les tomates, se réjouissant de voir qu'elles travaillaient au coude à coude, comme à l'époque où, étudiantes, elles partageaient le même appartement.

Tagg surgit alors sur le seuil et, les bras croisés, s'adossa au chambranle de la porte. Devant le regard adorateur dont il enveloppait Callie, Sammie réprima un petit soupir. Les frères Worth étaient d'une beauté renversante et, quand ils regardaient une femme ainsi, c'était le paradis.

— Débrouille-toi tout seul, mon vieux, ironisa-t-il à l'intention de son frère. N'oublie pas que j'habite ici.

Le regard espiègle, Jackson riposta.

— Rory aussi. Pauvre gamin ! Quand il sera au lycée, il rêvera encore des agneaux et des chevreaux sur les murs de sa chambre.

Son visage se fendit d'un sourire ravi. Il semblait satisfait de sa blague. Alors que Callie secouait la tête avec affliction, Tagg riposta :

— Peut-être rêvera-t-il plutôt de rodéo.

— Je te défends d'aller mettre des idées de rodéo dans la tête de ton fils ! le rabroua Callie. Ce ne serait plus un rêve mais un cauchemar.

— Moi ? Jamais de la vie ! affirma son mari en enlaçant sa taille arrondie. Mais, chérie, tu sais bien que ce garçon va mater des chevaux sauvages. Peut-être même mater certains de mes étalons, ici, au ranch.

Le regard débordant d'amour que Callie adressa à son mari fit fondre Sammie de tendresse. Elle la regarda frôler les lèvres de Tagg d'un rapide baiser.

— Le dîner est prêt, lança-t-elle alors. Jackson et Sammie, allez vous mettre à table, Tagg va m'aider.

— Non, je vais t'aider, protesta Sammie en s'emparant des gants. Ça me rappellera le bon vieux temps. Cela fait bien huit mois que je n'ai pas un peu chouchouté ma vieille amie.

— Ne t'inquiète pas, je ne me suis pas privée de me faire chouchouter, lui assura Callie.

— Mais pas par moi.

— Eh bien, surtout, ne te gêne pas, lança Tagg.

Il ouvrit la porte du réfrigérateur, en sortit deux bières et en lança une à Jackson, qui l'attrapa avec le plus grand naturel. Puis les deux frères gagnèrent la salle à manger.

Sammie savoura sa petite victoire. Non seulement, en aidant Callie, elle avait l'impression de faire partie de la famille, mais, à présent que Jackson était sorti de la cuisine, elle allait avoir quelques instants de répit.

Hélas, son sentiment de satisfaction fut de courte durée. Elles étaient seules depuis quelques secondes à peine quand la question de Callie fusa.

— Vous avez l'air de bien vous entendre, Jackson et toi, non ?

Elle ne répondit pas tout de suite, feignant de se concentrer sur le rôti qu'elle sortait du four. Les idées se bousculaient à toute vitesse dans sa tête. Qu'elle le veuille ou non, elle n'allait pas pouvoir éviter cette conversation. La curiosité de Callie était bien naturelle, après tout, songea-t-elle en déposant le plat sur le plan de travail.

— Oui, plutôt, répondit-elle, laconique.

— Il a le sens des affaires. Entre ton intelligence et son soutien financier, vous allez faire des merveilles avec Boot Barrage.

— Merci, se contenta-t-elle de dire.

Elle ne tenait pas à s'étendre sur le sujet ni, surtout, à mentir à Callie. Elle se sentait déjà bien assez minable de lui avoir caché leur aventure de Las Vegas.

— Jackson est un chic type, il fera un bon associé.

— Oui, fit-elle.

Prenant son air le plus affairé, elle souleva la feuille d'aluminium du rôti et agita la main pour chasser le nuage de vapeur. Une puissante odeur d'oignons, d'herbes et de lard emplit la pièce.

— Ç'a l'air délicieux, fit-elle remarquer.

— C'est le plat préféré de Jackson. Mon beau-frère est parfois ronchon, mais il a très bon cœur.

Elle réprima un soupir résigné. Callie semblait avoir décidé d'insister. Pas moyen d'éluder la conversation.

— En tout cas, sans vous deux, jamais je n'aurais pu remonter une affaire. J'ai une dette envers vous.

— Tu m'as assez remerciée, Sammie. Tu ne me dois

rien du tout. Et si Jackson n'avait pas pensé sincèrement que tu avais ta chance dans l'Arizona, il n'aurait pas pris le risque de s'associer avec toi, j'en suis sûre.

— Ah bon ? s'étonna-t-elle. Je croyais que c'était ton intervention qui avait fini par le convaincre.

Après avoir recouvert une corbeille de pain d'une serviette à carreaux rouges et blancs, Callie entreprit de tourner la salade.

— En partie, oui, reconnut-elle en riant. Il ne refuse rien aux femmes enceintes ! Du moins, c'est ce qu'il m'a dit à plusieurs reprises. Avec lui, j'ai carte blanche. J'ai appris à aimer Jackson comme un frère. Et tu sais combien je tiens à toi. J'ai pensé que vous pourriez vraiment vous entendre sans problème.

Sammie lui jeta un regard intrigué. Que diable voulait-elle dire par là ?

— Quel genre de problème ? demanda-t-elle, cédant à la curiosité.

L'air entendu, Callie prit la corbeille à pain.

— Le genre de problème qui consisterait à avoir une aventure avec lui. Mais tu es bien trop maligne pour ça.

— Oh, ça ! fit-elle de son ton le plus dégagé.

Sans rien ajouter, elle prit les couverts à découper et se concentra sur le rôti.

— Il est très beau, reprenait son amie, il a un charme démoniaque, mais il n'est…

— Pas mon type, coupa Sammie.

Ce n'était pas un mensonge. Jackson était tellement loin du genre d'homme qu'elle pouvait espérer séduire un jour que c'en était risible.

Callie laissa échapper un soupir de soulagement.

— Je suis heureuse de l'entendre. Jackson est plein de bonnes intentions, il ne veut faire souffrir personne. Mais c'est un sacré bourreau des cœurs depuis son histoire avec cette fille dont il était fou à l'école, Blair Caulfield. Depuis qu'elle l'a quitté quand il avait dix-sept ans, il a la phobie des relations à long terme. Pourtant, il plaît aux femmes. Tu imagines, avec ce physique ! Mais il n'a jamais voulu se fixer. Et il a réduit à néant les espoirs de bon nombre d'entre elles.

Sammie sentit son cœur se serrer. Ce qui s'était passé à Las Vegas entre Jackson et elle appartenait au passé. Elle ne pouvait rien y changer. De toute façon, elle avait tout oublié de sa nuit dans ses bras, même le plus agréable. Malgré son sentiment de culpabilité, elle devait rassurer Callie, lui affirmer que tout irait bien.

— Si tu cherches à me mettre en garde contre Jackson, ce n'est pas nécessaire. Je comprends.

Bien sûr, elle aurait payé cher pour en savoir plus sur Jackson et Blair Caulfield. Mais le moment était mal choisi pour approfondir le sujet.

— C'est pour ton propre bien, chérie. Après tout ce qui s'est passé avec cette ordure d'Allen et…

— Et la mort de mon père ? interrompit Sammie.

Elle reconnaissait bien là la délicatesse de son amie adorée. Pas un jour ne passait sans qu'elle pense à son père. Et, quand les souvenirs affluaient, elle essayait de se concentrer sur les années heureuses, avant sa maladie. Or, Callie était assez sensible pour savoir que sa douleur, intacte, était tapie au fond de son cœur.

— En effet, reprit Callie. Tu as traversé bien assez d'épreuves, je ne supporterais pas de te voir souffrir de nouveau. Après tout, maintenant, tu fais partie de ma famille.

Son malaise se dissipant, Sammie sentit la joie l'inonder. Que pouvait-elle souhaiter de plus qu'être acceptée en tant que membre de la famille ?

— Vraiment ?

— Vraiment, fit Callie en hochant la tête avec vigueur. Et, maintenant, allons servir nos hommes. Les frères Worth sont de mauvaise humeur quand ils ont faim.

Fièrement chargées des différents plats du dîner, elles s'avancèrent vers la salle à manger.

— Et si vous dansiez, tous les deux ? suggéra Callie.

Jackson eut un petit rire. La dernière fois qu'il avait dansé avec la jolie brune à la taille svelte, elle avait fini dans son lit.

— Non, merci, dit-il en jetant un coup d'œil éloquent à Sammie. Tagg et moi nous contenterons de vous regarder.

Il s'adossa au canapé du salon et allongea les jambes.

— Tu as une meilleure partenaire de danse que moi, maintenant, chérie, renchérit Tagg.

— Tu as raison, mon cœur, admit Callie. Sammie et moi dansions beaucoup quand nous étions étudiantes.

Face à face devant la cheminée, un verre de cidre à la main, les deux amies oscillaient en mesure. La voix de baryton de Clayton Worth s'échappait de la chaîne hi-fi. Avant de se consacrer au ranch familial, Clay avait fait une carrière de superstar pour adolescentes. Ses chansons faisaient désormais partie des classiques du country et tous ses fans en connaissaient les paroles par cœur.

Après avoir échangé un signe de connivence avec Callie, Sammie déclara, une lueur taquine dans les yeux :

— Si cela peut calmer Rory, en bonne marraine, je veux bien danser. Comme je le disais tout à l'heure, ce bébé saura vite faire la part des choses entre sa marraine et son parrain.

— Tu te crois drôle ? riposta Jackson du tac au tac.

Avec un haussement d'épaules désinvolte, elle but une gorgée et recommença à se balancer d'avant en arrière. Jackson étouffa un juron. Elle était tellement sexy dans sa petite robe d'été et ses boots.

Callie s'empressa de voler au secours de son amie.

— Non seulement elle est drôle, mais elle assure sur une piste de danse.

Comme pour illustrer ses paroles, toutes deux se mirent à tournoyer en cadence. Puis elle reprit, une main sur son ventre :

— En tout cas, Rory adore. C'est agréable de ne pas sentir ses coups de pied. Je crois qu'il veut sortir.

Jackson buvait son vin rouge à petites gorgées. Il avait le plus grand mal à détacher les yeux de Sammie. Ce qui, pour les deux amies, n'était qu'un petit jeu innocent, mettait tous ses sens au supplice.

Malgré lui, ses pensées le ramenèrent à la nuit où il avait fait l'amour avec elle : il revoyait ses mains voguer sur son corps magnifique, éprouvant la fermeté de sa peau satinée. Il avait caressé ses petits seins ronds, admiré leur perfection, avant de les embrasser, savourant leur goût. Il l'avait désirée avec une avidité d'une violence qu'elle avait su assouvir. A ce souvenir, il frissonna de tout son être et sentit poindre un début d'érection.

— Quelque chose ne va pas ? chuchota Tagg en le dévisageant avec attention. Tu transpires à grosses gouttes.

Il s'empressa de détourner les yeux. Les deux femmes avaient dansé jusqu'à la fenêtre. Elles ne pouvaient plus les entendre.

— Non, non, ne t'inquiète pas, lui assura-t-il en s'essuyant le front d'un revers de main. Tout va bien.

— Tu es sûr ? Je t'ai déjà vu cette expression.

Il ne put retenir un geste d'humeur. Son frère commençait à l'énerver avec sa sollicitude !

— C'est bon, je n'ai rien, Tagg ! lâcha-t-il. Et si c'était le cas, ce ne serait pas ton problème.

— Donc il n'y a pas de problème ? insista ce dernier.

De plus en plus agacé, il prit la bouteille de vin et remplit les deux verres vides.

— Ce n'est pas ce que j'ai dit, riposta-t-il.

— Très bien !

Les dernières notes de la chanson laissèrent place au silence et les deux amies vinrent les rejoindre sur le canapé. Callie leur lança un regard curieux.

— De quoi parliez-vous ?

— Je m'apprêtais à demander à Jackson s'il avait du nouveau concernant le terrain qu'il rêvait d'acheter.

— Ah, oui, c'est vrai. Tu en es où ?

— Ça n'avance pas vraiment, répondit-il. J'ai découvert hier à qui appartenait cette terre.

— Quelle terre ? s'enquit Sammie avec curiosité.

— Raconte, Jackson.

Répondant à l'invitation de sa belle-sœur, il se carra au fond du canapé, mettant un peu d'espace entre Sammie et lui. Malgré ses joues encore rosies d'avoir dansé et son parfum sucré qui le grisait, il parvint à se concentrer sur son récit.

— Mon père a essayé pendant des années d'acheter le lopin qui s'étend sur l'autre rive d'Elizabeth Lake. C'est un très beau terrain, qui faisait partie du domaine familial autrefois et qui a été un jour cédé par erreur. Mais le propriétaire, un vieil entêté, n'a jamais voulu s'en séparer. Ce qui était à lui le resterait et aucune somme d'argent ne le ferait vendre, affirmait-il à qui voulait l'entendre.

— Nous ne voulons pas non plus qu'elle soit exploitée par des promoteurs, expliqua Tagg.

— Certains sont intéressés ? demanda Sammie.

— La rumeur dit que oui. Qu'il y aurait un projet de construction de logements sur la rive du lac. Il ne s'est jamais concrétisé mais, maintenant, il y a du nouveau. Le vieux Pearson Weaver a finalement vendu, expliqua Jackson avec un rictus de dégoût.

— Et as-tu découvert le nom de l'acquéreur ? demanda Tagg, intrigué.

L'œil sombre, la mâchoire crispée, Jackson ne répondit pas tout de suite. Oh, oui, il l'avait découvert ! Et, depuis, il n'avait de cesse de se répéter qu'elle ne lui était plus rien. Mais, même s'il vous a brisé le cœur, on n'oublie pas son premier amour.

Il avait entendu dire qu'elle était revenue voir sa tante Muriel à plusieurs reprises entre deux mariages. Pourtant, depuis qu'elle avait quitté la ville plus de quatorze ans auparavant, il ne l'avait jamais revue.

Or, non seulement elle était revenue à Red Ridge, mais elle était la nouvelle propriétaire de la terre qu'il convoitait. Il détestait penser à elle et encore plus prononcer son nom.

— Blair Caulfield, lâcha-t-il dans un souffle.

- 4 -

Sammie avait passé la matinée suivante avec Callie, profitant enfin de chaque minute d'intimité avec son amie. C'était bon de se confier après ces mois éprouvants : elle lui avait raconté ses projets pour Boot Barrage, son installation dans son nouvel appartement ; elle lui avait aussi parlé de son ex, de la façon dont il l'avait dépouillée et lui avait brisé le cœur. Comment elle était tombée sous son charme, sans se douter une seconde qu'elle avait affaire à un arnaqueur professionnel dont la seule intention était de l'embobiner et de filer avec son argent. Inquiète pour sa prochaine victime, elle avait communiqué à la police tous les détails le concernant. Elle espérait bien qu'il se ferait pincer un jour.

Puis, laissant son amie se reposer, elle était sortie. Adossée à la barrière du corral, elle regardait une fougueuse jument caracoler. Son nom, Ruby, faisait référence à une légende qui remontait à la fondation du ranch et dans laquelle il était question d'un collier de rubis.

Après qu'elle se fut rappelé encore une fois à quel point l'histoire de leur famille comptait pour les Worth, ses pensées dérivèrent vers Blair Caulfield. Que s'était-il passé et que restait-il entre l'aîné des frères Worth et cette femme ? Jackson l'impassible, dont le visage ne trahissait jamais la moindre émotion, avait paru vraiment contrarié quand, la veille, il avait fait référence à Blair. Etait-ce uniquement parce qu'elle l'avait doublé pour l'achat de cette terre ? Ou était-il troublé par le retour de son ex à Red Ridge ? Elle tressaillit. Inutile de se mentir. La question lancinante qui l'obsédait depuis la veille, lui étreignant le cœur d'une angoisse inexplicable, était de savoir si Jackson avait encore des sentiments pour cette femme. Pouvait-il encore aimer une femme qui lui avait brisé le cœur, avait bafoué sa fierté, lui laissant une blessure à vie ?

— Où est Callie ?

Surprise, elle sursauta. Elle avait reconnu la voix de Jackson. Elle se retourna vivement. Il s'approchait de son pas nonchalant. Et, comme toujours à sa vue, l'émotion l'étreignit.

— Je pensais que vous ne vous quitteriez pas d'une semelle, aujourd'hui, reprit-il de sa voix caressante.

— Et tu ne te trompais pas. Mais Callie se repose. Tout à l'heure, nous irons faire des courses à Red Ridge.

Il s'adossa à la barrière, à côté d'elle. Ruby donna un petit coup de naseau amical à Freedom, le palomino de Callie, et les deux juments renâclèrent doucement.

— Ah, oui ? Vous avez besoin de quelque chose en particulier ? s'enquit-il.

— Non. En général, les femmes n'ont pas besoin de quelque chose de particulier pour faire du shopping, fit-elle avec un sourire narquois.

Il secoua la tête d'un air faussement accablé.

— Tu es loin d'être aussi gentille que tu en as l'air, Sammie.

— J'espère bien ! Déjà que l'on m'a prise pour une ado de quinze ans…

Elle frissonna à cette pensée.

— Et alors, pour toi, ce n'est pas un compliment ? s'étonna-t-il.

— J'avoue que non, je ne l'ai pas pris comme ça.

— Et je te rassure, tu n'as pas l'air d'avoir quinze ans.

Franchement pas, ajouta-t-il dans un soupir en laissant ses yeux s'attarder sur elle avec désinvolture.

Elle tenta de calmer les battements désordonnés de son cœur. Elle avait une conscience aiguë de son regard sur elle, comme s'il la déshabillait. Même si, concrètement, il l'avait déjà fait, elle préférait ne même pas y penser.

Les sentiments contradictoires se bousculaient en elle. D'abord, que faisait-il ici ? N'était-il pas descendu chez Clay et Trish ? Par ailleurs, elle était l'invitée du clan Worth. Elle pouvait difficilement lui demander de la laisser tranquille. Puisqu'elle était parvenue à discipliner son trouble, pourquoi ne pas plutôt profiter de sa compagnie ? Il était son plaisir coupable. Encore ce sentiment de culpabilité… mêlé toutefois d'une force, d'une certitude nouvelle. Son attirance incontrôlable pour Jackson lui donnait comme une audace que jamais elle n'aurait soupçonnée en elle.

— Donc, d'après toi, je ne suis ni si drôle ni si gentille que ça. Je commence à me demander ce que je suis, railla-t-elle en feignant une assurance qu'elle était loin de ressentir.

Il lui décocha l'un de ses sourires ravageurs.

— Tu cherches les compliments, Sammie ?

Après une courte hésitation, elle répondit avec franchise :

— Peut-être.

Jackson regarda son blue-jean impeccablement rentré dans des bottes à mi mollet, de couleur crème. Entre eux, la tension était soudain tangible. Les paupières mi-closes, il lui répondit avec une gravité inattendue :

— Si je te dévoilais le fond de ma pensée, je serais obligé de te tuer.

Elle le fixa, comme enchaînée à son regard brûlant. Puis, d'une voix un peu saccadée, elle murmura :

— Tu es un dégonflé.

— Je ne suis pas un dégonflé, Sammie. Et, pour te

le prouver, je vais te faire un aveu qui va peut-être te surprendre : je ne couche pas avec n'importe quelle femme. Je suis sélectif.

Elle sentit un pincement au cœur.

— Donc, avec moi, tu as fait une exception à ta règle.

— Absolument pas ! se défendit-il. Et tu le sais très bien.

Elle s'était juré de ne plus en parler. N'avaient-ils pas passé un pacte à Las Vegas ? Pourtant, elle semblait incapable de changer de sujet.

— Tout ce que je sais, c'est que, ce soir-là, je t'ai fait des avances. Mais peux-tu m'en blâmer ? Tu avais tout du remède idéal pour femme en manque d'affection.

La mâchoire de Jackson se contracta.

— J'ose espérer que je suis un peu plus que ça, argua-t-il, se rembrunissant.

Elle se rabroua intérieurement. Et voilà ! Encore une fois, elle avait tout gâché. La plupart des hommes auraient pris l'honnêteté de son aveu comme un compliment. Mais Jackson était sans doute las de toutes ces femmes qui se jetaient à sa tête. Il devait s'attendre à une attitude plus élégante de sa part. Elle aurait dû ménager sa susceptibilité. D'un autre côté, qu'y pouvait-elle s'il était l'incarnation même du fantasme de toutes les femmes ?

— Jackson, je suis navrée. Je me suis mal exprimée. Je sais que tu es beaucoup plus que…

D'une main levée, il l'interrompit.

— Tu n'es pas obligée de me croire, mais je te signale que je te trouve charmante, mignonne et très drôle. J'avais envie de toi, ce soir-là, Sammie. Et si les circonstances étaient différentes…

Il marqua une pause et, encore une fois, regarda ses bottes. Gênée, elle se dandina et croisa les chevilles.

— Quoi ?

Elle réprima un soupir. Si les circonstances étaient différentes, il voudrait avoir une aventure avec elle ?

Une liaison à court terme ? Elle aurait donné cher pour connaître ses pensées.

— C'est délicat, finit-il par dire.

— En effet, répondit-elle avec un faible sourire.

Pour ajouter à son trouble, il la dévorait toujours de son regard à l'expression insondable.

— Je suis certain d'une chose, je ne veux pas te faire de peine. Je commence à devenir nerveux quand une femme veut que je rencontre sa famille. Ou parle d'acheter des meubles ensemble, voire de passer des vacances avec moi. Je ne suis pas fait pour les relations sérieuses. Je ne suis pas du genre… permanent. Je laisse le « ils se marièrent et vécurent très heureux » à mes frères.

Elle afficha un visage serein. En théorie, le fait de rencontrer sa famille ne serait pas un problème. Elle n'en avait plus. Elle avait tous les meubles dont elle avait besoin et n'avait pas prévu de longs voyages dans l'avenir. Elle comptait rester à Red Ridge. Mais le message de Jackson était clair. Cela rejoignait ce que Callie avait essayé de lui expliquer la veille.

Pourtant, entendre que Jackson la trouvait séduisante la stupéfiait. Ou que, tout au moins, malgré ses hanches étroites et ses cheveux courts, il l'avait trouvée assez désirable pour passer une nuit avec elle à Las Vegas. Elle trouvait presque plus rassurant de penser qu'elle ne lui faisait aucun effet.

Perdue dans ses pensées, elle sursauta lorsqu'une voix grave lança :

— Salut !

Ils tournèrent la tête. Tagg traversait la cour dans leur direction.

Discrètement, Sammie fit un pas en arrière.

— Bonjour, Tagg, répondit-elle avec un grand sourire.

Il leur jeta tour à tour un regard interrogateur.

— Tu es prêt pour notre balade à cheval ? s'enquit Jackson d'un ton dégagé.

— Bien sûr, acquiesça son frère. Il y a un moment que nous n'en avons pas fait ensemble.

Se tournant alors vers elle, il ajouta :

— Je t'aurais bien proposé de te joindre à nous. Mais Callie t'attend pour aller faire des courses. Elle doit encore avoir quelques boutiques pour bébés à dévaliser.

— J'ai entendu dire que tu n'étais pas le dernier ! lança-t-elle, taquine.

Avec un sourire bienveillant, il répondit :

— Je l'avoue. Mais dites-moi, vous aviez l'air en grande conversation. Ai-je interrompu une discussion d'affaires importante ?

— Non, rassure-toi. Nous bavardions de la pluie et du beau temps, répondit Jackson. Tu es prêt ?

— Oui. Je vais prendre Wild Blue. Tu peux monter Freedom. Elle s'ennuie depuis que Callie ne sort plus.

— Je ferai de mon mieux pour la réconforter.

— C'est ta spécialité, ironisa Tagg.

Son frère le fusilla du regard, mais ne répondit rien.

— A tout à l'heure, Sammie ! lança-t-il alors en portant une main à son Stetson.

— Dis à ma femme d'éviter de vider le compte en banque, ajouta Tagg avec un clin d'œil.

Elle éclata de rire.

— Tu peux compter sur moi. Bonne promenade !

Laissant les deux frères se diriger vers l'écurie, elle regagna la maison, le cœur soudain plus léger. Elle était ravie de faire une escapade en ville avec sa meilleure amie. Au moins, cet après-midi, elle allait échapper aux regards insistants de Jackson.

La soirée serait déjà bien assez longue.

Sammie balaya les lieux d'un regard admiratif. Jackson au volant du pick-up, ils avaient pris la direction de Penny's

Ranch, suivis par Tagg et Callie et, après avoir garé les voitures, s'avançaient vers le petit ranch.

— J'aime ce que vous avez fait de cet endroit, déclara-t-elle.

Baignés par la lumière rose du crépuscule, les lieux débordaient d'activité. En pleine répétition pour le spectacle, des enfants d'âges divers en costumes de western évoluaient dans une harmonie parfaite, dirigés par leurs instructeurs bénévoles.

— C'est surtout l'œuvre de Clay et de Trish, expliqua Jackson. Tagg, Callie et moi donnons un coup de main de temps en temps.

Sa petite fille adoptive dans les bras, Trish s'avançait vers eux, suivie de son mari.

— Bonjour, leur lança-t-elle, avec un sourire affable.

— Trish, je te présente Sammie Gold, fit Jackson.

— Je suis contente de vous rencontrer enfin. Et je vous félicite d'avoir lancé votre boutique de bottes. Je suis une fan. J'en porte presque tout le temps.

— Dans ce cas, nous n'allons pas manquer de sujets de conversation, répondit Sammie avec enthousiasme.

Elle dirigea alors son attention vers l'adorable bébé blond qui, de ses yeux aussi clairs que l'eau d'un lac, la dévisageait.

— Comme elle est belle ! s'exclama-t-elle.

— Merci. C'est aussi notre avis. Elle s'appelle Meggie.

— Bonjour, Meggie, dit-elle alors, souriante.

Jackson caressa doucement la tête du bébé. Puis, se penchant, il déposa un baiser plein de tendresse sur sa joue.

— Comment va ma petite crevette aujourd'hui ?

Sammie lui lança un coup d'œil stupéfait. Il avait parlé avec une telle douceur qu'elle se sentit envahie d'une émotion indicible. Mais elle devait faire barrage à toute forme d'attendrissement. Si Jackson était capable de tendresse, elle ne voulait rien en savoir. Avec lui, elle avait atteint ses limites.

— Tout va bien, oncle Jackson, répondit Trish pour sa fille.

— Surtout, n'oublie pas : pas de petits amis avant la fac, ironisa-t-il alors feignant un air grave.

— Pas avant ses trente ans et uniquement si le type me plaît, indiqua Clay.

— Quelle chance elle a d'avoir un père comme toi ! renchérit Jackson avec un sourire entendu.

Son frère se rengorgea.

— Tu sais, c'est une expérience fabuleuse. Tu devrais essayer un jour.

Jackson secoua la tête.

— J'ai Meggie et Rory à gâter. Ça m'occupera assez. A propos, ajouta-t-il en tirant une petite boîte en métal de sa poche et en la tendant à Trish, j'ai trouvé ça pour ta fille. Tu veux l'ouvrir ?

— Tu lui as encore acheté un cadeau ? s'étonna sa belle-sœur.

Avec un haussement d'épaules dégagé, il répondit :

— A quoi servent les oncles ?

— Tu n'as pas besoin de lui faire des cadeaux, tu es déjà un oncle fabuleux !

— Mais cela ne peut pas faire de mal. J'assure mes arrières. Je veux être son oncle préféré.

Sammie n'avait pas perdu une miette de la scène. Elle brûlait de savoir ce que contenait la boîte.

Avec un sourire indulgent, la maman ouvrit l'écrin qui renfermait un ravissant bracelet pour bébé. Après l'avoir glissé au poignet délicat de sa fille, elle se hissa sur la pointe des pieds pour embrasser la joue de son beau-frère.

— C'est magnifique, Jackson ! Merci.

— Oui, merci, lâcha Clay.

Cette touchante scène familiale inspirait à Sammie un

mélange d'émotion et d'envie. A voir le regard brûlant d'amour de Jackson, il n'était pas difficile de comprendre que, pour lui, sa nièce comptait plus que tout.

Luttant contre son trouble, elle se jura de se tenir à l'écart de lui le reste de la soirée. Hélas, le destin en avait décidé autrement. En effet, Clay voulut les présenter à la douzaine d'enfants présents à Penny's Song ce jour-là. Ils arpentèrent le centre pour rencontrer les filles, les garçons et les nombreux parents venus les accompagner. A son grand désarroi, elle fut prise plusieurs fois pour la femme de Jackson. Trop embarrassée pour réagir, elle le laissa volontiers éclaircir le malentendu, ce qu'il fit avec sa décontraction et son charme habituels.

L'odeur de son parfum boisé la suivait partout et, de temps à autre, quand il se penchait pour parler à un enfant, leurs épaules se frôlaient, mettant ses nerfs à vif. Elle s'efforça pourtant d'afficher un visage serein.

Au demeurant, il régnait à Penny's Song une atmosphère si particulière qu'elle ne tarda pas à se détendre. La famille Worth avait mis toute son énergie, toute son âme, dans le projet. Son succès était leur récompense, une preuve véritable de la générosité et de la gentillesse des Worth. Si elle ressentait déjà une immense fierté d'être traitée en membre de la famille, le bonheur que Penny's Song apportait aux petits convalescents ne faisait que renforcer ce sentiment.

Quand l'heure arriva d'assister au spectacle du soir, elle prit place sur l'un des longs bancs de bois des gradins, entre Jackson et Tagg. Assise à côté de son mari, Callie était au bord de l'allée de façon à pouvoir étendre ses jambes.

Elle mordilla sa lèvre inférieure avec nervosité. Et si la même configuration persistait à se répéter ? Tagg avec Callie, Clay avec Trish… et, inévitablement, Jackson avec elle. N'étaient-ils pas les deux cœurs à prendre ?

Du moins, tant que l'un ou l'autre ne ferait pas une rencontre importante.

Ce qui, dans son cas, ne risquait pas d'arriver. Non seulement elle ne cherchait pas à se caser mais, en plus, elle n'avait pas une seconde à elle. Comment, dans ces conditions, aurait-elle pu rencontrer un type bien ? Quant à Jackson, ne venait-il pas de lui exposer sa phobie de l'engagement ? Il était peu probable qu'il amène un jour une femme à Penny's Song.

Sa belle voix grave vint interrompre le fil de ses pensées.

— C'est une belle soirée pour un spectacle, fit-il en étendant un bras nonchalant sur le dossier du banc, derrière elle.

C'était un geste plein d'innocence. Mais, quand il frôla sa nuque, elle sentit tout son corps se raidir.

— Détends-toi, Sammie, lança-t-il d'un air narquois.

— Je suis tout à fait détendue, siffla-t-elle à travers ses dents serrées.

En entendant son petit rire, elle sentit son sang bouillonner et se tourna vers Callie.

En attendant le début du spectacle, elle allait l'ignorer, voilà tout. Puis elle s'émerveilla devant les différents numéros : chansons de feux de camp, rap, danse classique, sketches parodiques. Pour des amateurs, c'était une véritable réussite, en dépit des quelques couacs : une panne d'éclairage, une fillette effarouchée qui se mit à pleurer avant d'être réconfortée par une plus grande…

Une fois les derniers applaudissements taris, elle se dirigea vers les voitures avec les autres. Jackson, qui avait reçu un coup de téléphone, était resté en arrière.

Encore impressionnée par la qualité du travail des petits convalescents, elle s'exclama :

— Les enfants ont été fabuleux !

— Oui. Avec l'adoption de Meggie, c'est ce qu'on a fait de mieux dans la vie, répondit Clay.

— Vous avez fait un travail formidable, déclara-t-elle. Meggie va grandir dans un environnement merveilleux.

Son bébé profondément endormi dans ses bras, Trish sourit et déposa un baiser sur le petit crâne blond.

— Oui, admit-elle, cette fondation est une sacrée réussite.

— Sammie ! appela soudain la voix de Jackson.

Elle sursauta et fit volte-face. Il s'avançait vers elle à grandes enjambées. Soudain inquiète, elle lui lança un coup d'œil surpris. Pourquoi avait-il l'air si grave ?

— Quelque chose ne va pas ?

— Ne panique pas, d'accord ?

Elle sentit un pincement au cœur. Combien de fois avait-elle entendu cela dans sa vie ? « Ne panique pas, ton père est en train de mourir. Ne panique pas, ton petit ami t'a piqué toutes tes économies. »

— Je ne peux pas te le promettre. Qu'est-ce qui ne va pas, Jackson ?

Avec un rictus, il plissa les yeux, comme s'il hésitait à lui annoncer la nouvelle. Puis, après avoir poussé un profond soupir, il déclara :

— Justin vient de me téléphoner. Un incendie s'est déclaré à la boutique. Ils avaient tout juste fini de travailler. Ils ont appelé les pompiers. Selon lui, il y a eu un court-circuit. Une étincelle, et tout a pris feu.

Soudain affolée, elle s'exclama :

— Oh, non ! Personne n'est blessé ?

L'expression de Jackson se détendit.

— Non, heureusement. Mais je dois aller sur place. Si tu veux, tu peux rester ici avec Callie.

— Non, protesta-t-elle, je veux y aller avec toi. Je veux me rendre compte par moi-même de l'étendue des dégâts.

— D'accord, acquiesça-t-il en hochant la tête. Je m'en doutais.

Après avoir pris congé, ils firent une première halte

chez Clay et Trish pour récupérer le sac de Jackson, puis chez Tagg et Callie pour prendre le sien, avant de se mettre en route. Le long trajet de retour à Scottsdale se fit dans un silence presque total, rompu de temps à autre par la voix de Jackson, qui cherchait à la rassurer.

Mais, malgré ses paroles de réconfort, elle était incapable de faire taire son angoisse. Elle redoutait le pire. Pourvu que, pour une fois, le fameux « ne panique pas » ne soit pas de trop mauvais augure !

Jackson gara le pick-up devant la boutique, en descendit et laissa échapper un juron. Les pompiers étaient déjà repartis et l'équipe de Justin s'efforçait de réparer tant bien que mal la vitrine qui avait explosé. Les cloisons intérieures étaient en ruines et les travaux de rénovation, réduits à néant.

Devant ce spectacle de désolation, Sammie fut gagnée d'une tristesse infinie. Boot Barrage, son rêve le plus cher, n'était plus qu'un tas de cendres. Une répugnante odeur avait envahi les lieux. La fumée lui piquait les paupières et lui brûlait les yeux. Au moins, elle avait une bonne excuse pour ses joues humides de larmes, se dit-elle en tordant un mouchoir entre ses doigts.

Jackson, qui venait d'inspecter les locaux, le lui prit des mains.

— Ne pleure pas, plaida-t-il en lui tapotant les joues.

— J'essaye, renifla-t-elle. Mais c'est une telle catastrophe.

Rassemblant tout son courage, elle reprit un peu contenance.

— Hé ! Tout ici peut être réparé ou reconstruit ! fit-il avec douceur.

— Vraiment ?

— Justin l'a dit.

— Ça va être cher.

— Oui, reconnut-il en lui tamponnant de nouveau les yeux.

Elle hocha la tête et reprit d'une voix altérée :

— Ç'aurait pu être pire. Personne n'a été blessé. Et nous sommes assurés, n'est-ce pas ?

Il sourit.

— Oui, nous sommes assurés.

Elle le savait déjà, bien sûr. Mais cela la réconfortait de l'entendre de la bouche de Jackson. Si les fils électriques étaient en faute, il y aurait contestation, mais c'était un autre problème et, demain, il ferait jour.

— Demain, l'équipe nettoiera tout. Cela ne devrait pas beaucoup nous retarder. Ce n'est pas la fin du monde.

— Ce n'est pas la fin du monde, admit-elle.

Pourtant, chaque fois qu'elle progressait d'un pas, elle avait l'impression d'avoir à reculer de deux.

— Nous allons repousser notre inauguration de quinze jours, reprit-il. Ce n'est pas un problème.

Elle lui jeta un regard surpris. Pour un peu, elle aurait oublié ce détail.

— Ah, oui, c'est vrai, l'inauguration, reprit-elle. J'ai déjà commencé la promotion. J'ai fait imprimer des prospectus et passer de la publicité dans les journaux.

— Il suffira de prévenir du changement de date.

Elle approuva d'un signe de tête. Elle ne se sentait pas mieux pour autant.

Avec un profond soupir, il reprit :

— Nous devrions sortir d'ici. La fumée est très épaisse. J'ai besoin d'un verre. Tu as de l'alcool chez toi ?

Dans des circonstances normales, jamais elle n'aurait tenté le sort en acceptant de boire un verre avec Jackson dans l'intimité de son appartement. La dernière fois qu'ils s'étaient retrouvés seuls, n'avait-elle pas fini dans son lit ? Mais, ce soir, elle avait vraiment besoin d'un ami et Jackson avait les épaules assez solides pour en tenir lieu. Elle réfléchit un instant et répondit :

— J'ai du vin.

— Merci. Tout à fait ce qu'il me faut.

Il la prit par la main et l'entraîna hors du bâtiment. Le problème de Justin, des pompiers et de la compagnie d'assurances attendrait demain. Ce soir, un verre de merlot rouge s'imposait.

Dès qu'elle franchit la porte de son appartement, Sammie se sentit rassérénée. Elle n'était dans l'Arizona que depuis peu mais rentrer chez elle lui procurait de plus en plus ce sentiment familier que l'on attend d'un foyer.

— Installe-toi, lui lança-t-elle. Tu peux laisser mon sac ici.

Jackson déposa la besace qu'il avait rapportée de la voiture mais, au lieu de s'asseoir, il la suivit dans la cuisine et s'adossa au comptoir.

Elle attrapa une bouteille d'un vin rouge de trois ans d'âge sur une étagère et chercha un tire-bouchon dans un tiroir.

— Laisse-moi faire, fit Jackson en le lui prenant des mains.

Sans protester, elle lui tendit la bouteille et ouvrit un placard. Voyant qu'elle n'en sortait qu'un verre, il s'étonna.

— Tu ne bois pas de vin ?

— Non.

Après avoir rempli son verre, elle s'éloigna, installant une distance respectueuse entre eux. Mieux valait pour elle ne pas mélanger le vin et Jackson Worth.

— C'est ridicule, dit-il en prenant un autre verre. Je ne veux pas boire seul.

Elle s'apprêtait à protester. Mais était-ce vraiment nécessaire ? Elle pouvait tout de même boire un verre de vin avec Jackson sans risquer de perdre la tête et de se retrouver au lit avec lui.

Son hésitation ne lui échappa pas.

— Nous avons un pacte, rappelle-toi.

Un peu vexée, elle lui prit le verre des mains.

— D'accord, je sais, je suis ridicule.

Il lui décocha son sourire renversant.

— Je préfère ça !

Et elle préférait ne pas trop penser à la tendresse avec laquelle il avait essuyé ses larmes. A la façon dont il était parvenu à la réconforter, au sentiment de sécurité qu'elle ressentait en sa présence.

— Assieds-toi, le pria-t-elle en passant dans le living.

Il se carra confortablement dans un fauteuil et elle s'installa sur le canapé. La lumière tamisée de la pièce, le silence de la nuit au-dehors..., elle avait un peu l'impression d'être dans un cocon.

L'air plus détendu, Jackson but une gorgée de vin. Elle l'imita.

— Tu as passé un bon moment au ranch, ce week-end ? demanda-t-il.

— Oui. J'ai été heureuse de retrouver Callie. Même quand nous ne nous voyons pas pendant longtemps, j'ai toujours l'impression que nous nous sommes quittées la veille. Comme toutes les vraies amies.

Il hocha la tête d'un air entendu.

— Oui, les femmes disent toutes ça.

— Je vais la voir souvent désormais. Et, quand le bébé naîtra, je vais devenir un vrai boulet. Je ne la lâcherai pas d'une semelle.

— Je sais, tu vas me voler la vedette en tant que parrain.

Elle but une nouvelle gorgée de vin et répondit dans un petit rire :

— J'ai hâte.

— De me faire passer pour le méchant ?

— Hâte de voir le bébé, idiot ! Et tu sais bien que je blaguais. Je sais faire, moi aussi...

Il prit son air le plus innocent.

— Ah bon ?

— Nous ne sommes pas en compétition, reprit-elle avec le plus grand sérieux.

— Mais un peu de compétition pimente la vie.

Les yeux pétillants, il fixa sa bouche avec gourmandise et, l'estomac noué par le tourbillon de sensations indésirables qui se bousculaient en elle, elle dut, d'un geste furtif, presser une main sur son ventre. Se penchant vers elle, les bras croisés sur ses genoux, il demanda d'une voix caressante :

— Tu veux t'amuser ?

Sentant sa gorge se dessécher, elle lutta contre le désir fulgurant qui montait en elle.

— Bien sûr. Je n'ai pas peur de me frotter à toi.

Il haussa les sourcils et son regard glissa sur elle, aussi brûlant que le miel chaud.

— C'est une façon de parler.

Elle posa son verre sur la table basse. Elle avait bu assez d'alcool pour ce soir. Jackson était bien assez tentant comme ça pour ne pas risquer de voir toutes ses défenses fondre comme neige au soleil.

— Je suis un peu fatiguée, Jackson.

— C'est le signal que je dois partir, répondit-il en vidant son verre et en se levant. La soirée a été longue.

Elle le raccompagna jusqu'à la porte.

— Merci pour ton réconfort. Je sais que tu étais contrarié aussi. Tu as été vraiment d'un grand soutien et…

— Sammie, l'interrompit-il en se retournant sur le seuil et en lui enlaçant la taille.

De ses lèvres, il frôla les siennes. La sensation divine se propagea jusqu'au creux de son ventre. Son cœur s'affola. Sa bouche était comme du velours sur la sienne et, la première surprise passée, elle s'abandonna à son baiser.

Elle sentit le sol se dérober sous ses pieds. Elle n'entendait, ne voyait plus rien, se sentait enveloppée d'une chaleur bienfaisante. Jackson, de toute sa force, la retenait prisonnière, sa bouche moelleuse se mouvant sensuellement sur la sienne, prenant son âme au piège. Elle se pressa contre ses hanches et le monde bascula.

Il laissa sa main glisser sur sa gorge et caressa son épaule. Envahie par une myriade de sensations exquises, elle ne pensait plus à rien, s'abandonnait sans retenue. Ses mains s'aventurèrent bientôt entre ses seins. Il en caressa la peau douce et taquina un mamelon qui se durcit de désir. Encouragé, il prit au creux de sa paume la chair frémissante de l'un de ses seins, le palpant en une caresse délicieuse.

Ivre de désir, elle voulait maintenant sentir ses mains partout. Son corps sur le sien. Savoir enfin ce que c'était que d'avoir Jackson Worth en elle. Un petit râle s'échappa de ses lèvres et, s'arrachant à son baiser, elle murmura :

— Nous ne pouvons pas faire ça. Nous avons passé un pacte.

Il cligna les yeux, une expression douloureuse se peignit sur son visage. Son front contre le sien, elle sentait son souffle chaud sur ses joues.

— Je sais, tu le croiras ou pas, chuchota-t-il. Je voulais juste te dire bonne nuit.

— Je sais, fit-elle. Un sacré « bonne nuit ».

Elle palpitait encore de tout son être. Il avait pris le contrôle de son corps. Où avait-elle puisé la volonté de l'interrompre, elle ne le saurait jamais.

— J'aimerais pouvoir te promettre que cela ne se reproduira plus.

— Jackson, lâcha-t-elle.

— Je suis honnête, Sammie. Tu ne m'as pas donné l'impression d'être contre. Et ne me dis pas que c'était le vin.

— Ce n'était pas le vin, admit-elle.

— Bien.

Il étouffa un profond soupir et lui lança un regard qui semblait dire : « A quoi bon se mentir ? »

— Je suis content de voir que tu as eu le bon sens

de m'arrêter. Parce qu'une minute plus tard je t'aurais soulevée dans mes bras et portée jusqu'à ta chambre.

Elle déglutit. Des images toutes plus osées les unes que les autres se succédaient dans son esprit. Elle l'imaginait — l'ayant déjà vu nu, ce n'était pas bien difficile — dans son lit, en train de lui faire l'amour.

— Tu pourrais peut-être te montrer un peu moins direct ? suggéra-t-elle.

— Ecoute, nous allons oublier que je t'ai embrassée ce soir. Il ne sera pas dit que je ne peux pas respecter un pacte.

A part, bien sûr, qu'il lui avait déjà fait l'amour. Mais l'évoquer ne serait bon ni pour elle ni pour lui.

Son corps vibrait encore du goût de paradis qu'il lui avait laissé entrevoir, mais faisant appel à tout son bon sens, elle déclara.

— D'accord. Je peux oublier le baiser.

— Parfait, ma belle. C'est un nouveau pacte.

— En effet.

Il avait encore une fois changé les termes de leur relation. Mais une chose n'avait pas changé. Les sentiments qu'il lui inspirait. Désormais, chaque fois qu'elle regarderait ces lèvres, elle se souviendrait de leur goût sous l'emprise de la passion. Et aurait envie d'y goûter de nouveau.

Et si elle était sûre qu'il avait bien d'autres tours dans son sac pour combler une femme, elle préférait ne même pas y penser. Cela ne pouvait que lui apporter des ennuis.

— A demain, murmura-t-elle. Jackson ?

— Oui ?

— Ce baiser m'a au moins fait oublier l'incendie.

— Ravi de t'avoir rendu ce service, mon cœur, répondit-il sans une once de son ironie habituelle.

Après un dernier coup d'œil éloquent à ses lèvres, puis à ses bottes, il secoua doucement la tête, comme résigné, et s'éloigna.

- 5 -

Jackson fit claquer la portière de sa voiture et traversa le parking pour gagner son bureau. Il sortait d'un déjeuner avec un politicien local. Un rendez-vous d'un ennui mortel auquel il n'avait pu échapper. Plus tôt dans la matinée, il avait discuté des réparations avec Justin Cervantes, le chef de chantier de Boot Barrage, puis avait vérifié auprès de son agent d'assurances que les pertes seraient couvertes. Il passa rapidement en revue la liste des tâches qui l'attendaient et soupira : elle était interminable. Pourtant, depuis son réveil, il ne pensait qu'à une chose : le baiser de la veille qui avait bien failli le mener tout droit au lit de Sammie Gold.

Il aurait voulu l'effacer de sa mémoire, passer à autre chose. Il voulait oublier ce baiser, se dire qu'en la séduisant il avait outrepassé les limites autorisées, ni plus ni moins. C'était aussi simple que ça. Même si Sammie était assez grande pour se défendre, il refusait de profiter de la vulnérabilité de sa situation. Elle avait besoin d'un associé en affaires fiable, solide. Pas d'un amant.

Après le fiasco de son histoire d'amour au lycée, il s'était juré de ne plus jamais se montrer aussi sensible et naïf avec les femmes. Or, avec Sammie, il avait déjà brisé cette règle une fois. Oui, ses bottes lui faisaient perdre la tête, il l'avait compris. Mais c'était sa propre faiblesse qu'il craignait le plus. Jackson aimait les défis, il aimait gagner. Certes, Sammie était pour lui un fruit défendu, la seule fille dans l'Arizona qu'il ne pouvait pas draguer. N'était-ce pas là une raison suffisante pour renforcer son attirance pour elle en dépit du bon sens, et au point de mettre en péril sa relation avec Tagg et Callie ?

Il n'était sûr que d'une chose. Il ne ferait pas de mal à Sammie. Sinon, Callie et Tagg le tueraient et jetteraient son cadavre dans le lac.

Il n'avait même pas le cœur à sourire de sa blague.

Toujours plongé dans ses pensées, il prit l'ascenseur jusqu'à la réception de ses bureaux. Betty Lou, sa fidèle secrétaire, était déjà à son poste de travail.

— Bonjour, Jackson, lui lança-t-elle. Comment s'est passé votre déjeuner ?

— Un déjeuner avec un conseiller municipal n'est jamais passionnant, répondit-il avec un haussement d'épaules. Il m'a fait son numéro de charme pour l'aider à financer sa réélection.

— Et vous allez le soutenir ?

— Je n'en suis pas sûr. Je dois y réfléchir.

Avec un hochement de tête entendu, elle lui tendit trois messages.

— Vous avez reçu ces trois appels en votre absence. Et…

Elle s'interrompit, s'éclaircit la voix puis, avec un coup d'œil anxieux en direction de la porte de son bureau, elle ajouta :

— … quelqu'un vous attend.

Il lui jeta un coup d'œil interrogateur. Il voulait plus de détails.

— Elle n'a pas voulu prendre rendez-vous. Elle a insisté sur le fait que vous voudriez forcément la voir. En fait, Jackson, quand je l'ai reconnue, j'ai pensé que vous souhaiteriez la recevoir dans votre bureau.

Betty Lou, la mère de l'un de ses copains d'enfance, était au courant de tout ce qui se passait à Scottsdale.

Jackson admirait sa loyauté et avait une confiance aveugle dans son instinct.

— Elle ? s'étonna-t-il.

— C'est moi, Jackson, lança une voix féminine.

L'intonation mélodieuse fit remonter à sa mémoire un flot de souvenirs. Certains précieux, d'autres douloureux. Il fit volte-face. Souriante, l'air assuré, elle s'appuyait au chambranle de la porte, le dos cambré.

Il refoula son exaspération. Décidément, sa journée allait de mal en pis.

— Salut, Blair…, lâcha-t-il du bout des lèvres.

La bouche voluptueuse esquissa une moue déçue.

— Je m'étais attendue à un accueil plus chaleureux.

Juchée sur des chaussures rouges à plates-formes et à talons hauts, elle portait une robe de la même couleur qui épousait chacune de ses formes, suggérant la naissance de ses seins de manière juste assez aguichante pour donner envie à un homme de les toucher. Son visage éclairé de grands yeux myosotis frôlait la perfection. Son rouge à lèvres carmin faisait ressortir la blancheur laiteuse de sa peau de porcelaine. Il se rappelait avoir laissé cette longue et soyeuse chevelure de la couleur du miel filer entre ses doigts, d'avoir embrassé cette bouche pulpeuse, jusqu'à en avoir mal.

Une sensation électrique parcourut tout son corps. Elle était encore plus belle que dans son souvenir.

— Eh bien tu t'es trompée.

— J'aimerais te parler, annonça-t-elle, sans se laisser déstabiliser le moins du monde par sa réponse.

— Je suis occupé.

— Je peux attendre ici jusqu'à ce que tu aies un moment.

Son sourire sensuel, la façon dont elle faisait onduler son corps, auraient donné des palpitations à n'importe quel homme.

Avec un soupir résigné, il déclara à l'intention de Betty Lou :

— Vous voulez bien prendre mes appels ?

Sa secrétaire regarda Blair. Devant l'air triomphant de la visiteuse, elle répondit d'un ton sans réplique :

— Entendu. Mais n'oubliez pas que vous avez ce rendez-vous très important dans une demi-heure.

Il opina d'un signe du menton. C'était un code entre sa secrétaire et lui. Le prétexte du rendez-vous était leur secret pour se débarrasser des indésirables. Il était manifeste que Betty Lou n'était pas enchantée de voir leur visiteuse dans les parages. Hélas, tout Red Ridge savait que Blair Caulfield avait brisé le cœur de Jackson.

— Pas de problème, Betty Lou. Ce ne sera pas long.

Ignorant l'air inquiet de sa secrétaire, il fit entrer Blair dans son bureau. Après avoir fermé la porte derrière eux, il lui fit signe de s'asseoir dans le fauteuil, face à son bureau.

Puis il se dirigea vers la fenêtre. Il avait besoin d'une minute pour rassembler ses esprits. Située au premier étage, la pièce surplombait la ville animée. Au loin s'étendaient le désert et les montagnes pourpres qui fermaient l'horizon. Pendant quelques minutes, il se concentra sur le panorama, faisant provision de patience.

— Que veux-tu, Blair ? finit-il par demander.

— Je crois déceler à ta voix que tu ne m'as pas pardonné.

La mâchoire crispée, il se tourna vers elle.

— C'est pour ça que tu es ici ? Après combien de temps ? Quatorze ans ? Pour me demander mon pardon ?

Elle croisa les jambes, sa jupe découvrant ses cuisses.

— Plus ou moins.

Pas question de laisser deviner à Blair à quel point sa trahison lui avait fait mal. Il ne lui donnerait pas ce plaisir. Et, pourtant, Dieu sait si sa peine avait été profonde et déterminante dans sa vie. Depuis, il s'était interdit toute implication dans une relation, tout engagement avec une autre femme, de peur de voir sa blessure se rouvrir.

— Très bien. Je te pardonne. Maintenant, si c'est tout ce que tu veux, je suis très occupé, aujourd'hui.

Elle se leva d'un bond.

— Tu ne m'as pas pardonné. Tu es toujours en colère.

— En colère ?

Il partit d'un éclat de rire. Le mot était bien mal choisi pour décrire ce qu'il ressentait pour elle.

— Parce que tu as couché avec l'associé de mon père et que tu es partie avec lui le soir de la remise des diplômes du lycée de Red Ridge ? Tu avais tellement allumé le pauvre homme qu'il en avait perdu le sens de son âge, de l'honneur et de la dignité. Je ne vois pas pourquoi cela devrait encore me contrarier. Alors tu peux tirer un trait sur tout ça. C'est le passé. As-tu dit à ton mari que tu venais me demander pardon ?

Blair avait été élevée par des parents désargentés, qui ne s'étaient pas occupés d'elle. Jackson était tombé fou amoureux d'elle et il avait été son premier amant. Il avait bâti des projets d'avenir avec elle, avait voulu lui faire oublier son enfance malheureuse, l'aider à réaliser tous ses rêves. Il appartenait au clan Worth, une famille riche qui avait fait fortune à la sueur de son front. Ils s'étaient promis de s'aimer jusqu'à la mort. Hélas, cela n'avait pas suffi. Le soir de la remise de leurs diplômes, la sublime Blair Caulfield avait voulu tourner une page définitive sur sa pauvreté en partant avec un homme qui avait l'âge d'être son père. Elle avait pris Red Ridge en haine. Elle avait voulu quitter tout ce que Jackson aimait, avait préféré la grande vie et les voyages à travers le monde. Les seules choses qu'il n'avait pas pu lui donner.

— Mon mari ? répéta-t-elle avec un dédain non dissimulé. Il est à des kilomètres d'ici. Nous ne sommes plus ensemble, ajouta-t-elle en baissant les paupières.

Au moins, c'était là une nouvelle sans surprise. Jackson connaissait assez la vie conjugale de Blair pour savoir qu'elle en était à son troisième mari. Il en concluait que ses mariages duraient moins de quatre ans. Lui, au moins, avait le bon sens de ne pas se marier. Le mariage n'était pas pour lui et il le savait. Visiblement, Blair n'avait pas encore eu cette révélation.

Pour un peu, il se serait senti désolé pour les pauvres imbéciles qui l'avaient épousée.

Il garda le silence, bien que curieux de savoir ce qu'elle avait à dire. Mais, quand elle voulait quelque chose, elle ne laissait rien se mettre en travers de son chemin.

— Tu es beau, Jackson.

Sans répondre, il fixa ses magnifiques yeux bleus.

Elle s'approcha d'un pas, dans un nuage de parfum. Un parfum de luxe qui témoignait de l'importance de son changement au cours des dernières années. Elle était très différente de celle dont il était tombé amoureux au lycée.

— Tu n'as rien à me dire ?

— Tu commences à comprendre, répondit-il avec un sourire ironique.

— Je suis désolée, Jackson. Je sais que je t'ai fait beaucoup de mal.

— Tout est oublié depuis longtemps.

Elle jeta un coup d'œil à sa main gauche et haussa les sourcils.

— Tu ne t'es jamais marié ? s'étonna-t-elle.

— Le mariage, ce n'est pas fait pour moi.

— Ça l'était à une époque, répondit-elle d'une voix douce.

Une fraction de seconde, il crut déceler du remords dans sa voix.

— Et, maintenant, si tu me disais ce qui t'amène vraiment, Blair ?

Elle leva la tête et répondit, d'un air de défi :

— Toi, Jackson. Je veux te récupérer.

Il la scruta du regard, sans rien laisser paraître de sa perplexité. Son aveu le surprenait. A quel jeu jouait-elle ? Elle venait d'acheter un terrain qu'il convoitait depuis longtemps et, pourtant, pas une fois elle n'y avait fait allusion…

— Dîne avec moi, suggéra-t-elle. Donne-moi une chance de faire amende honorable.

Il tiqua. Même s'il trouvait très difficile de l'admettre, la revoir, se trouver dans la même pièce qu'elle, lui était insupportable.

— Tu n'en as pas besoin, Blair.

— D'accord. Dans ce cas, dîne avec moi en souvenir du bon vieux temps.

— Ce soir, je ne peux pas. Je te tiendrai au courant de mes disponibilités.

Il était temps maintenant de la congédier. Il se dirigea vers la porte et la lui ouvrit.

Elle s'avança de cette démarche pleine d'assurance des femmes qui se savent désirables. En passant devant lui, elle lui glissa dans la main un morceau de papier avec son numéro de téléphone.

— Je suis chez ma tante, murmura-t-elle. Appelle-moi. Quand tu voudras.

Il la suivit des yeux. Elle était élégante en toutes circonstances, et si fière, avec sa démarche altière et sa chevelure blonde cascadant sur ses épaules ! Tous les employés de Worth Enterprises, hommes et femmes réunis, se retournèrent sur son passage.

Il referma doucement la porte de son bureau en étouffant un juron. Puis il prit son téléphone portable. Il devait appeler Sammie. Inutile de s'interroger sur sa motivation. Il agissait par pur instinct et il espérait sincèrement que ce dernier ne le trompait pas.

— Je ne comprends pas, Jackson. Pourquoi avais-tu besoin de me voir ce soir ? s'étonna Sammie.

Leur baiser de la veille l'avait tenue éveillée une bonne partie de la nuit. Elle aurait apprécié que Jackson lui laisse un peu de répit et pourtant, quand il lui avait téléphoné cet après-midi, il avait insisté pour qu'ils dînent ensemble.

— Je te l'ai dit. Nous devons discuter de la progression des réparations et de l'inauguration, répondit-il.

Assise en face de lui de l'autre côté de son bureau, elle le regarda saisir de ses baguettes un morceau de porc à la sauce aigre-douce. L'Arizona n'était pas réputé pour sa cuisine asiatique, mais Jackson s'était fait livrer par le meilleur restaurant chinois de la ville, et le goût âcre de son poulet pimenté Kung Pao et du riz frit lui plaisait.

Depuis qu'elle était arrivée, trois quarts d'heure auparavant, la conversation avait porté sur tout sauf sur les affaires. Ils avaient même parlé base-ball et football, des sports qu'elle connaissait un peu. Aucune allusion n'avait été faite aux réparations ni à Boot Barrage. Après avoir avalé un autre morceau de poulet, elle reprit :

— Je ne pense pas que tu m'aies invitée pour parler affaires. Tu voulais juste manger chinois. Et ne pas dîner seul.

— Tu te méfies trop, Sammie, fit-il en pointant une baguette vers elle.

Elle cligna les paupières.

— Si seulement c'était vrai !

S'adossant à son fauteuil de cuir, il reprit, sa baguette toujours pointée vers elle.

— Tu fais allusion à ce salaud qui t'a larguée ?

Elle acquiesça d'un hochement de tête.

— J'ai été naïve.

— Tu n'avais aucune raison de te méfier. Ce type a abusé de ta confiance. Qui peut te le reprocher ? Tu t'es seulement montrée humaine, Sammie.

Les yeux plongés dans son plat de poulet, elle répondit :

— Je n'ai rien vu venir et je me suis fait avoir.

— Tu n'es pas la seule, déclara-t-il.

Elle le fixa droit dans les yeux. D'après ce qu'elle savait, lui aussi avait souffert.

— Je ne suis pas la seule ?

Il parut se ressaisir et son expression se durcit.

— Disons juste que c'est un sentiment qui ne m'est pas étranger. Ce sera suffisant. Tu veux un *fortune cookie* ?

Sans attendre sa réponse, il en lança un dans sa direction et elle l'attrapa d'un geste sûr. Un instant, elle examina le biscuit chinois, avant de le briser pour en extraire le ruban de papier.

— Incroyable ! fit-elle après avoir lu la prédiction.

— Qu'est-ce que ça dit ? demanda-t-il avec curiosité.

— C'est toi qui l'as truqué ? Tu as fait mettre ce message dans mon *fortune cookie* ?

— Tu plaisantes ? Tu étais ici quand ils ont livré. Alors, qu'est-ce que ça dit ? demanda-t-il en se penchant, les yeux brillant d'intérêt.

Sammie fronça les sourcils.

— Ça dit : « La chance est de votre côté. Misez sur votre associé. »

— Pas possible ? s'exclama-t-il en éclatant de rire.

— Je ne rigole pas, fit-elle avec un sourire. Lis toi-même.

Après qu'il eut vérifié, elle lança :

— A ton tour, maintenant.

— « Intelligent, vous avez aussi la beauté », lut-il sans se faire prier.

Relevant la tête vers elle, il lui décocha l'un de ses sourires dévastateurs qui mettaient tous ses nerfs à vif.

— Tu inventes.

— Pas du tout, ma belle !

— Je ne te crois pas. Laisse-moi voir.

Elle tendit le bras mais, la prenant de vitesse, Jackson referma sa main sur le ruban de papier.

Il se fichait d'elle. Et elle ne le laisserait pas s'en tirer à si bon compte. Elle avait son côté joueur, elle aussi…

— Si tu disais la vérité, tu me le montrerais sans hésiter. Je parie que ça ne dit pas ça du tout.

— Que veux-tu parier ? demanda-t-il avec un regard pétillant.

— Je ne veux pas parier, je veux gagner, riposta-t-elle.

— Waouh ! Je ne savais pas que tu avais un tel esprit de compétition, Sammie. Je suis impressionné.

— Alors ? Que parions-nous ? demanda-t-elle, prête à lui prouver qu'il se trompait.

— Si tu gagnes, je te fais à dîner.

— Ce n'est pas un prix, dit-elle en secouant la tête. Tu ne sais pas cuisiner.

— Exact. Mais je vais haïr chaque seconde passée à apprendre.

Cela devenait intéressant. L'idée de Jackson peinant aux fourneaux lui plaisait assez. Même si la prudence lui soufflait de laisser tomber le pari et de ne pas tenter le destin, sa nature compétitive prit le dessus.

— D'accord, et si par hasard c'est toi qui gagnes, et je sais que ce ne sera pas le cas, c'est moi qui cuisinerai pour toi. Tout ce que tu voudras.

— Tout… hum. Entendu. Marché conclu !

Ils se serrèrent la main par-dessus le bureau. Puis, le visage fendu d'un sourire satisfait, il poussa le papier vers elle. D'un geste impatient, elle le ramassa et lut. Il n'avait pas menti. Mais, quand elle vit la suite, elle se sentit triompher.

« … Et, pourtant, il faut savoir rester humble. »

— Je suis désolée, Jackson, fit-elle en prenant un air faussement compatissant. Tu as perdu.

— Comment ça ? répondit-il, sourcils froncés. Nous

avons parié que le message ne parlait ni de ma beauté ni de mon intelligence. Or, c'est exactement ce qui est écrit.

Elle leva les yeux au ciel. Une telle logique la confondait.

— Absolument pas, Jackson. Et tu le sais très bien. Tu as omis la partie la plus importante. Qui en change tout le sens.

— Tu coupes les cheveux en quatre.

— Tu ne peux pas penser sérieusement que tu as gagné !

— J'ai gagné, affirma-t-il en hochant la tête.

— Non. Je ne te concède pas la victoire, déclara-t-elle en croisant les bras d'un air déterminé.

Devant la lueur d'amusement dans ses prunelles, elle demanda :

— Qu'y a-t-il ?

— Tu es mauvaise perdante.

— Non. Tu as perdu ton pari. Je ne cuisinerai pas pour toi.

A vrai dire, c'était un soulagement. Elle n'avait jamais épaté personne par ses talents culinaires. Et inviter Jackson dans son appartement pour un dîner en tête à tête n'aurait pas été la décision la plus intelligente.

— Il n'est pas question non plus que je te fasse à dîner, répondit-il.

— Tant pis, ça ne me dérange pas.

— Bien.

Un long moment, ils se dévisagèrent, leurs mentons crispés prouvant leur détermination. La tension était tangible.

Jackson finit par briser le silence.

— Tu aimerais faire quelque chose ce soir ?

Surprise par le changement de sujet, elle renversa la tête en arrière.

— Quoi, par exemple !

— Je ne sais pas, dit-il avec un haussement d'épaules. Aller au cinéma ?

— Au cinéma ? Mais je croyais que nous étions censés discuter de l'inauguration ?

Se levant de sa chaise, il contourna son bureau et lui prit la main.

— Ça attendra. Il y a un film d'aventures à l'affiche, avec Bruce Willis.

— Super !

Jackson lui ouvrit la porte, s'effaça devant elle, et ils quittèrent son bureau.

Jackson avait envie de voir ce film d'aventures, là était l'unique raison de son invitation. Il lui avait demandé de l'accompagner parce qu'elle était là quand l'idée d'aller au cinéma lui avait traversé l'esprit. Il était évident que s'il avait eu un copain sous la main, il n'aurait même pas pensé à elle, mais elle était « disponible ». Et puis, Sammie devait bien l'admettre, cette séance de cinéma était tout à fait supportable.

Jackson lui avait offert les pop-corns et les sodas et, au moins, avec les films d'action, on n'avait pas besoin de sortir les mouchoirs. Il suffisait de garder la tête froide devant les images sanguinolentes.

Le film terminé, Jackson se leva et s'étira longuement. Tout comme sa démarche, chacun de ses gestes exprimait une grâce et une assurance toutes félines qu'il était difficile d'ignorer.

Oubliant son trouble, elle se leva à son tour et passa son sac en bandoulière.

Les spectateurs sortaient du cinéma sans se bousculer, mais il n'avait pas l'air pressé de les suivre. Il se tourna vers elle.

— C'était bien, fit-il d'un ton très satisfait.

— Oui, reconnut-elle.

La neutralité de sa réponse le fit rire.

— Tu as détesté.

— Mais non. L'histoire n'était pas dénuée de… d'originalité.

— D'originalité ? répéta-t-il avec un coup d'œil dubitatif. Tu n'es pas obligée de mentir. La prochaine fois, c'est toi qui choisiras le film. Mais je te préviens, les histoires sentimentales, très peu pour moi… sauf s'il y a Jennifer Aniston.

La prochaine fois ? Elle n'était pas sûre d'avoir bien entendu. Sans relever, elle tripota la bride de son sac.

— Oh… euh…

Hélas, son cerveau engourdi semblait incapable de lui souffler un prétexte pour refuser. Vexée, elle dut se rabattre sur un piètre :

— Quelle heure est-il ?

Jackson jeta un coup d'œil à sa montre.

— Il est — c'est-toujours-l'heure-des-glaces — moins le quart.

Malgré elle, elle sourit. Elle savait toutefois qu'elle ne devait pas baisser sa garde. Il ne s'agissait pas d'un rendez-vous galant. En tout cas, Jackson avait dû avoir une journée difficile car, ce soir, il allait au gré de ses envies.

— Je parie que tu sais où se trouve le meilleur glacier de la ville, affirma-t-elle.

Sans répondre, il sourit, et l'entraîna vers son pick-up.

Une demi-heure plus tard, ils étaient installés au Sonny Side Up devant une sélection de six parfums de glaces.

— Ma préférée, c'est la Cherry Chip Jubilee, annonça-t-elle.

— Et moi, la Five Times Fudge, répondit Jackson en s'adossant à sa chaise.

Savourant le goût des cerises, des noix et de la vanille crémeuse, elle demanda :

— Tu es sûr que Sonny se fiche que nous débarquions chez lui au beau milieu de la nuit, comme ça ?

— Bien sûr, il s'en fiche.

— Qu'est-ce qu'il a fait, il a perdu un pari ?

Jackson se mit à rire.

— Tu comprends vite.

— Je ne suis pas née de la dernière pluie, rétorqua-t-elle d'une voix teintée d'ironie.

— Manifestement, non, répondit-il en agitant sous son nez un porte-clés en argent et cuir, gravé des initiales JLW. C'était un pari de basket. Il perd si souvent qu'il a fini par me donner les clés de son restaurant.

— C'est un bon arrangement. Chaque fois que tu gagnes, tu peux venir t'empiffrer de glaces à l'œil.

Jackson approuva, une lueur énigmatique dans les yeux.

— Mais j'en profite rarement.

Cela la surprenait. Il semblait être parfaitement chez lui dans ce restaurant.

— Pourquoi ?

— Je ne sais pas. Gagner un match est plus important que satisfaire ma gourmandise. Il faut que je sois d'humeur à manger des glaces, ajouta-t-il avec un petit haussement d'épaules.

Ou d'humeur morose, devina-t-elle. Elle sentait décidément qu'il avait besoin de compagnie, ce soir. Et sa bêtise l'avait poussée à accepter de jouer le bouche-trou.

— Et si tu perds ?

Avec un soupir accablé, il se frotta la nuque.

— Je préfère ne pas te le dire.

Intriguée, elle scruta son visage. Pourquoi semblait-il si réticent à l'idée de répondre à une question aussi innocente ?

Elle le scruta du regard.

— Oh, que si ! je veux savoir, insista-t-elle.

— Je pourrais mentir.

— Je le verrais.

Il poussa un soupir résigné.

— Sans doute, dit-il d'un ton dégoûté. Ce n'est pas

grand-chose en fait. Si je perds, je prête mon duplex à Sonny pour une nuit ou deux.

Sammie sentit ses joues s'empourprer. Il n'avait pas besoin de lui faire un dessin.

— Je vois. J'imagine que ce n'est pas pour regarder le sport sur écran géant.

Même si elle ne l'avait jamais vu, elle était prête à parier que le duplex de Jackson était un repaire de don Juan, où rien ne manquait pour séduire une femme. Son imagination s'emballa. Elle se surprit à vouloir en savoir plus. Elle demanderait à Callie. Elle esquissa un sourire narquois.

— Pour la petite histoire, il n'en a jamais profité, lui assura Jackson.

— Il n'a jamais gagné ?

— Ça viendra peut-être, railla-t-il.

Elle hocha lentement la tête.

— Eh bien, tu n'as pas besoin de t'inquiéter. Je ne dirai rien. C'est un truc de mecs, n'est-ce pas ?

Malgré elle, elle avait posé la question d'un ton accusateur. Il haussa les épaules. Sans chercher à se défendre, il lui dit, comme s'il essayait de la mettre en garde à mots couverts :

— Je suis célibataire, Sammie. Cela fait partie du tableau.

Il ne lui apprenait rien. Elle aurait été curieuse de savoir combien de femmes pensaient pouvoir amadouer Jackson et se faire épouser. Elle devait faire bien attention à ne jamais tomber dans cette catégorie.

Il était temps de changer de sujet. La conversation porta enfin sur l'inauguration de la boutique. Ils passèrent le reste de la soirée à discuter de ses projets. Elle se sentait soulagée d'être revenue en terrain solide. Jackson lui ayant garanti que Boot Barrage ouvrirait à la date prévue, elle pouvait se concentrer sur la réussite de son lancement.

Puis il la ramena chez elle et, après l'avoir remerciée pour l'agréable soirée passée en sa compagnie, ils plaisantèrent sur la quantité de glaces qu'ils avaient mangée. Elle lui fut reconnaissante de ne pas s'attarder. Bien sûr, il faisait toujours battre son cœur, elle ne pouvait le nier. Mais cela n'avait rien de sentimental. C'était un trouble lié à son physique irrésistible, à son charme renversant.

Quoi de plus normal pour une femme d'éprouver un désir aussi violent pour un homme ? C'était parfaitement sain. Il aurait même été étrange de sa part de ne pas trouver Jackson attirant. Forte de cette certitude, Sammie alla directement se coucher, la tête remplie de souvenirs de cerises pulpeuses, de fudge et de caramel.

Ce soir, elle ferait de beaux rêves…

Son réveil sonna à 6 heures précises. Elle ouvrit les yeux sur de minces rayons de lumière qui filtraient à travers les stores de la pièce. C'était l'automne dans le désert, où les températures étaient toujours supérieures à la moyenne nationale. Inondée de soleil, sa chambre se réchauffait facilement. Une nouvelle fois, elle pensa aux feuilles qui changeaient de couleur dans le Massachusetts. Elle n'était pas sûre d'aimer le climat sans saisons de l'Arizona.

Balayant la tentation de se blottir sous la couette pour dormir une heure de plus, elle se leva. Après avoir pris un petit déjeuner léger de flocons d'avoine et de myrtilles, accompagné d'un jus de fruits, elle passa des vêtements de travail : un pantalon de jogging et un débardeur. Puis, les cheveux retenus par un serre-tête, elle se lava le visage. Vingt minutes plus tard, une banane autour de la taille, ses lunettes de soleil sur le nez, elle s'élançait à petites foulées à travers les rues résidentielles de Scottsdale.

Toutes ses années de lycée et d'université, elle avait

fait du jogging. Mais, avec tous les chamboulements dans sa vie, elle commençait à se laisser aller. Il était donc temps de s'y remettre. Elle salua au passage ses voisins aussi matinaux qu'elle, d'autres joggeurs ou des gens qui promenaient leurs chiens.

Les cheveux au vent, ses pieds frappant le goudron des trottoirs, elle profitait pleinement de sa course. Elle avait parcouru environ deux kilomètres et était en train de couper à travers un magnifique parc quand elle se trouva nez à nez avec Sonny Estes, qui arrivait dans la direction opposée. Il lui fallut une seconde pour le reconnaître. Il portait des lunettes de soleil noires, un T-shirt blanc et un pantalon de jogging bleu. En la voyant, il ralentit, fit demi-tour et lui emboîta le pas.

— Alors comme ça, tu cours ? s'enquit-il.

— Je courais. J'essaye de reprendre, répondit-elle, le souffle court.

— Tu es une championne ! lui lança-t-il, admiratif.

Elle aurait aimé le croire. Mais le dernier kilomètre l'avait achevée. Elle eut un pincement au cœur. Avant, elle courait cinq kilomètres sans même se sentir essoufflée.

— Merci. Mais tu as dû passer à une vitesse d'escargot pour courir avec moi. Je n'ai pas couru de façon sérieuse depuis des années.

— Eh bien, dans ce cas, tu m'as bluffé.

— Je ne plaisante pas. Je suis épuisée. Je vais avoir des courbatures partout, demain.

Il se mit à rire. Ils passèrent devant une aire de jeux avec des toboggans bleus et orange, des balançoires, des cages à écureuil, des bacs à sable. Dans quelques heures, le parc s'animerait des cris et des rires d'enfants joyeux. Mais, pour le moment, il était calme et désert.

— Tu cours tous les jours ? s'enquit-elle.

— Sauf le dimanche. Je viens souvent par ici.

— Bonne nouvelle, je prends note !

Il lui coula un long regard et, avec un sourire suggestif, demanda :

— Ça te dirait de courir avec moi ?

Sammie évita son regard. Elle n'avait pas eu l'intention de le draguer. Mais Sonny avait dû mal interpréter sa réponse.

— Je ne pourrais jamais tenir ton rythme, mais merci quand même.

— Je parie que si, dit-il avec un hochement de tête approbateur.

Heureusement, il n'insista pas. De toute façon, jamais elle n'aurait pu soutenir la foulée énergique qu'il avait en arrivant à sa hauteur.

Ils continuèrent côte à côte un moment. Sa respiration était saccadée. Ses jambes la brûlaient de fatigue. Elle aspira de longues bouffées d'oxygène, luttant pour ne pas s'arrêter. Elle ne tenait que grâce au souvenir des mots de son père, qui lui répétait souvent avec fierté qu'elle était une battante, et parcourut un autre kilomètre à côté de Sonny. Quand, enfin, elle ralentit, il l'imita. Ils avaient contourné le parc et repartaient en direction de son appartement.

— Je suis presque épuisée. Je ne peux pas aller plus loin. Je vais marcher jusqu'à la maison.

— Je t'accompagne, répondit-il d'un ton résolu.

— Non, ce n'est pas la peine. J'ai déjà gâché ton entraînement.

Il se mit à rire.

— Mais non. J'avais presque fini quand nous nous sommes croisés. J'ai couru deux kilomètres de plus que d'habitude. Moi aussi, je suis crevé.

Elle lui jeta un coup d'œil sceptique. Il n'en donnait pas du tout l'impression. Il transpirait à peine, n'était pas le moins du monde échevelé. En revanche, il était musclé, bronzé, beau. Et pourquoi pas ? se dit-elle soudain. Il était sympa, et l'idée d'avoir un ami ne lui déplaisait pas.

— D'accord. Je t'invite à boire un coup chez moi. Mais tu ne dois pas aller ouvrir Sonny Side Up ?

Avec un sourire réjoui, il secoua la tête.

— Bobby, mon petit frère, fait l'ouverture le matin.

Ils firent le reste de la route en discutant. Quand ils arrivèrent devant son immeuble, il était presque 8 heures. Dix minutes plus tard, après lui avoir montré son petit appartement et offert un verre d'eau fraîche, elle le raccompagna à la porte d'entrée.

— Je te dois un déjeuner dans mon restaurant, n'oublie pas, lança-t-il sur le seuil.

— J'y suis déjà allée. Hier soir. Nous avons mangé des glaces avec Jackson. Apparemment, tu avais perdu un pari.

Jovial, il répondit :

— Ah bon, c'était toi ?

Elle se sentait un peu coupable de ne pas lui en avoir parlé avant. Mais le moment ne s'était pas présenté.

— Tu le savais ? s'étonna-t-elle.

— Il m'a envoyé un SMS pour me prévenir qu'il était dans mon restaurant hier soir. Il n'a pas précisé qu'il était en galante compagnie, mais je m'en suis douté.

— Ce n'était pas du tout ce que tu crois ! se récria-t-elle un peu trop vivement.

Devant le regard intrigué de Sonny, elle précisa :

— Nous sommes allés voir un film, puis avons eu envie d'une glace.

— Donc tu ne sors pas avec Jackson ?

— Pas du tout, bien sûr que non. Nous sommes en affaires ensemble et je suis une amie proche de la famille. C'est tout.

Elle parlait d'un ton si résolu que c'en était humiliant. Mais la vérité était que jamais, même dans ses rêves les plus fous, elle n'aurait osé imaginer vivre une histoire sérieuse avec Jackson Worth. Le fait qu'il ait pu la trouver assez attirante pour passer une nuit avec elle l'étonnait déjà assez. Certes, quand il lançait son opération charme, avec son physique de rêve et son accent traînant, si sexy, il était difficile pour n'importe quelle femme de garder la tête froide. De ne pas carrément la perdre, d'ailleurs. Pourtant, depuis le dérapage de Las Vegas, il avait fait attention avec elle. C'était fini, elle savait qu'il ne lui ferait plus jamais d'avance. Mais la solide relation professionnelle qu'ils avaient développée ces dernières semaines la satisfaisait amplement : leur seul but commun était de lancer Boot Barrage en fanfare.

— Je n'ai personne dans ma vie, précisa-t-elle alors.

Elle ne voyait pas comment elle aurait pu avoir rencontré quelqu'un ici, de toute façon. Elle était dans l'Arizona depuis si peu de temps. Si certaines femmes attiraient les hommes comme le miel attire les mouches, c'était loin d'être son cas. Elle n'était pas une femme fatale. Sa seule fantaisie et son seul atout séduction, c'étaient ses bottes.

— Je suis heureux de l'apprendre, Sammie.

A la lueur qui s'alluma dans ses yeux et à son sourire désarmant, elle comprit qu'il flirtait ouvertement avec elle.

— J'ai bien aimé courir avec toi. Nous nous rencontrerons peut-être de nouveau par hasard, un de ces jours.

Elle sourit. Que Sonny Estes lui fasse ainsi la cour n'était pas désagréable.

— Peut-être bien, oui…

Elle aussi avait apprécié leur jogging. Grâce à lui, elle avait amélioré son rythme et, malgré la fatigue, s'était finalement arrêtée avec un profond sentiment de satisfaction. Une fois Boot Barrage lancé, elle réfléchirait à courir régulièrement avec lui. Mais, pour le moment, elle avait bien assez de choses à gérer.

Sonny parti, elle alla se doucher. Ce matin, elle devait faire passer des entretiens. Elle avait l'intention de recruter des vendeuses à mi-temps d'ici la fin de la semaine.

Le jet puissant la revigora. Elle s'attarda sous l'eau chaude, la laissant détendre ses muscles et son corps. Elle s'était sentie très raide ces derniers temps, une tension sans doute due à tous les changements dans sa vie.

Puis elle se sécha à l'aide d'une serviette-éponge moelleuse. Devant son reflet dans le miroir, elle partit d'un éclat de rire. Avec ses cheveux se dressant en piques sur sa tête, elle ressemblait à Lady Gaga.

Une fois prête, elle passa un pantalon noir et un chemisier blanc cintré, sous un gilet sans manches, gris. Elle choisit une paire de bottines en daim, à semelles à plates-formes et talons hauts. Satisfaite, elle examina son image en pied dans le miroir. Sa tenue était à la fois branchée et professionnelle.

Un coup à la porte d'entrée la fit sursauter. Qui pouvait bien frapper chez elle à 9 heures du matin ? Elle n'attendait personne.

Elle regarda par le judas et, immédiatement, sentit sa respiration s'arrêter, comme chaque fois qu'elle posait les yeux sur Jackson Worth. Se ressaisissant, elle se houspilla mentalement. Elle ne supportait plus cette réaction.

— Sammie, c'est moi. Ouvre !

- 6 -

— Comment ça, tu as repoussé mes entretiens ?

Jackson à peine entré, le trouble de Sammie s'était dissipé. Il venait de lui annoncer qu'il avait demandé à Betty Lou de réorganiser ses rendez-vous du matin, dans les bureaux de Worth Enterprises.

— Je te rappelle qu'il s'agit de *nos* entretiens, fit-il remarquer.

— En théorie, c'est faux, riposta-t-elle.

Elle était un peu vexée qu'il ait pris la liberté de réorganiser son emploi du temps sans lui en parler au préalable. Il était certes un associé extrêmement disponible, mais Sammie préférait se débrouiller seule. C'était sa seule façon de tenir aussi sa place dans leur association sans avoir l'impression qu'il lui faisait la charité.

— Tu devais donner ton approbation finale après la présélection des candidates, non ? Qu'est-ce qui t'a poussé à prendre l'initiative d'annuler ?

Quand elle vit son regard se poser sur ses cheveux toujours hirsutes, elle frémit. Elle avait oublié les pointes folles et son visage sans une trace de maquillage.

— C'est un nouveau look ? s'enquit-il avec curiosité.

Elle fulmina intérieurement. Pourquoi diable était-il arrivé sans s'annoncer ? Elle le détestait. Mais elle ne lui donnerait pas la satisfaction de la voir déstabilisée.

— Et si c'était le cas ?

Il jeta un coup d'œil à sa tenue et à ses bottes italiennes

en daim, couleur argent. Après les avoir examinées une seconde, il répondit :

— Je dirais fonce !

— Menteur.

Avec un petit sourire espiègle, il reprit :

— Ça te change.

Elle leva les yeux au ciel. Il pouvait vraiment se montrer exaspérant, parfois !

— Attends-moi ici, lui enjoignit-elle.

Sans chercher à dissimuler sa mortification, elle se dirigea vers la salle de bains, prit sa brosse à cheveux et sursauta. Le beau visage de Jackson se reflétait dans le miroir. Pourquoi diable l'avait-il suivie ?

— Ne t'ai-je pas demandé de m'attendre ? siffla-t-elle entre ses dents.

Bras croisés, il s'adossa au chambranle et partit d'un rire sonore qui résonna dans la petite pièce.

Elle ne pouvait lui reprocher de trouver la situation cocasse. Ses cheveux se dressaient sur sa tête comme si elle avait mis le doigt dans une prise électrique. Elle regarda son reflet, puis se tourna vers lui et, à son tour, éclata de rire.

— D'accord, je sais que j'ai l'air ridicule. Donne-moi une minute pour arranger tout ça. Tu pourras en profiter pour m'expliquer pourquoi diable tu as repoussé ces rendez-vous ?

— Tagg et moi devons faire un aller-retour en avion à Tucson aujourd'hui.

C'était donc ça ?

— Je suis tout à fait capable de faire passer ces entretiens de recrutement sans toi, Jackson.

Il hocha la tête.

— Je n'en doute pas, Sammie. Mais laisse-moi t'expliquer. Tagg a téléphoné tôt ce matin. Il s'inquiète de devoir laisser Callie. Elle a des problèmes hormonaux, comme vous dites, mesdames, et il préfère ne pas la savoir seule à Red Ridge toute la journée. Il a besoin de toi. Tu serais d'accord pour lui tenir compagnie pendant son absence ?

Un peu prise au dépourvu, elle lui lança un regard surpris. Bien sûr, elle était heureuse de pouvoir aider Callie.

— Pourquoi ne me l'as-tu pas dit tout de suite ?

— J'ai été distrait, répondit-il avec un sourire éloquent.

Il n'avait pas besoin d'ajouter « par ta drôle de coiffure », elle avait compris. L'air décidé, elle répondit :

— Bien sûr, je vais y aller. Callie doit avoir son bébé dans quinze jours. Je ne tiens pas à ce qu'elle soit seule. Pourquoi ne m'as-tu pas téléphoné ?

— Je t'ai téléphoné ce matin. Mais tu n'as pas répondu.

— Oh ! c'est vrai, j'étais sortie.

Et elle n'avait pas pris la peine de vérifier si elle avait des messages. En général, personne ne l'appelait avant 8 heures.

Avec un froncement de sourcils surpris, il demanda :

— Si tôt ?

Elle acquiesça d'un hochement de tête et haussa les épaules. Jackson la dévisagea d'un regard appuyé. Il était évident qu'il attendait une explication. Elle décida de ne pas lui en fournir. Il n'avait pas besoin de tout savoir sur elle. Une femme devait avoir quelques secrets.

Quand, enfin, il comprit qu'elle n'en dirait pas plus, il reprit :

— Bon, alors j'ai eu raison de repousser les entretiens. Comme je n'ai pas réussi à te joindre, j'ai supposé que tu serais d'accord pour passer du temps avec Callie.

Sans lui accorder un regard, elle se concentra sur sa coiffure et ignora son commentaire.

— Je ne m'étais pas trompé, ajouta-t-il d'un ton enjoué.

Elle imaginait sans peine son grand sourire satisfait.

C'était étrange de sentir Jackson la regarder. Quelle excitation un homme pouvait-il tirer de la vue d'une femme mettant du spray sur ses cheveux, du mascara sur ses cils, et choisissant la couleur de rouge à lèvres seyant à sa tenue ? Mais elle ne voulait pas lui répéter d'aller attendre dans le living. Discuter avec lui était une perte de temps. Aussi, elle endura sa curiosité en se répétant qu'elle s'en fichait. Le plus important, aujourd'hui, c'était d'aller tenir compagnie à Callie, à Red Ridge.

— Est-ce que Tagg a précisé si quelque chose contrariait Callie ? s'enquit-elle, soudain inquiète.

— Selon lui, dès qu'il regarde le ventre de sa femme enceinte, elle se met à pleurer toutes les larmes de son corps.

Se penchant vers le miroir, elle appliqua son rouge à lèvres avec soin. Puis elle serra les lèvres et les tapota avec un mouchoir. Elle avait une conscience aiguë du regard de Jackson sur ses moindres gestes. Le maquillage de sa bouche semblait décupler son intérêt.

Elle se tourna vers lui. Il fixait ses lèvres colorées de rose avec une gourmandise avide. Un lent frisson la parcourut et une petite boule de chaleur fusa au creux de son ventre. Se faisant violence pour calmer son émoi, elle se concentra sur ce qu'il venait de dire. C'était Callie qui importait, pas la façon dont il la regardait.

— J'espère qu'il exagère, fit-elle d'une voix qu'elle s'appliqua à garder calme et posée.

— Il ne se plaignait pas. Je dirais plutôt qu'il ne sait pas comment l'aider.

Elle était pleine de compassion. Pauvre Callie ! Elle portait un bébé de la taille d'une pastèque. Quoi de plus normal pour elle d'avoir des accès de larmes, des sautes d'humeur ?

Une fois prête, elle se retourna. Jackson continuait à l'envelopper d'un regard approbateur. De sa coiffure à son maquillage léger, en passant par sa tenue à la fois branchée et professionnelle, et ses bottes en daim argenté, aucun détail de sa nouvelle apparence ne parut lui échapper. Un petit sifflement admiratif s'échappa de ses lèvres.

— Pas mal du tout !

Malgré elle, le compliment la combla d'aise. Sans doute n'était-ce que flatterie de séducteur, qu'elle n'aurait pas dû prendre au sérieux, mais Jackson semblait sincère. Au fond, elle préférait mille fois quand il l'agaçait. Au moins, elle avait une bonne raison de lui rendre la pareille, tout en se répétant qu'il était bien trop canon pour une fille aussi banale qu'elle. Mais quand il la regardait comme une reine de beauté… Elle se réprimanda. Non, elle ne devait pas s'aventurer sur ce terrain.

— Tu veux que nous y allions ensemble, je suppose…

Il hocha la tête.

— C'est le mieux, vu le prix de l'essence.

C'était un prétexte, elle le savait. Même s'il lui était plus facile d'aller à Red Ridge avec Jackson, elle savait bien que, pour des gens aussi riches que les Worth, la question de l'argent ne comptait pas. Le moment était de toute façon mal choisi pour cette discussion.

— Et Tagg veut m'éviter tout désagrément, c'est ça ? renchérit-elle d'une voix teintée d'ironie.

— Tu lui rends service. Par conséquent, il veut te faciliter les choses, c'est normal.

— Quel homme attentionné, railla-t-elle. A quelle heure est votre réunion à Tucson ?

— A 13 heures. Ensuite, nous déjeunerons tard et espérons être au ranch à 18 heures. Je sais que Tagg sera impatient de rentrer chez lui. Si sa présence n'était pas si importante, j'irais seul. Mais il est l'homme des chiffres et c'est une réunion capitale pour Worth Enterprises. Si c'est trop tard pour toi, nous pouvons passer la nuit au ranch.

Oh, non ! il n'était pas question qu'elle et lui — « nous » — passent la nuit au ranch ! Elle secoua la tête.

— Je ne peux pas. J'ai rendez-vous avec un fournisseur

local très tôt, demain matin. Mais, si c'est un problème, je serais ravie d'y aller par mes propres moyens.

Jackson se redressa, décroisa les bras et répondit d'un ton sans réplique :

— Il n'y a aucun problème. Nous rentrerons ensemble.

Sammie se raisonna. Elle devait tout simplement apprendre à accepter tous ces « nous ». Jackson et elle n'étaient pas un couple, en aucune façon. Pourvu qu'une fois Boot Barrage lancé elle sorte du champ de son attention ! Mais elle déchanta vite. Elle avait oublié la naissance de Rory. Les réunions familiales allaient se succéder chez les Worth, elle était donc condamnée à passer de nombreux moments en sa présence.

Décontenancée, ne sachant si elle devait se réjouir ou se désespérer, elle rassembla ses affaires.

— Je suis prête.

Posant une main au creux de ses reins, il la guida dehors. Au contact des doigts dans son dos, une myriade de picotements parcourut son corps.

Elle réprima un soupir. Autant s'y résigner : toute sa vie, l'homme le plus inaccessible du monde attiserait son désir.

Une fois qu'ils furent sortis de la ville, le trajet jusqu'à Red Ridge se déroula sans encombre. Il n'y avait pas foule sur l'autoroute, pas d'embouteillages comme à Boston, où l'on n'avançait qu'à huit kilomètres à l'heure… quand du moins on avançait ! Laissant Jackson passer des coups de fil professionnels grâce au haut-parleur de son portable, Sammie admira le paysage.

La lumière du soleil de ce milieu d'après-midi illuminait la terre aride et les montagnes à l'horizon de magnifiques teintes rougeoyantes et cuivrées. Le bleu cobalt du ciel contrastait avec la palette chromatique de l'Arizona.

Grisée par la beauté du panorama, Sammie comprit à l'odeur si caractéristique de bétail et de cuir qu'ils entraient sur les terres du ranch Worth. C'était aussi l'odeur de la fortune, de la persévérance, de la loyauté, de l'histoire d'une grande famille. Elle enviait Jackson pour cela. Il avait toujours su qui il était, d'où il venait, quand elle ne faisait que rêver de racines familiales profondes et rassurantes.

Quand elle était enfant, puis adolescente, elle avait cru que sa vie serait pleine de belles surprises. Rien ne s'était déroulé comme elle l'avait imaginé. Mais inutile de s'attarder sur le passé. Elle avait déjà effacé de son esprit son horrible expérience avec Allen. Malgré son amertume, elle en avait tiré une leçon. Et plus jamais, elle le savait, elle n'accorderait sa confiance à personne : un résultat bien désolant, certes, mais pragmatique. Elle avait perdu beaucoup plus que de l'argent dans cette histoire, en restait blessée dans son identité, dans son âme. En entendant la voix de Jackson, elle s'extirpa de ses sombres pensées.

— Tu as un plan pour embobiner Callie ?

Secouant la tête, elle se mit à rire. Comme il était bête ! Il était irrésistible. Depuis leur pacte, il s'était montré on ne peut plus décent et délicat avec elle. Pourquoi ne pouvait-il pas se comporter en salaud pour qu'elle ait une bonne raison de lui en vouloir ?

— Parfois, il suffit de ne rien faire pour se sentir mieux, répondit-elle. Nous nous contenterons sûrement de passer du temps ensemble et de papoter.

Jackson lui jeta un regard en coin, comme pour la mettre en garde.

— Ne t'en fais pas, nous ne parlerons pas de toi, s'empressa-t-elle de lui assurer.

— Je ne m'en fais pas, chérie. Nous avons notre petit secret. Et je te fais confiance pour le garder.

Encore ce « nous ». Sammie esquissa une petite grimace. Quand ce petit jeu finirait-il ?

Elle avait souvent été tentée de dire la vérité à Callie. Après tout, elle était sa meilleure amie, et son secret était bien lourd à porter. Mais son bon sens l'avait emporté sur son sentiment de culpabilité. Et puis, aujourd'hui, son seul but était d'aider Callie à se sentir mieux. Et si elle n'y arrivait pas, elle trouverait un moyen de la distraire.

Lorsqu'ils se garèrent devant la maison, Callie en sortit, suivie par Tagg, une mallette de cuir noir à la main, le visage inquiet. Il semblait aussi heureux de quitter sa femme que s'il était allé à l'échafaud.

Jackson sauta de son pick-up et, sans laisser à Sammie le temps de dire ouf, vint ouvrit sa portière. Elle le remercia. Sa galanterie était loin de la laisser insensible.

Après l'avoir serrée sur son cœur, Callie la rabroua gentiment :

— Je me réjouis de ta visite, Sammie, mais je sais pourquoi tu es ici. Tu n'avais pas besoin de perdre ton temps si précieux à venir me pouponner. Je vais bien.

Sammie lui rendit son étreinte. Il lui suffit d'un coup d'œil au visage de Callie pour savoir que son amie lui mentait : elle était d'une pâleur extrême et ses yeux rouges indiquaient qu'elle avait pleuré. Elle comprenait la frustration du pauvre Tagg, impuissant à l'aider. Les hommes étaient souvent bien démunis devant les caprices hormonaux des femmes : ils n'y comprenaient rien. Elle réfléchit rapidement. Callie ne serait pas dupe si elle lui répondait qu'elle avait eu envie de venir la voir. Elle allait essayer de retourner la situation.

— Je ne suis pas venue te pouponner, déclara-t-elle. En fait, j'ai besoin de ton aide. Si tu as du temps, plus tard, j'aurai besoin de quelques conseils.

Le regard plein de gratitude de Tagg ne lui échappa pas. Callie, qui n'avait pas remarqué, s'exclama, le visage soudain réjoui :

— Vraiment ?

— Oui. Vraiment.

— Il faut y aller, les pressa alors Jackson en regardant sa montre.

— D'accord, acquiesça son frère avec un soupir à fendre l'âme. Oui, il est temps de nous mettre en route. Je t'aime, ajouta-t-il, d'une voix rauque en se tournant vers sa femme.

— Moi aussi, répondit Callie.

Il la prit dans ses bras. Devant la tendresse qu'exprimait son regard, Sammie sentit ses yeux se mouiller, avant de détourner la tête devant la ferveur de leur baiser. Elle ne voulait surtout pas faire intrusion dans leur intimité. Jackson la fixait avec intensité, une lueur énigmatique dans ses prunelles bleues. Leurs regards s'enchaînèrent et un long frisson la traversa. Pourvu qu'il ne devine rien de son trouble ! Elle savait qu'elle avait le plus grand mal à dissimuler ses émotions.

Mais déjà, rompant le charme, le beau cow-boy lui adressa un clin d'œil narquois et s'avança vers sa voiture.

Le cœur un peu lourd, elle regarda Tagg embrasser le ventre arrondi de sa femme avec une douceur infinie.

Elle se surprit soudain à envier tous ceux qui avaient connu le grand amour. Non qu'elle jalousât Callie et Tagg. Ils étaient parfaits l'un pour l'autre. Et, après avoir surmonté tant d'épreuves, ils méritaient amplement leur bonheur. Mais les voir aussi bien ensemble la ramenait immanquablement à elle-même : pourrait-elle un jour partager une telle félicité avec quelqu'un ? Et où rencontrerait-elle un tel homme ? Autant de questions sans réponses…

— Sois bien sage et ne bouge pas jusqu'au retour de papa, disait Tagg. N'oublie pas que je t'aime.

Les yeux toujours embués, elle vit la main de Callie se poser sur la tête de son mari et ses doigts caresser ses cheveux bruns. Ce vieux désespoir qu'elle avait si bien appris à dissimuler enfla en elle, en une violente nostalgie qui menaçait de détruire la perfection de l'instant. Elle parvint, non sans mal, à refouler ses larmes.

— Il attendra, lui assura Callie.

— Je ne serai qu'à quelques heures d'avion. Surtout, appelle-moi si tu as besoin de moi, reprit Tagg avec une infinie douceur.

Un long moment, ils se fixèrent. Enfin, Callie donna une petite bourrade à son mari.

— Va ! Tout ira bien. Sammie est avec moi.

Après les avoir saluées une dernière fois, les deux frères prirent place dans le pick-up, qu'elles regardèrent s'éloigner.

A cet instant précis, Sammie comprit à quel point elle avait besoin d'être aimée de la sorte. Un amour comme celui-là, elle ne demandait rien de plus à la vie. Elle voulait se sentir liée à un homme comme Callie l'était à Tagg. Le chérir et se sentir chérie. Elle ne voulait rien tant que connaître le bonheur de donner son cœur, sa confiance, à celui qu'elle aurait choisi, de manière inconditionnelle.

C'était décidé, elle ne ferait aucun compromis.

Avec un soupir, elle passa un bras autour des épaules de Callie et, côte à côte, elles s'avancèrent vers la maison.

Une heure plus tard, elle remuait une salade composée : œufs durs, carottes râpées, cœurs de palmier, asperges, olives vertes, cornichons et rosbif.

— La salade de Madame est prête, déclara-t-elle en posant le saladier de bois sur la table. J'y ai mis tous tes ingrédients préférés. Et il en restera.

Son amie jeta un coup d'œil au saladier.

— Tu as oublié les pépites de chocolat ?

Sammie se mit à rire. Elle était contente d'être venue aujourd'hui. Et la future maman semblait déjà de meilleure humeur.

— La prochaine fois, promis.

— J'ai peine à croire que tu vas manger ça avec moi, fit Callie, un pichet de citronnade à la main.

— Pourquoi pas ? répondit-elle en posant deux assiettes sur des sets de table. C'est une création originale, après tout.

— Mais pour quelqu'un qui n'a pas des envies de femme enceinte, c'est plutôt écœurant, non ? Tu ne devrais pas te sentir obligée.

— Ne t'inquiète pas et sers-toi, répondit-elle en s'asseyant à table.

Sa salade se révéla plutôt bonne. En tout cas, Callie sembla l'apprécier, ce qui était le principal. Au bout d'un moment, cette dernière demanda :

— Alors, comme ça, tu as besoin de mon conseil au sujet de quelque chose d'important ?

— Ce n'est pas une question de vie ou de mort. Mais… oui. J'ai quelque chose à te demander. Tu connais Sonny Estes ? De Sonny Side Up ?

— Je l'ai vu une ou deux fois. Il a l'air plutôt sympa. Je crois que Jackson est son propriétaire.

— En effet. Son restaurant est dans la rue de Boot Barrage. Je suis tombée sur lui ce matin, en faisant mon jogging. Du coup, nous avons couru ensemble.

— Et alors ? demanda Callie avec curiosité, en posant sa fourchette.

— Je ne sais pas, répondit-elle avec un haussement d'épaules. Je crois qu'il m'a draguée. Mais peut-être pas. J'ai tellement souffert que je ne suis même pas sûre de pouvoir encore décrypter ce genre de signes. Ce matin, il m'a demandé si je voulais courir avec lui de façon régulière.

— Et tu as peur d'entamer une nouvelle relation, c'est cela ? s'enquit Callie.

Sammie poussa un soupir. Elle n'était pas sûre de savoir encore s'y prendre avec les hommes. Mais, au moins, cela faisait du bien d'en parler.

— Je pense qu'il veut sortir avec moi. Or, je ne sais pas si je suis prête.

D'un geste réconfortant, Callie lui frôla le bras.

— Tu le sauras quand tu seras prête, je n'en doute pas. Après ce que tu as traversé, quoi de plus naturel que d'avoir une certaine appréhension des hommes ?

— Et je vais être si occupée, avec le lancement de Boot Barrage…

Elle se cherchait des excuses.

— Il ne t'a pas demandé en mariage, Sammie, la rabroua gentiment son amie. Il t'a demandé de courir avec lui le matin. Tu peux toujours accepter et voir comment ça se passe. Je t'en prie. Ce n'est peut-être pas une si mauvaise idée, après tout.

— Je ne sais pas.

Soudain, le visage de Jackson passa devant ses yeux. Qui croyait-elle berner ? Depuis Las Vegas, il avait occupé toutes ses pensées et, à la simple idée de démarrer une relation avec un autre homme que lui, elle se sentait frémir de dégoût. Elle avait dû passer trop de temps en sa compagnie ces derniers temps. Et cela l'irritait. Même si, à ses yeux, aucun homme ne lui arrivait à la cheville. Pour autant, s'abandonner à ses sentiments pour Jackson serait la pire des imbécillités. Qu'il aille au diable, après tout !

— Je peux demander à Jackson ce qu'il en pense, si tu le souhaites, suggéra alors Callie. Ils sont copains depuis un moment.

— Oh, non ! s'empressa-t-elle de répondre. Ce n'est pas la peine. Je vais réfléchir, je voulais juste avoir ton avis.

— Très bien.

Callie sourit et se frotta doucement le ventre. Sa peau se tendait quand le bébé bougeait. La naissance approchait maintenant. Le petit Rory serait bientôt là.

— Si tu as besoin de parler, tu sais que je suis là. Tu peux tout me dire, ajouta-t-elle.

A ces mots de son amie, Sammie se sentit immensément reconnaissante. Combien elle aurait aimé que ce soit vrai ! Hélas, il lui suffisait d'entendre le nom de Jackson pour que sa culpabilité resurgisse et vienne gâcher la sincérité de ce moment. Ce n'était pas tant le fait d'avoir couché avec lui. Mais, en taisant l'aventure à Callie, elle avait l'impression de trahir sa meilleure amie. Elle qui avait toujours mis un point d'honneur à se montrer honnête en toutes circonstances !

— A propos de Jackson, comment allait mon beau-frère, aujourd'hui ? reprit Callie.

— Aujourd'hui ? Bien, je pense. Pourquoi ?

— Parce que j'ai entendu dire que l'amour de sa vie lui avait rendu visite.

Une sourde angoisse lui étreignant soudain le cœur, Sammie répondit :

— Il n'y a fait aucune allusion.

— Non, je suppose que c'est normal. Après tout, tu es nouvelle à Red Ridge. Tu ne connais pas le passé des Worth. Mais il en a discuté avec Tagg. Et puisque tout le monde au bureau a vu Blair Caulfield hier après-midi, ce n'est pas un secret. Avec Betty Lou, la moitié de la population de Red Ridge est sans doute déjà au courant.

— Hier ? répéta Sammie incrédule.

De peur d'éveiller les soupçons de Callie, elle s'empressa de répéter d'une voix posée :

— Il l'a vue hier ?

Callie acquiesça d'un signe de tête.

Soudain, tout était clair. La raison pour laquelle Jackson avait insisté pour la voir, la veille. Pour dîner chinois, aller au cinéma, l'inviter à déguster des glaces à l'issue de la séance. Profondément perturbé par la visite de son ex, il avait eu besoin d'une diversion. C'était aussi simple que ça. Ou, tout au moins, de se changer les idées après une entrevue pour le moins difficile. Pourquoi donc est-ce que cela la mettait en colère ? Oui, c'est comme si Jackson s'était servi d'elle, tout simplement : elle avait juste été là, disponible pour l'aider à surmonter une sale journée.

— A ce qu'il paraît, Blair est arrivée sans prévenir, poursuivait Callie. Et, attends, ce n'est pas fini… Elle a déclaré vouloir le récupérer. Après ce qu'elle lui avait fait. Après toutes ces années. Tu te rends compte ?

Paniquée, Sammie sentit son cœur cogner à grands coups dans sa poitrine.

— Et il lui a dit non, bien sûr ?

— D'après Tagg, il ne lui a rien dit. Pour être tout à fait franche, je ne comprends pas qu'il ne l'ait pas chassée de son bureau. Il est assez grand pour gérer seul cette situation, mais, quelquefois, je dois dire que je m'inquiète pour lui.

Sammie était bouleversée. Jackson n'avait pas dit non ? A une femme qui l'avait presque détruit, qui avait ruiné sa capacité d'aimer ? Il ne pouvait y avoir qu'une raison. Il avait décidé de réfléchir à la possibilité de reprendre sa vie avec elle. Il était toujours amoureux d'elle.

Pourquoi diable réagissait-elle aussi violemment ? Ce qui s'était passé entre elle et Jackson était une erreur, c'était oublié. Sa jalousie n'avait pas lieu d'être et, pour tout dire, l'effrayait.

Heureusement, Callie avait déjà changé de sujet. Après le déjeuner, Sammie aida la future maman à plier et à ranger les vêtements de bébé. La joie et l'excitation de son amie agirent comme un baume sur ses nerfs en pelote.

Il était grand temps de chasser Jackson de ses pensées.

L'enjeu était bien trop démesuré pour se laisser dominer par ses émotions. Et puis, avec le lancement de son affaire, le moment serait bien mal choisi pour prendre des risques inutiles.

Plus tard, ce même soir, Sammie était assise, très raide, dans le pick-up de Jackson. A plusieurs reprises, il se tourna vers elle pour lui poser des questions sur sa journée mais, refusant de le regarder, elle se contenta de lui donner des réponses laconiques.

— Tu as passé un bon moment avec Callie, aujourd'hui ?

— Oui.

— Elle avait l'air en forme quand nous sommes partis. Tu as dû lui remonter le moral.

— Je pense que oui.

— Qu'avez-vous fait, toutes le deux ?

— Parlé, surtout.

— C'est vrai, tu avais des conseils à lui demander. Ou était-ce un prétexte ?

— Ce n'était pas du tout un prétexte.

Jackson remarqua son ton haché et prit sa main.

— Hé, qu'est-ce qui ne va pas ? Quelque chose te dérange ?

A son contact, tout son corps frémit. S'il avait pu se douter à quel point elle lui en voulait ! Il avait tellement de chance de pouvoir la toucher sans rien sentir, quand elle était si sensible à sa seule présence. Dire que quand il était revenu avec Tagg, tout à l'heure, il lui avait suffi de poser les yeux sur lui pour sentir son cœur s'affoler, ses poumons manquer d'air. Elle n'avait jamais autant détesté l'effet qu'il produisait sur elle. Mais il émanait de lui une séduction diabolique à laquelle elle était incapable de résister.

Avant de monter en voiture, il avait retiré la veste de son costume noir et sa cravate. A présent, les deux premiers boutons de sa chemise défaits, les manches retroussées sur ses avant-bras bronzés, il tenait le volant de sa main libre. Les vitres étaient baissées, le toit ouvert et le vent ébouriffaient ses cheveux de la couleur des blés mûrs.

Sammie jeta un coup d'œil à la main qui couvrait la

sienne. Ses doigts fins, aux ongles soignés, étaient un peu rêches sur sa peau douce.

— Non, rien, je suis juste un peu lasse.

Lasse de prétendre que jamais elle n'avait croisé un homme au physique aussi exceptionnel que Jackson Worth.

Lasse de lutter contre ses sentiments pour lui.

Lasse d'être faible quand elle aurait dû être forte.

Il lui pressa affectueusement la main.

— Et si tu essayais de dormir un peu ? Quand tu te réveilleras, nous serons arrivés.

Elle ignora le « nous » et suivit son conseil. Cela semblait une bonne idée. La journée avait été longue et animée, et le lendemain promettait de l'être tout autant. Laissant aller sa nuque contre l'appui-tête, elle ferma les paupières et s'assoupit.

A peine cinq minutes plus tard, elle fut tirée de sa torpeur par le juron de Jackson.

— Bon sang !

Ballotté par un vent violent, le pick-up penchait dangereusement d'un côté. Il s'empressa de fermer le toit et les vitres, atténuant les hurlements des rafales. Elle se redressa dans son siège et le fixa avec inquiétude.

— Que se passe-t-il ?

L'expression de son visage ne lui disait rien qui vaille. Et quand elle suivit son regard, ses yeux s'écarquillèrent d'étonnement.

— Seigneur !

Un mur de poussière d'un bon kilomètre de long se dirigeait droit sur eux. Il tourbillonnait du sol vers le ciel telle une immense couverture gris-rouge et, filant plus vite que des nuages d'orage, balayait tout sur son passage. Jamais elle n'avait rien vu de tel. Elle avait déjà fait l'expérience de cyclones et même, une fois dans sa vie, d'une petite tornade, mais ce n'était rien en comparaison du monstre qui approchait.

— Tiens bon ! lui lança Jackson.

Sans demander son reste, elle s'agrippa aux bords de son siège.

— Nom d'un chien ! je n'ai rien vu venir. Et, tout à coup, je me suis retrouvé face à cette muraille de poussière. Le vent est d'une violence inouïe !

C'était peu dire. Les arbres bordant la route étaient pliés, luttant contre les bourrasques. Et ils fonçaient droit dans la tourmente.

— Pouvons-nous faire demi-tour ? fit-elle d'une petite voix.

— Nous ne pouvons pas l'éviter, répondit Jackson. Ça va secouer.

La poitrine soudain oppressée, elle se figea, refoulant sa panique. Ils étaient seuls sur la route.

— Jackson ?

— N'aie pas peur, Sammie. J'ai une idée.

Il était trop tard pour tenter de la rassurer. Elle était déjà pétrifiée de terreur.

— D'accord.

Il scruta la route, dont on distinguait à peine le tracé. Tout était sombre. Le moindre panneau, arbuste, avait été avalé par le monstre de poussière. Tandis que le pick-up était de plus en plus ballotté par les rafales, Jackson bifurqua sur un chemin de traverse. Concentré sur la route qui s'offrait à lui, il murmura :

— Si mes souvenirs sont bons, nous ne sommes plus très loin.

Elle ne voyait pas du tout de quoi il parlait, mais ne posa aucune question. Hormis le faisceau lumineux des phares, ils étaient plongés dans une nuit d'encre.

De violents tremblements secouaient tout son corps. Elle était en proie à la terreur la plus totale. Toujours agrippée à son siège, elle priait en silence. Elle les imagina avalés, puis recrachés par l'abominable bête. Sa seule consolation était la détermination qu'elle lisait sur le visage de Jackson.

— Je crois que nous y sommes presque. Comment te sens-tu ? s'enquit-il sans la regarder.

Comment pouvait-il s'attendre à une réponse ? Pourtant, malgré ses dents, qui claquaient, elle parvint à prononcer quelques mots. Elle ne voulait pas qu'il se déconcentre en la regardant.

— Ne… ne t'inquiète pas pour moi.

A ce moment précis, il s'arrêta au beau milieu de la route.

— Voilà, ça devrait être là.

Elle jeta un regard affolé à la ronde. Avait-il perdu la raison ? Ils étaient au milieu de nulle part, au cœur d'un désert désolé.

— Ou sommes-nous ? fit-elle d'une voix tremblante.

— Ne bouge pas, Sammie. Je vais voir. Je reviens tout de suite.

— Voir quoi ?

Il descendit de voiture, luttant pour refermer sa portière. A la faible lumière des phares, elle le vit vaciller dans le vent, puis il disparut de son champ de vision.

Une minute plus tard, la portière se rouvrit.

— Prends tout ce dont tu as besoin, cria-t-il pour couvrir les hurlements de la tempête.

A peine avait-elle eu le temps de saisir son sac qu'il l'avait soulevée dans ses bras, avant de refermer la portière d'un coup de pied.

— Plaque-toi bien contre moi et baisse la tête, cria-t-il, cherchant toujours à couvrir le fracas du vent.

Puis, protégeant son corps du sien, il l'emporta dans l'obscurité.

- 7 -

Sammie collée contre lui, Jackson descendit l'escalier étroit du bunker. Il sentait sa peur. La pauvre était pétrifiée. Ce n'était pas le commencement idéal pour sa nouvelle vie dans l'Arizona. Il lui avait confié son téléphone et, d'une main tremblante, elle éclairait les marches. Il en avait déjà compté huit. Bientôt, il atteignit la dernière, Sammie toujours accrochée à lui comme si sa vie en dépendait.

— Tout va bien, chérie. N'aie pas peur.

— Je n'ai pas peur, répondit-elle en s'agrippant plus fort à son cou.

Malgré lui, il sourit. C'était sa première tempête de poussière. Pas étonnant qu'elle soit terrorisée. Il était vrai qu'il avait rarement eu à en affronter une d'une telle violence. Le mur de poussière s'était dressé comme une immense chape maléfique, sombre et menaçante, les isolant du reste du monde. Même après avoir fermé et sécurisé la trappe d'accès au bunker, il entendait encore le fracas des rafales qui soulevaient le sable à des kilomètres à la ronde.

Il savait néanmoins qu'ici ils étaient en sécurité.

— Je vais te poser, maintenant, lui annonça-t-il, rassurant.

Dans la pénombre, elle murmura d'une toute petite voix :

— D'accord.

— Tu es sûre ?

Il sentait ses mèches courtes lui chatouiller le menton et la fraîcheur de son parfum de pêche contrastait avec l'odeur de renfermé de l'abri.

Il la déposa avec délicatesse et, une fois ses pieds sur le sol, l'aida à se redresser. Sentant qu'elle flageolait encore sur ses jambes, il suggéra :

— Je vais te tenir un moment.

Sans attendre sa réponse, il la plaqua contre son torse, s'appliquant à lui communiquer sa chaleur. Docile, elle se blottit contre lui, son corps toujours agité de légers tremblements. Son silence le surprit. Elle devait être vraiment secouée pour rester si longtemps sans parler.

— Où sommes-nous ? finit-elle par murmurer.

— Dans le bunker de Benjamin Stubbing, répondit-il d'une voix apaisante.

— Comment… comment connais-tu cet endroit ?

— Je venais y jouer avec ses fils. Le père était un survivaliste. On se retrouvait ici en secret quand on avait dix ans. Plus tard… Non, ça n'a pas d'importance.

— Tu amenais des filles ? lâcha-t-elle d'une voix étouffée.

Il hocha la tête.

— Juste pour leur en mettre plein la vue. Elles étaient fascinées.

— Ce n'est pas plutôt toi qui les fascinais ?

Il esquissa un sourire. Il ne pouvait le nier. Néanmoins, si sa réputation avec les femmes était fondée, la vive imagination de Sammie dépassait de loin la réalité. Enfin, le moment était mal choisi pour se justifier de son passé de bourreau des cœurs.

— La batterie est presque à plat, ma belle, dit-il en lui prenant son téléphone. Je dois jeter un coup d'œil aux lieux.

S'avançant un peu, il se cogna à un meuble. Il rattrapa

de justesse un objet qui vacillait, se félicitant de voir qu'il s'agissait d'une torche à piles.

— Nous avons de la chance ! s'exclama-t-il en l'allumant. Nous avons de la lumière.

Le meuble se révéla être un placard. Il l'ouvrit et se trouva devant une réserve de boîtes scellées contenant de la nourriture, de l'eau et des couvertures.

— Au moins, nous n'allons pas mourir de faim.

— Manger est le dernier de mes soucis, chuchota Sammie.

Ses tremblements avaient repris. Il devenait évident qu'elle ne tremblait pas que de peur. Il faisait très froid dans le bunker. Il s'empressa de déballer une couverture de survie.

— Je peux te réchauffer, suggéra-t-il.

— Je n'en ai jamais douté, répliqua-t-elle, à sa grande surprise.

Il dirigea sa torche vers elle. Malgré sa vulnérabilité évidente, elle gardait son sens de la repartie. Puis, dirigeant le faisceau vers le mur du bunker, derrière elle, il déclara :

— Il me semblait bien me souvenir d'un lit de camp.

— Tu crois qu'il est solide ?

— Si tu avais connu Ben, tu n'en douterais pas une seconde. C'était un perfectionniste, il n'investissait que dans du solide. S'il savait que c'est à moi que son abri sauve aujourd'hui la vie, il se retournerait dans sa tombe. Il nous a menacés d'une sacrée raclée le jour où il nous a surpris, ma bande de copains et moi, dans son bunker.

— Bien entendu, vous ne l'avez pas écouté.

— Non, ça ne nous a jamais empêchés de revenir. Mais nous avons fait en sorte de ne jamais plus nous faire pincer, ajouta-t-il en se rengorgeant.

Il dirigea la lampe vers le visage de Sammie. A l'incertitude qu'il décela dans ses prunelles écarquillées, il comprit qu'elle n'était pas si sûre d'être en sécurité.

— Tout ira bien, lui assura-t-il encore une fois.

— Combien de temps allons-nous rester ici ? murmura-t-elle.

Il entendit le fracas de la trappe luttant contre le vent.

— Je n'ai jamais vu des bourrasques pareilles. Elles doivent aller à quatre-vingts kilomètres à l'heure. Je propose de nous installer aussi confortablement que possible et d'attendre. Ça peut durer toute la nuit.

Elle le fixa, une lueur d'anxiété dans le regard :

— Toute la nuit ?

Il savait ce qu'elle pensait. Ils étaient loin de tout, coupés du monde. La priorité était toutefois d'assurer la sécurité de Sammie. Si cela impliquait de passer la nuit avec elle dans un bunker, ils devraient faire contre mauvaise fortune bon cœur.

— Il faudrait téléphoner à Tagg ou à Clay, reprit-elle. Les prévenir que nous sommes ici.

— Je vais voir. Mais mon téléphone est presque déchargé et je doute que nous ayons du réseau.

— Je vais essayer le mien, dit-elle en tirant son portable de son sac. Je n'ai pas de réseau non plus.

— Le vent empêche toute communication. Les routes sont trop dangereuses pour rouler. Tagg saura que je t'ai mise à l'abri, Sammie.

— Et eux, Jackson ? Callie est-elle en sécurité là-haut ?

— Oui, je pense que tout ira bien. Tagg est avec elle. Il ne laissera rien lui arriver.

Sammie était soulagée. Tant que Rory attendait pour naître.

— Nous ferions aussi bien de nous asseoir, reprit alors Jackson.

Prenant sa main, il l'attira à côté de lui sur le lit de camp. Ils s'enfoncèrent dans le matelas avec un craquement. Il posa la lampe électrique par terre, à côté d'eux.

Il ouvrit alors un paquet plat et en tira une couverture

d'urgence qu'il enroula autour de Sammie. Puis il la serra contre lui.

— Pose ta tête sur mon épaule et détends-toi.

Elle mordilla un moment sa lèvre inférieure, comme hésitante. Puis, avec un hochement de tête, elle obtempéra. Quand elle ouvrit la bouche, il sentit son souffle froid sur son visage.

— M'appuyer sur toi et me détendre ne sont pas très compatibles, tu sais ?

Bien sûr, il savait. Il en avait même une conscience aiguë. Ils étaient coincés dans ce bunker, ensemble. Sentir son parfum frais qui flottait dans l'air et ses petits seins fermes contre ses aisselles le mettait au supplice.

— Avec la couverture de survie, tu ne vas pas tarder à te réchauffer.

Elle se pelotonna tout contre lui et, machinalement, il fit courir ses doigts sur ses bras.

— Je pense que tu accordes trop d'importance à la couverture, murmura-t-elle.

— Vraiment ? fit-il en baissant les yeux vers elle.

Sa tête inclinée de côté, ses lèvres délicieusement entrouvertes appelaient les baisers. Il rassembla tout son courage. Il n'était pas question qu'il profite de la situation. Pas avec elle. Et il se fichait bien que Tagg l'apprenne. Mais il ne voulait pas la décevoir. Il ne la toucherait pas, car ce ne serait pas juste envers elle.

— Tu sais, j'ai d'autres idées pour l'inauguration de Boot Barrage, avança-t-elle. Et puisque ce soir, nous avons tout ce temps à tuer, j'aimerais te les exposer.

Il s'installa de façon à ne plus sentir la douce pression de ses seins, qui menaçait de lui donner une érection, et s'obligea à ignorer la tendre invitation de ses lèvres.

S'il ne succombait pas à la tentation ce soir, il mériterait une médaille.

Un fracas de fin du monde réveilla Sammie. Elle leva la tête et ouvrit grand les yeux. Peu à peu, elle prit conscience de la faible lumière, des odeurs de terre et du violent sifflement du vent. S'extirpant des brumes du sommeil, elle se rappela tout soudain.

Elle était dans un bunker, à l'abri d'une tempête de poussière, appuyée au corps de l'homme le plus sexy de la planète, sous une couverture d'astronaute. Sa tête reposait sur son torse puissant. Elle gémit et Jackson resserra son emprise.

En un instant, son corps s'emplit d'un désir brûlant. Ils avaient dû finir par s'assoupir. Il devait être tard. Pourtant l'aube ne se lèverait pas avant de longues heures. Mais si elle avait craint de voir la trappe céder sous les assauts du vent et de mourir emportée par une tornade, toutes ses peurs s'étaient évanouies. Elle se sentait en sécurité avec Jackson Worth.

La lueur de la torche éclairait partiellement sa figure, accentuant les angles, taillés à la serpe, de ses mâchoires. Il avait de très beaux traits, un visage viril et buriné, pour lequel n'importe quelle femme se serait damnée.

Pourtant, elle voyait au-delà de sa beauté. Que lui avait-il dit, déjà ?

« J'ose espérer que je suis un peu plus que ça. »

Bien sûr, il était bien plus qu'un simple fantasme masculin incarné. Et, ce soir, il avait prouvé quel homme il était vraiment. Quand il avait vu sa panique dans le pick-up, il l'avait rassurée. Puis il avait trouvé une solution pour les mettre à l'abri de la tornade. Il avait réagi au quart de tour, l'avait protégée et sauvée du danger.

Devant le grand corps athlétique endormi, un long soupir lui échappa. Qui sait, peut-être maintenant courait-elle un autre genre de danger. Son bras était toujours enroulé autour d'elle en un geste possessif. Le contact de son corps pressé contre le sien mettait tous ses nerfs à vif.

Elle avait déjà dormi avec Jackson une fois, mais n'en avait pas des souvenirs très clairs. Son corps, lui, n'avait pas oublié. Il lui parlait. Lui criait son besoin. Ce soir, elle aurait pu mourir sans jamais connaître l'ivresse de sentir tout son être frémir sous les mains d'un homme comme Jackson Worth. Elle savait que, cette fois, elle ne laisserait pas la raison lui dicter sa conduite. Son corps prit les commandes.

Son instinct lui soufflait qu'elle devait faire l'amour avec Jackson Worth. Une telle chance ne se représenterait pas.

Elle avait besoin de connaître les sensations oubliées de cette nuit, de se créer un souvenir concret plutôt que des images fugaces et floues. Elle savait depuis longtemps qu'elle finirait par succomber. Elle allait enfin savoir ce qu'elle ne faisait que deviner. Elle ne désirait rien de plus au monde.

Portant son doigt à sa bouche, elle suivit les contours de ses lèvres. Elle le laissa courir le long de sa joue jusqu'à la ligne de son menton, qu'elle sentit se raidir, lui arrachant un soupir somnolent.

Au contact de sa peau, elle sentit son cœur faire un bond et en absorba la délicieuse chaleur, en apprécia la légère rugosité sous ses doigts.

N'écoutant que son audace, elle leva la tête vers lui et, sans hésitation, le couvrit d'une pluie de petits baisers. Elle ne voulait surtout pas l'effaroucher.

Il ouvrit les yeux, ses iris bleu nuit se plantant dans les siens. Une lueur dangereuse y brillait.

Elle sentit son sexe se durcir à l'instant précis où il se rendit compte qu'elle était plaquée contre lui.

Elle le fixa sans ciller. Avait-elle dépassé les limites ?

Elle ne tarda pas à être rassurée. Il passa une main derrière sa nuque et embrassa ses lèvres avec une fougue qui ne laissait aucun doute sur son besoin, son avidité, la puissance de son désir. Puis, s'arrachant à sa bouche, il lui murmura à l'oreille :

— Tu es sûre ?

Oh, oui ! Ce soir, elle voulait connaître la communion de leurs deux corps, être à lui. Elle n'était qu'à mi-chemin du paradis, ce n'était pas suffisant.

Elle hocha la tête et répondit sans une once d'hésitation :

— Oui. Toi… aussi ? demanda-t-elle.

De ses deux mains, il ébouriffa ses boucles courtes sans quitter son regard. Elle retint son souffle, attendant sa réponse. Et s'il refusait ? Si elle avait mal jugé la situation ? Elle allait mourir de honte, ne pourrait plus jamais le regarder dans les yeux.

Mais il ne lui laissa pas le temps d'hésiter trop longtemps. Glissant ses mains le long de ses épaules, il descendit plus bas et les plaqua sur ses fesses. Les prenant en coupe, il les pressa doucement, une caresse possessive qui se répercuta dans son corps. Ses lèvres s'entrouvrirent en un sourire coquin. Il déclara d'un ton calme mais résolu :

— J'attendais que tu te réveilles.

Dans un immense soulagement, elle déglutit et hocha la tête. Elle se sentait beaucoup plus légère, soudain. Plus libre, pleine d'une passion sans contraintes. Elle ne gâcherait pas cette nuit.

Elle se frotta contre lui, lui arrachant un gémissement.

— Ma douce Sammie, murmura-t-il d'une voix hachée, tu risques de le regretter.

— Je ne veux pas que tu changes d'avis, chuchota-t-elle. Et je ne veux pas changer d'avis.

L'attirant à lui, elle comprit à la passion de son baiser qu'elle comptait sincèrement pour lui.

— Je n'ai plus les idées très claires, tu n'as pas à te soucier de ça, lui assura-t-il.

Elle fit glisser ses mains sur son torse, se délectant de la chaleur et de la puissance de son corps, vibrant de vie. Il l'embrassa de nouveau, plus profondément, avec une pointe d'avidité qui lui rappela le besoin incontrôlé, entier, qu'elle avait de lui.

Elle sentit un frisson de plaisir s'emparer d'elle, alors que sa bouche voletait sur son épaule, dessinant un chemin sinueux le long de sa clavicule. Comme c'était érotique d'être allongée sur Jackson, de sentir son désir le consumer dans cette frénésie de baisers. Chaque frôlement de langue lui envoyait comme des décharges électriques au creux du ventre, chaque gémissement de plaisir qui s'échappait de sa gorge intensifiait encore sa fièvre.

— Je veux te revoir nue, dit-il avec un sourire à la fois langoureux et canaille. Je veux que tu enlèves tout, sauf tes bottes !

Joignant le geste à la parole, il lui retira sa veste et entreprit de déboutonner son chemisier.

Le cœur de Sammie se mit à battre à se rompre. Il l'avait déjà vue nue, mais elle n'en avait aucun souvenir. Elle voulait faire de cette nouvelle expérience un moment fabuleux. Lui plaire comptait autant que le plaisir que ses doigts et sa bouche si habiles allaient lui procurer. Et il voulait lui faire l'amour sans qu'elle retire ses bottes.

— Ça devrait être possible, chuchota-t-elle.

Le souffle saccadé, elle défit les boutons de sa chemise, en écarta les pans et se pressa contre lui, se délectant de la douce sensation de sa peau contre la sienne, de ses seins pressés contre son torse musclé. Elle voulait le toucher, explorer ses abdominaux, ses fesses splendides.

En un tour de main, il l'avait déshabillée et elle se retrouva nue, à l'exception de ses bottes italiennes. A peine lui avait-elle retiré sa chemise, qu'il l'allongea sur le dos et se positionna sur elle. Les flammes du désir dansaient dans son regard indigo, embrasé. Son hâle était parfait, ses muscles lui faisaient un corps de dieu grec. Elle éprouva la puissance de ce torse d'athlète, en caressa le velours parfait.

Puis, posant une paume à plat sur son cœur, elle sentit ses battements précipités. L'ivresse la saisit. Jamais elle n'aurait pu imaginer un jour avoir le pouvoir d'exciter un homme comme Jackson Worth ! C'était une sensation divine.

— J'aime quand tu me touches, murmura-t-il en prenant sa main pour embrasser l'extrémité de ses doigts.

— Je ne me souviens de rien, chuchota-t-elle. Ce n'est pourtant pas faute d'avoir essayé.

Se penchant vers elle, il la regarda comme s'il essayait de déterminer quelle partie de son corps il allait dévorer en premier. Elle se sentit soudain timide, reconnaissante pour la lumière tamisée. Mais l'incroyable avidité qu'elle lisait dans son regard attisait son propre désir.

— Ferme les yeux. Je vais faire en sorte que tu te souviennes, cette fois, chuchota-t-il avec une douceur qui la fit fondre de l'intérieur.

Elle obtempéra. Ses lèvres se mirent alors à courir du creux de son poignet à son coude, lui arrachant des gémissements de plaisir. Elle se remit à trembler et il continua, ses mains ouvrant un chemin à ses lèvres le long de son corps, son ventre, ses seins. Partout où il la touchait, elle sentait ses muscles se contracter, le plaisir monter. Il s'empara de nouveau de ses lèvres, qu'il dévora, tandis que sa main prenait l'un de ses seins en coupe. Envahie par une myriade de sensations exquises, elle sentit le vide se faire dans son esprit et gémit quand, de sa paume, il en cajola le mamelon aussi dur qu'une perle.

Mais son avidité était loin d'être assouvie. Quand il s'arracha à son baiser pour baisser la tête et mordre ses seins gonflés et douloureux, lui arrachant des cris d'extase, projetée dans un autre espace-temps, elle comprit qu'elle n'oublierait jamais un seul instant de cette nuit.

Il laissa alors glisser ses mains sur son ventre, sous

son nombril, encore plus bas. Mais il ne s'arrêta pas à l'endroit où son corps le réclamait avec le plus de violence, ne lui prodigua pas la caresse exquise qu'elle attendait. Au lieu de cela, il lui prit les mains et les amena sur sa tête. Elle s'abandonna à ses fantasmes. Hormis les bottes, elle était complètement nue, se sentait exposée, vulnérable. Il se pencha sur elle, une lueur gourmande dans le regard.

Ses doigts s'attardèrent sur ses cuisses, descendirent le long de ses jambes. Il concentra toute son attention sur l'une, puis sur l'autre, caressant sa peau moite, embrassant ses genoux, juste au-dessus de ses bottes. Des frissons la parcoururent de part en part, réveillant en elle des sensations dont elle ignorait jusqu'à l'existence. Elle sentit le creux de son ventre palpiter, et s'abandonna à la magie de l'instant.

— Jackson, supplia-t-elle.

Répondant à sa supplique, il laissa une main remonter le long de sa cuisse, se rapprochant peu à peu de l'endroit qui le réclamait. Dehors, le vent hurlait et elle avait envie d'en faire autant.

— Sois patiente, ma chérie, lui enjoignit-il d'une voix rauque de désir, qui fut loin de l'apaiser.

— J'ai besoin de toi, supplia-t-elle de nouveau.

— Je suis là, répondit-il.

Enfin, elle sentit ses doigts habiles s'insinuer entre ses cuisses et venir cajoler les replis palpitants de sa féminité.

La respiration de plus en plus saccadée, elle ferma les yeux et vit des étoiles danser sous ses paupières closes. D'une caresse exquise, il frôla son sexe humide de désir. Le sang lui battant aux temps, elle se pâmait de volupté.

Le souffle coupé, elle se délecta de la chaleur de sa bouche, qui avait pris le relais de ses doigts, de la pression rythmée de sa langue, en un tourment exquis, à la limite du supportable. Il savait exactement comment la satisfaire, lui donner du plaisir, et elle ondulait sous sa caresse experte, jouissant autant qu'elle le pouvait de la promesse de volupté qu'il lui faisait vivre avec une telle adresse. Au moment précis où, le corps moite, prêt à voler en éclats, elle se sentit atteindre le point de non-retour, il intensifia encore la délicieuse torture et elle sentit le monde exploser autour d'elle.

— Oh ! Mon Dieu, haleta-t-elle.

— Je te l'avais dit, marmonna-t-il en retirant son pantalon et en se plaçant sur elle, tandis qu'elle l'agrippait par les cheveux et, attirant son visage à ses lèvres, lui donnait un baiser fiévreux.

Un besoin violent, impérieux, était venu se substituer à la tendresse. C'était au tour de Jackson de gémir maintenant, de frissonner, tandis qu'il s'installait entre ses jambes, éperdu d'un désir qui éveillait l'animal en lui.

Il semblait anticiper ses moindres désirs. Mais ses yeux fascinés revenaient toujours sur ses bottes.

A présent, ses mains remontaient sur ses épaules, puis il reprit sa bouche. La fièvre courait dans ses veines et elle sentit son désir se décupler. Son baiser fougueux s'intensifia, le ballet de leurs langues gagnant en volupté. La plénitude de ses sensations la laissa pantelante et la boule de feu fusa entre ses jambes, l'embrasant de nouveau.

Les mains vigoureuses de Jackson voguèrent du haut au bas de son dos, avant de se poser sur ses fesses et de la plaquer contre lui, ne lui laissant rien ignorer de son excitation.

Elle n'avait plus froid, soudain. Ses seins épousaient son torse vigoureux. D'une main qu'il avait posée sur sa nuque, il la pressa contre lui et glissa sa langue dans sa bouche chaude, odorante, cherchant les caresses et le plaisir.

— Tu as un goût de pêche.

Elle le fixa, hébétée par l'émotion qui l'emplissait et le regarda avec surprise.

— De pêche ?

— Aussi voluptueuse, aussi sucrée…, fit-il en reprenant sa bouche avec frénésie, sans lui laisser le temps de protester.

Il l'embrassa encore avec voracité. Elle poussa un soupir d'aise, et une délicieuse chaleur se propagea en elle.

— Encore, fit-elle en un gémissement rauque.

Mais il était inutile de le préciser. Ils savaient tous les deux que la nuit était loin d'être finie.

Le regard ténébreux, il répondit d'une voix profonde :

— Tout ce que tu veux, mon cœur.

Avec des gestes d'une grâce féline, il se débarrassa du reste de ses vêtements. Il y avait quelque chose de terriblement attirant chez un homme aussi bien dans son corps.

Enfin, se positionnant sur elle, lentement, il s'introduisit en elle, pénétrant inexorablement sa chair souple et chaude, tandis qu'elle s'ouvrait pour lui. Il glissa ses doigts entre eux, exacerbant son plaisir et il se retrouva enfoui en elle, tout son corps sur le point d'exploser, alors que ses hanches se soulevaient vers lui et que le lent frisson de son orgasme se répercutait en lui.

Avec réticence, il arracha sa bouche de la sienne et relâcha son étreinte de fer. Il devait la laisser maintenant, pour se prouver qu'il le pouvait.

Il n'y aurait pas de médaille pour lui, ce soir. Pas même une mention honorable. Quand il avait senti sur lui le corps nu de Sammie, il n'avait pas hésité à se griser de son parfum de pêche, se délecter de ses seins fermes pressés contre son torse. Il n'avait pas lutté contre les mèches courtes qui chatouillaient son menton, le souffle doux qui caressait son visage. Et quand elle avait commencé à le couvrir de baisers chastes mais audacieux, sa volonté avait fondu comme neige au soleil.

Elle lui avait chuchoté à l'oreille à quel point elle avait envie de refaire l'amour et cela avait suffi à lui faire oublier toute raison.

Le désir qui s'était emparé de lui était puissant, insatiable. Il en était même surpris. S'il avait sincèrement souhaité respecter leur pacte, son corps ne semblait pas partager cet avis. C'était ainsi qu'il avait cédé et l'avait attirée contre lui, assouvissant enfin la faim qu'elle lui inspirait.

Et, maintenant, elle était à califourchon sur ses cuisses puissantes et il lui encerclait la taille de ses mains, pour redescendre jusqu'aux douces rondeurs de ses fesses. Tour à tour, il prit chacun de ses seins dans la moiteur de sa bouche et les suça. Elle eut un petit cri de volupté.

Ses mains effleurèrent les contours de son torse vigoureux et sa bouche prit le relais, sa langue léchant son mamelon d'homme et le faisant gémir doucement. Elle posa sa main sur son sexe dur et referma les doigts autour. D'un geste vif, il lui captura le poignet et la regarda, tremblant d'un désir sauvage.

Puis, lui écartant les jambes, il recommença à caresser le cœur de sa féminité. Les mêmes flammes ardentes qui dansaient dans son regard brun couraient dans ses veines, leurs deux corps oscillaient en cadence en un lien nouveau d'une intensité mystérieuse, alors qu'il faisait durer le plaisir jusqu'à l'insoutenable.

Les yeux dans ses yeux, il se délectait de son regard brûlant. Il sentit la fièvre s'emparer de lui, plus violente encore que la tornade qui, dehors, balayait tout sur son passage.

Sammie était une femme d'une sensualité incroyable. Avec lui, elle n'avait pas montré la moindre inhibition.

Comment se faisait-il qu'elle ne soit pas mariée, qu'elle n'ait pas déjà volé le cœur d'un homme ? Elle était intelligente, pleine d'esprit, jolie. Et, sous ses dehors d'Américaine sympathique, de fille simple et spontanée, elle dissimulait un tempérament irrésistible, à faire craquer les plus endurcis.

Le frôlement du daim sur sa peau lui fit baisser les yeux. Elle était nue, à l'exception de ces fameuses bottes, une tenue si sexy qu'il faillit en avoir un orgasme sur-le-champ. Il se retint. Il voulait voir l'expression de Sammie quand le plaisir les prendrait tous les deux.

— Tu es prête, chérie ?

D'un geste empreint de tendresse, il lui repoussa les cheveux du visage. Leurs jambes nues se nouèrent. Aimantés l'un à l'autre, ils semblaient laisser leurs corps parler pour eux. Palpitante, elle souleva ses hanches et pressa son sexe brûlant contre lui, comme pour le guider.

D'un mouvement souple, il s'enfonça en elle et plongea et replongea dans l'étau de ce sexe qui le tenait délicieusement enserré. Conquise, elle ondula en rythme avec lui.

Les paupières mi-closes, elle s'accrocha à lui, s'ajustant à son tempo, tandis qu'il lui imposait une cadence de plus en plus effrénée. Il se demanda, l'esprit brumeux, s'il n'était pas trop brutal, trop exigeant, mais les gémissements de plaisir qu'elle laissait échapper tinrent lieu de réponses à ses interrogations. Il la regarda s'abandonner totalement, tandis que, paupières closes, elle se mordait les lèvres et s'agrippait à ses épaules.

Son corps arc-bouté au sien, il la rejoignit dans une succession d'orgasmes d'une rare intensité.

Pantelante, elle se laissa alors retomber sur lui, son corps alangui, tous ses sens assouvis. Il frôla son front d'un baiser plein de tendresse, la recouvrit de la couverture et lui caressa les bras de bas en haut. Il la sentait douce et malléable, il adorait la texture de sa peau satinée.

Elle poussa un soupir de satisfaction puis laissa échapper de petits sons qui le comblèrent encore.

— C'était fantastique ! chuchota-t-elle, son souffle saccadé, la voix rauque.

Il sourit. Il n'aurait pu être plus d'accord.

Elle se pencha sur lui, ses seins contre son torse, son ventre pressé contre lui, ses jambes entrelacées aux siennes. Il grava la vision si sexy de ses bottes dans son esprit. Jamais il n'oublierait cette nuit de tempête.

Peu à peu, la raison lui revint. Ou du moins ce qu'il en restait. Il devait affronter la réalité. Il avait échoué et n'avait pas su protéger Sammie de la seule chose qui pouvait vraiment lui faire du mal. Tant pis pour la tempête de poussière. Il n'aurait jamais dû lui faire l'amour ce soir. Il l'avait toujours su, mais avait cédé à son tempérament fougueux.

Bien sûr, Sammie et lui auraient pu se lancer dans une liaison secrète. Hélas, il savait que c'était perdu d'avance. Non seulement ce serait idiot, mais cela ne pouvait les mener qu'au désastre. Sans lui laisser le temps d'exprimer sa pensée, elle murmura, faisant allusion à Las Vegas :

— Tu sais, ce qui se passe dans le bunker reste dans le bunker…

Il esquissa un sourire contrit.

— Je ne suis pas une balance, mon cœur.

— J'en suis heureuse. De toute façon, cela ne se reproduira pas, ni ce soir ni jamais…, affirma-t-elle d'un ton emphatique, avant d'enchaîner, plus timidement : Tu penses que nous pouvons recommencer ?

Il ne demandait pas mieux, mais il n'était pas un surhomme. Il avait besoin d'un peu de temps.

— Maintenant ?

— Un peu plus tard, fit-elle d'une petite voix.

Il lui jeta un regard entendu. Il aimait sa façon de penser. Il aimait être coincé dans un bunker avec cette femme.

— Pourquoi pas ?

Elle avait l'air soulagée, comme si elle avait eu peur de l'entendre refuser. Resserrant son emprise, il l'embrassa de toute sa fougue. Il détestait devoir la décevoir.

— Essayons d'abord de dormir un peu, reprit-elle d'un ton ensommeillé, en se blottissant plus près de lui.

Mais, quand le vent cessa de souffler et que le matin revint enfin, elle était toujours dans ses bras, dormant à poings fermés.

Il la regarda. L'émotion douce-amère qui lui étreignit la poitrine lui était parfaitement étrangère.

L'heure n'était plus au sexe avec Sammie. L'heure était venue d'affronter la nouvelle journée qui commençait. Et, comme pour confirmer ses craintes, une minute plus tard, il entendit le bruit caractéristique d'un moteur de 4x4 qui s'arrêtait. Une portière claqua et des pas s'approchèrent.

Il devinait sans peine qui était le visiteur. Ce qui n'augurait rien de bon.

- 8 -

Assis dans un bar de Phoenix, Jackson sirotait un whisky. Il était incapable d'oublier le commentaire cinglant de Tagg, la veille, quand son frère les avait rejoints au bunker.

« Ta stupidité te perdra. »

Quand il avait émergé de l'abri, hirsute, sans avoir eu le temps de boutonner sa chemise, Tagg avait compris au premier coup d'œil. Mais, au moins, il avait épargné à Sammie l'embarras de se trouver nez à nez avec lui.

Son frère s'était alors mis à tempêter : Callie et lui s'étaient fait un sang d'encre. Puis, baissant la voix, il lui avait rappelé à quel point Sammie était vulnérable, avait besoin de stabilité dans sa vie.

Malgré la colère qui bouillait en lui, Jackson avait dû admettre que son frère disait vrai. Il avait manqué de jugement en faisant l'amour à Sammie. D'un autre côté, il ne regrettait rien.

Il avait alors usé de tout son talent de persuasion pour le convaincre de rentrer chez lui et, surtout, de ne rien dire à Callie. Si Sammie choisissait de le faire, elle était libre. Mais, avant de partir, Tagg lui avait lancé un avertissement :

— Je vais oublier cet épisode, mais je te défends de t'amuser avec Sammie. A moins qu'elle compte réellement pour toi.

Jackson vida son verre et fit signe au barman de lui en

apporter un autre. A ce moment précis, Blair Caulfield se jucha sur le tabouret voisin.

— Pardon, je suis en retard.

— Aucune importance, répondit-il.

Il n'était pas impatient d'avoir ce tête-à-tête.

Toutes les têtes masculines du bar se tournèrent vers elle. Dans sa robe moulante à paillettes argentées, elle était très belle. Un collier de diamants parait son long cou de cygne et ses cheveux blonds flottaient sur ses épaules.

— Je t'ai manqué ?

Il fixa ses yeux aussi bleus qu'un ciel d'été.

— Autrefois, peut-être.

— J'ai changé, tu sais ? dit-elle, soudain sur la défensive. Je ne suis plus la même femme.

— Et je ne suis plus l'homme que tu connaissais autrefois, répliqua-t-il.

Elle exhala un long soupir, faisant déborder ses seins voluptueux de sa robe moulante.

— Jackson, je ne connais pas l'homme que tu es devenu. Nous étions des gamins.

Avec un haussement d'épaules indifférent, il répondit :

— Si tu le dis, Blair.

Il fit signe au barman et la laissa passer sa commande. Un sourire aguicheur aux lèvres, elle battit des cils. Quelles que soient les circonstances, elle ne pouvait s'empêcher de jouer de ses charmes. C'était comme une seconde nature, chez elle, aussi vitale et spontanée que la respiration. Elle attirait les hommes comme un aimant.

Il était en terrain connu, comprenant soudain qu'il avait peut-être devant lui son double féminin. Une révélation qui le consternait.

Elle frôla son bras, laissant ses doigts courir sur sa chemise.

— Rappelle-toi, quand nous allions faire des concours de ricochets au lac…

L'ombre d'un sourire se dessina sur ses lèvres. C'était l'un de ses rares bons souvenirs.

— Je te laissais gagner presque chaque fois, se lâcha-t-il.

Le regard de Blair s'illumina.

— Je sais. C'est ce que j'aime chez toi. Tu me fais toujours passer avant toi.

Il refoula les souvenirs. Il l'avait follement aimée. Et elle lui avait brisé le cœur avec une cruauté inimaginable.

— Tu ne le croiras peut-être pas, reprit-elle, mais tu as été le seul à me traiter ainsi. Avec toi, j'avais tout ce qu'une femme peut désirer. Mais j'étais trop bête pour m'en rendre compte.

— On ne peut pas gagner sur tous les fronts, Blair.

— Jackson, dit-elle d'un ton plaintif évoquant d'autres bons souvenirs… Tu ne veux pas te détendre un peu ? J'essaye de me rattraper.

Il réprima un soupir silencieux. Il se sentait fléchir. Et cela le rendait fou.

— Tu es prête pour dîner ? se contenta-t-il de demander.

Elle jeta un coup d'œil au cocktail qu'elle n'avait pas encore touché et hocha la tête.

— Oui, allons dîner.

Une demi-heure plus tard, assis face à face, dans un restaurant chic de Scottsdale, ils dégustaient un filet mignon arrosé d'un bon sauvignon californien. La seule chose qui intéressait Jackson chez Blair Caulfield était cette terre, sur la rive du lac. Le vieux Pearson lui avait sûrement dit combien il y tenait quand elle l'avait achetée. Pourtant, il avait beau se creuser la tête, il n'arrivait pas à comprendre comment elle était parvenue à convaincre le vieil homme de vendre.

Au bout d'un moment passé à écouter ses bavardages, n'y tenant plus, il se décida à lui poser la question.

— Et, maintenant, explique-moi, Blair. Comment l'as-tu convaincu ?

Elle ne feignit pas d'ignorer de quoi il parlait.

— Je ne peux pas te le dire, répondit-elle sans ciller.

— Tu ne peux pas. Ou tu ne veux pas ?

— Les deux, en fait.

— Même toi ne serais tout de même pas allée jusqu'à séduire ce vieux chacal pour lui prendre sa terre ?

Elle eut un mouvement de recul, les yeux brillant de surprise, comme si son commentaire était plus obscène qu'insultant. Manifestement déstabilisée, elle parut avoir besoin de quelques instants pour recouvrer ses esprits. Puis, forçant un sourire poli, elle répondit :

— Le fait est que, désormais, je suis propriétaire de cette terre. Et que j'ai deux acheteurs très intéressés. Je n'ai pas encore pris ma décision.

Baissant les yeux un instant, elle releva la tête et reprit :

— Je ne sais pas encore.

Il savait parfaitement qui étaient les deux acheteurs en question : un promoteur immobilier et lui. Or, ce soir, il n'avait ni le cœur ni la patience de jouer selon ses règles à elle. Il avait trop d'autres soucis en tête. D'un ton cassant, il déclara :

— Malgré les dégâts qu'a causés la tornade d'hier, et les trois victimes, tu es toujours aussi indifférente aux autres. Tu continues tes petits jeux.

A son ton accusateur, son visage s'empourpra. Pourtant, sans se départir d'un calme olympien, elle répondit :

— Et toi, Jackson ? Tu es ici, avec moi. En train de manger ton steak.

Fou de rage, il se pencha en avant. Il était aussi furieux après elle qu'après lui-même. Décidément, ces derniers temps, il était vraiment nul avec les femmes. D'abord, Sammie, son associée en affaires et l'amie de la famille, qu'il n'arrivait pas à chasser de son esprit ; ensuite, Blair, son ex, ce monstre de narcissisme.

— Je te signale que Worth Enterprises a mis en place un centre de premier secours pour tous ceux qui ont besoin d'aide. Nous avons prévu de la nourriture, de l'eau, des transports. Ça te va, je peux manger sans culpabiliser ?

— Moi aussi, rétorqua-t-elle. J'ai fait don de vingt mille dollars à la Croix-Rouge locale.

Sa bouche se tordant en un rictus, il hocha la tête. Il avait été un peu dur avec elle. Elle encaissait ses insultes sans se dérober.

— Dans ce cas, au temps pour moi.

Tout en jouant avec son verre de vin, elle lui lança un regard plein d'espoir. L'espace d'un instant, il entrevit la Blair de sa jeunesse, pleine de fraîcheur, qui ne connaissait encore ni la cupidité ni la soif de voyager.

— Tu ne me félicites pas ?

— C'est ce que tu veux ?

— Non, chuchota-t-elle. Je veux plus. Je veux que tu me donnes une seconde chance.

Un long moment, ils se fixèrent des yeux. Il ne pouvait pas la laisser vendre une terre qui aurait dû appartenir aux Worth. Pas plus qu'il ne pouvait la croire quand elle disait vouloir tout recommencer entre eux. Si, comme elle l'affirmait, elle avait vraiment changé, elle n'aurait pas eu besoin de recourir au chantage pour gagner ses bonnes grâces. Pourtant, un instant, il avait retrouvé la femme qu'il avait aimée.

— La journée a été longue, Blair.

Il avait annulé tous ses rendez-vous pour mettre en place le centre de premiers secours, constituer des réserves de nourriture et d'eau, et organiser toute la logistique relative aux sinistrés de la tornade.

— Je sais. Et difficile. Pourquoi ne pas revenir à notre projet initial et nous détendre un peu ce soir ? suggéra-t-elle.

Elle croisa les bras et se pencha vers lui. Ses seins jaillirent presque de sa robe, attirant les regards émoustillés de certains hommes des tables avoisinantes.

— Tu ne sais même pas si je suis avec quelqu'un.

Les yeux de Blair s'écarquillèrent, comme si cette possibilité ne lui avait effectivement pas traversé l'esprit.

— C'est le cas ?

Malgré lui, la vision de Sammie blottie contre lui après l'amour, dans le lit de camp du bunker, lui traversa l'esprit.

— Non.

Battant une nouvelle fois des paupières, elle murmura, d'une voix excessivement sensuelle.

— Nous pouvons faire table rase du passé, Jackson. Recommencer de zéro.

Elle croyait toujours le désirer. Mais elle se faisait des idées, il le savait. Il ne la laisserait pas lui briser le cœur une seconde fois.

— Pas ce soir, en tout cas, répondit-il d'un ton patient. Peut-être une autre fois.

Elle but une nouvelle gorgée de vin et, sans le quitter des yeux, demanda avec une grande douceur :

— Tu me fais marcher ?

— C'est drôle, j'allais te poser la même question.

Sammie fit glisser sa main le long du cuir italien de ses bottines Sergio Rossi. Avec leur fermeture Eclair et leurs talons aiguilles audacieux, ce modèle était l'un des préférés des clientes. Avec délicatesse, elle les posa sur le stand en Plexiglas, les arrangea, puis recula d'un pas pour admirer son étalage : elles apportaient la touche finale idéale. Une bouffée de satisfaction l'envahit.

Les dégâts de l'incendie réparés, Boot Barrage était maintenant rempli d'étagères *vintage* chic, avec deux mille modèles de bottes différents éclairés par des spots intégrés au plafond. La partie du magasin consacrée aux femmes actives proposait des bottes à la fois confortables et élégantes. Son rayon « Une soirée en ville », spécialement conçu pour les femmes souhaitant impressionner leur amoureux, regorgeait de merveilles de créateurs. « Sunset Soles » était le rayon des bottes style santiags, à porter au ranch ou pour des chevauchées dans les grands espaces. Et elle avait réservé le fond du magasin pour les articles en promotion. Boot Barrage pouvait satisfaire le goût et le style de chacune.

Elle avait fait installer dans la boutique une machine à café, qui proposait des express, des cappuccinos et du chocolat chaud. Elle avait aussi prévu des petits-fours salés et sucrés pour l'inauguration du lendemain. Ensuite, les affaires sérieuses pourraient commencer.

Elle poussa un soupir d'aise. Cette seconde chance était vraiment inespérée. C'était grâce à Jackson que tout cela était devenu possible, et jamais elle ne pourrait assez le remercier. Sans oublier qu'il lui avait sauvé la vie. Sans lui, peut-être ne serait-elle plus de ce monde, victime comme d'autres de la tornade. Elle lui était doublement redevable.

Elle n'était d'ailleurs toujours pas totalement remise de sa terreur. Quand elle repensait aux événements de la veille, elle avait l'impression d'avoir vécu une séquence d'un film d'aventures, avec effets spéciaux. Hélas, loin d'être de la fiction, la tornade avait semé bien du malheur sur son passage. Si les habitants de Red Ridge avaient dans l'ensemble repris le cours normal de leur vie, certains n'avaient plus de maison, d'autres plus d'électricité et il y avait même eu des morts. A cette pensée, un frisson de terreur la traversa. Sans Jackson, elle n'en aurait sûrement pas réchappé non plus.

Sentant soudain son cœur se serrer, elle aspira une longue bouffée d'air. Elle ne l'avait pas beaucoup vu depuis la tempête. Respectant sa demande, il s'était comporté comme si rien ne s'était passé entre eux. Une fois encore, leur adage était de mise : « Ce qui arrive à

Vegas doit rester à Vegas. » Et tous les deux feignaient d'avoir oublié leur nuit torride au bunker.

Jackson Worth, elle le savait, n'était pourtant pas un homme facile à oublier. Le souvenir de cet homme exceptionnel la poursuivrait jusqu'à son dernier souffle. Une autre phrase célèbre lui revint à la mémoire : « Nous aurons toujours Paris. » Pour sa part, elle aurait toujours le bunker.

— Sammie, tu es ridicule, se sermonna-t-elle à mi-voix.

Faire preuve d'une telle mièvrerie était affligeant. Heureusement, voir le travail accompli à Boot Barrage la rassérénait et venait éclipser tout le reste.

— Qu'est-ce qui est ridicule ? demanda une voix masculine.

Elle sursauta. Jackson s'avançait vers elle, contournant les divers rayons.

— Oh, rien ! Je ne t'ai pas entendu entrer.

Il arriva à sa hauteur et inspecta les lieux d'un regard perspicace.

— C'est magnifique ! la complimenta-t-il.

— Merci. Mais je n'ai pas tout réalisé toute seule. Angie a fait un excellent travail. Elle m'a aidée à déballer et à tout organiser, y compris les stocks. Et Nicole est très rapide à la caisse.

— Je suis content que tu aies trouvé ces deux perles.

Après bien des discussions, il l'avait laissée choisir ses assistantes à mi-temps, deux étudiantes de l'Arizona State University. Toutes deux, aussi intelligentes qu'avenantes, avaient besoin de gagner un peu d'argent. Et Sammie savait que leur trio ferait du bon travail.

— Quel bon vent t'amène ? demanda-t-elle.

Il n'était pas dans les habitudes de Jackson d'arriver sans s'annoncer. Au lieu de son habituel jean délavé ou de son costume, il portait un short de jogging gris, des baskets et un débardeur noir qui découvrait ses bras musclés et bronzés. Elle les fixa malgré elle. Elle se sentait incapable d'ignorer un homme au sex-appeal si puissant et, au demeurant, n'essaya même pas.

— Rien de particulier. Je voulais m'assurer que tout est prêt pour demain.

— Je pense que oui, répondit-elle avec satisfaction.

Il jeta alors un coup d'œil à ses bottes et s'enquit, un sourcil levé :

— Tu portais des bottes la première fois que je t'ai rencontrée ?

Elle réfléchit un instant.

— Au mariage de Callie et de Tagg ?

— Oui.

— Pas cette fois, non.

Sa réponse sembla le satisfaire. Il hocha la tête.

Mais la référence à ses bottes lui rappela les images de leurs corps nus, unis dans cette communion divine de la chair. Jamais elle n'oublierait l'expression de volupté totale qui s'était peinte sur le visage de Jackson, quand, chaussée de ses bottes en daim argent, elle l'avait chevauché. D'ailleurs, elle ne pourrait plus jamais les porter. Elle aurait trop peur de se laisser surprendre par ces souvenirs torrides au moment le plus inopportun.

Un coup à la porte dissipa son trouble. Sonny Estes se tenait derrière la vitrine de la boutique.

La devançant, Jackson alla lui ouvrir. Après lui avoir serré la main, Sonny se tourna vers elle.

— Bonjour, beauté.

Elle sentit le rouge lui monter aux joues. Il l'appelait ainsi depuis qu'elle avait accepté de courir avec lui le matin. Ce qu'elle avait décidé dès le lendemain de sa nuit avec Jackson.

— Bonjour, Sonny.

— C'est fantastique ! s'exclama-t-il en admirant son installation.

— Merci, répondit-elle en riant.

Elle remarqua soudain qu'il portait la même tenue que Jackson : un short, un débardeur et des baskets.

— Vous allez quelque part ?

— Sonny adore les punitions, ironisa Jackson. J'ai l'impression qu'il a un congélateur plein de glaces à vider.

— Vous allez jouer au basket, lança-t-elle. Bon match !

Dans un sens, cela l'arrangeait bien. Elle avait des tas de choses à finir et se félicitait de ne pas les avoir dans les pattes.

— Tu n'as pas l'impression qu'elle cherche à se débarrasser de nous ? fit Jackson avec un sourire narquois.

Sonny se mit à rire et, ignorant son air exaspéré, la salua :

— On se voit demain matin, à la même heure que d'habitude ? Ou est-ce que l'ouverture de la boutique va me faire perdre ma compagne de jogging ?

— Je ne pense pas, répondit-elle. Je serai trop excitée pour dormir le matin, de toute façon.

— De quoi parlez-vous ? demanda Jackson en lui lançant un regard accusateur.

Surprise par son ton cassant, Sammie hésita. Elle n'avait rien à cacher. Pourtant, elle n'avait jamais raconté à Jackson ses joggings du matin. Il avait l'air très intéressé, tout à coup.

— Sammie et moi courons tous les matins, très tôt, expliqua Sonny.

Visiblement contrarié, Jackson enveloppa son ami d'un regard glacial. Puis, reprenant son expression affable, il s'exclama :

— Sans blague ?

— J'ai du mal à suivre Sonny, mais il a pitié de moi, ajouta Sammie, affichant une légèreté qu'elle était loin de ressentir.

— Je n'en doute pas, ironisa-t-il.

Elle se refusa à interpréter sa réaction comme de la jalousie. Jackson n'avait-il pas toutes les femmes à ses pieds ? Pourquoi se serait-il soucié de savoir avec qui elle courait le matin.

— Tu es prêt, Jackson ? demanda Sonny.

— Oui. Je te retrouve dehors.

Resté seul avec elle, il la dévisagea en silence. Le cœur battant la chamade, elle vit sa tête s'approcher si près de ses lèvres qu'elle crut qu'il allait l'embrasser.

— Je vois que tu as beaucoup de secrets, Sammie, fit-il dans un souffle.

— Pas tant que ça, rétorqua-t-elle d'une voix tremblante.

Elle brûlait d'ajouter : « Et la plupart d'entre eux te concernent. »

Refusant de se laisser déstabiliser, elle le défia du regard.

— Tu ferais bien d'y aller. La balle est dans ton camp, de toute façon, ajouta-t-elle malgré elle.

Les beaux yeux bleu indigo se remirent à virer au noir. Avait-il saisi qu'elle lui tendait une perche ? Il était trop intelligent pour ne pas comprendre. Elle le regarda sortir en se félicitant intérieurement. Pour une fois, elle avait eu le dernier mot.

Jackson prit le plus grand plaisir à battre Sonny. Puis, après le match, il s'assit sur le banc, s'empara d'une bouteille d'eau et la vida à moitié en quelques gorgées.

Son ami le rejoignit.

— Bon sang, tu es agressif ce soir, déclara-t-il en s'adossant, jambes étendues.

Jackson, qui avait été un grand sportif au lycée, savait gagner quand il le fallait. Comme aujourd'hui, par exemple.

Après avoir bu une gorgée à son tour, Sonny reprit en le regardant :

— Je ne pensais pas que Sammie te plaisait.

Fronçant les sourcils, il secoua la tête.

— Pardon ?

— Tu m'as très bien compris, répondit Sonny en faisant un geste en direction du terrain. Ce n'était pas que du basket. Tu jouais pour te venger. Que se passe-t-il ?

Il balaya sa question d'un geste de la main.

— Rien du tout.

— Très bien. Alors, dans ce cas, tu te fiches que je l'invite à dîner ?

Sans répondre, Jackson finit sa bouteille d'eau. Puis, le regard grave, il répondit :

— Tu fais comme tu veux.

Sonny partit d'un éclat de rire.

— Je n'y crois pas. Tu es dans le déni total. Elle te plaît.

Il se composa un visage de marbre. Son vieux copain commençait à l'agacer sérieusement avec ses questions. Refoulant son exaspération, il secoua la tête et affirma :

— Elle n'est pas mon type.

Il s'en voulait de mentir. Mais il n'avait pas le choix. Il ne pouvait nier que Sammie l'attirait. Cela dit, il était incapable de comprendre pourquoi. Et ne s'expliquait pas davantage pourquoi ses bottes lui faisaient un tel effet.

— Je me demande ce que Sammie dirait de ça, fit Sonny d'un air dubitatif.

Il serra les dents. Il en avait assez de ce petit jeu. Il était sur le point de perdre son sang-froid. Pourtant, il ne se mettait pas en colère facilement. Mais Sonny lui tapait vraiment sur les nerfs. De plus, il se sentait le devoir de protéger Sammie. Personne ne devait lui faire de mal. Il se gardait ce privilège, songea-t-il avec amertume.

— Je compte sur ta discrétion, finit-il par répondre.

— Si tu veux, répondit Sonny, l'air pas très convaincu. Mais si tu n'es pas intéressé, efface-toi et laisse leur chance aux autres.

— Je ne suis pas un obstacle, certifia-t-il.

— Tu ne m'as pas donné cette impression quand tu as découvert que je courais avec elle. Si tu avais vu ta tête ! Sammie aussi a remarqué.

— Bref, où veux-tu en venir ?

— Elle est très sympa, marrante. J'aimerais que tu me laisses ma chance.

— Va au diable ! riposta Jackson. Et reprenons notre match, que je te mette une nouvelle raclée.

Ce n'était pas parce qu'il avait interdiction de séduire Sammie qu'il allait laisser le champ libre à son ami !

Quand, après le match, Jackson déposa Sonny au Sonny Side Up, Boot Barrage était toujours éclairé. N'écoutant que son instinct, il fit demi-tour et alla se garer à l'arrière du bâtiment. Puis il appela Sammie de son portable.

— Je suis revenu.

— C'est gentil de me prévenir, plaisanta-t-elle.

Un sourire aux lèvres, il entra. Penchée sur son petit bureau, Sammie classait des papiers. Elle ne prit pas la peine de lever la tête.

— J'ai presque fini, annonça-t-elle en annotant une facture.

Elle leva les yeux vers lui et lâcha son stylo. Il sentit son regard caresser ses épaules, encore humides de transpiration.

— Tu devrais mettre ta chemise, fit-elle d'une voix mal assurée. Il fait frais ici.

Il s'avança d'un pas et huma son parfum frais et fruité. Un regard à ses jambes le fit jurer intérieurement. Même si, aujourd'hui, elle avait opté pour des boots plus pratiques que sexy, celles-ci l'excitaient quand même.

Les mains accrochées aux montants de sa chaise, comme si elle s'agrippait à la vie, Sammie resta clouée sur place.

— Comment s'est passé ton match ?

— Revigorant.

Elle baissa de nouveau la tête, feignant le plus grand intérêt pour ses factures. Des mèches de cheveux caramel encadraient son visage.

— Je vois.

— Sammie, dit-il malgré lui.

Il n'aimait pas se sentir provoqué. Or, ce soir, Sonny et Sammie avaient tous les deux réussi à le faire sortir de ses gonds.

Reprenant son crayon, elle se mit à griffonner quelque chose sur son bloc.

— Tu as oublié quelque chose ?

— Oui, on peut dire ça comme ça.

Il la fit se lever et, face à ses magnifiques yeux bruns écarquillés, il l'attira à lui. La façon dont ses mains se posèrent machinalement sur ses épaules l'enchanta. Quand il la tenait dans ses bras, il se rappelait les souvenirs de leur nuit à Las Vegas, au bunker, son corps souple et consentant. Il s'empara de sa bouche et leurs souffles se mêlèrent, leurs langues entamant un langoureux ballet érotique.

Lentement, il se détacha, absorbant le goût sucré de café et de gloss à la cerise de ses lèvres. Sa bouche généreuse semblait faite pour les baisers.

— J'avais oublié de te souhaiter bonne chance pour demain.

L'embrassant de nouveau, il jeta un coup d'œil distrait par-dessus son épaule. Cinq mots s'étalaient sur son bloc :

« N'oublie pas le pacte. »

La phrase lui fit l'effet d'une douche froide. A regret, il se détacha d'elle, s'éclaircit la voix et recula d'un pas.

— Je pense que ça ira pour ce soir, chérie.

— Nous devrions réaliser des bénéfices exceptionnels demain, déclara-t-elle, le souffle un peu court après ce baiser de bonne chance.

Elle avait toujours une réplique qui fusait. Sa vivacité d'esprit ne lui laissait aucun répit.

— Je passerai demain, en fin de journée, pour voir comment ça se passe.

Avec une petite moue déçue, elle demanda :

— Tu ne viendras pas le matin ?

Il n'avait pas besoin de relire sa phrase pour se rappeler son serment. Il n'avait pas tenu parole. Or, un Worth tenait toujours parole. Il avait passé assez de temps avec Sammie. Cette annotation dans son bloc-notes sonnait comme une injonction : plus que jamais, ils devaient tous les deux rester dans le droit chemin.

Pourtant, il ne se sentait pas coupable de l'avoir embrassée ce soir. C'était sa seule consolation.

— Toi et les vendeuses, vous vous en sortirez parfaitement, j'en suis sûr, déclara-t-il. C'est ta boutique, Sammie, et j'ai toute confiance en tes capacités.

C'était mieux comme ça. Il avait fait tout ce qui était en son pouvoir pour lancer Boot Barrage. Déterminé, il sortit sans se retourner, le cœur serré, en proie à la pire incertitude. Devait-il vraiment renoncer à Sammie ?

- 9 -

— Voici, madame Elroy, dit Sammie en tendant à la nièce de Betty Lou un sac blanc et brillant sur lequel s'étalait un élégant double B. J'espère que vous serez contente de vos bottes. Et, surtout, n'oubliez pas notre service Gold.

— Merci, madame. Mais appelez-moi Lindsay, je vous en prie. Je ne vais pas tarder à revenir vous voir.

— Je suis à votre disposition, lui assura Sammie en la raccompagnant jusqu'à la porte.

Elle salua une autre cliente qui entrait. Boot Barrage, qui n'avait ouvert que depuis deux heures, était déjà bondé. Certaines personnes étaient passées par simple curiosité, alléchées par le cocktail d'inauguration, d'autres pour faire des achats. Sammie, qui consacrait le même temps à toutes, n'économisait ni les sourires ni les paroles gracieuses.

Chaque fois qu'elle entendait Nicole ouvrir le tiroir-caisse, son cœur se gonflait d'allégresse. Grâce au bouche-à-oreille, aux prospectus et à la publicité dans les journaux locaux, les ventes allaient bon train. Sans oublier l'influence des Worth, que nombre de visiteuses connaissaient.

Cela lui donnait l'occasion de rencontrer certaines des femmes les plus sympathiques de Scottsdale : Lindsay, par exemple, était la nièce de la secrétaire de Jackson,

Ellen Branford, la fille du régisseur de Clayton, et Kyra Muldoon, la cousine par alliance de Tagg.

Excepté quelques très rares clientes hautaines, la plupart étaient charmantes, montrant un intérêt sincère pour Boot Barrage et ce que la boutique avait à offrir.

L'après-midi était déjà bien avancé quand, profitant d'une accalmie, Sammie envoya Angie déjeuner et Nicole vérifier l'inventaire dans la réserve. Elle était donc seule quand une véritable bombe entra. Ses longs cheveux blonds flottant sur un boléro noir très chic, elle portait un pantalon corsaire étroit qui mettait en valeur ses jambes fuselées et ses fesses parfaites. Sammie jeta un coup d'œil à ses sandales aux talons vertigineux. Elle aurait été curieuse de savoir comment elle parvenait à garder son équilibre. Un collier de petits diamants complétait sa tenue sans aucune ostentation.

— Bonjour, bienvenue à Boot Barrage. Je suis Sammie Gold, dit-elle pour se présenter.

La jeune femme hocha la tête et promena un regard rapide sur la boutique, ne laissant aucun détail lui échapper. Puis elle se présenta, lui accordant à peine un coup d'œil de ses prunelles d'un bleu aussi limpide qu'un ciel d'été.

— Blair Caulfield, répondit-elle avec un sourire condescendant.

L'estomac noué d'une angoisse incontrôlable, Sammie se figea. Ainsi, elle était en présence de la célèbre croqueuse d'hommes. De la femme qui avait brisé le cœur de Jackson.

— C'est une jolie boutique, lâcha Blair du bout des lèvres. Je prendrai quelques paires de bottes avant de partir.

— Avant de… partir ? balbutia-t-elle, perplexe.

— Oui, je voudrais voir Jackson Worth, d'abord. Votre employeur. Il est là ?

En dépit de son désarroi, elle trouva la force de relever

fièrement le menton. Blair la prenait pour l'employée de Jackson ? Refoulant son humiliation, elle garda la tête haute. Cette très belle femme, riche de surcroît, semblait tout ignorer de la situation. Il était temps de remettre les pendules à l'heure. De son ton le plus cassant, elle précisa :

— Jackson est mon associé. Nous sommes en affaires ensemble. Et il n'est pas ici, répondit-elle non sans satisfaction.

— Il ne va pas tarder, répondit Blair en la fixant enfin. Je dois le retrouver ici.

— Oh ! je vois !

Elle manqua de s'étrangler de jalousie. Dire que ses lèvres avaient encore le goût du baiser que Jackson lui avait donné pour lui souhaiter bonne chance. La gorge nouée, elle lutta pour se montrer aimable.

— Eh bien, vous pouvez faire vos emplettes en l'attendant, suggéra-t-elle.

Elle pouvait au moins lui prendre son argent !

Blair la regarda sans ciller.

— En effet. Il vaut la peine qu'on l'attende. Si vous voyez ce que je veux dire.

— Non, je ne vois pas, mentit Sammie, son orgueil la poussant à mentir.

Elle le regretta aussitôt. Après tout, pourquoi se laisserait-elle déstabiliser par cette femme ? Elle s'empressa donc de se corriger.

— En fait, si, je vois très bien.

Blair reprit son air suffisant et, secouant lentement la tête, la toisa.

— Vous êtes amoureuse de lui, c'est ça ? Il est difficile de lui résister, ajouta-t-elle d'un ton compatissant. Il est encore plus beau aujourd'hui que quand il était jeune. Mais inutile de perdre votre temps. Je suis revenue pour récupérer ce qui m'appartient. Et Jackson a toujours été à moi.

Sammie tressaillit. Les paroles de la superbe blonde lui avaient fait l'effet d'un coup de poing en plein cœur. Blessée, elle s'obligea à refouler ce mélange de colère et de tristesse qu'elle sentait monter en elle. Elle n'avait pas le moindre désir de discuter avec cette femme. Par ailleurs, il n'était pas question de la laisser s'en tirer à si bon compte. Puisant tout son courage dans une profonde inspiration, elle répliqua :

— Je me demande si c'est toujours vrai. Jackson est assez grand pour prendre ses décisions tout seul.

— Je n'en doute pas. Mais Jackson veut une chose que je suis la seule à pouvoir lui donner, lui déclara-t-elle.

Sammie se raidit. Elle ne permettrait pas à Blair Caulfield d'entrer dans Boot Barrage comme si elle était en terrain conquis et de gâcher son inauguration. Elle avait travaillé beaucoup trop dur pour que cette journée soit une réussite. Et, à bien y réfléchir, Jackson méritait mieux que cette garce.

Allons ! Après tout, ce n'était pas ses affaires. Elle était là pour faire des ventes et fidéliser une clientèle. Jackson n'était pas son amoureux, elle n'était pas chargée de le protéger. D'ailleurs, elle n'avait jamais su comment définir leur relation. Elle ferait tout aussi bien de laisser Blair Caulfield se débattre avec ses exigences. Et régler son problème avec Jackson. D'un ton décidé, elle déclara :

— Si vous voulez bien m'excuser, j'ai une autre cliente.

Sur ces mots, elle abandonna la riche visiteuse qui ne tarda pas à faire gonfler le chiffre d'affaires de la journée. L'ex-grand amour de Jackson avait des goûts de luxe. Après avoir acheté trois paires des bottes les plus chères et les plus élégantes de la boutique, Blair reçut un coup de téléphone urgent et, à la grande satisfaction de Sammie, dut partir sur-le-champ. Pas avant, néanmoins, de l'avoir chargée de dire à Jackson qu'elle attendait son appel.

Un message que Sammie n'avait pas la moindre intention de transmettre.

Deux heures plus tard, quand Jackson arriva enfin, il était accompagné de Tagg et de ses deux belles-sœurs, Callie et Trish.

— Bienvenue ! s'exclama-t-elle avec enthousiasme. Merci d'être venus.

— C'est magnifique ! la complimenta Callie d'une voix pleine de fierté. Je suis ravie d'être là.

— Tu n'as pas fait tout ce trajet uniquement pour l'inauguration ? demanda Sammie en regardant son ventre d'un œil inquiet.

Son amie, qui était de plus en plus énorme, lui pressa la main affectueusement.

— Je n'aurais manqué ça pour rien au monde. Je voulais te faire la surprise.

— Eh bien tu as réussi !

Sammie sentit ses yeux s'embuer. Elle était si heureuse d'avoir sa meilleure amie avec elle en ce grand jour. Elles ne s'étaient pas revues depuis le soir de la tornade. Elles en avaient longuement discuté au téléphone. Mais si elle lui avait raconté sa terreur, la présence d'esprit et le courage de Jackson, qui leur avait épargné une mort certaine, jamais elle n'avait eu le cran de lui dire ce qui s'était passé entre eux, dans le bunker. Jusqu'ici, elle avait l'impression d'avoir pris la bonne décision. Une impression renforcée par la visite de Mlle J'écrase-tout-sur-mon-passage-et-rien-ne-me-résiste.

Mais, depuis le départ de Blair, elle avait eu tout le temps de retrouver sa bonne humeur.

— Tu peux remercier Jackson, déclara Callie. Il a convaincu Tagg que je pouvais faire le trajet. Tu connais mon mari, il est…

— Inquiet, voilà ce que je suis, répondit ce dernier du tac au tac. Tu peux accoucher d'un instant à l'autre.

— Ce n'est pas vrai, répliqua-t-elle. Et nous aurons

tout le temps d'aller à l'hôpital quand le bébé décidera d'arriver.

En un geste plein de tendresse, elle posa une main sur son ventre.

Tagg ne se laissa pas fléchir.

— S'il arrive quoi que ce soit, je tiendrai mon frère pour responsable.

Feignant la panique, Jackson plaida :

— Surtout ne bouge pas, Rory ! Sinon, après avoir été plongé dans le goudron et couvert de plumes, oncle Jackson sera banni de la ville.

Se détendant enfin, Tagg se joignit de bonne grâce à l'hilarité générale.

— En tout cas, je suis contente que vous soyez tous là, dit alors Sammie.

Combien elle appréciait que Jackson ait compris l'importance de la venue de Callie pour elle ! Elle se sentit envahie d'une étrange chaleur. Il était capable d'une délicatesse qui ne cessait de l'étonner.

Après avoir fait le tour de la boutique, Trish revint vers eux.

— J'aime beaucoup ce que Jackson et toi avez fait ici. C'est élégant, intime, fonctionnel. Une combinaison difficile à réussir. Vos étalages sont magnifiques.

— Merci. J'en suis assez fière aussi. Mais, sans l'appui de Jackson, je ne sais pas si mes idées auraient pris forme avec une telle efficacité.

— C'est ce qu'il fait de mieux, renchérit Callie avec un sourire.

Sammie dissimula un petit sourire. Elle connaissait un domaine dans lequel il était encore plus doué. Mais elle se garderait bien d'exprimer cette pensée à voix haute.

— Sammie est responsable de toute la conception des lieux, indiqua Jackson. Je n'ai fait qu'aider au financement.

Elle lui jeta un regard entendu. Son « aide » se

comptait tout de même en milliers de dollars. Elle se garda toutefois de le corriger.

Les dix minutes qui suivirent furent consacrées à la visite des locaux et aux présentations avec Nicole et Angie, toutes deux fans de Clayton Worth. Les deux vendeuses furent déçues d'apprendre que leur idole, devenue papa, était restée garder sa petite Meggie qui faisait ses dents.

Au bout d'un moment, tous se dirent au revoir et Tagg reprit la route du domaine, en compagnie de sa femme et de sa belle-sœur. Jackson ne semblait pas décidé à partir. Sammie ne s'en étonna pas outre mesure. Quoi de plus naturel pour son associé de l'aider à fermer la boutique en ce jour d'inauguration. Si seulement il ne l'avait pas suivie pas à pas ! Sans se rendre utile, il épiait tous ses gestes. Elle remit de l'ordre dans les rayons, rangea les bottes et quand, enfin, elle regarda sa montre, elle s'étonna. Il n'était que 19 heures. Elle avait l'impression qu'il était minuit.

— Oh ! j'ai failli oublier, lâcha-t-elle soudain. Blair Caulfield est passée, elle te cherchait. Elle m'a laissé un message. Elle attend ton coup de fil.

Sans répondre, Jackson fixa ses bottes, comme hypnotisé. Le créateur les avait dessinées pour sa femme, Marianna. En cuir, couleur d'encre, elles découvraient les orteils. Des lanières retenues par une simple bande de cuir à l'arrière se croisaient jusqu'aux genoux. Il semblait perplexe.

— Blair est une très belle femme, reprit-elle, même si je doute de son intelligence.

Il finit par relever les yeux sur elle et déclara, laconique.

— Elle appartient au passé.

— Elle ne semble pas voir les choses comme toi.

— C'est son problème, non ?

Elle lui jeta un coup d'œil en coin. S'il avait pu savoir à quel point sa réponse la soulageait.

— Il serait peut-être nécessaire de le lui préciser.

Sans prendre la peine de répondre, il regarda de nouveau ses jambes. Le sujet était clos. De toute façon, ce n'était pas ses affaires, se rappela-t-elle en finissant de débarrasser les dernières tables.

— Allons dîner, finit par suggérer Jackson. Pour célébrer ce premier jour.

Elle était trop fatiguée. Vidée de toute énergie. Elle ne pensait pas pouvoir supporter un petit dîner intime avec son associé si sexy, ce soir. Dans sa tenue habituelle de cow-boy, un jean noir retenu par une ceinture à boucle argentée, et une chemise western cloutée d'un bleu qui rehaussait la couleur fascinante de ses yeux, Jackson n'aurait aucun mal à réduire à néant toutes ses bonnes résolutions.

Elle secoua la tête.

— Je peux remettre à une autre fois ? J'ai les pieds en compote. Je n'ai qu'une hâte, passer une tenue confortable et me détendre. Mais, d'abord, je veux regarder mes comptes.

Elle se dirigea vers l'arrière-boutique.

— Tu n'as pas faim ? demanda-t-il en lui emboîtant le pas. Il ne reste rien des plateaux du cocktail. Je parie que tu n'as pas déjeuné aujourd'hui.

— En effet, je crois que j'ai oublié, reconnut-elle.

— Tu as fait toutes ces ventes, insista-t-il. Tu dois être affamée.

— Tu es vraiment obstiné, tu le sais, ça ?

Il se contenta de sourire, avant de reprendre d'une voix égale :

— Bien. Dans ce cas, je vais t'aider à regarder tes comptes et nous faire livrer un plat chinois.

— Je préférerais mexicain.

— D'accord, mademoiselle la Difficile. Dans ce cas, je vais téléphoner au restaurant mexicain. Une fois que nous aurons vérifié les ventes, tu pourras rentrer chez toi, te mettre au lit et faire de beaux rêves.

— Un programme qui me va très bien, admit-elle, reconnaissante.

Décidément, Jackson Worth était vraiment un ami. Un « ami » ? Sans qu'elle puisse se l'expliquer, cette pensée la déprimait.

Au beau milieu de la nuit, le téléphone de Sammie sonna, la tirant d'un profond sommeil. S'efforçant de garder les yeux ouverts, elle se pencha vers la table de nuit et chercha son téléphone à tâtons.

— Allô ? murmura-t-elle d'une voix un peu pâteuse.

— Tu es prête à être marraine ?

Reconnaissant le timbre grave de Jackson, elle alluma la lumière et se redressa dans son lit.

— Callie ?

— Elle est en train d'accoucher. Je viens d'avoir un appel de Tagg. Tout le monde part à l'hôpital de Red Ridge.

— Mon Dieu ! Je n'arrive pas à croire que le moment est arrivé. D'accord, je m'habille et j'y vais.

— Je passe te chercher. Nous irons ensemble.

Pour une fois, elle devait admettre que ce « nous » était agréable à ses oreilles. Elle ne demandait pas mieux que de se laisser conduire à Red Ridge. Elle était encore engourdie de sommeil et bien trop agitée par la perspective de cette naissance pour prendre le volant.

— D'accord, laisse-moi quelques minutes.

— Prépare ton sac. Je suis presque à ta porte.

— Tu plaisantes ?

— Jamais quand il s'agit de la naissance de mon neveu.

Après avoir raccroché, elle se précipita sous la douche, la seule manière pour elle d'émerger. A 2 h 15 du matin, se dépêcher relevait de l'exploit. Pourtant, dix minutes plus tard, quand Jackson frappa à la porte d'entrée, elle était prête.

— Merci de m'avoir prévenue.

— Je savais que tu pouvais y arriver.

Il sourit, découvrant des dents parfaites, ses joues ombrées d'une barbe naissante. Bien entendu, loin de lui donner l'air négligé, cela ne faisait que renforcer son sex-appeal. Comment une beauté d'une telle insolence pouvait-elle laisser indifférent ?

Avec un soupir las, elle passa un sac de sport en bandoulière. Elle avait réussi à rassembler quelques vêtements de rechange. Un accouchement pouvait durer et, quel que soit le temps que cela prendrait, elle voulait être là pour soutenir Callie et accueillir le petit Rory à son arrivée dans le monde.

D'une main dans son dos, Jackson la poussa doucement hors de son appartement et, une fois la porte fermée, la guida vers l'immense pick-up. Après lui avoir ouvert la portière, il lança son sac à l'arrière.

— Fonce, oncle Jackson ! le taquina-t-elle, oubliant le trouble que sa proximité ne manquait jamais de lui inspirer. Et j'espère que tu as apporté du café.

— Oui, Votre Altesse, répliqua-t-il en brandissant une Thermos argentée.

Elle laissa échapper un petit rire nerveux. Après avoir dévissé le couvercle, elle y versa la boisson brûlante et commença à boire par petites gorgées. Il lui jeta un coup d'œil surpris.

— Je ne te savais pas accro au café, s'étonna-t-il.

— Eh bien si, répondit-elle en buvant encore.

— Passe-le moi. J'ai besoin de caféine pour garder l'esprit alerte.

Elle savait qu'il bluffait. Il était parfaitement réveillé. Sammie remarquait ce genre de chose. Jackson était d'une vivacité stupéfiante. Il réagissait toujours au quart de tour. Ne se laissait jamais prendre au dépourvu par personne.

Elle fixa des yeux le couvercle fumant dans sa main. Ils avaient partagé des repas, avaient failli mourir, et avaient dormi deux fois ensemble, maintenant. Pourtant, bizarrement, c'était ce geste-là, partager le même gobelet de café, qui lui donnait à présent une impression d'intimité totale.

Elle le lui tendit et leurs doigts se frôlèrent. Même si elle commençait à s'habituer à son contact, ses réactions étaient toujours aussi violentes. Chaque fois qu'il posait une main sur elle, elle ressentait une décharge électrique d'une sensualité indescriptible.

Gardant les yeux sur la route, il but à l'endroit même que ses lèvres avaient touché.

— Merci.

— Si tu pouvais m'en laisser un peu, le pria-t-elle. Je ne suis pas encore bien réveillée.

Il alluma la radio et la voix de Tim McGraw s'éleva dans la nuit. Elle devina qu'il augmentait le son pour l'empêcher de s'assoupir.

Ils arrivèrent au petit hôpital de Red Ridge bien avant l'aube et trouvèrent Trish et Clay dans la salle d'attente.

— Tagg est avec elle depuis le début, annonça Trish.

— Comment va-t-elle ? demanda Sammie.

— Bien. Elle a perdu les eaux un peu après minuit. Elle a des contractions et essaye d'accoucher sans péridurale. Pour l'instant, elle n'a pas changé d'avis.

— Où est Meggie ? demanda Jackson.

— A la maison, endormie. C'est Helen, notre gouvernante, qui la garde.

Sammie n'avait aucune expérience des naissances. Peu de ses amies ayant eu des enfants, tout cela était nouveau pour elle. Laissant Jackson rejoindre Clay, elle s'assit sur une chaise, à côté de Trish. Leur conversation apaisa un peu ses nerfs en pelote. Entre les lumières vives de l'hôpital et cette naissance imminente, elle se sentait maintenant parfaitement réveillée. Elle n'avait plus du tout besoin de café.

Après quelques minutes de discussion sur le bébé, Trish changea de sujet.

— Qui s'occupe du magasin demain ?

La question ne l'étonna pas. La belle-sœur de Sammie connaissait bien le monde des affaires. Avant d'épouser Clay, elle avait été son attachée de presse. Après un parcours semé d'embûches, leur amour avait triomphé. Le comble du romantisme, songea-t-elle avec un pincement au cœur. Mais ce fut d'un ton enjoué qu'elle répondit :

— Mon filleul est un génie ! Il a décidé d'arriver le jour de fermeture. Un lundi.

— En effet, c'est le timing idéal, répondit Trish en riant. Rory commence très fort. Et je sais à quel point Callie tenait à ta présence.

— Je ne pourrais être nulle part ailleurs. Même si cela signifiait fermer pour quelques jours. Boot Barrage a pris un excellent départ.

— Tu le mérites. Tu es douée, l'emplacement est idéal. Et tu as un bon associé. Jackson est plus que compétent.

Elle opina d'un hochement de tête. Bien sûr, elle savait qu'avoir Jackson comme associé était un don du ciel. Il était très riche, intelligent, talentueux. Elle le regarda, de l'autre côté de la pièce et, un long moment, il soutint son regard. Puis il se remit à faire les cent pas avec Clay.

— Je sais, murmura-t-elle.

Une demi-heure plus tard, Tagg entra dans la salle d'attente d'un air pressé.

— Callie te réclame, lança-t-il à Sammie.

Se levant d'un bond, elle lui emboîta le pas. Ils franchirent les lourdes doubles portes beiges et enfilèrent le couloir qui conduisait à la salle d'accouchement. Allongée sur une table de travail, Callie portait une blouse d'hôpital fonctionnelle, vert et blanc. L'éclairage tamisé de la pièce était apaisant et une infirmière lui parlait à voix basse.

Voyant qu'elle avait des contractions, Tagg se rua d'un côté du lit pour lui prendre la main, Sammie alla se placer de l'autre.

— Je suis là, la rassura-t-elle.

Callie hocha la tête, se concentrant sur ses longues respirations. Une fois la contraction passée, elle se redressa un peu et se tourna vers son amie.

— Je suis contente que tu sois là.

Repoussant avec tendresse une mèche de cheveux qui avait glissé sur le front moite de la future maman, elle répondit :

— Moi aussi. Comment ça va ?

— Pas trop mal, jusqu'ici.

— Je vois ça. Tu es une championne. J'ai hâte de rencontrer Rory.

— Il sera bientôt ici, fit Callie d'une voix un peu essoufflée. Il veut sortir.

— C'est bien. Il a très envie de connaître ses parents.

— Je n'arrive pas à croire que je vais être mère, avoua alors son amie. C'est tellement difficile d'imaginer qu'il n'y a pas si longtemps Tagg et moi ne nous parlions même pas et que, maintenant, il est mon mari et le père de mon enfant.

— Ça n'a pas été de tout repos, mais je suis heureux, fit Tagg en l'embrassant sur la joue.

Sa femme l'enveloppa d'un regard brûlant d'amour.

— Moi aussi. Je crois que ça recommence.

Elle serra leurs mains de toutes ses forces.

— Accroche-toi ! souffla Sammie.

Le docteur annonça alors qu'il était temps pour Callie de pousser. Avec un regard encourageant, Sammie lui lança un baiser et, laissant les heureux parents accueillir leur fils, sortit annoncer la nouvelle au reste de la famille.

Moins d'une heure plus tard, Tagg revint dans la salle d'attente, un sourire de soulagement aux lèvres.

— Le petit Rory veut faire la connaissance de sa famille.

Il fut accueilli par des poignées de main et des félicitations. Puis tous les membres de la famille entrèrent dans la pièce où Callie récupérait. Elle semblait en forme. Ses joues avaient repris des couleurs et même la visite de son père, Hawk Sullivan, ne parvint pas à ternir la joie pure qu'exprimait son visage. L'air penaud, il arriva avec un bouquet de roses pour sa fille et un ours en peluche pour son petit-fils.

Assis sur le lit, Tagg tenait dans ses bras le nourrisson emmailloté, au visage tout rouge.

Bouleversée par toutes ces émotions, Sammie regardait la scène, le cœur gonflé de tendresse. Le bonheur de son amie la comblait ! Soudain, Jackson s'assit dans le rocking-chair et tendit les bras pour prendre le petit Rory. Tagg se pencha et lui confia son fils. Serrant le bébé avec une infinie délicatesse contre lui, il lui chuchota des mots tendres, un mélange de fierté et d'émerveillement se peignant sur son visage.

Sa première stupéfaction passée, Sammie sentit une flèche lui transpercer le cœur. Devant ce minuscule nouveau-né niché au creux des bras du superbe cow-boy blond, l'émotion déferla en elle comme un raz-de-marée, balayant tout sur son passage. Une évidence venait de s'imposer à elle.

Elle était amoureuse de Jackson Worth.

Ce n'était pas sa beauté renversante, ni son charme irrésistible, ni même les moments magiques qu'ils avaient passés au lit. Non, ce qui lui ouvrait enfin les yeux, c'était cet acte d'amour pur. Prendre un bébé dans ses bras : un geste tout simple qui révélait l'homme qu'était vraiment Jackson Worth.

Elle avait toujours pensé que le grand amour la

frapperait comme la foudre, comme un feu d'artifice explosant sur un ciel sombre. Mais elle n'avait pas su écouter son cœur. Et son amour pour Jackson s'était insinué en elle, imperceptiblement, à son insu. Voilà pourquoi toutes ses tentatives pour garder ses distances avaient été vaines.

Tout se mêlait dans sa tête, une foule d'images l'assaillirent. Jamais, avant Jackson, aucun homme n'avait suscité en elle un tel émoi.

Elle comprenait maintenant qu'elle était tombée amoureuse de lui à l'instant même où elle l'avait rencontré, au mariage de Callie et de Tagg. Un regard à travers la salle de réception bondée, et elle avait su. Immédiatement. C'était comme si tout autour d'elle avait retenu son souffle, comme si le temps s'était figé.

Exactement comme en cet instant.

Elle s'était pourtant répété des centaines de fois qu'il n'était pas un homme pour elle. Mais le fait qu'il soit un célibataire endurci, leur pacte, sa détermination à ne pas lui faire de mal : plus rien de tout cela n'importait. A la seconde précise où Jackson avait pris son filleul dans ses bras et l'avait serré sur son cœur, elle avait su qu'elle était perdue. Pour toujours.

A la joie qui avait inondé son cœur vint se substituer un profond sentiment de vide. Il ne serait jamais pour elle. Pas de la façon qu'elle le voulait. Pas de la façon que cela comptait.

Elle l'aimait. Mais elle voulait son amour, inconditionnel. Et alors que cette évidence s'imposait à son esprit, elle comprit que c'était un rêve impossible.

— Tu veux porter ton filleul ? lui demanda-t-il alors en se levant.

Debout à côté d'elle, il le lui passa prudemment. Trish les prit en photo.

— Rory, sa marraine et son parrain, dit-elle.

Sammie sentit son cœur voler en éclats. Aimer Jackson

allait être une véritable torture. Elle était bien trop impliquée, désormais. Il faisait partie de sa nouvelle famille, il était son associé en affaires, son ami et maintenant l'homme qu'elle aimait.

Comme elle se détestait pour sa stupidité !

Elle regarda le petit Rory dans ses bras, se réconfortant à la vision de l'adorable petit visage fripé. Elle aimait déjà ce petit bonhomme, c'était tout ce qui comptait.

— Bonjour, Rory. Je suis ta marraine Sammie. Je suis si contente de te rencontrer, petit bonhomme. Je pense que je vais te gâter un peu.

Jackson caressa tendrement la main de l'enfant.

— Je crois qu'il va tous nous embobiner, chuchota-t-il.

Devant l'ironie de la situation, elle dissimula sa détresse. Elle vivait vraiment un grand moment : elle allait sortir de cette pièce, emplie d'amour pour deux hommes Worth. Si elle avait de la chance, au moins le plus jeune des deux l'aimerait aussi.

- 10 -

Pour la septième fois cette semaine-là, Jackson ouvrit l'e-mail de Trish sur son téléphone. Elle lui avait envoyé une photo prise le jour de la naissance du bébé, trois semaines auparavant, intitulée : « Rory, son parrain et sa marraine », accompagnée d'un message disant :

Désolée de ne pas l'avoir envoyée plus tôt. Vous êtes superbes tous les trois.

C'était la vérité. Le visage de Sammie exprimait une joie pure qu'il avait du mal à effacer de son esprit. Depuis qu'il l'avait reçue, il regardait la photo au moins une fois par jour. Et, chaque fois, il sentait une vague de chaleur se propager dans tout son corps. C'était une sensation agréable. Il sourit à la photo avant d'éteindre son portable.

Il allait prendre une douche. Il avait besoin de sentir le jet chaud sur sa peau pour dénouer ses muscles endoloris. La journée avait été longue, pénible, il avait enchaîné les rendez-vous. Et ce n'était pas fini.

Il lui fallait garder l'esprit clair. Dans moins d'une heure, il devait passer chercher Blair. Ils avaient rendez-vous. Il n'avait pas pu la repousser. Elle lui avait téléphoné et s'était présentée à son bureau sans s'annoncer. Même si, en un sens, cela l'avait flatté, à la longue, cela devenait lassant. Il était temps de régler le problème une fois pour toutes.

Il fallait jouer son jeu, savoir ce qu'elle voulait.

Il ouvrit la douche puis dénoua sa cravate et la fit passer par-dessus sa tête. Au moment où il finissait de déboutonner sa chemise, la sonnette de la porte d'entrée retentit.

S'interrompant, il arrêta l'eau et se dirigea vers la porte, attrapant son portefeuille au passage. Il attendait du linge : c'était sans doute le pressing qui venait le livrer.

— J'arrive, cria-t-il.

Stupéfait, il se trouva nez à nez avec Blair. Elle était souriante, sa bouche était maquillée d'un rouge carmin, ses cheveux blonds flottaient librement sur un manteau beige doublé de fourrure. Un sac assorti en bandoulière, elle tenait un cabas à provisions dans les bras.

— Salut ! lança-t-elle.

Sans attendre son invitation, elle passa devant lui, et engloba du regard l'entrée et la salle de séjour. Puis elle pivota sur elle-même pour le regarder.

— Pas mal ! fit-elle, remarquant sa chemise ouverte.

— Que fais-tu ici ? demanda-t-il.

Entre le sac à provisions et le fait qu'elle soit en avance, il en avait déjà une petite idée.

— Je suis venue te préparer à dîner.

Elle retira son manteau et, immédiatement, il remarqua sa robe moulante. Dans le style lingerie, le tissu chocolat ne laissait rien à l'imagination. De la dentelle aux endroits stratégiques dévoilait des parcelles de sa peau satinée. Ses seins débordaient des bonnets qui étaient censés les soutenir. Il sentit une bouffée de désir incontrôlable l'envahir. Serait-il toujours sensible à ses charmes ? Il espérait bien que non. Pourtant, il se sentait étrangement vulnérable devant elle.

— J'avais l'intention de t'emmener au restaurant, dit-il d'une voix aussi placide que possible.

Elle lui décocha son sourire le plus aguicheur.

— Ce sera plus amusant comme ça, Jackson. Je fais

un osso-bucco à tomber. Tu vas adorer, je le sais. Où est ta cuisine ?

Elle suivit la direction de son doigt et il lui emboîta le pas.

— Tu as apporté les titres de propriété ? demanda-t-il.

— Nous parlerons affaires après le dîner. J'ai surtout apporté ce délicieux vin français. Une pure merveille.

Elle entra dans la cuisine et posa le sac dont elle tira une bouteille de vin.

— Tu veux bien l'ouvrir ? dit-elle en la lui tendant.

Docile, il déboucha la bouteille, tandis qu'elle posait tous les ingrédients du dîner sur le plan de travail en granit noir. Puis elle sortit d'un placard deux verres en cristal qu'il remplit.

— A un nouveau départ ! s'exclama-t-elle en levant le sien avec un sourire.

Il ne trinqua pas.

— D'abord, le titre de propriété, Blair.

Tant qu'il n'aurait pas en main la preuve qu'elle était propriétaire de la terre qu'il convoitait, la soirée resterait au point mort. Il n'était pas question de la laisser mener la danse.

— Tu es méfiant, fit-elle avec cette moue séductrice dont elle avait le secret.

Il savait qu'elle la réservait à ceux dont elle voulait réduire les défenses à néant.

Si Jackson ne l'avait pas si bien connue, il aurait pu tomber dans ses filets. Pourtant, il était bien obligé de se rendre à l'évidence : sa beauté le fascinait encore et il était incapable de trouver les mots pour la chasser.

Elle farfouilla dans son sac à main et en sortit le titre de propriété.

— Voici. Regarde. Il est authentique.

Il consacra une minute à la lecture du document qui lui confirma que la terre lui avait bien été vendue par le vieux Weaver.

C'était parfaitement incompréhensible. Songeur, il but une gorgée de vin et, les yeux plongés dans les grands yeux d'un bleu limpide qu'il connaissait par cœur, il demanda :

— Comment as-tu réussi à le faire vendre, Blair ?

— Pourquoi est-ce si important pour toi ? chuchota-t-elle.

— Au cours de ces deux dernières années, je lui ai offert plusieurs fois de la lui racheter pour deux fois son prix. C'est la seule parcelle des rives du lac qui n'appartient pas aux Worth. Il faut la protéger des promoteurs.

Une lueur belliqueuse dans ses pupilles myosotis, elle répondit :

— Je ne la vendrai pas à des promoteurs si…

— Si quoi ? Si je retombe amoureux de toi ? Je ne peux pas te le promettre. Nous ne pouvons pas remonter le temps, Blair. Nous sommes deux personnes différentes, aujourd'hui.

— Serait-ce si difficile d'essayer ? murmura-t-elle avec une telle douceur que, pour un peu, il en aurait oublié qu'elle le faisait chanter. Je te demande juste une chance, Jackson. Nous pourrions commencer ce soir.

Il garda le silence. Tout en la regardant par-dessus son verre de vin, il réfléchissait. Elle était belle, sexy, tout ce dont il avait toujours rêvé chez une femme.

Le visage de Sammie surgit alors à son esprit. La photo d'eux, ensemble, portant le petit Rory, était gravée dans sa mémoire. C'était comme une bouée de sauvetage à laquelle se raccrocher quand il se sentait couler.

— Parle-moi de Weaver, lui enjoignit-il alors.

Elle se rembrunit et, dans un soupir à fendre l'âme, elle répondit avec un pauvre sourire :

— Pearson Weaver est mon père. Ma mère avait eu une liaison avec lui avant ma naissance. A cette époque, ils étaient mariés tous les deux. Ma mère n'était pas réputée pour sa discrétion, mais elle a gardé le secret toute sa vie. Quand elle est tombée malade, elle a fini par m'avouer la vérité. Pearson s'en voulait tellement de ne jamais m'avoir reconnue qu'il ne savait pas comment se rattraper. Je n'ai jamais demandé cette terre. Mais il me l'a donnée pour me prouver à quel point j'avais compté pour lui toutes ces années. C'était la seule chose qu'il possédait. Ça et l'amour de ma mère pendant une courte période.

Jackson cligna les yeux. Il s'était attendu à tout sauf à une telle révélation. Sa surprise dut apparaître dans son visage car, une fraction de seconde, elle détourna les yeux, comme si elle avait honte.

Puis elle haussa les épaules.

— J'ai toujours su que Daniel Caulfield n'était pas mon vrai père. La vie à la maison n'était pas très drôle. Mes parents se disputaient tout le temps et, à l'occasion, Daniel m'interrogeait sur la fidélité de ma mère. Je détestais vivre à Red Ridge, je n'avais qu'une hâte, en partir.

— Tu ne me l'avais jamais dit.

Si ce n'était pas une excuse pour l'avoir fait souffrir comme elle l'avait fait, c'était une explication à son comportement qu'il pouvait essayer de comprendre.

— Pour ta famille, j'étais déjà la fille des quartiers pauvres. Si j'avais annoncé, en plus, que j'étais une enfant illégitime, ils n'auraient sans doute pas apprécié.

Il but une autre gorgée de vin. Il avait du mal à imaginer ce qu'elle avait dû vivre quand elle s'était aperçue que toute sa vie reposait sur un mensonge. Et il ne voyait plus l'intérêt de lui préciser que sa famille ne l'avait jamais méprisée avant le jour où elle lui avait brisé le cœur. Elle l'avait trahi de la pire manière possible. Il n'était pas prêt à le lui pardonner. De toute façon, il avait besoin de temps pour digérer tout cela.

— Prépare-moi à dîner, Blair. Je vais prendre une douche.

Elle jeta un coup d'œil au pan de peau dévoilé par sa

chemise ouverte et leva ses beaux yeux dans lesquels il lut une invitation. Repousser une femme sublime et consentante n'était jamais facile, quelle que soit la circonstance, mais tourner le dos à Blair lui demandait un effort de volonté surhumain.

Il s'éclipsa dans le couloir en étouffant un juron, les visages de Sammie et de Rory toujours en tête, comme pour l'empêcher de sombrer. Il retira ses vêtements et entra dans la douche, espérant que le savon et l'eau chaude l'aideraient à faire le tri dans ses pensées. Peut-être finirait-il par y voir plus clair.

Sammie apporta la dernière touche à son maquillage et recula d'un pas pour regarder son œuvre. La touche *smoky*, accentuait le brun de ses yeux, changeant totalement son apparence. Elle mit un peu de terracotta sur ses joues, du rouge à lèvres, et feignit d'embrasser le miroir.

— Jackson Worth…, tu ne pourras pas m'ignorer une nuit de plus.

Depuis l'inauguration de la boutique et la naissance de Rory, Jackson avait gardé ses distances. Elle savait qu'il était très occupé et, après avoir constaté que Boot Barrage avait pris un bon départ, il était sans doute passé à son projet suivant. Les affaires marchaient bien, avec de nouvelles clientes tous les jours et, quand elle travaillait, Sammie était dans son élément.

Elle passait du temps avec Callie et avec le bébé chaque fois qu'elle le pouvait et, quand elle était au domaine, l'après-midi, elle aidait Trish au General Store de Penny's Song.

Les événements s'étaient bousculés depuis trois semaines. Elle avait appris par un appel de la police de Boston que son ex avait été retrouvé et qu'il ne tarderait pas à être arrêté pour escroquerie. Et puis, surtout, après avoir enfin raconté à Callie ce qui s'était passé entre elle et Jackson, elle lui avait avoué qu'elle l'aimait. A sa grande surprise, loin de la dissuader, Callie l'avait poussée à se battre pour le conquérir. « Qui ne tente rien… », avait-elle dit. Pour sa meilleure amie, le jeu en valait vraiment la chandelle.

Elle avait donc décidé de faire d'une pierre deux coups. N'avait-elle pas un prétexte tout trouvé pour passer chez Jackson ? En effet, elle avait une idée magnifique à lui soumettre en tant qu'associé. Et elle en profiterait pour lui dévoiler enfin ses sentiments. Il était grand temps de lui ouvrir son cœur.

Elle murmura une petite prière silencieuse pour empêcher le doute de la retenir. Elle devait foncer. Elle n'espérait qu'une chose, que tout se passe bien. Pour mettre toutes les chances de son côté et accroître sa confiance en elle, elle avait opté pour une arme secrète : une minirobe noire en tricot qui la moulait comme un gant, fermée par un Zip sur le devant.

C'était là que les Marianna entraient en jeu. Le jour de l'inauguration, elles avaient piqué l'intérêt de Jackson. Assise sur son lit, elle enfila les bottes ouvertes qui découvraient ses ongles vernis de rouge et les laça jusqu'aux genoux. Les talons qui la grandissaient de quatre centimètres lui faisaient des jambes interminables de femme fatale.

Elle préférait éviter le miroir. Elle avait bien trop peur de se dégonfler. Mais comment résister à l'envie de contempler une telle transformation ? Après avoir longuement hésité, elle finit par se décider et s'examina de pied en cap. Sa tenue ne laissait aucun doute sur ses intentions. Elle mourait d'envie de tout retirer.

Heureusement, les mots de Callie continuaient à résonner dans sa tête :

« Bats-toi pour Jackson. »

Et son amie avait raison. Qui ne tentait rien…

— Il est temps pour moi de connaître l'appartement de Jackson, chuchota-t-elle pour elle-même.

Son sac à la main, elle sortit de chez elle, se sentant pleine d'une assurance toute neuve.

Le trajet jusque chez Jackson ne durait que dix minutes. Quand elle arriva en vue des collines, à la sortie de Scottsdale, elle se gara et, sans oublier ses croquis, elle descendit de voiture.

Après s'être présentée au concierge comme invitée par M. Worth, elle fut autorisée à entrer dans l'immeuble. Monter jusqu'à l'appartement au dernier étage ne prit que quelques secondes. Une fois les portes coulissantes ouvertes, elle puisa tout son courage dans une profonde inspiration, sortit de la cabine et s'avança jusqu'à la porte.

Elle frappa. Sans succès. Surprise par le silence, elle frappa de nouveau.

Enfin, un bruit de pas ! Il était là. Un sourire aux lèvres, elle attendit… et la surprise la fit vaciller.

La porte venait de s'ouvrir sur Blair Caulfield. Le regard suffisant de la blonde la balaya de la tête aux pieds, sur lesquels il se posa.

— Jolies bottes, fit-elle du bout des lèvres. Vous êtes l'associée de Jackson, c'est bien ça ?

Toujours sous le choc, elle ne put que hocher la tête. Que diable Blair faisait-elle ici ? Au moins, cette fois, elle ne l'avait pas prise pour l'employée de Jackson.

Elle lutta pour garder le sourire. La première surprise passée, elle s'aperçut que, dans le fond, la présence de Blair ne l'étonnait qu'à moitié. Elle renifla discrètement. Une odeur de bouquet garni et d'ail s'échappait de l'appartement. Tout était clair, soudain. Une douleur fulgurante lui broya le cœur.

— Oui, je suis Sammie Gold.

— Blair, lâcha la blonde. Nous nous sommes rencontrées l'autre jour.

Lui bloquant l'entrée comme si elle était chez elle, Blair rejeta ses longs cheveux en arrière.

— Je sais, à la boutique, répondit Sammie.

— En quoi puis-je vous aider ?

Reprenant enfin le contrôle de ses émotions, elle répondit :

— Je cherche Jackson.

— Il est sous la douche, répondit Blair sans se démonter.

Elle la fixa, abasourdie. Elle était envahie par une impression de déjà-vu. Encore une fois, elle se sentait trahie. Un sentiment qui commençait à lui être familier. Un souvenir lui remonta à la mémoire, la phrase qui l'avait anéantie : « Votre fiancé est un escroc, madame Gold. Je crains qu'il ne soit parvenu à détourner tous vos fonds. »

Jackson n'avait pas volé son argent, bien au contraire, il l'avait aidée à se reconstruire d'un point de vue financier. Mais il lui avait volé quelque chose de bien plus important : son cœur. Abasourdie, elle sentit le chagrin enfler en elle. Cette blessure-là, elle le savait, ne cicatriserait jamais. Toutefois, quels droits avait-elle sur Jackson ? Pas une fois il n'avait fait allusion à l'éventualité de vivre une relation avec elle. La brûlure de la trahison n'en était pas moins insoutenable.

Ils avaient couché ensemble, c'était tout. Et elle avait été assez bête pour croire que l'amitié qui était née entre Jackson et elle pouvait déboucher sur autre chose.

Refoulant ce vieux désespoir qu'elle était passée maître dans l'art de dissimuler, elle s'appliqua à prendre sa voix la plus égale :

— Eh bien, j'étais venue lui apporter ces papiers.

D'un geste aussi élégant que possible, elle tira une enveloppe de son sac.

Elle s'apprêtait à les remettre à Blair et à partir, quand une voix d'homme s'éleva :

— Blair, il y a quelqu'un à la porte ?

Sammie se figea. Le temps sembla s'arrêter.

— C'est mon linge ? demanda la voix qui se rapprochait.

— Non, c'est juste moi, Sammie ! fit-elle, maudissant son intonation stridente.

Il surgit dans l'entrée, passant à la hâte une chemise. Il avait un portefeuille à la main. Ses cheveux humides, plus foncés, étaient plaqués en arrière. A sa vue, elle sentit son cœur prêt à exploser dans sa poitrine. Bien entendu, il était toujours aussi beau.

— Sammie ? s'étonna-t-il.

— Elle est venue t'apporter des papiers, expliqua Blair.

Il la regarda de la tête aux pieds. Ses yeux s'attardèrent sur ses bottes. En d'autres circonstances, elle se serait réjouie de voir qu'elles produisaient l'effet escompté. Mais, à cet instant précis, elle ne souhaitait qu'une chose : filer. Cette situation était si embarrassante.

Se drapant dans sa dignité, elle lui tendit les papiers.

— Voici. C'est un projet lié à Penny's Song. Tout est là. Mais il n'y a rien d'urgent.

Elle jeta un coup d'œil à Blair. Son expression, mélange de satisfaction et de suffisance, évoquait celle d'un chat qui venait d'avaler un bol de lait.

Il les regarda tour à tour et, l'air soudain accablé, secoua la tête.

— Ce n'est pas du tout ce que tu crois, Sammie.

Stupéfaite, Blair resta bouche bée. Puis, une main sur sa hanche voluptueuse, elle tordit les lèvres en un rictus.

— C'est exactement ce qu'elle croit, glapit-elle.

— Tais-toi, Blair ! siffla-t-il, sans quitter Sammie des yeux.

Comme hypnotisée, elle regarda les gouttes d'eau glisser sur son torse vigoureux.

— Tu n'as pas d'explication à me donner, répondit-elle, incapable de dissimuler la pointe d'amertume dans sa voix. Tout va bien. Je sortais. J'ai… j'ai un rendez-vous.

— Dans cette tenue ? s'étonna-t-il en haussant les sourcils.

Perplexe, elle battit des paupières. Etait-ce un compliment ? Ou le contraire ? Elle préférait ne pas savoir.

— Euh…

Elle ne mentait pas vraiment. Elle avait dit à Sonny qu'elle le retrouverait pour un café un soir de la semaine. Et ce soir semblait tout à fait indiqué.

Jackson semblait lire dans ses pensées. D'un ton sans réplique, il lâcha :

— Tu ne sors pas avec Sonny habillée comme ça !

Elle contint sa colère et, feignant une attitude détachée, elle répondit avec douceur :

— Je crois que cela ne te regarde en rien. Ni avec qui je sors ni comment je m'habille. Ne t'inquiète pas pour les papiers, ça peut attendre. Je suis en retard. Il faut que j'y aille.

Elle pivota sur ses talons et repartit en direction de l'ascenseur. Elle l'avait presque atteint quand elle sentit Jackson la rattraper par la taille. Au contact de sa main, une vague brûlante embrasa son corps et elle dut se faire violence pour ne pas se retourner et tomber dans ses bras. Sans se laisser décourager, il la plaqua contre lui et lui chuchota à l'oreille.

— Tu n'avais pas besoin de t'habiller comme ça pour m'apporter des papiers, Sammie.

Elle laissa échapper un long soupir accablé. Son cœur venait de voler en éclats. C'était une véritable agonie de ne pas avouer la vérité à Jackson. Mais elle refusait de se laisser de nouveau bafouer par un homme. Cette fois, elle ne perdrait pas sa dignité. La trahison d'Allen lui avait au moins appris cela. Se dégageant d'un geste vif, elle entra dans l'ascenseur et, au moment où les portes se refermaient, elle se retourna. Plantant son regard dans celui au bleu presque noir de confusion de Jackson, elle lança :

— Va rejoindre Blair, elle t'attend.

Jackson regarda les portes de l'ascenseur se refermer. Même si elle avait tout fait pour le lui cacher, le chagrin qui était apparu dans le visage de Sammie lui déchirait le cœur. Il passa une main dans ses cheveux humides et, en jurant, il regagna son appartement.

Les apparences étaient contre lui, il ne pouvait le nier. Blair avait répondu à la porte comme si elle était chez elle et il avait surgi derrière elle, à moitié déshabillé. Quoi de plus naturel pour Sammie d'en avoir conclu qu'elle interrompait une soirée romantique ? En fait, si elle n'était pas arrivée, elle aurait peut-être eu raison.

— Elle est du genre nerveux, non ? demanda Blair, qui l'attendait sur le seuil.

L'ignorant, Jackson prit le dossier sur Penny's Song et sortit sur la terrasse. L'air nocturne apaisa ses sens surchauffés. Un long moment, il se perdit dans la contemplation de la sérénité des montagnes, dont la masse sombre se découpait sur le ciel flamboyant du crépuscule. Mais la peine de Sammie ne le quittait pas.

Il avait joué avec le feu et elle s'y était brûlée.

Dire qu'il avait voulu la retenir, lui demander de ne pas sortir avec Sonny. Il peinait à analyser ses sentiments. S'il ne voulait rien envisager à long terme avec elle, il ne supportait pas de l'imaginer avec un autre. Surtout avec son ami.

Quand elle s'était installée dans l'Arizona, elle était vulnérable, blessée. Elle espérait prendre un nouveau départ, recoller les morceaux de sa vie éclatée. Il esquissa une grimace et ferma les yeux. Il se dégoûtait. Il n'avait réussi qu'à lui faire encore plus de mal. Encore une fois, son joli visage accablé passa devant ses yeux. Il n'exprimait pas que la tristesse et le découragement, mais aussi un profond écœurement.

Une petite voix intérieure lui souffla :

C'est une adulte. Elle savait à quoi s'attendre.

Il s'empressa de repousser cette pensée. Elle n'était responsable de rien. Lui, en revanche, avait tout gâché.

A la faible lumière de la lanterne de sa terrasse, il ouvrit le dossier dans lequel il trouva des croquis de petites bottes de cow-boy en cuir, frappées au logo de Penny's Song. Une émotion intense lui étreignit le cœur. Son idée était de les offrir comme cadeau d'adieu aux enfants, à la fin de leur convalescence. Elle avait griffonné quelques notes :

« Tu crois que c'est une bonne idée ? Que ça plairait aux enfants ? Du cuir noir pour les garçons ? Marron pour les filles ? »

Il regarda les croquis. Les minutes s'égrenaient.

Derrière lui, la voix de Blair le tira de sa stupeur.

— Le dîner refroidit.

Il ne se retourna pas. Il refusait de la regarder. Elle était responsable du néant dans sa vie. Il ne pouvait pas lui faire confiance. Plus maintenant, après qu'elle lui avait avoué pourquoi elle avait tant haï Red Ridge. Pourquoi elle avait eu besoin d'en partir.

Quel contraste entre les deux femmes : Blair, qui, en le trahissant, avait détruit sa confiance en l'amour, avait maintenant recours à un chantage émotionnel pour obtenir ce qu'elle voulait. Sammie, en revanche, était le désintéressement même. Elle était forte, déterminée, généreuse. Elle l'avait fait rire, l'avait séduit et faisait presque partie de sa famille. Franche comme l'or, elle était incapable de la moindre combine.

— Jackson ? répéta Blair en le rejoignant sur la terrasse.

Il la foudroya d'un regard d'une telle dureté qu'il parvint à la faire bégayer.

— Tu… tu m'as entendue ?

— Je ne veux pas dîner.

— Mais c'est prêt, et attends…

Regagnant la cuisine, il lui tendit son sac à main resté sur le plan de travail.

— Je pense que tu devrais partir, Blair.

L'air indigné, elle demanda :

— Tu me chasses ?

— Je te demande de partir, répéta-t-il.

Son éducation lui avait inculqué quelques manières.

— Tu ne veux pas faire ça.

— Si, répondit-il. Il n'y a plus rien entre nous, hormis quelques vieux souvenirs que nous ferions mieux d'oublier.

Une main dans son dos, il la poussa en direction de la porte d'entrée. Elle avança avec réticence.

En arrivant à la porte, elle se tourna vers lui et l'affronta sans ciller. Il n'avait plus devant lui la Blair pleine d'assurance dont les hommes quémandaient l'attention. Pour la première fois, elle laissait entrevoir sa vulnérabilité. Elle semblait déconfite, mais aussi plus réelle, moins machiavélique.

S'éclaircissant la voix, elle essaya sa dernière carte.

— Et la terre ? Tu es prêt à y renoncer pour elle ?

Il la dévisagea, incrédule. Comment pouvait-elle encore croire que son chantage pouvait prendre ? En un sens, il se sentait désolé pour elle. Pour toute réponse, il lui sourit, lui signifiant sa défaite. Ses épaules s'affaissèrent et elle hocha la tête. Elle avait compris qu'il était inutile d'insister. L'espace d'un instant, il eut devant lui l'adorable, la ravissante Blair Caulfield de sa jeunesse.

— Je savais que tu étais amoureux d'elle, murmura-t-elle. Je l'ai compris à la seconde où je vous ai vus ensemble.

Ebahi, il répondit :

— Eh bien, dans ce cas, tu es plus perspicace que moi. Parce que je viens de m'en apercevoir, il y a trente secondes.

- 11 -

Callie Sullivan Worth étant la meilleure amie de Sammie, sa loyauté l'empêchait de répondre à ses questions. Si Jackson déplorait parfois la force de ce lien d'amitié que partageaient les femmes, aujourd'hui, il le détestait carrément. Il avait beau la cuisiner, Callie ne voulait rien entendre.

— Elle est partie et ne sera de retour que dans quelques jours, s'obstinait-elle à répéter. C'est tout ce que j'ai le droit de te dire.

Il avala une gorgée de bière. Il ne voulait pas contrarier sa belle-sœur. Elle n'était pas encore remise de son accouchement et elle ne dormait pas beaucoup. Il décida de tâter le terrain. Prenant son air le plus innocent, il fit remarquer :

— En tout cas, elle est partie vite.

Comme il regrettait maintenant d'avoir attendu le lendemain de sa visite surprise pour aller trouver Sammie. Il aurait dû s'élancer à sa poursuite immédiatement. Il avait fait une grosse erreur. Mais comment aurait-il pu se douter qu'elle quitterait la ville si vite ?

Après avoir chassé Blair de chez lui sans cérémonie, il avait dû affronter ses sentiments pour Sammie. Et, pour la première fois dans sa vie d'adulte, il avait eu vraiment peur. Un flot d'émotions enfouies au plus profond de lui avait refait surface. Certes, ces sentiments troublants l'avaient déstabilisé, mais s'autoriser à les accepter enfin lui avait procuré un soulagement indicible. Jusqu'au jour où ils s'étaient rencontrés à Las Vegas, il avait été immunisé contre l'amour. Mais Sammie avait, sans le vouloir, mis à mal les barrières défensives qu'il avait soigneusement érigées autour de lui. Il n'était plus immunisé. Désormais, il était vulnérable, il souffrait d'un mal qui s'appelait l'amour.

Quand il était arrivé chez elle, ce matin, il avait frappé à la porte de son immeuble, jusqu'à réveiller les voisins. Maugréant, ils lui avaient ouvert. Il avait alors pressé sa sonnette, en vain. Elle n'était pas chez elle. Et il n'avait pas pu la joindre au téléphone non plus. Elle avait quand même daigné lui envoyer un SMS qui disait :

J'ai un imprévu. Je vais être absente quelques jours. Boot Barrage reste ouvert, les filles me remplacent.

Il avait senti son sang bouillonner. Il se fichait bien de savoir que la boutique ne manquerait pas de personnel en son absence.

La voix de sa belle-sœur le ramena au présent.

— Je ne peux pas en dire plus, répétait-elle, inflexible.

Il voyait bien que rien ne la ferait changer d'avis.

— Je t'ai tout raconté, fit-il valoir en buvant une nouvelle gorgée de bière. J'ai été honnête, j'ai admis mes erreurs. Je ne veux plus en commettre aucune.

Avec un sourire bienveillant, Callie répondit :

— Tu n'en feras plus. Je le sais. J'ai confiance en toi.

Exaspéré, il leva les yeux au ciel. Puisqu'elle avait confiance en lui, pourquoi ne parlait-elle pas ?

— Bienvenue au club ! plaisanta Tagg, qui venait de les rejoindre. Alors, quelle est l'étendue des dégâts ?

— Bon sang, je n'en sais rien. Sammie a quitté la ville. J'ai l'impression que je ne suis pas dans ses petits papiers en ce moment.

— C'est le moins que l'on puisse dire !

Ignorant la remarque encourageante de son frère, il reprit :

— Alors, que me conseillez-vous ? demanda-t-il, plein d'espoir.

Avec douceur, Callie suggéra :

— Dès que tu en auras l'occasion, avoue-lui tes sentiments.

— Autrement dit, il va falloir t'aventurer sur un terrain inconnu, mon vieux ! lança Tagg.

Il le fusilla du regard. Décidément, son frère ne lui était d'aucun secours.

— Je le sais, merci. Mais vous croyez qu'elle va me pardonner ?

Callie secoua lentement la tête. Il voyait à son regard à quel point il lui était difficile de tenir la promesse faite à Sammie. D'une voix pleine de compassion, elle répondit.

— Je ne peux pas en parler avec toi, Jackson, je suis désolée. Néanmoins, elle ne m'a pas interdit de te donner mon avis.

— Et quel est ton avis ? la pressa-t-il.

— Réfléchis bien à ce que tu attends d'elle avant de tenter des travaux d'approche. Parce qu'elle est sur le point de craquer et…

— Si tu abîmes encore cette fille, tu auras affaire à moi, l'interrompit Tagg.

— Et à moi aussi, renchérit sa femme.

Jackson laissa échapper un petit rire amer.

— Vous pouvez me faire confiance. Cela n'arrivera pas. Je l'aime.

Callie et Tagg le fixèrent et, abasourdis, clignèrent les paupières simultanément. C'était étrange de voir à quel point ils étaient synchronisés. L'expression « âmes sœurs » s'imposa à lui. Il n'aurait jamais pensé vouloir trouver la sienne. Il savait maintenant qu'il s'était trompé.

— J'en suis ravie, Jackson, murmura Callie d'un air émerveillé.

Il acquiesça d'un hochement de tête. Jamais il n'avait eu si peu confiance en lui au sujet d'une femme. Encore une fois, le visage de Sammie dans l'ascenseur passa devant ses yeux.

— L'enjeu est démesuré, murmura-t-il, soudain anxieux. J'aurai peut-être besoin de votre aide.

— Tant que tu ne me demandes pas de rompre ma promesse à Sammie, je suis à ta disposition.

— Merci, Callie.

— Rory doit faire son rot, reprit-elle alors. Lequel de vous se sent d'attaque, les cow-boys ?

— Donne-le moi, répondit-il immédiatement. Je travaille toujours à devenir son oncle préféré.

Souriant, Tagg déposa le bébé dans ses bras.

— T'occuper de mon fils te mettra du baume au cœur. Tu as une tête à arrêter les pendules.

— Merci, petit frère ! Je sais que je peux toujours compter sur toi pour me remonter le moral.

La patience de Jackson fut mise à rude épreuve. Les quarante-huit heures qui suivirent lui parurent interminables. Deux fois par jour, il passait à Boot Barrage dans l'espoir de tomber sur Sammie. Mais, hormis les deux coups de fil quotidiens de leur patronne, Nicole et Angie n'étaient au courant de rien. De plus, elles semblaient très bien se débrouiller en son absence.

Le troisième jour, il était tôt quand il repéra enfin la voiture de Sammie sur le parking, à l'arrière de la boutique.

Il jubila. Il savait qu'elle n'ouvrait qu'une demi-heure plus tard. Il allait enfin se trouver seul avec elle.

Il vint se garer à côté du 4x4 et entra directement dans l'arrière-boutique. Il la trouva assise à son bureau, en train de s'occuper de papiers.

En la voyant, il ne put s'empêcher de sourire. Elle était

si belle ! De cette beauté qui lui était propre. Elle portait une robe portefeuille en jersey gris, avec une ceinture rose et des bottes à mi-mollets de la même couleur. Il se grisa de cette vision enchanteresse.

Levant les yeux, elle lui lança, désinvolte.

— Salut, Jackson.

Une sourde angoisse lui étreignit le cœur. Il se passait quelque chose. Elle n'était ni en colère, ni triste, ni contrariée. Son flegme et son indifférence étaient beaucoup plus inquiétants.

— Sammie, nous devons parler.

— Je suis d'accord.

Elle se leva et s'avança vers lui dans un nuage de parfum fruité. Ce parfum qu'il avait appris à aimer, qui était le sien.

— J'ai une nouvelle à t'annoncer, déclara-t-elle. Je pense que tu seras content.

Son assurance et son attitude composée lui firent penser exactement le contraire : ce qu'elle avait à lui dire n'allait lui faire aucun plaisir. Son visage exprimant l'indifférence la plus totale, une lueur de détermination dans ses beaux yeux bruns, elle lui annonça de but en blanc :

— Nous n'avons plus besoin d'être associés.

A la vue de Jackson, tous ses sens s'affolaient. Avec son Stetson, son jean délavé et sa chemise en chambray, il était beaucoup plus sexy qu'en costume. Une barbe naissante ombrait son visage et les cernes sous ses yeux trahissaient sa fatigue. Une vague d'une tendresse infinie la submergea.

L'aimer était une chose, mais apprendre à ne plus l'aimer en était une autre. Comment allait-elle faire ? Elle l'ignorait encore. Pourtant, elle était résolue à passer à autre chose. Elle devait se montrer forte. Courageuse.

Mais elle ne voulait renoncer ni à l'amitié de Callie ni à la famille Worth. C'était sa famille désormais. Le seul moyen pour elle d'y arriver était de rompre tout lien professionnel avec Jackson. Une fois son indépendance acquise, elle ne lui devrait plus rien et sa relation avec les Worth redeviendrait strictement amicale.

— Sammie, plaida-t-il, je te demande simplement de m'écouter. Je n'ai jamais eu l'intention de te faire du mal. Je le jure. Malgré les apparences qui sont contre moi, ce n'était pas du tout ce que tu penses, l'autre soir.

Elle l'arrêta d'une main levée.

— Tais-toi. Tu n'as rien à m'expliquer. Nous ne sommes pas ensemble. Tu n'étais pas en train de me tromper. Tu avais parfaitement le droit de voir Blair Caulfield. De faire ce que tu voulais avec elle, chez toi.

— Rien ! affirma-t-il. Je n'ai rien fait, à part la jeter dehors.

Elle sentit sa détermination faiblir.

— Tu l'as jetée dehors ?

— Oui. Après ton passage, je me suis rendu compte que j'avais fait une erreur. Elle me faisait miroiter quelque chose que je croyais vouloir à tout prix.

— Son amour ?

— Non, Sammie, pas son amour. Elle est propriétaire d'une terre que je veux depuis des années. Les Worth l'ont bradée il y a un demi-siècle et Blair m'a fait du chantage émotionnel. Elle aurait renoncé à cette terre si... si nous...

— Je vois.

Tout était limpide, en effet. En lui faisant cette révélation, Jackson n'avait fait que confirmer ce qu'elle savait depuis le début. Il ne serait jamais à elle. La concurrence serait trop rude. Trop de femmes étaient prêtes à tout pour se faire aimer de lui. Ils n'avaient rien à faire ensemble.

Abasourdie par le vide qui l'envahit à la perspective de toute une vie sans lui, elle frissonna. Comme elle l'aimait ! S'appliquant à ne rien laisser paraître de ses émotions, elle reprit :

— Il n'y a pas de problème, Jackson. Vraiment.

Ses yeux se plissèrent.

— Tu me pardonnes ? demanda-t-il avec un regard dubitatif.

Elle haussa les épaules, feignant une nonchalance qu'elle était loin d'éprouver.

— Il n'y a rien à pardonner. Mais si cela peut t'aider, oui, je te pardonne.

Il exhala un long soupir douloureux.

— Et, maintenant, qu'avais-tu à m'annoncer ?

Elle marqua un temps d'hésitation. Certes, pour elle, c'était une bonne nouvelle. Une nouvelle qui allait rompre son lien avec Jackson et la libérer du lien ambigu entre eux qui la faisait tant souffrir.

Néanmoins, elle appréhendait sa réaction.

— Mon ex s'est fait coincer, finit-elle par dire.

— Pardon ? s'exclama-t-il, l'air abasourdi.

— Allen a été arrêté. Avec trente mille dollars sur lui, imagine un peu. La police les lui a confisqués. Et ils ont trouvé beaucoup plus d'argent à son domicile. Il avait escroqué plusieurs autres femmes. Quand ils m'ont téléphoné, j'ai dû partir pour Boston. Je suis contente de t'annoncer que je ne suis plus pauvre. Je vais récupérer presque tout mon argent.

Un peu gênée, elle se tut. Son voyage à Boston lui avait permis de prendre du recul et de comprendre à quel point son amour pour Jackson était futile.

— C'est formidable, Sammie !

Il lui décocha un sourire plein de sincérité. Un sourire qui ne pouvait pas la laisser indifférente. Mais elle devait se blinder. Elle refusait de lui ouvrir son cœur. Elle s'était déjà fait duper une fois dans sa vie, cela ne se reproduirait pas. Même si Jackson était le plus bel homme qui ait jamais croisé sa route. Il ne devait rien deviner de son chagrin, de son espoir déçu.

— Oui, formidable ! répéta-t-elle. Tu n'as donc plus besoin de t'expliquer. Je ne suis pas partie parce que je t'en voulais, mais pour régler mes affaires à Boston. Alors, tu peux oublier ta culpabilité.

— Je suis heureux que tu sois revenue, mon cœur, tu m'as manqué.

Ne dis surtout pas ça, lui souffla une petite voix suppliante.

Se composant un visage indifférent, elle répondit :

— Merci. Et je suis contente que tu sois passé. Maintenant, nous pouvons parler affaires.

L'air déconfit, il répliqua :

— Sammie, je ne suis pas ici pour parler affaires.

— Mais moi, si. Et je vais te faire une offre. Je veux racheter ta part de Boot Barrage. Avec les intérêts, naturellement. Tu ne voulais pas vraiment t'associer dans la chaussure avec moi. Tu as rendu service à Callie et je t'en suis reconnaissante. Mais, maintenant, tu es libéré. Je suis en position de pouvoir te rembourser. Et c'est ce que j'aimerais faire. Tu n'as plus besoin d'être mon associé.

Elle débitait son discours à toute allure. Elle voulait lui faire comprendre qu'elle était sérieuse avant qu'il puisse l'arrêter. Avant de voir sa détermination faiblir. Chaque seconde passée avec lui lui donnait envie de craquer. Elle ne pouvait pas se le permettre.

— Alors, qu'en penses-tu ?

Le souffle un peu court, Jackson la dévisagea un long moment, sondant son visage d'un air énigmatique. S'il était en colère, Jackson Worth restait fidèle à son flegme légendaire. Il ne baissait jamais sa garde. Ne dévoilait jamais rien du fond de sa pensée.

— Je dois y réfléchir.

Sans lui laisser le temps d'insister, il s'avança et

fit courir sa main le long de son bras. Elle se figea, se défendant contre la violence des sensations que ce simple geste réveillait en elle. Sans parler des souvenirs. Leurs rires, les moments partagés avec sa famille, leur passion torride.

Elle fixa son beau regard indigo empreint de douceur et de compréhension. Avait-il deviné son stratagème ? Voyait-il que, son orgueil bafoué, elle luttait pour garder sa dignité ? Qu'elle jouait la comédie pour ne pas voir son cœur brisé une seconde fois ? Ou était-il aussi troublé qu'elle par le frôlement de leurs peaux ?

— Je te donnerai ma réponse bientôt, ma belle.

Sur ces mots, il pivota sur ses talons et s'éloigna. Le claquement de la porte la fit sursauter, et tout son corps fut pris de tremblements.

— Ça s'est bien passé, murmura-t-elle pour elle-même.

Brisée, elle prit sa tête dans ses mains et ferma les yeux.

Elle pouvait s'accorder dix minutes pour s'apitoyer sur son sort. Avant d'ouvrir Boot Barrage et de donner le change avec un visage joyeux.

Callie était une sainte. Toue la semaine, elle avait supporté ses pleurnicheries, l'avait réconfortée de son mieux. Pas une fois, elle ne l'avait réprimandée ni ne lui avait dit qu'elle était une ingrate de ne pas savoir apprécier sa chance : Allen, son ex, avait ce qu'il méritait, il allait être inculpé pour escroquerie et fraude, et serait envoyé en prison ; elle allait récupérer presque tout son argent ; et Boot Barrage se portait au mieux.

Elle avait un travail qu'elle aimait, de bons amis. Que pouvait-elle demander de plus ? Pourtant, Jackson ne lui avait pas encore donné sa réponse. Depuis le matin où il était passé à Boot Barrage, elle n'avait plus de nouvelles. Ce devrait être une bonne chose. Il fallait qu'elle prenne l'habitude de ne pas le voir tout le temps. Pourtant, il lui manquait affreusement.

Tout en traversant Red Ridge, elle alluma la radio. La musique pleine d'entrain de la station rock l'empêcha de penser. Elle devait cesser de s'apitoyer sur son sort. Oublier Jackson. L'invitation de Callie à un pique-nique au bord du lac tombait à pic. Elle avait emballé son déjeuner et elle était heureuse d'avoir cette diversion si agréable pour occuper son jour de congé.

Elle se gara devant l'endroit où elles avaient rendez-vous, avisa Callie sur la rive et agita la main. Puis elle sortit de la voiture son panier, sa couverture et des cadeaux pour les deux bébés. Elle se réjouissait de pouvoir les câliner. Cela ne manquait jamais de la réconforter.

Arrivée devant son amie, elle déposa son chargement et, avec un grand sourire, la serra dans ses bras.

— Salut ! Je suis contente de te voir.

— Moi aussi, répondit Callie d'un ton un peu gêné.

Elle jeta un coup d'œil surpris à la ronde. Pourquoi étaient-elles seules ?

— Où sont Rory ? Et Trish et Meggie ? s'étonna-t-elle.

— Ils ne viennent pas.

— Pourquoi ? demanda-t-elle, de plus en plus étonnée.

— Parce que nous n'avons pas vraiment prévu de pique-nique aujourd'hui.

Quelle déception ! Elle qui s'était fait une fête à la perspective de cette journée.

— Que se passe-t-il Callie ? demanda-t-elle, inquiète. Le bébé est malade ? Mon Dieu, j'espère bien que non.

— Non, Sammie. Rory va très bien. C'est… c'est…

Elle jeta un coup d'œil vers un bosquet d'arbres.

— Callie ? la pressa Sammie, soudain méfiante.

Son amie lui répondit dans un chuchotement.

— Je suis désolée de t'avoir menti. Vraiment désolée. J'espère que tu vas me pardonner. Je dois y aller.

— Y aller ? répéta-t-elle, incrédule.

Callie commença à s'éloigner, manifestement indifférente à sa panique. Elle aperçut alors une silhouette qui émergeait de derrière un arbre.

Et reconnut Jackson.

Elle comprenait, maintenant. Elle était victime d'un coup monté.

Se sentant soudain terriblement vulnérable, elle le regarda approcher. Il portait une tenue de cow-boy, un cordon en guise de cravate, ses cheveux couleur de sable retombant en mèches souples sur sa nuque. Une tenue qui contrastait avec le pantalon ample et le T-shirt rose miteux pour lesquels elle avait opté ce matin. Avec ses cheveux tirés en miniqueue-de-cheval, elle ressemblait à garçon manqué. Bref, elle était affreuse, alors que, comme toujours, il était d'une beauté renversante.

— Que fais-tu ici ? demanda-t-elle sans chercher à dissimuler sa contrariété.

— Je suis ici pour toi, répondit-il sans détour.

— Je vois ça, persifla-t-elle. Callie vient de m'abandonner.

Elle regarda le nuage de poussière que soulevait la voiture de son amie en s'éloignant.

— Je suis venu te dire que j'ai pris ma décision, reprit-il. Je ne veux pas être ton associé.

— Parfait. Merci.

— Je ferai rédiger les papiers adéquats.

Elle approuva d'un signe de tête. Quelles que soient les circonstances, Jackson ne perdait jamais le contrôle des événements.

— Très bien, fit-elle, sentant son sang battre à ses tempes. C'est tout ?

Elle n'aimait pas être en tête à tête avec lui. Il lui inspirait des désirs qu'elle ne pourrait jamais assouvir.

— Non, il y a autre chose, répondit-il avec le plus grand flegme.

Son sourire la mettait au supplice. Que diable lui voulait-il ?

— Quoi d'autre ?

— Tu sais où nous sommes, n'est-ce pas ?

Elle leva les yeux au ciel. La prenait-il pour une idiote, maintenant ?

— Nous sommes au lac, répondit-elle patiemment.

— A Elizabeth Lake.

— Oui, à Elizabeth Lake. Et alors ?

— Je voulais juste préciser.

— D'accord, maintenant nous savons que nous sommes à Elizabeth Lake, ironisa-t-elle pour cacher son trouble.

— Et tu connais la légende d'Elizabeth Lake ?

Ne pouvant s'empêcher de sourire à ce joli souvenir, elle répondit :

— Oui, c'est ici que ton trisaïeul a sauvé sa future femme de la noyade.

Comme tous les habitants de Red Ridge, Sammie connaissait la légende. Elle s'empressa de se ressaisir. S'il espérait l'attendrir avec ses histoires de famille, il se berçait d'illusions.

— En effet, c'est ainsi qu'ils se sont rencontrés, reprit Jackson d'une voix empreinte de gravité. Mais tout aussi important, c'est ici que chaque homme Worth vient demander la femme de sa vie en mariage.

— La femme de sa vie. Et alors ? fit-elle, la voix soudain tremblante, en reculant d'un pas.

Son corps était secoué de petites convulsions.

— Et alors ? répéta-t-il. Tu m'aimes.

Incapable de dire un mot, elle ouvrit la bouche, puis la referma. Et recula encore un peu.

— Tu m'aimes, Sammie. Admets-le.

— Je serais folle de t'aimer, Jackson. Tu es un célibataire endurci. Tu tiens à ta liberté plus que tout.

Elle se sentait glisser. Bientôt, elle serait tout au bord du lac.

— Toujours souriant, il s'approcha encore.

— Mais encore ?

— Eh bien… euh. Tu es beaucoup trop beau.

— Merci. Quoi d'autre ?

Elle n'était plus qu'à quelques centimètres de l'eau.

— Tu n'as même pas idée de ton charme. Les femmes sont prêtes à tout pour satisfaire tes désirs.

— Vraiment ? Je l'ignorais.

— Le fait que tu ne t'en rendes même pas compte ne fait qu'accroître ce charme.

Jackson fixa ses lèvres avec avidité.

— Là, nous sommes hors sujet. Rappelle-toi, tu m'aimes.

— Je n'ai jamais dit ça ! riposta-t-elle.

Il n'était plus qu'à un souffle de son visage. Elle se pencha en arrière. A quel jeu jouait-il ? Pourquoi cherchait-il à faire renaître l'espoir en elle ?

— Alors tu ne m'aimes pas ? fit-il d'un air vexé.

Elle recula encore et son talon toucha l'eau.

— Pourquoi veux-tu savoir ?

— Parce qu'il est assez normal pour un homme de vouloir s'assurer que la femme qu'il aime l'aime aussi.

Elle tressaillit et faillit perdre l'équilibre. Jackson, son sauveur, l'homme qui occupait toutes ses pensées, la rattrapa de justesse et l'attira contre lui. Elle leva la tête, n'ayant d'autre choix que de le regarder dans les yeux.

— Tu m'aimes ? répéta-t-elle d'une toute petite voix.

— Je suis fou de toi, Sammie. Et j'aimerais bien que tu me laisses le temps de faire ma demande en mariage avant de tomber à l'eau.

— Ta demande en mariage ? répéta-t-elle, son cœur battant à se rompre. Tu es sérieux ?

Prise de vertige, elle était sur le point de s'évanouir, comme au temps des crinolines.

Il sourit, ses deux divines fossettes se creusant dans ses joues. Elle poussa un soupir d'aise. Jamais elle ne pourrait se lasser de la perfection de son beau visage buriné.

— Sammie, reprit-il, tu ne m'as pas écouté ?

— J'avoue que j'ai peine à te croire, bredouilla-t-elle.

— Tu dois me croire, affirma-t-il, en la soulevant doucement et en la faisant tournoyer sur place, avant de la reposer.

Malgré ses jambes flageolantes, elle reprit pied sur la terre ferme.

— Je t'aime, Sammie Gold.

Les yeux bleu nuit de Jackson étaient empreints de cette même tendresse infinie qu'il réservait à Rory et à Meggie. Sous son regard embrasé, son vertige la reprit.

Il continuait à parler mais, inondée de joie, elle n'entendait plus que ce « je t'aime » que jamais, même dans ses rêves les plus fous, elle n'aurait imaginé Jackson lui dire un jour.

— Et je pensais que c'était juste les bottes. Honnêtement, chérie, personne ne porte des bottes comme toi. Je n'ai jamais été jaloux mais j'étais prêt à casser la figure à Sonny Estes quand j'ai cru que…

— Tu étais jaloux ?

Il hocha la tête.

— Fou de jalousie.

Elle lui décocha son sourire le plus radieux.

— Tu n'as pas besoin d'avoir l'air si réjoui, dit-il en fronçant les sourcils. Après notre nuit à Vegas, nous avons passé ce pacte stupide. J'en crevais. Tu n'imagines pas à quel point j'avais envie de te toucher, de t'embrasser.

Elle sentit son visage s'empourprer. Pour un peu, elle se serait pincée pour se convaincre qu'elle ne rêvait pas. Elle était avec Jackson Worth, qui lui parlait de la violence de son désir pour elle.

— Puis, quand nous avons été surpris par la tornade, j'étais terrifié à l'idée qu'il puisse t'arriver quelque chose, Sammie. Je crois que je t'aimais sans le savoir.

— Tu as été merveilleux cette nuit-là, Jackson. Tu m'as sauvé la vie. Tu passes ton temps à me sauver. Comment pourrais-je ne pas t'aimer ?

Une joie de petit garçon se peignit sur son visage.

— Ça y est. Tu l'as dit. Tu m'aimes ! s'exclama-t-il avec un sourire réjoui.

Elle éclata de rire.

— Je l'ai dit, je t'aime, Jackson. A la folie. Mais jamais je n'aurais imaginé que tu m'aimais aussi. En fait, j'ai essayé de me convaincre de ne pas t'aimer. De me dire que tu n'étais pas pour moi. Mais, quand je t'ai surpris avec Blair, j'ai senti mon monde s'écrouler.

— Je te jure qu'il ne s'est rien passé avec Blair.

— Maintenant, je te crois, Jackson.

— Blair et moi ne nous faisons aucun bien. Et je l'ai enfin compris le soir où tu es arrivée chez moi à l'improviste. Tout est devenu limpide. Je dois te remercier de m'avoir permis de tourner la page sur cette histoire. Aucune femme ne t'est comparable, Sammie. Tu es mon présent, mon avenir, la seule que je veux dans ma vie. Si tu me veux aussi.

Une boule d'émotion lui nouant la gorge, elle vit Jackson s'agenouiller. Comme par magie, un diamant apparut. Une splendeur qui scintillait de mille feux au soleil de l'Arizona.

— Sammie Gold, je t'aime de tout mon cœur, déclara-t-il d'une voix solennelle. Tu illumines chaque instant de ma vie. Je te demande de m'épouser et d'être ma femme et, si tu me fais l'honneur d'accepter, je te promets d'être un bon mari et de t'aimer toute ma vie. Si tu dis oui, je te promets aussi de ne pas te jeter dans le lac simplement pour te porter secours.

Malgré l'indicible émotion qui lui étreignait le cœur, elle laissa échapper un petit rire.

— Oui, je veux t'épouser, Jackson. Parce que je t'aime

et parce que je n'ai pas besoin d'un plongeon dans le lac pour savoir à quel point je serais fière d'être ta femme.

Il se leva, satisfait. Redevenu grave, il prit sa main gauche dans la sienne et glissa la bague à son annulaire. Puis, portant ses doigts à ses lèvres, avec une tendresse infinie, il les embrassa.

— Je t'aime, répéta-t-il d'une voix sourde.

Leurs lèvres se joignirent alors en un baiser langoureux, porteur de mille promesses.

Sa main dans la sienne, Jackson se tourna vers le lac. Le ciel était bleu, l'air pur, l'eau limpide. Des vaguelettes venaient lécher la rive. Sammie appartenait désormais au club très privé des femmes Worth. Elle verrait son amour s'épanouir et grandir au côté d'un homme d'un honneur et d'une intégrité sans faille.

Elle ne regrettait rien et surtout pas d'avoir pris le risque d'aimer Jackson Worth.

Deux mois plus tard…

La chaîne des Red Ridge, imposante et glorieuse, se découpait sur l'horizon. Dans un nuage de poussière rouge, les voitures venaient s'arrêter devant le ranch d'origine du domaine, saluées par les hennissements des chevaux.

Pour la seconde fois aujourd'hui, Sammie sentit l'émotion la déborder. La famille Worth venait de baptiser Rory. Docile, elle se laissa entraîner par son mari jusque dans le salon de Tagg et de Callie, et, ses cadeaux à la main, elle s'assit sur le canapé.

— Je suis si fière d'être sa marraine, dit-elle, sa vision un peu brouillée par les larmes.

— Je sais que je reste le préféré de Rory, mais ça ne

vaut pas la peine d'en pleurer, chérie, plaisanta Jackson en essuyant ses joues.

Son rire fusa à travers ses larmes. Plus que quelques minutes et sa nouvelle famille connaîtrait la véritable raison de son émotion.

— Tu ne le seras plus quand il aura eu mon cadeau, riposta-t-elle.

Elle tendit tour à tour un paquet à Callie et à Trish.

— Pour Rory et pour Meggie.

— C'est adorable, merci ! s'exclama son amie.

— Merci, renchérit Trish.

Callie déballa d'adorables petites bottes en cuir chocolat, avec un W en clous argentés, pour Rory. La boîte destinée à Meggie révéla le même modèle, en cuir rouge. Ses deux belles-sœurs, émerveillées, faillirent l'étouffer de leurs baisers.

— Les petits Worth apprendront à marcher avec des minibottes de cow-boy aux pieds, expliqua Sammie avec fierté.

Ses yeux s'embuant de nouveau, elle posa la dernière boîte sur les genoux de Jackson.

— Celle-ci est pour toi.

— Pour moi ? s'étonna-t-il.

L'air intrigué, il déballa une nouvelle paire de minuscules bottes en cuir blanc, frappées du W du clan. L'enveloppant d'un regard brûlant d'amour, il demanda :

— Que cherches-tu à me dire ?

— Que notre fils ou notre fille aussi apprendra à marcher avec des minibottes de cow-boy !

Il posa une main sur son ventre.

— Notre bébé ? demanda-t-il, le visage rayonnant.

Devant son sourire éclatant, elle se sentit envahie d'une immense paix. Désormais, tout était à sa place dans sa vie.

— Oui, notre bébé, murmura-t-elle.

Il se leva d'un bond, la souleva tendrement dans ses

bras et, au milieu des exclamations de joie, il l'embrassa. La serrant sur son cœur, une main jouant avec ses courtes mèches caramel, il chuchota :

— Jamais je n'aurais cru qu'une paire de bottes changerait ma vie à ce point.

— Il ne faut jamais douter du pouvoir des bottes, chuchota-t-elle à son tour.

— Tu peux compter sur moi, mon amour.

Elle savait qu'il disait vrai.

Ils allaient d'ailleurs bientôt partir en voyage de noces.

Jackson l'emmenait à Paris…

… Las Vegas.

Retrouvez prochainement,
dans votre collection

PASSIONS

Un séduisant chantage, de Naima Simone - N°874

SÉRIE : SECRETS MILLIARDAIRES TOME 2

Un impitoyable requin. Gideon Knight, que Shay sait désormais être le pire ennemi de Trévor – son très cher frère –, lui fait du chantage, alors qu'ils viennent de passer une nuit torride ensemble. Soit elle accepte de jouer sa compagne pour des raisons qu'il refuse de lui dévoiler, soit il fait tomber son frère pour malversations financières et politiques, ruinant sa carrière à tout jamais.

Dans les bras d'un héritier, de Maureen Child

Irina doit remplir sa mission : convaincre le très séduisant Kellan Blackwood de la bienveillance de son défunt père. Ce vieux monsieur a été si secourable pour elle de son vivant, qu'elle ne comprend pas comment Kellan peut le haïr à un tel point. Et elle éprouve la curieuse sensation que Kellan joue de sa séduction – hélas, à raison – pour lui extirper des informations au sujet de l'héritage familial...

Un fiancé sur-mesure, de Zuri Day - N°875

SÉRIE : AU CŒUR DE VEGAS TOME 1

Que vient-elle de faire ? Lauren, prise de panique en voyant l'homme qu'elle a abandonné au pied de l'autel s'approcher d'elle à grands pas, s'est collée à Christian Breedlove pour feindre une idylle. Christian, le fils de son patron, aussi irrésistible que charmeur. Christian qu'elle s'évertue à ignorer malgré l'alchimie qui opère entre eux depuis des mois...

Séduction interdite, de Zuri Day

SÉRIE : AU CŒUR DE VEGAS TOME 2

La seule qu'il désire est aussi la seule qu'il lui est interdite. Forte, passionnée, d'une beauté incendiaire, Ryan Washington, est le type même de femme d'affaires qui l'insupporte ! Sans compter qu'elle est la sœur de son partenaire commercial... Pourquoi alors ne peut-il s'empêcher de vouloir s'emparer de ses lèvres et d'embrasser sa silhouette voluptueuse à se damner ?

Un amour au présent, de Katherine Garbera - N°876

SÉRIE : INCONTRÔLABLES PASSIONS TOME 1

Hadley vient de commettre l'irréparable. En s'éveillant ce matin entre les bras de Mauricio, son ex-mari, elle réalise soudain son erreur. Bien sûr elle épprouve toujours de vifs sentiments à son égard, mais elle ne peut oublier son inconstance. Et encore moins lui pardonner ses erreurs passées au risque qu'il lui brise de nouveau le cœur…

Scandaleux échange, de Fiona Brand

Nick Messena vient de l'abandonner pour la seconde fois ! Sophie ne peut apaiser sa colère. Elle aurait dû s'écouter et ne pas céder à ses sentiments pour cet homme, qui semble prendre plaisir à souffler le chaud et le froid avec elle, depuis un an… Et comme si cela ne suffisait pas, elle ne peut même pas l'éviter, puisque, désormais milliardaire, il est le partenaire financier principal du *business* de sa famille.

Une réputation sulfureuse, de Janice Maynard - N°877

Quitter Wolff Mountain – son domaine où il vit en reclus – pour accompagner Ariel Dane lors d'un tournage sur l'île Antigua ? Pour le Dr Jacob Wolff, cela ressemble à une très mauvaise idée. D'autant plus que la belle actrice veut certes l'embaucher comme médecin personnel, mais surtout comme faux petit ami. Mais alors qu'il est sur le point de refuser, il perçoit une détresse insoutenable dans le regard d'Ariel…

Au creux de ses bras, de Catherine Mann

Depuis toujours, le destin de Lucy Ann est lié à celui d'Elliot Starc. N'a-t-elle pas suivi son ami d'enfance sur les circuits de courses lorsqu'il est devenu un pilote de renommée mondiale, en tant qu'assistante ? Ensemble, ils ont tout partagé – leurs souffrances et leurs bonheurs, les difficultés et la gloire. Jusqu'à ce que Lucy Ann prenne la fuite après s'être abandonnée, au cours d'une nuit de délices – entre les bras d'Elliot…

Une si belle mariée, de Jules Bennett - N°878

Pour rien au monde Victoria ne reconnaîtrait qu'elle est jalouse de la fiancée du prince Stefan. D'ailleurs, des années plus tôt, ne se sont-ils pas juré une amitié éternelle lorsqu'ils se sont rencontrés, lui, le futur roi d'une île grecque, et elle, la jeune Américaine en vacances ? Un serment précieux qui, elle le souhaite sincèrement, survivra au mariage de Stefan. Aujourd'hui cependant, c'est le cœur serré qu'elle accepte de concevoir la robe de la future princesse, comme il le lui a demandé. Car cette robe, elle l'a déjà imaginée cent fois et, dans ses rêves, c'est toujours elle qui la porte...

Une passion texane, de Sara Orwig

Trois meurtres commis il y a plus de cent ans, un trésor caché : c'est en quête d'un scoop que Destiny Jones se rend à Verity. C'est dans cette petite bourgade du Texas qu'est née la célèbre querelle entre les Milan et les Calhoun, et elle brûle d'en savoir plus. Mais, sur place, Destiny comprend qu'elle va devoir redoubler d'efforts – et de séduction – pour venir à bout de son reportage. Car le shérif Wyatt Milan ne lui cache pas son hostilité, ni son désir de la voir partir au plus vite...

Composé et édité par HarperCollins France.

Achevé d'imprimer en mai 2020.

CPI
BLACK PRINT

Barcelone

Dépôt légal : juin 2020.

MIXTE
Papier issu de sources responsables
FSC® C108412

Pour limiter l'empreinte environnementale de ses livres, HarperCollins France s'engage à n'utiliser que du papier fabriqué à partir de bois provenant de forêts gérées durablement et de manière responsable.

Imprimé en Espagne.